Jet

Biblioteca de

Jean Plaidy

(VICTORIA HOLT)

PLAZA & JANES

Jean Plaidy

(VICTORIA HOLT)

EDUARDO PIERNASLARGAS

Traducción de
Elena Llorens

PLAZA & JANES EDITORES, S. A.

Título original: *Edward Longshanks*
Diseño de la portada: Método, S. L.
Ilustración de la portada: *Carlos I con Jacobo, duque de York* (1647), Peter Lely

Primera edición: abril, 1996

Enric Granados, 86-88. 08008 Barcelona

Printed in Spain – Impreso en España

ISBN: 84-01-46249-5 (col. Jet)
ISBN: 84-01-46714-4 (vol. 249/14)
Depósito legal: B. 13.435 - 1996

Fotocomposición: Alfonso Lozano

Impreso en Litografía Rosés, S. A.
Progrés, 54-60. Gavà (Barcelona)

L 4 6 7 1 4 4

ÍNDICE

LOS PLANTAGENET

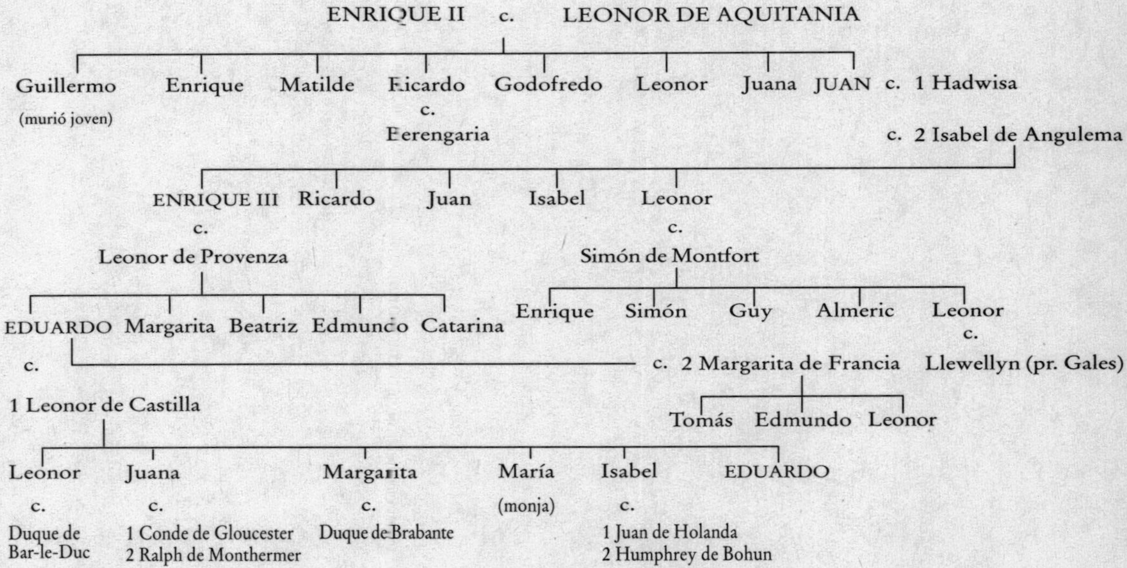

9 EL REY LLEGA A CASA

Aunque ya hacía más de un año que el rey había fallecido, la reina todavía lloraba su muerte. Su hijo, el nuevo rey, se hallaba en el extranjero, pero estaba a punto de regresar para ocupar el trono que legítimamente le correspondía. La reina, que siempre había ejercido una fuerte influencia sobre su marido, y por tanto sobre la Corte entera, llevaba muchos meses postrada por el dolor. No [illegible] vueltas a la idea de que su marido se había ido para siempre, ese marido que no había dejado de adorarla desde el mismísimo día que se desposó con ella.

No podía evitar sonreír cuando recordaba que él, cuando se negociaron los términos de la boda, había parecido insatisfecho de la dote, llegando incluso a temerse que no hubiese boda porque su padre no era suficientemente rico. Sin embargo, en cuanto la vio, el dinero dejó de importarle, y desde aquel día y durante toda su vida no se cansó de repetir que se consideraba el más afortunado de los monarcas por haberse casado con la hija de un conde venido a menos. Lo suyo había sido amor a primera vista, y continuó sintiéndolo a lo largo de

EL REY LLEGA A CASA

Aunque ya hacía más de un año que el rey había fallecido, la reina todavía lloraba su muerte. Su hijo, el nuevo rey, se hallaba en el extranjero, pero estaba a punto de regresar para ocupar el trono que legítimamente le correspondía. La reina, que siempre había ejercido una fuerte influencia sobre su marido, y por tanto sobre la corte entera, llevaba muchos meses postrada por el dolor. No hacía más que dar vueltas a la idea de que su marido se había ido para siempre, ese marido que no había dejado de adorarla desde el mismísimo día que se desposó con ella.

No podía evitar sonreír cuando recordaba que él, cuando se negociaron los términos de la boda, había regateado la cuantía de la dote, llegando incluso a temerse que no hubiese boda porque su padre no era suficientemente rico; sin embargo, en cuanto la vio, el dinero dejó de importarle, y desde aquel día y durante toda su vida no se cansó de repetir que se consideraba el más afortunado de los monarcas por haberse casado con la hija de un conde venido a menos. Lo suyo había sido amor a primera vista, y continuó siéndolo a lo largo de toda la vida. Ella le dominaba, pero, por extraño que parezca, este hecho no hizo más que acrecentar la felicidad conyugal; no tuvo la misma suerte, no obstante, en su intento de gobernar Inglaterra.

Ahora que el rey estaba muerto, tenía que dormir sola en aquel magnífico lecho real del palacio de Westminster, en aquella habitación tan espléndidamente decorada que asombraba a cuantos la contemplaban. El responsable de tal maravilla había sido el propio rey. Enrique adoraba el arte, la literatura, la música y la arquitectura. A menudo decía que le habría encantado huir de las obligaciones de la Corona para dedicarse por completo a sus intereses artísticos, en los que seguramente habría sobresalido. Cuando expresaba este deseo en voz alta ante los barones, algunos de ellos se miraban disimuladamente como diciéndose que sería el mejor servicio que podría haber hecho al país. Los barones podían llegar a ser muy insolentes; de hecho, su enorme poder dentro de la corte se lo permitía, pues desde el día que el padre de Enrique, el rey Juan, se vio obligado a firmar la Carta Magna, todas las decisiones reales pasaban antes por el visto bueno de los barones.

Le gustaba tumbarse en la cama para contemplar aquella habitación; así recordaba la época en que la diseñaron entre los dos. Las pinturas murales eran exquisitas. Enrique había sido siempre un hombre de hondas creencias religiosas, por lo que había ordenado que se pintaran ángeles en el techo.

–Con estos ángeles en el techo, uno se echa en la cama y tiene la sensación de estar en el cielo –le había comentado ella.

Y Enrique, ardorosamente, le había respondido que el mero hecho de yacer a su lado era ya como estar en el mismísimo cielo.

–¿Por qué te lo has llevado, Dios mío? –exclamó en voz alta–. Todavía nos quedaba mucha vida por delante.

Se acordó de cuando se acercaban a la habitación para asegurarse de que los trabajos de remodelación se hacían según sus designios.

–Debe estar todo terminado antes de que se acabe el verano –había dicho Enrique–. Si es necesario, contrataremos a mil trabajadores.

–Pero, señor, costaría mucho dinero... –se quejaron los otros.

Enrique no soportaba que se hablara constantemente de dinero. No aceptaba como excusa sus quejas por el elevado coste de las obras, pues estaba convencido de que la gente pagaría; los mercaderes de Londres eran muy ricos y, en última instancia, estaban los judíos.

–La gente no tiene alma –le decía con frecuencia su esposo–. No hacen más que preocuparse por el dinero.

Enrique había sido un hombre muy bueno y religioso. La prueba de su piedad podía contemplarse en aquella habitación. Incluso había mandado grabar textos de la Biblia en las jambas de la ventana. También había pintadas en las paredes, escenas de la vida de Eduardo el Confesor, con objeto de dejar explícito el hecho de que la admiración que Enrique profesaba hacia el Confesor era mucho más grande que la que pudiera sentir por cualquiera de sus otros antepasados guerreros.

–Tenía un corazón muy noble –había afirmado en una ocasión–. Ojalá yo pudiera ser algún día como él.

Pero ella, desafiante, le había preguntado si hubiese preferido vivir como un monje en lugar de haberse casado con ella, de cuya unión habían nacido unos hijos encantadores. La respuesta recibida la había tranquilizado enormemente. Enrique era la persona más feliz de la familia. Las dos únicas cosas que le atormentaban eran, en primer lugar, la circunstancia de que los barones intentaran siempre dominarlo y, en segundo, que los mercaderes de Londres no dieran dinero suficiente para mejorar el país. Siempre decía que la gente debía pagar por tener privilegios. De hecho, su lema favorito lo tenía grabado en uno de los aguilones de la habitación: «El que no da lo que tiene no recibe lo que desea.» Advertía a sus rapaces vasallos cuando se negaban a pagar los impuestos.

Decidió no meditar más sobre el pasado, pues debía pensar en el futuro. Pero ¿qué futuro le aguardaba a una reina viuda? Las reinas, al perder a sus maridos se retiraban en conventos donde pasaban los últimos años de sus vidas en medio de una soledad piadosa que les perdonaba, así, los pecados que hubiesen cometido durante su reinado a causa de las más diversas exigencias mundanas.

Pero esta clase de vida no seducía en absoluto a Leonor de Provenza. Había nacido para gobernar y no renunciaría a ello tan fácilmente.

Eduardo, el primogénito, de quien ella y Enrique habían estado tan orgullosos, pronto regresaría para ocupar el trono. Mientras tanto, ella todavía era la reina, y no permitiría que nadie lo olvidara.

Cuando las doncellas entraron para vestirla, lo primero que les preguntó fue:

–¿Cómo están los niños?

Como ya sabían que se lo preguntaría, las muchachas habían pasado antes por la habitación de los pequeños para asegurarse de que todo estaba en orden. Últimamente la mayor preocupación de Leonor de Provenza eran sus nietos, y desde la muerte del pequeño príncipe Juan, quería estar informada en todo momento sobre cómo se encontraban.

Le aseguraron que estaban perfectamente.

–¿Ha dormido bien el príncipe Enrique?

–Nos ha dicho que sí, señora.

Sonrió y cogió la camisa antes de que las doncellas se la tendieran.

Cuando hubo acabado con su aseo personal y comido un poco de pan de avena y cerveza, uno de los soldados de la guardia entró para anunciarle que había un mensajero que deseaba verla.

Lo hizo pasar inmediatamente, y, en el intervalo de tiempo que pasó entre que se arrodillaba y ella le daba permiso para levantarse, adivinó que venía de parte de su hijo Eduardo. Estaba en lo cierto.

–Señora –dijo el mensajero–, el rey me ha enviado ante vos con la máxima celeridad. Está de camino a Inglaterra, y si el viento es favorable, se hallará junto a vos dentro de muy pocos días.

La reina hizo un gesto de satisfacción con la cabeza. Hacía muchos meses que esperaba ese mensaje.

Cuando hubo despedido al mensajero, se fue a la habitación de sus nietos. Había insistido en encargarse ella misma de los niños mientras sus padres estuvieran ausentes. Sólo los pequeños lograban aliviar la tristeza que se apoderaba de ella cuando pensaba en su difunto marido. No obstante, también ellos le habían causado grandes angustias, como cuando murió el pequeño Juan. Suerte que en aquella ocasión Enrique estuvo a su lado para reconfortarla.

Recordó lo mucho que habían llorado y cuánto se habían enfurecido con los médicos, que nada pudieron hacer para salvar la vida del pequeño; de cómo se habían abrazado y consolado mutuamente.

–Eduardo todavía es joven –le había dicho Enrique–. Tendrá más hijos. Tenemos que agradecer a Dios que tengamos al pequeño Enrique.

Fue muy doloroso comunicar a Eduardo y a su esposa Leonor la noticia de la muerte de su hijo; y más aún cuando a esta noticia le siguió casi inmediatamente la de la muerte del rey a causa de un ataque al corazón. No era de extrañar, pues, que se preocupara tan encarecidamente por los dos niños que quedaban, y que cada mañana se interesara por la frágil salud del joven Enrique.

Los niños eran su única fuente de consuelo. Los quería con toda su alma, y ellos, siguiendo la tradición familiar, la adoraban.

Se sintió algo más alegre cuando los oyó revoloteando por la sala. Eran unos niños maravillosos, no sólo por ser hijos del rey, sino porque eran sus nietos.

Estaban sentados a la mesa. La princesa Leonor tenía ocho años, y su hermano Enrique, uno menos. Cuando la reina madre los contempló, se apoderó de ella una profunda emoción, una mezcla de dolor y placer. No podía olvidar al pequeño Juan, el mayor de los tres. Se hizo todo cuanto se pudo para salvarle, pero el cielo desoyó los ruegos de Leonor de Provenza, y los médicos tampoco consiguieron salvar la vida de su nieto. Se recurrió a todos los remedios conocidos en el reino, pero ninguno fue efectivo. Alguien les dijo que el niño llevaba un nombre malogrado, que era normal que una criatura con ese nombre no viviera, pues el diablo había estado esperando el regreso al infierno de su bisabuelo, quien, según decían, había sido el mismísimo diablo. Habían hecho caso omiso de estas supersticiones, pero, por si acaso, decidieron no poner jamás a un niño un nombre que gozara de tan mal agüero.

La princesa Leonor se apartó la larga cabellera rubia de la cara y corrió hacia su abuela, echándose a sus brazos.

La reina le acarició el pelo. En otras circunstancias, le habría exigido un comportamiento más respetuoso para con su persona, pero el caso es que prefería más esas muestras espontáneas de afecto a que la recibieran con frialdad protocolaria. Ella era la primera en exigir que sus vasallos la respetaran de acuerdo con la institución que representaba, pero estando en familia se ablandaba.

Tendió una mano a Enrique, que se aproximaba a ella con menos ímpetu que su hermana.

–Y bien, ¿cómo se encuentran hoy mis niños?

–Yo estoy muy bien, señora, pero Enrique ha estado enfermo –contestó la princesa.

La reina se alarmó.

–Enrique, mi queridísimo niño...

–Enrique está siempre enfermo –dijo la princesa Leonor con cierto desprecio.

El pequeño miró a su abuela suplicante.

–No lo puedo remediar, señora. Yo intento no estarlo, pero...

Lo cogió en brazos y lo abrazó. ¡Era tan débil! Se parecía tanto a Juan. Se preguntó por qué razón su hijo Eduardo tenía hijos con una salud tan precaria. Ella y su marido habían engendrado a Eduardo, por lo que estaba convencida de que no era problema de su virilidad.

Besó al niño.

–Yo haré que te cures –le prometió.

Enrique le rodeó el cuello con los brazos y le devolvió el beso.

–Y entonces podré correr más que nadie, y saldré a cazar con mi halcón.

–Sí, amor mío, y cuando tu padre regrese, te encontrará hecho todo un principito.

–¿Cuándo vuelve a casa? –preguntó la princesa.

–Esto es lo que venía a deciros. Está en camino. Vuestros padres estarán aquí muy pronto.

Los niños quedaron pensativos. De su padre sólo recordaban que era un hombre muy guapo y rubio, el hombre más grande del mundo, una especie de gigante. Como tenía mucha fuerza, los subía encima de sus hombros y les daba vueltas por la habitación. Su madre tenía una voz extremadamente dulce y unas manos muy delicadas. Enrique lloró mucho cuando ella se marchó.

–¿Cuándo, cuándo? –preguntó impaciente la princesa, mientras Enrique esperaba jadeante la respuesta.

La reina madre tomó asiento, luego sentó a Enrique en su regazo y la princesa se acomodó en un taburete al lado de su abuela.

–¿También regresará con ellos el abuelo? –preguntó Enrique.

–¡Por supuesto que no! –exclamó la princesa con desdén–. Se fue al cielo, ¿no es así? Se fue junto a vuestro hermano Juan. La gente no regresa del cielo, ¿verdad?

–¿Y por qué no? –preguntó Enrique.

–Porque se está mejor allí arriba –replicó Leonor con tono de suficiencia.

–Pues yo creo que mi abuelo bajaría a verme si supiera lo mucho que se lo pido.

La reina decidió zanjar la inocente conversación porque, si no, estaba segura de no poder contener las lágrimas por más tiempo.

–Bien –dijo–, debéis prepararos para el regreso del rey y la reina.

Les volvió a contar, pues nunca se hartaban de oírlo, que su padre se había ido a Tierra Santa para luchar en nombre de Dios y de la Cruz, y su madre le había acompañado; y que cuando regresara, ya que su querido abuelo estaba en el cielo, la gente querría ponerle la corona en la cabeza.

–Y tú, pequeño mío, eres el heredero del trono, por tanto, vamos a educarte para ser rey.

Enrique se inquietó.

–¿Cuándo tendré que ser rey?

–No hasta que seas todo un hombre. Debes estar preparado para cuando llegue el momento. Aprenderás a hacer las cosas mejor que nadie, como tu padre. Aprenderás a ser como él.

Enrique quedó muy desconcertado y su abuela le besó la frente.

–No te asustes, pequeño. Yo misma te enseñaré.

–Y yo también –añadió la princesa acercándose a su abuela.

Eran unos niños adorables. Sin embargo, la reina se sintió muy inquieta mientras los tuvo a los dos abrazados.

–Bueno –dijo–, debemos estar preparados para recibir al rey. Iremos a darle la bienvenida a Dover, pues lo primero que querrá ver cuando pise tierra inglesa será a su familia. Va a ser fantástico. Luego se celebrará la ceremonia de la coronación, una ceremonia que ninguno de vosotros dos habéis visto nunca. Os prometo que la vida será maravillosa cuando el rey Eduardo esté de nuevo en casa.

La reina Leonor estuvo inmóvil junto a su marido Eduardo, mientras el barco se acercaba a la costa. Ya se divisaban los acantilados blancos y Eduardo estaba visiblemente emocionado.

–Pronto verás el castillo –dijo abrazándola–. Le llaman la llave de Inglaterra, y ya verás por qué. Ahí está. Es una amenaza para nuestros enemigos, pero a la vez da la bienvenida a quien llega a nuestro país. Ya era hora de que regresáramos a casa.

Leonor asintió. Nunca contrariaba las palabras de su marido. Eduardo era más alto que la mayoría de hombres, de manera que casi todos le llegaban sólo a la altura de los hombros. Tenía el pelo de un rubio muy claro cuando se conocieron, lo tenía casi blanco, pero se le había oscurecido un poco con el paso de los años. Además tenía un físico impresionante, heredado de sus antepasados normandos, de quienes le venía el sobrenombre de *Piernaslargas*. Parecía un dios. El hecho de tener un ojo un poco caído respecto al otro como su padre, aunque en éste el defecto era más acentuado que en

Eduardo, le daba un aire siniestro que, según creía ella, le había ayudado a vencer a sus enemigos. En medio de los soldados, enseguida se adivinaba que él era el rey y el líder. Eduardo era magnífico, y a menudo se preguntaba cómo ella, la pequeña Leonor de Castilla, se había podido casar con un hombre tan glorioso.

La primera vez que lo vio quedó hechizada. Eduardo sólo tenía quince años, y ella, cinco menos. De hecho, era todavía muy joven para casarse, pero los príncipes y las princesas se desposaban a temprana edad, razón por la que muchas bodas nunca llegaban a celebrarse. Sabía que su familia no había confiado en que el rey de Inglaterra, el padre de Eduardo, diera el visto bueno a tal compromiso. Por raro que pareciera, su madre se había desposado con el padre de Eduardo, pero al final éste había preferido casarse con Leonor de Provenza, su actual suegra; y su abuela, Alicia de Francia, había ido a Inglaterra para casarse con Ricardo Corazón de León, pero al llegar allí siendo aún una niña, Enrique II la sedujo y fueron amantes durante muchos años, por lo que nunca llegó a casarse con Ricardo Corazón de León. Por todo ello, la familia real inglesa tenía fama de no cumplir sus compromisos. Sin embargo, le dijeron que, si su boda llegaba a celebrarse, sería muy afortunada. Ella no era más que la hermanastra del rey de Castilla. Su padre, Fernando, rey de este país, se casó ya viejo con su madre –pues ésta estuvo tiempo acariciando la posibilidad de casarse con Enrique de Inglaterra–. Fernando ya tenía un hijo, Alfonso, por lo que un matrimonio con un miembro de la casa real de Inglaterra les pareció muy conveniente.

Juana, su madre, estaba decidida a que su hija no corriera su misma suerte, así que ella y Alfonso lo arreglaron para que los desposorios se celebraran en Burgos, y declararon que si Eduardo no estaba en la ciudad antes de la fecha señalada, el compromiso quedaría roto.

Sorprendentemente para todos, Eduardo estuvo en Castilla el día acordado. La joven Leonor, al contemplar a su futuro marido, quedó tan maravillada que decidió crecer rápido y aprender todo lo necesario para ser merecedora de tal príncipe.

Los desposorios se festejaron durante varios días. Seguramente nunca con anterioridad se habían celebrado con tanta pompa los esponsales de una infanta. Y, sin lugar a dudas, ello era debido a la importancia de la unión. Ella estuvo sentada al lado de Eduardo, admirando su espléndida presencia. Además, él se había mostrado muy educado y tierno. Le explicó que le sería imprescindible ausentarse de Castilla para completar su formación, y que cuando estuviera preparada, regresaría para casarse con ella.

Temía a su suegra, una de las mujeres más bellas del mundo, pues había una manifiesta hostilidad entre Leonor de Provenza y su madre. No obstante, no era de extrañar que así fuera, pues la augusta reina de Provenza había robado el corazón de Enrique en detrimento de Juana, y este enamoramiento pronto llegó a oídos de la corte castellana.

Su suegro Enrique, rey de Inglaterra, cautivó al instante el corazón de Leonor. La acogió calurosamente y no se apartó de su lado durante la suntuosa fiesta de bienvenida que se organizó en su honor.

–Ahora eres un miembro más de nuestra familia –le había dicho.

Y entendió que debía sentirse privilegiada, no por tratarse de la familia real inglesa, sino porque no podría haber en la tierra un hombre más encantador y leal que Enrique.

Tal vez el difunto rey de Inglaterra y su esposa no fueran unos gobernantes muy astutos, pero, innegablemente, tenían un don especial para la familia.

Los días en la corte de su hermano en Castilla habían

discurrido con mucha placidez, pero sólo al llegar a Inglaterra descubrió cuán agradable podía ser la vida familiar. Todo cuanto debía hacer para que la aceptaran y quisieran sin condiciones era obedecer a su marido y a su suegra.

El día de la boda fue el día más maravilloso de su vida. Eduardo había sido tan agradable, tan tierno y, por extraño que pareciera, tan leal con ella... Extraño porque le habían llegado rumores de que, mientras Eduardo estuvo esperando a que ella se hiciera adulta, había tenido diversas aventuras amorosas. Además, sabía que la mayoría de las damas de la corte suspiraban por conseguir sus favores. Por suerte, tuvo conocimiento de estos rumores después de la boda, y sólo porque quien se lo contó no acababa de creer que Eduardo se hubiera convertido en un esposo modélico.

Por tanto, se consideraba una persona con mucha suerte, y la única vez que tuvo que imponer su voluntad con determinación fue cuando él decidió ir a Tierra Santa. Por entonces, para regocijo de la familia, ella había demostrado ser una mujer fértil, pues ya había dado a luz a Juan, Leonor y Enrique. Eduardo se sorprendió cuando ella demostró su firmeza, pues nunca antes Leonor se había mostrado tan contundente con él.

–Nada separará a quienes Dios ha unido –le había dicho–, y el camino que conduce al cielo está tan cerca, si no más de Siria como de Inglaterra o España.

Leonor recordó la expresión de asombro que se dibujó en el rostro de Eduardo cuando la oyó pronunciar esa frase. Luego soltó una carcajada, y la abrazó con fuerza mientras le explicaba los inconvenientes y peligros de la expedición.

–Todo esto, ya lo sé –había respondido ella–, pues han sido durante siglos el tema de nuestras epopeyas. También sé que tu tío abuelo, Ricardo Corazón de León, estuvo prisionero hasta que lo rescató el leal Blondel. Soy consciente de los peligros a los que tendrás que enfrentarte, pero yo soy tu esposa, y los compartiré contigo.

Eduardo, moviendo la cabeza, le había dicho que, dado que el amor que sentía por ella le permitía advertirla, lo más razonable era que se quedara en Inglaterra.

Fue entonces cuando Eduardo supo que las personas aparentemente débiles pueden llegar a ser las más fuertes. Que, aunque parecen doblegarse ante los asuntos de menor importancia, se reservan la fortaleza para afrontar los de mayor trascendencia.

Estaba decidida a acompañarlo, y así lo hizo. Al final, Eduardo tuvo que reconocer que luchar contra el amor que le profesaba su esposa era más difícil que salir victorioso de cualquier batalla. Su suegro, el bueno del rey Enrique, escuchó con lágrimas en los ojos la decisión tomada, y su suegra le había dicho que ella, de haber estado en su lugar, habría hecho lo mismo, e insistió en que no se preocupara por los niños, pues ella y su esposo se encargarían de ellos.

Y finalmente llegó el día de su partida.

Por supuesto había tenido que vencer muchas dificultades, y en varias ocasiones había echado de menos los días de lluvia de Inglaterra y la comodidad de los palacios, pues a veces dormir en tiendas de campaña se convertía en una tremenda pesadilla al verse asediada por moscas y otros insectos detestables. Además, durante la campaña, se había quedado preñada. Al morir su hija, poco después del parto, pensó que quizá no había sido una buena idea seguir a Eduardo hasta aquellas lejanas tierras; pero cuando superó la depresión, supo que había hecho lo correcto, pues haberse quedado en Inglaterra hubiera significado perderle, y para ella vivir cerca de Eduardo era más importante que estar con sus hijos.

Como por intercesión divina, pronto volvió a quedarse encinta, y esta vez alumbró a un bebé sano. A la niña le puso el nombre de Juana, en honor a la abuela materna. Juana, de ojos oscuros, se parecía a su madre y no a los Plantagenet, que tenían todos los ojos claros. Desde el primer día, se mostró muy vivaz y traviesa, era un encanto de niña.

La gente la llamaba Juana de Acre, en honor al lugar donde había nacido. Eduardo dijo que la niña siempre le recordaría a él y al mundo entero a la maravillosa esposa que le había acompañado a la Cruzada y que le había dado una hija en tales circunstancias.

Había además otra razón por la que Leonor supo que no se había equivocado tomando aquella decisión: Eduardo había sido herido durante una batalla. Si no hubiese estado junto a él, tal vez no habría sobrevivido. Su esposo estaba seguro de ello, y los médicos estuvieron de acuerdo con él, aunque añadieron que su recuperación también se debía a la dolorosa operación que le habían practicado. Pero Eduardo sólo reconocía a Leonor como la causa principal de su rápida recuperación, y decía que él era la viva muestra del favor que Dios concede a una esposa valiente que sigue a su marido dondequiera que éste vaya.

Cada vez que pensaba en aquellos días, Leonor revivía el desdichado momento en que creyó que había perdido a su esposo para siempre.

Habían visto el peligro muy de cerca, y Eduardo se había defendido con notoria temeridad. De hecho, los caballeros creían que no retraerse ante el peligro formaba parte de la valentía que de ellos se esperaba. Se sintió tranquila al ver de nuevo los acantilados blancos coronados por el alcázar amenazador. Tampoco en Inglaterra escaparían al peligro. Un rey nunca dormía tranquilo. Se lo había dicho su hermano y lo había podido comprobar en más de una ocasión. Durante la Guerra Santa, cuando estuvieron cercados por los sarracenos, el peligro no era una posibilidad entre mil, sino la cruda realidad.

Por mucho que viviera, nunca olvidaría los años pasados en tierra extranjera, ni las noches calurosas en que un ruido inesperado la hacía saltar de la cama. Tenían que estar constantemente alerta, pues era imposible saber cuándo ni qué designios les mandaría el destino, acechándoles como les acechaban los más variados peligros. A menudo echó de menos estar en casa, y sabía que si de haber pedido a Eduardo que le permitiera regresar, éste lo habría arreglado para que así fuera. Pero, ¿qué habría sido de su vida sin él? Una vez estuvo muy cerca de descubrir la respuesta a esta pregunta. Sus peores pesadillas le hacían revivir el día en que vio a un hombre muerto en el suelo de la tienda de Eduardo, y a su esposo tendido en la cama, agonizando. Rápidamente dedujo lo que había sucedido: el hombre había intentado asesinar a Eduardo, pero éste lo había matado antes. No obstante, en el primer momento, creyó que había sido Eduardo quien había recibido la puñalada mortal.

Aquella tierra estaba plagada de peligros. Circulaban historias acerca del Anciano de las Montañas, una criatura legendaria que tal vez existió en tiempos remotos, pero de cuya existencia nadie tenía certeza absoluta. Se decía que vivía en las montañas, donde había creado una especie de paraíso terrenal. Su palacio había sido construido con calcedonia y mármol, y en los jardines abundaban suculentas frutas y flores de todos los colores. La gente quedaba fascinada por esta leyenda, como por la que se contaba acerca de unos marineros que se dejaron seducir por el canto de las sirenas y acabaron muriendo. Estas víctimas vivieron un tiempo en el paraíso del anciano, rodeados de bellas mujeres que les atendían, hasta el día en que el anciano les convocó para decirles que los proscribía y mandaba de nuevo a la Tierra. Los marineros, acostumbrados a esa vida, no soportaban la idea de vivir de otra manera. Entonces el anciano les dijo que no serían expulsados si obedecían sus órdenes, unas órdenes que pasaban por asesinar a quien él deseara ver destruido. Y así fue como creó una banda de asesinos que mataban según sus designios, lo que significaba que su poder se había extendido por todo el mundo.

Mucha gente creía que era el Anciano de las Montañas quien quería que Eduardo se fuera de esas tierras y había escogido al emir de Joppa para llevar a cabo sus planes malignos. Por aquel entonces, el emir estaba negociando con Eduardo los términos de la paz y sus mensajeros entraban y salían del campamento libremente. Por tanto, fue la circunstancia de que nadie sospechaba de él ni de los suyos lo que le hizo concebir el plan de entrar en la tienda de Eduardo cuando éste estuviera desarmado y sin la armadura y asestarle una puñalada mortal en el corazón. Por suerte, Eduardo estuvo alerta y enseguida detectó que el asesino sacaba el puñal de debajo de la manga y, con gran aplomo, le arrancó el arma de la mano, aunque no pudo evitar que, antes de morir, le clavara el puñal envenenado en el brazo.

Leonor tembló y Eduardo, que estaba a su lado, advirtió su estremecimiento.

–¿Tienes frío? –le preguntó sorprendido.

Negó con la cabeza.

–Pensaba en el hombre que intentó matarte.

Eduardo soltó una breve carcajada, pues no era la primera vez que la sorprendía ensimismada y descubría más tarde que su preocupación se debía al asesino.

–Todo ha terminado, querida. Gracias a ti me salvé.

Leonor movió la cabeza en un gesto de desacuerdo.

–Fueron los médicos los que te salvaron. Ellos practicaron aquella difícil operación...

Eduardo se estremeció al recordarlo. Nunca antes había sentido tanto dolor. Ella había querido quedarse en la tienda durante la intervención, pero los médicos insistieron en que saliera. Una vez más, demostró ser una mujer firme, por lo que tuvieron que sacarla de la tienda en medio de protestas.

–Nunca olvidaré cómo pusiste la boca en la herida y drenaste el veneno con tus dulces labios –le dijo–. Leonor, mi reina, si algún día llegara a olvidar lo que hiciste por mí, ese día merecería perder la corona.

–No digas eso, podría traerte mala suerte.

Le cogió la mano y la besó.

–Mi abuelo perdió su reino y todas sus posesiones, incluso las joyas de la Corona. También mi padre estuvo a punto de perderlo todo. ¿Qué clase de rey voy a ser yo?

–El mejor que nunca ha tenido el país.

–Ésa es una opinión muy precipitada.

–Pero verdadera.

–Pareces dura y feroz, y estoy convencido, mi querida reina, de que tu amabilidad no es más que una máscara que esconde a una mujer fuerte como el hierro.

–Puedo ser fuerte... por ti y por nuestros hijos.

Se inclinó para besarla. Ella le tocó el brazo... El brazo donde aún se veía la cicatriz de la mortal herida y que nunca volvería a ser el de antes.

–Todavía te duele, ¿verdad?

–No es nada, sólo una punzada de vez en cuando.

Pero Leonor sabía que le ocultaba la verdad. Había veces que el dolor le hacía enrojecer, y ella temía que Eduardo tendría que recordar toda la vida aquel terrible instante en que estuvo cara a cara con la muerte.

–Dios quiere que seas un gran rey –le dijo–. Lo sé. ¿No ves cómo te protege? Si no, acuérdate de aquella noche en Burdeos, sentados en el canapé hablando de nuestra casa y de nuestros hijos, cuando cayó un rayo y los dos hombres que estaban de pie a nuestro lado cayeron fulminados, mientras que tú y yo salimos ilesos.

–Pero ellos estaban en el lugar exacto donde cayó el rayo.

–Sí, pero insisto en que nosotros dos nos salvamos.

Creo que fue la Providencia quien desvió el rayo, para que tú pudieras gobernar Inglaterra.

Eduardo le sonrió.

–¿Lo crees de verdad, Leonor?

–Estoy convencida de ello –le respondió con fervor.

Como sabía que a Leonor la reconfortaban esta clase de pensamientos, le recordó el día que, estando él jugando al ajedrez, se levantó de repente y se alejó del tablero sin razón aparente. Un segundo después se desplomó parte del tejado, matando a su oponente, que seguía aún sentado a la mesa.

Los dos se dieron la vuelta en dirección a la costa, y entonces Eduardo recordó lo mucho que había sufrido para recuperar las fuerzas después del fallido intento de asesinato del que fue objeto, el dolor agudo que sintió en el brazo herido, y el miedo que se apoderó de él cuando vio que con un cuchillo le quitaban la carne gangrenada; las caras de los médicos mientras realizaban la delicada operación, en las que adivinó que tal vez sería enterrado en Tierra Santa.

A pesar de todo, había sobrevivido. Y pensó que valía la pena por Inglaterra, por su esposa e hijos, por su padre y por su madre, por la familia en que había crecido y le había enseñado que el calor familiar es lo más valioso que un hombre puede poseer. Pero, si ese hombre había de ser rey, todavía había algo más importante: la sangre de sus antepasados. A veces en sueños se le aparecían aquellos grandes hombres: Guillermo el Conquistador, Enrique el León de la Justicia, su tatarabuelo Enrique II; todos ellos habían amado Inglaterra y la habían convertido en una gran tierra. Era como si le dijeran: «Ahora te toca a ti. Tienes las cualidades necesarias. Tú, Eduardo Plantagenet, con sangre normanda corriendo por tus venas. Inglaterra, nuestra Inglaterra, ha sufrido mucho debido a la debilidad de tus antepasados: Rufus, Esteban, Ricardo, el valiente que abandonó su tierra por un sueño de gloria en Tierra Santa, el diabólico Juan y, por último, aunque te disguste, Enrique, el padre a quien amaste, pero que destruyó su país porque estuvo más ocupado adorando a su familia y complaciendo a su extravagante esposa, así como pidiendo dinero para satisfacer sus lujos, sin darse cuenta de que eso arruinaría a su país. Lo sabes muy bien, Eduardo. La salvación de Inglaterra está en tus manos porque eres uno de los nuestros.»

–Así lo haré –murmuró–. Por Dios, juro que lo haré.

Tuvo que pasar mucho tiempo para que Eduardo fuera consciente del peso de sus responsabilidades. Después de haber sido objeto de un atentado contra su vida, entendió que había sido un insensato al ir a buscar conscientemente el peligro. Su padre se estaba haciendo viejo, y aunque él, Eduardo, tenía dos hijos, todavía no se podía contar con ellos, pues eran tan sólo unos bebés. Ya no era tan fuerte, por lo que necesitaba más que nunca el clima templado de su país. Había comprobado que era imposible destruir a los sarracenos. Otros antes que él tuvieron que renunciar a tal propósito, incluso el mismo Corazón de León, quien no había conseguido entrar en Jerusalén.

Cuando se presentó la oportunidad, había negociado con el gran sultán Bibars. No obstante, sólo consiguió una tregua, unos cuantos años de respiro. ¡Tanta sangre derramada y tantos peligros por tan poco! Creyó que la herida en el brazo había afectado seriamente su salud. Se convenció de que debía regresar a su casa, pues tal vez los barones estuvieran urdiendo algún complot. Recelaban de su padre y odiaban a su madre, cuya extravagancia Eduardo sabía que habría que refrenar. No podía dilapidarse la riqueza de una nación ni en banquetes, ni en joyas, ni en dar gusto a una esposa extravagante, ni por supuesto en regalos a las amistades menos favorecidas. Amaba a su padre, pero veía claramente cuáles eran sus defectos como rey.

Todas estas razones le llevaron a marcharse de Tierra Santa, y fue en Sicilia donde recibió las malas noticias. Primero la muerte de su heredero, Juan. La pobre Leonor se derrumbó ante esta noticia. Se preguntó si se había equivocado al haber abandonado a sus hijos, y pensó, angustiada, cuán difícil es tomar una decisión cuando se trata de abandonar a los hijos para estar con el marido.

A esta noticia le siguió la del fallecimiento del padre. Esta muerte lo dejó postrado. Se encerró en una habitación sin querer ver a nadie, ni a Leonor, para recordar al padre que tanto le había querido. Hizo repaso de los días en que, siendo él niño, jugaban juntos; de cuando estuvo enfermo –nunca había sido un niño demasiado fuerte– y el rey y la reina no se movieron de su lado, pues él era más importante que cualquier asunto de estado. Le desesperaba la idea de no volver a verlo jamás, de no hablar nunca más con él, ni salir a pasear juntos por los jardines de palacio. Se había roto el estrecho lazo que les unía, un lazo que sólo la muerte pudo romper.

Los sicilianos se sorprendieron de lo rápidamente que se sobrepuso de la muerte de su hijo, y en cambio cuán afectado estaba por el fallecimiento de su padre.

–La muerte de un hijo puede ser reparada por el mismo Dios que nos lo ha dado –había dicho–; pero cuando se pierde a un buen padre, el curso que Dios impone a la naturaleza no nos permite tener ninguno más.

Lo más sensato era regresar a casa. Debía ir a consolar a su apenada madre, pues sabía a ciencia cierta que se hallaría desolada por el duro golpe. La muerte de su padre lo envejeció, le hizo sentar la cabeza y recordar la muerte de su bisabuelo, Enrique II, un rey que el tiempo juzgaría como el mejor de los que tuvo Inglaterra; murió con la tristeza de saber que sus hijos renegaban de él y que su esposa lo odiaba. Murió, pues, solo, sin amigos, únicamente rodeado de unos cuantos que, en su lecho de muerte, trataron de consolarlo. Sin embargo, había hecho mucho por Inglaterra. Mientras que la muerte de ese otro Enrique, el queridísimo padre de Eduardo, que había hecho peligrar la Corona al confiar en hombres como Simón de Montfort, sería tan llorada y sentida, que sus hijos y su esposa estarían postrados por el dolor y guardarían su recuerdo el resto de sus vidas. Eduardo pensó que la vida a menudo tiene muchas ironías. Se preguntó cuál sería su destino. Luego se dijo que no se trataba de elegir nada, pues un hombre podía ser al mismo tiempo un buen rey y un buen padre. Sabía que tendría a Leonor a su lado y que no intentaría dominarlo como hizo su madre con su padre. Amaba mucho a su madre, pero aun así era consciente de sus defectos. Él sería el rey, y no tendría más remedio que acabar con sus extravagancias. Tampoco quería enfrentarse a los barones, cosa que sí había hecho su padre.

En un súbito arrebato de cariño, cogió la mano de su esposa y la apretó con fuerza. Desde la cubierta del barco, contemplaban cómo los acantilados blancos se hacían más visibles.

Desde el mismo instante en que su padre había muerto, se había convertido en el nuevo rey, pero no regresó enseguida a su patria. Antes tenía asuntos importantes que resolver en el continente. No era momento para llantos, debía consolidar su nueva posición. Visitó al Papa para asegurarse unas futuras buenas relaciones con Roma; luego él y Leonor fueron a Castilla para estar un tiempo al lado de la familia de su esposa, y finalmente viajaron a París, donde les acogió el rey francés Felipe III y la madre de éste, Margarita, tía de Eduardo. En Montreuil tuvo una entrevista con el conde de Flandes, en el curso de la cual se discutieron y así fue como se interrumpieron las exportaciones de lana inglesa a Flandes.

Había sacado el máximo partido de esos viajes, y

creyó haber actuado de acuerdo con las exigencias de su nueva condición.

La reina se dio la vuelta y le dijo:

–Pronto desembarcaremos.

–Tenemos delante una nueva vida –contestó él–. Cuando pisemos suelo inglés, lo haremos como rey y reina.

–Me pregunto si los niños nos estarán esperando. ¡Eduardo, tal vez no nos reconozcan!

Estaba llorando. Eduardo sabía que pensaba en Juana.

–No debes inquietarte, será por poco tiempo. Pronto la volveremos a tener entre nosotros –le dijo con ternura.

–No debí implorarte para que lo permitieras –dijo Leonor.

–Piensa en la ilusión que le hacía a tu madre.

–Sí, pero no debería ser tan egoísta. Tengo a mis dos pequeños esperando, aunque deberían ser tres.

–No debes pensar en ello. Los niños mueren, pero pueden nacer más. Tendremos más hijos, te prometo que te haré una docena.

–Ruego a Dios que así sea. De todos modos, no puedo dejar de pensar en Juana.

No era extraño que la madre de Leonor adorara a la niña. Juana era, ya desde los primeros días después de su nacimiento, una criatura encantadora, muy alegre y despabilada. Siempre resultaba curioso constatar cómo las personas se sienten atraídas por sus homónimos. Y eso fue precisamente lo que le ocurrió a la madre de Leonor. Se enamoró de la niña desde el instante en que la vio. Luego se la llevó a sus aposentos privados y no la abandonó ni en presencia de su madre, ni de las niñeras. Cuando llegó el día en que Eduardo y Leonor tenían que irse de la corte de Castilla, les rogó que le dejaran a la niña un tiempo, pues la pequeña le daba motivos para continuar viviendo. A la pobre Leonor se le enterneció el corazón al ver a su madre tan desesperada y sola.

–Le debemos mucho –dijo a Eduardo–. Tu padre le hizo perder la juventud haciéndole creer que se casaría con ella, y luego contrajo matrimonio con tu madre. Después nadie más pidió su mano hasta que apareció mi padre. Sólo pudo tenerme a mí, y ahora yo me he casado y vivo lejos de ella.

Eduardo fue comprensivo. Era consciente de que, una vez más, Leonor se veía obligada a tomar una decisión extrema. Si hubiese sido una persona egoísta, no se lo habría pensado dos veces y habría actuado de acuerdo a sus intereses. Pero Leonor siempre actuaba pensando más en los demás que en ella.

Y así fue como dejaron a la pequeña Juana en manos de la madre de Leonor, quien se apresuró a quitarla de delante de sus padres por temor a que cambiaran de opinión.

Y ahora ellos estaban en Inglaterra, y la pequeña Juana en Castilla.

Pero les estaban esperando sus otros hijos.

Se oyeron unos gritos de alegría cuando el rey pisó tierra firme, seguido de la reina.

–¡Larga vida al rey! –gritaron algunos vasallos leales.

Eduardo se quedó un momento quieto, con Leonor a su lado, escuchando aquellos vítores.

Luego descubrió a su madre entre la gente; muy erguida, no había perdido, a pesar de la edad y de la pena, su exultante belleza. Llevaba cogidos de la mano a dos niños. Leonor enseguida se fijó en ellos. Lanzó un grito ahogado y tendió los brazos.

Los dos niños, la princesa Leonor y el príncipe Enrique, corrieron hacia ella.

–¡Mis niños!

La reina se había arrodillado para abrazarlos. Tenía el rostro pálido y apenas podía respirar.

–Señora –gritó la princesa–, finalmente está usted en casa. Hace muchos, muchos años que se fue.

Leonor no podía hablar.

–Enrique, querido.

«¡Oh, Dios mío! –pensó–. ¡Que pálido y frágil es!»

Eduardo cogió al pequeño Enrique en brazos y se lo puso encima del hombro, mientras indicaba a la pequeña Leonor que permaneciera de pie a su lado.

Era realmente conmovedor ver a aquel gran rey, que destacaba por encima de sus vasallos, tan profundamente emocionado por volver a reunirse con su familia.

Todos los presentes interpretaron aquella imagen como un feliz presagio: el rey volvía a casa. El viejo Enrique había muerto, por lo que su extravagante esposa quedaría, a partir de ahora, relegada a un segundo plano.

–¡Larga vida al rey!

Mientras subía por la empinada colina que conducía al torreón del castillo, Eduardo se sintió muy orgulloso. A los lados del camino había vasallos que le vitoreaban, dispuestos a demostrarle lo felices que se sentían por su regreso. En sus gritos de alegría se adivinaba la esperanza que habían depositado en él, pues deseaban que enmendara los errores cometidos por los anteriores reyes.

Los antiguos bretones llamaron a Dover, muy acertadamente, Dvfyrrha, nombre que significa «lugar empinado». Y, de hecho, era muy inspirador mirar hacia abajo y ver el magnífico puerto, y un poco más allá, hacia el mar, donde Eduardo sabía que en los días claros se alcanzaba a ver la costa francesa. Fueron los romanos quienes construyeron parte del castillo, junto al viejo faro. La fortaleza se alzaba a trescientos pies por encima del nivel del mar, una altura excepcional que favorecía la defensa de sus habitantes. No era nada raro que la llamaran Llave de Inglaterra.

Sus antepasados habían vivido allí. El Conquistador

se había adueñado del castillo inmediatamente después de la batalla de Hastings, y su bisabuelo, Enrique II, había mandado reconstruir el torreón. Para Eduardo fue, indudablemente, un momento de intensa emoción cuando pisó el interior.

La reina, que sólo tenía ojos para sus hijos, estaba a su lado deseando hablar con su suegra acerca de la salud del pequeño Enrique.

A pesar de ser agosto, hacía frío dentro del castillo. Leonor lo notó enseguida, pues estaba acostumbrada a climas más bochornosos, y se preguntó de inmediato si el frío sería perjudicial para la salud de Enrique.

Cuando estuvieron a solas en sus aposentos, Eduardo se volvió hacia ella y le dijo:

–Por fin en casa, querida. Confío en que pasen muchos años antes de que tengamos que volver a salir de esta tierra.

Leonor asintió. Aunque se dijo que era poco probable que vieran realizado ese deseo, pues, hasta la fecha, ningún rey de Inglaterra había vivido tranquilamente en su país.

La reina madre fue a visitarlos a sus habitaciones. Instintivamente, la reina supo que su suegra había ido hasta allí para hacerles saber que quería continuar teniendo el mismo poder que tuvo en vida de su marido.

–¡Qué alegría volver a teneros en casa! –exclamó–. Ha sido muy conmovedor ver la lealtad que han demostrado todos.

Eduardo miró a su madre con cierto cinismo. La multitud no había dirigido a ella los vítores.

–Están tan felices de tenerte en casa, y así debe ser. –Le brillaron los ojos. Se sentía orgullosa de tener un hijo tan digno de ser rey–. Aunque no te hubiera visto nunca, Eduardo –continuó–, habría adivinado que eras el rey, pues con tu porte destacas entre todos tus vasallos.

Leonor asintió con la cabeza.

–Debemos celebrar tu regreso –continuó la reina madre–. Daremos un banquete en Westminster y luego prepararemos todo lo relativo a la ceremonia de la coronación.

–Nos ahorraremos el banquete –dijo el rey–. Ya gastaremos bastante con la coronación.

–Querido Eduardo, no te olvides de que eres el rey, y debes actuar de acuerdo con las costumbres reales.

–Es precisamente lo que intento hacer. Por eso no deseo despilfarrar el dinero.

La reina madre soltó una fuerte carcajada y le dijo con cierto reproche:

–Tu padre habría organizado una fiesta espléndida.

–No lo dudo, pero yo voy a hacer las cosas a mi manera. La ceremonia de la coronación se celebrará por todo lo grande, pues eso es lo que la gente espera, y yo estoy dispuesto a pagarla. Pero no veo la necesidad de hacerles gastar más dinero del estrictamente necesario.

La reina madre se puso seria.

–Pero hijo, ¿qué te ha ocurrido durante tu ausencia? Tu padre...

–Oír su nombre me entristece –la interrumpió Eduardo–. Nunca en mi vida me había sentido tan triste como cuando recibí la noticia de su muerte, pero te lo advierto: no se va a gastar dinero para fiestas. Vamos a celebrar sólo la coronación.

Leonor se sintió orgullosa de Eduardo. Tenía madera de rey, pues había sido capaz de hacer callar a su obstinada madre, que se encogió de hombros en señal de impotencia.

–Los mercaderes de Londres tienen mucho dinero; además están los judíos. No sería nada difícil imponerles más impuestos.

–Subir los impuestos como primera medida de mi actuación real, podría crearme impopularidad –dijo Eduardo–. Lo único que me interesa es ganarme la confianza de mi pueblo.

Se inclinó ante su esposa y su madre, y salió de la habitación.

La reina madre lanzó una débil sonrisa a la reina.

–Está ansioso por demostrarnos que él es el rey –comentó.

La reina, que para defender a los suyos podía llegar a ser muy osada, le replicó diciendo:

–No olvidéis, señora, que efectivamente él es el rey, y está decidido a gobernar con justicia.

–Su padre nunca me negó nada. Además, veía las cosas desde mi punto de vista.

–Pues Eduardo las entenderá según su propio criterio.

–Ha estado fuera mucho tiempo, tal vez cambie de opinión cuando se haya acostumbrado de nuevo a nosotros.

La reina guardó silencio durante unos segundos y luego dijo:

–Estoy preocupada por Enrique.

–No es muy fuerte –admitió la reina madre cambiando la expresión del rostro.

–Me asusté cuando lo vi. De repente me acordé del pequeño Juan.

–Me he ocupado de él día y noche. He vigilado que comiera lo que debía, y cuando ha estado enfermo, no me he movido de su lado.

La reina cogió la mano de su suegra y la apretó cariñosamente.

–Sé muy bien que lo queréis muchísimo.

–Ha sido la razón de mi vida desde que murió el rey.

–Lo sé. Pero está demasiado delgado y débil. Cuando lo vi, sentí ganas de llorar.

–Me lo imagino. El viaje hasta Dover le cansó mucho.

–Tal vez no debería haber venido.

–Temí dejarlo en Londres. Creo que no es bueno que sea consciente de su fragilidad, pues es algo que le preocupa, y por eso intenta mantenerse a la altura de los demás.

–¿Le pasó lo mismo al pequeño Juan?

La reina madre asintió.

–Dios mío, no podría soportar que...

–Debemos hacer todo lo que esté a nuestro alcance, pero sin que él sospeche nada –la interrumpió Leonor de Provenza–. Yo misma he ido en varias ocasiones a encender numerosas velas en la capilla.

–¿Y ha servido de algo? –preguntó la reina.

–Pareció más fuerte durante unos días, pero luego recayó.

–Tal vez deberíamos alquilar a algunas viudas para que velaran por su salud.

–Me temo que se daría cuenta.

La reina asintió. Su suegra, que siempre se enternecía cuando se hablaba del bienestar de su familia, le dijo dulcemente:

–Esperemos que ahora que estás en casa se reponga pronto. Ya sabes que yo también sufrí mucho por la salud de Eduardo. Recuerdo una vez que fuimos a la abadía de Beaulieu. Estaba muy resfriado y durante la ceremonia cogió fiebre. Insistí en quedarme con él en la abadía para cuidarlo. ¡La que se armó! ¡Dónde se había visto que una mujer durmiera en una abadía! Me dijeron que era una ofensa a Dios. Pero yo estaba dispuesta a saltarme las leyes divinas por mi hijo, y al final me salí con la mía. Te cuento esto, hija mía, porque no tienes más que ver a Eduardo hoy. ¿Quién diría que no gozaba de buena salud cuando era pequeño?

–Me tranquilizáis –dijo la reina.

–Esperemos que Enrique supere este bache como lo hizo su padre.

–Tengo la intención de hacer lo que esté en mi mano para que así sea.

–Puedes contar conmigo en todo lo que haga falta.

La reina sintió cierta simpatía por su suegra. Cierto, era muy extravagante y la responsable de la impopularidad del rey Enrique, pero, por otro lado, era una mujer con una inquebrantable lealtad para con su familia.

Leonor de Provenza, a pesar de sus defectos, adoraba a los suyos por encima de todo.

La comitiva real no podía entretenerse en Dover. Debía llegar a Londres cuanto antes, de lo contrario los londinenses se ofenderían. Tal como Eduardo dijo a la reina, no podía permitirse ser impopular en la capital, pues por sus padres, sabía lo que ello conllevaba. Se mordió ligeramente los labios. La reina se sintió orgullosa y complacida de que su marido estuviera tan decidido a no dejarse dominar por su madre. En un principio, temió que no fuera así, pues había visto con sus propios ojos lo dominante que era, y sabía que madre e hijo mantenían una estrecha relación afectiva. Se sorprendió al comprobar que Eduardo no estaba dispuesto a dejarse dominar, y que sobre todo le importaba gobernar justamente el país.

El trayecto fue muy jubiloso. Eduardo sabía que debía detenerse en los distintos pueblos, pues todos sus vasallos deseaban verlo, además, la primera impresión que tuvieran de él sería la definitiva. Debía demostrar a todos, incluso a los más pobres, que se preocuparía por su bienestar, pues, a pesar de ser el hijo y el heredero legítimo del difunto rey, su proclamación dependía en buena medida de la voluntad del pueblo. Esta lección se la había enseñado su padre, cuyo ejemplo le mostró cómo no debía comportarse un rey con sus súbditos. Le parecía extraño que, por mucho que amara a sus padres, había aprendido a no cometer los mismos errores que ellos.

Había sido una buena idea llevar a sus hijos con él.

Nada enternecía más a la gente humilde que los niños. También se dio cuenta de que les gustaba la nueva reina. Era una ventaja para ella el que les desagradara tanto Leonor de Provenza, y que creyeran que cualquier sucesora sería mejor. La nobleza en su comportamiento y su evidente amor hacia sus hijos les robó el corazón.

En todos los pueblos que cruzaron, la multitud les vitoreó y echó flores a su paso.

–¡Larga vida al rey! ¡Larga vida a la reina! –oían constantemente.

Eduardo sonreía disimuladamente cuando, al pasar su madre, se hacía un silencio sepulcral entre las gentes. Se compadeció de ella, pues estaba convencido de que su madre nunca supo que todos la creían responsable de las miserias del país. Si ella hubiese querido, se habría ganado su respeto y admiración, pero sencillamente no se preocupó de ello. No obstante, él la quería mucho. Valoraba lo mucho que lo había mimado y la devoción que siempre había profesado por la familia. De todas maneras, él siempre había sabido que ella era la artífice de su impopularidad. Recordó el día que los londinenses arrojaron piedras dentro de la barca donde iba, con la intención de que se ahogara. Nadie en su familia perdonó jamás a los londinenses ese acto; sin embargo, Eduardo entendía por qué lo habían hecho. Su querida madre era muy lista, pero nunca llegaría a comprender que un rey o una reina tienen que contar con la confianza del pueblo si quieren permanecer sanos y salvos en el trono.

Se detuvieron en el castillo de Tonbridge donde Gilberto de Clare, llamado el Pelirrojo por el color de su pelo, les esperaba para prestar homenaje al rey.

Eduardo se alegró mucho, pues era importante tener a Gilberto *el Pelirrojo* de su parte. Siempre muy categórico, Gilberto no había temido nunca hacer públicas sus opiniones, por lo que Eduardo se sintió más seguro al ver que lo tenía de su parte.

A quien no satisfizo tanto este acto fue a la reina madre, que no creyó conveniente pararse en Tonbridge.

–No se puede confiar en este hombre –dijo a Eduardo–. No era muy amigo de tu padre. Es momento de demostrar a los hombres como Gilberto de Clare que lo pasarán mal si no son leales a su rey.

–Querida madre –dijo Eduardo cortésmente–, conozco bien lo que piensa este caballero. Va a estar de la parte que a él más le convenga, y nada cambiará su opinión. Si no le gusta lo que hago, se convertirá en mi enemigo; pero me ha jurado lealtad, lo que significa que está dispuesto a confiar en mí.

–A condición de que pueda hacer lo que se le antoje.

–Eso no está ni en su mano ni en la mía; todo depende de cómo se gobierne el país.

–¿Y vas a permitir que dé su opinión al respecto?

–Creo que él y los demás barones tienen que tener voz y voto. Así lo quiere la gente. Pero ten por seguro, querida madre, que se hará según mi voluntad, a pesar de que me cueste convencerlos.

–Tienen que obedecer sin condiciones.

–Eso es algo que nunca han hecho. Un rey no puede evitar que el más humilde de los campesinos dude de él, aunque sólo lo piense y no lo diga.

–Los campesinos, querido hijo, carecen de inteligencia.

–Madre, no cometamos el error de subestimar al pueblo, pues está demostrado que ello sólo provoca desastres.

–Tu padre nunca lo tuvo en consideración.

–En eso estás en lo cierto, pero seamos realistas: estuvo a punto de perder el trono.

–¡Cómo puedes hablar así de tu padre!

Eduardo abrazó a su madre y le dijo:

–Todos le queríamos muchísimo, pero nuestro amor

no pudo evitar la guerra civil. Estoy decidido a que, durante mi reinado, no se repita semejante atrocidad. Este brazo, querida madre, es el más fuerte que jamás haya blandido una espada, pero serán el corazón y la cabeza las que me indiquen cuándo tengo que desenvainarla.

La reina madre miró a su hijo con turbación. Fue consciente en ese momento, de que la influencia que había ejercido hasta entonces en la Corona inglesa había llegado a su fin.

En el vestíbulo de Tonbridge se había organizado una fiesta para dar la bienvenida al nuevo rey. Gilberto de Clare se sentó al lado de Eduardo y le expresó su alegría por tenerlo de vuelta en el país. Se lo dijo muy sinceramente, pues el barón no era dado a fingir. Como todos los hombres sensatos del país, quería que su tierra disfrutara de la paz, pues era la única manera de que prosperara. Tenía tres o cuatro años menos que Eduardo, y ya se había convertido en el más poderoso de los barones. Hubo un tiempo en que apoyó la causa de Simón de Monfort, pero era un hombre que no dudaba en cambiar de facción, si lo creía necesario.

Ante todo, prefería apoyar al rey. Además, estaban los lazos familiares. Veinte años atrás, cuando los hermanastros y hermanastras del rey invadieron el país, Enrique decidió que Gilberto sería un buen esposo para su parienta Alicia de Angulema. En esa época, Gilberto, con apenas diez años, no pudo opinar sobre la boda y su matrimonio fue bastante desgraciado.

En ese momento, mientras bebían juntos y escuchaban a los juglares, Gilberto observó lo felices que eran el rey y la reina. El rey enseguida advirtió su ensimismamiento.

–Confío en que disfrutaremos de un período de paz –dijo Gilberto–. Los barones están muy esperanzados.

–Haré cuanto esté en mi mano por satisfacer sus esperanzas, pues, si no me equivoco, creo que desean tanto como yo la prosperidad del país.

–Nunca han deseado otra cosa, señor.

Sus palabras confirmaron, una vez más, su honestidad. Demostró no estar dispuesto ni a fingir delante del rey ni a seguir la costumbre equivocada de que los muertos deben ser alabados y, en consecuencia, afirmar que Enrique había sido un santo, cuando él mismo se había buscado los problemas y los había trasladado, por ende, a su pueblo. Gilberto le vino a decir que los barones apoyarían al nuevo rey mientras éste actuase sabiamente y por el bien del país.

Y como eso era precisamente lo que Eduardo se proponía, no se tomó a mal la actitud del barón.

–Me parece un buen presagio, señor –continuó Gilberto–, que hayáis vuelto de una Cruzada. Al pueblo le gusta tener un rey cruzado, siempre y cuando la Cruzada pertenezca al pasado, pues así no les aumentan los impuestos para costearla ni han de sufrir las consecuencias de que su soberano muerta y deje el país en manos de otro. En definitiva, les satisface tener un rey que haya luchado en Tierra Santa, porque con ello ya ha demostrado ser un gran guerrero; y si además ese rey tiene una esposa adorable e hijos... Ésta es la mejor suerte que puede tener un hombre.

–Perdóname, amigo mío –dijo el rey–, pero creo que no estás muy satisfecho con tu matrimonio.

–Os diré algo, señor, si pudiera sacarme de encima a Alicia y casarme con otra mujer, no me lo pensaría dos veces. Viene de una familia muy despótica. Su abuela fue una mujer muy obstinada, señor. Dominó al rey Juan mientras estuvo casada con él, y engendró a toda una raza de arpías cuando se casó con Hugo de Lusignan.

Eduardo sonrió ligeramente. La esposa de Gilberto, Alicia de Angulema, era la sobrina de Alicia de Lusignan, hermanastra de Enrique III.

–Estás hablando de mi propia familia, amigo mío.

–Y también de la mía, señor, desde el momento que me casé con ella. Pero la verdad es la verdad, y vos seréis el primero en daros cuenta de ello.

–Entonces, deseas divorciarte de tu esposa, pero el Papa no te deja, ¿verdad?

–Lo habéis adivinado. Es tan fácil quedar atrapado en el matrimonio. Yo sólo tenía diez años. Lo único que puede hacer un niño a esa edad es obedecer las órdenes de sus mayores, pero después debe cargar con una esposa que no ama durante el resto de sus días.

Eduardo soltó una carcajada. A él también le habían escogido la esposa, pero aun así, si hubiese podido elegir entre un millar de mujeres, la elección habría sido la misma.

Era un hombre afortunado. Pensó que tenía que ser comprensivo con Gilberto.

–Esperemos que tengas suerte –le dijo–, y cuando estés libre, te buscaremos una buena esposa.

–Con vuestro permiso, señor, me la buscaré yo mismo –contestó Gilberto.

La estancia en Tonbridge fue muy agradable. Gilberto, conde de Gloucester y el hombre más poderoso del reino, estaba de parte del rey.

Eduardo expresó su gratitud por la hospitalidad recibida. Implícitamente, le agradeció el que le ofreciera su apoyo. En cualquier caso, estaba decidido a vigilarlo de cerca, no fuera que cambiara de opinión.

De Tonbridge se fueron a Reigate, donde Juan de Warenne les estaba esperando.

A Juan de Warenne, nieto del gran Guillermo Marshal y por tanto miembro de una de las familias más ricas del país, también le habían escogido la esposa de niño. Enrique III había dispuesto que se casara con su hermanastra Alicia de Lusignan, tía de la esposa de Gilberto. Al rey le pareció que era un matrimonio ideal pues, siendo como era un hombre de familia, creyó que era el mejor favor que podía hacer a sus familiares menos favorecidos económicamente. Eduardo nunca había puesto en tela de juicio la lealtad de Juan de Warenne, con quien le unían lazos familiares.

Por tanto, la estancia en Reigate fue muy agradable, sólo los crecientes temores de la reina por la salud del pequeño Enrique impidieron que fuera del todo apacible.

–Se me rompe el corazón cada vez que veo que intenta disimular su debilidad –dijo a Eduardo cuando estuvieron a solas–. Sé que el niño no está bien. Se cansa con facilidad. Tu madre me dijo que al pequeño Juan le ocurría lo mismo.

–Enrique es todavía muy joven, querida. Saldrá adelante.

–Pero nuestro hijo Juan murió.

–No estábamos aquí cuando ocurrió.

–Tu madre lo vigilaba como un perro guardián. Adora a los niños, sin embargo...

La reina se interrumpió. Eduardo le puso una mano encima del hombro y le sonrió.

–Creo que los dos comprendemos a mi madre –le dijo–. No hay persona más dedicada a su familia que ella. Es inteligente, bella y mi padre la adoraba, por eso se ha acostumbrado a ver siempre cumplidos sus deseos. Deberá cambiar de actitud...

Aun así, la reina estaba intranquila y acabó por contagiar su ansiedad a Eduardo. Su hija Leonor gozaba de muy buena salud, lo mismo que Juana cuando la dejaron en Castilla, a pesar de que esta última tuvo una difícil entrada en este mundo. Acre no había sido el sitio más conveniente para nacer, pues carecía de toda comodidad. No obstante, la niña había presentado un aspecto lozano desde el principio. Su otra hija había muerto, aunque ello había sido debido a los infortunios sufridos por la reina antes del parto. Leonor quería convencerse de que podían traer al mundo niños sanos. Seguía teniendo remordimientos de conciencia por haber tenido que escoger entre abandonar a sus hijos o a su marido.

Al día siguiente, la reina seguía muy abatida, aunque intentó disimularlo porque sabía que sus temores inquietaban a Eduardo. Pero éste advirtió su preocupación y la llevó a la capilla de Reigate, para contar al sacerdote todo lo relativo a la ansiedad de su esposa.

–Creo que por aquí cerca hay un santuario –dijo el rey–. Quiero que se haga una figura de cera de mi hijo y se queme en aceite delante de la imagen del santo. Tal vez interceda por él ante Dios y la Virgen.

El sacerdote hizo una reverencia y les dijo que así se haría, pues era una costumbre muy practicada para pedir una intercesión especial en el cielo por alguien.

–Bien –dijo Eduardo con firmeza–, ahora está en manos de los santos, y no te quepa la menor duda, cariño, de que escucharán las plegarias de una madre tan cariñosa como tú.

La reina le agradeció que fuera tan bueno con ella.

–Puede que te cueste creer que esté tan preocupada por él, pero el pequeño Enrique es un niño tan hermoso, que me gustaría verlo tan sano como su hermana.

–Y lo estará, te lo prometo –le dijo Eduardo.

Poco después se marcharon de Reigate en dirección a Londres.

SE VA ENRIQUE Y LLEGA ALFONSO

Todos los habitantes del reino se dirigieron a Londres para asistir a la coronación, por lo que Eduardo acabó convenciéndose de que sería poco conveniente que la ceremonia revistiera cierto aire de austeridad. La reina madre estaba en su elemento; aun así, le habría gustado poder encargarse de los preparativos y ser ella quien diera las órdenes, como había hecho siempre en vida de su esposo.

En su lugar, tuvo que contentarse con ocuparse de reunir a la familia. Le hizo mucha ilusión saber que su hija Margarita ya había salido de Escocia, y que Beatriz, su otra hija, junto con su esposo Juan de Bretaña, también asistiría a la ceremonia. Tampoco iba a faltar su hijo Edmundo, conde de Lancaster. Finalmente, se reuniría con todos sus hijos vivos, y de haber tenido a su lado a su finado esposo, hubiera sido la mujer más feliz de este mundo.

Margarita era su hija predilecta. Tal vez porque había sufrido mucho por ella cuando, de jovencita, fue maltratada por los escoceses. A menudo recordaba cómo el día de su partida hacia Escocia Margarita se le colgó al cuello y le imploró que le permitiera quedarse. Pero ella y Enrique ya habían tomado la decisión y sólo pudieron llorar por aquella dolorosa separación. No obstante, cuando se enteraron de que estaba prisionera en el horrible castillo de Edimburgo, y que sólo le daban tortas y gachas de avena para comer, Enrique, espoleado por su esposa, estuvo a punto de declarar la guerra a los escoceses, a pesar de que ello hubiera significado desafiar a los barones y romper en mil pedazos delante de todos ellos la Carta Magna, lo cual, según la reina, era lo mejor que le podía pasar a aquel detestable documento. Se fueron a Escocia, lograron rescatar a su hija y la devolvieron a su prometido, Alejandro, quien por aquel entonces no era más que un niño. Por suerte, Margarita era por fin feliz. Ella y Alejandro se adoraban, y de esa bendita unión habían nacido tres hermosísimas criaturas. La reina madre siempre había deseado para su hija la misma felicidad conyugal que ella había tenido con Enrique. Margarita tenía un carácter más afable que el de su madre y, como el resto de la familia, era muy indulgente con ella. La reina madre sentía una predilección especial hacia la primogénita de Margarita porque la niña había nacido en Windsor durante una visita de Margarita a la familia. Su madre, maquiavélicamente, retrasó el regreso a Escocia de su hija hasta que ya fue demasiado tarde. A los escoceses no les gustó que el primogénito de la reina naciera fuera de Escocia, pero cuando supieron que era una niña, aplacaron un poco su ira. Aquella niña, que se llamaba como su madre, ya tenía trece años y había heredado su belleza. Tres años después, Margarita dio a luz a un niño, Alejandro, el hermoso heredero del trono escocés, y hacía tan sólo cuatro años había nacido David.

La reina madre tenía muchas ganas de estar con todos sus nietos, para mimarlos y asegurarse de que querían a su abuela y de que sus padres los estaban educando correctamente. Le gustaba aconsejarlos al respecto, y todos la escuchaban sin cuestionar su mayor experiencia. Pensó que los días que se acercaban iban a estar llenos de felicidad, a pesar de la gran aflicción que la abrumaba.

Beatriz, su segunda hija, casada con Juan, conde de Bretaña –un marido que la adoraba–, tenía cinco maravillosos hijos. Beatriz había acompañado a su marido a la Cruzada y había estado junto a Leonor en Acre cuando nació la pequeña Juana. Las dos se habían convertido casi en hermanas al compartir los infortunios de la vida nómada, al tiempo que se habían consolado mútuamente por haber tenido que escoger entre abandonar a los hijos o al marido. Se acercaba el momento en que todos se reunirían de nuevo y la reina madre se convenció de que, en un futuro, tomaría bajo su protección a nuevos nietos.

También estaría en la ceremonia Edmundo, su querido hijo, conde de Lancaster. No gozaba de tanta popularidad como su hermano Eduardo, pero no era de extrañar, pues éste era el rey y estaba tan espectacularmente dotado... Era todo un Plantagenet: pelo rubio y con largas extremidades, como los normandos. Al mirarlo, se advertía de inmediato que descendía del Conquistador. A los ingleses les agradaba tener reyes fuertes, o al menos eso decían una vez que éstos habían muerto. En tiempos, por ejemplo, del Conquistador, de su hijo Enrique I y también de su bisnieto Enrique II, los ingleses se habían quejado mucho de la dureza de las leyes promulgadas, pero, una vez muertos, la dureza se convirtió en justicia y todos fueron largamente venerados. Ya antes de su coronación, era evidente que Eduardo sería un rey fuerte. Mientras pensaba en ello, la reina madre apretó los labios. Eduardo ya le había dejado bien claro que no iba a seguir sus consejos. Aunque a veces la escuchara demostrando interés por lo que le decía, siempre acababa haciendo lo que él quería.

Edmundo era menos alto y menos rubio; a saber, más de la Provenza que de la Normandía. Tenía la columna vertebral ligeramente curvada, y ante la imposibilidad de disimular este defecto, sus enemigos le habían apodado el Jorobado. La reina madre se enfadó mucho cuando se enteró, especialmente porque nada se podía hacer para remediarlo. El sentimiento de impotencia la enloquecía más que cualquier otro.

Se alegró mucho cuando Edmundo se casó con Avelina de Fortibus, la heredera del conde de Albemarle, pues ese matrimonio hubiera significado un incremento sustancial de las arcas familiares. Pero, desgraciadamente, Avelina murió antes de heredar la fortuna, y poco después Edmundo se fue con su hermano a Palestina, también como cruzado.

«Debemos encontrar una nueva esposa para Edmundo», pensó mientras repasaba los nombres de las familias más ilustres.

Lo que más ilusión le hacía era estar con Margarita. Se sintió muy orgullosa de ella cuando la vio entrar a caballo en Londres con su marido y sus hijos, pues el séquito que traía era más largo que el de los demás. «Esto le servirá de lección a Eduardo», pensó la reina madre, que supuso que su hijo no permitiría que el rey de Escocia le hiciera sombra.

Estaba ansiosa por llevarse a Margarita a un sitio retirado donde poder hablar a solas con ella. Cuando lo consiguió, la abrazó con todas sus fuerzas. Siempre sintió especial predilección por Eduardo, tal vez porque era su primogénito, pero, a fin de cuentas, una madre suele sentirse más cerca de una hija, y el que, después de aquella desagradable experiencia en el castillo de Edimburgo, Margarita creyera que sus padres eran omnipotentes, satisfacía grandemente a Leonor de Provenza.

Después de abrazarla, la contempló durante unos instantes. Luego le preguntó:

–Querida, ¿todavía te resulta tan difícil acostumbrarte al clima de Escocia?

–Ya me he acostumbrado. A los niños les encanta.

–Tenías a tu padre constantemente preocupado por ti. Cada vez que nevaba me decía: «Me pregunto qué tiempo hará en el norte, y si nuestra querida hija estará sufriendo las consecuencias de tanto frío.»

–Mi querida madre, siempre te has preocupado demasiado por nosotros.

–Nunca estoy tranquila si no sé que estáis bien. Nunca olvidaré aquella terrible época...

–Eso ya pasó. Ahora Alejandro es el rey y nadie se atreverá a luchar contra él.

–¿Es un buen esposo, querida?

–No podría ser mejor. Se parece muchísimo a mi padre.

–Era incomparable. Margarita, no sabes cuánto sufro...

–Lo sé. Pero a él no le gustaría que lloráramos. Seguro que estaría feliz de ver que Eduardo es todo un hombre y que la gente está con él como nunca habían estado...

–¿Con tu padre? Eran muy malos con él. Fueron tan ruines, tan parcos...

–Alegrémonos, madre, de que parezcan haber olvidado sus reivindicaciones. Esperemos que los barones no vuelvan a sublevarse, pues a la gente no le costaría nada acordarse de nuevo de Simón de Monfort.

–¡Ese traidor!

–Se opuso a mi padre, es verdad, pero dudo que lo hiciera por traición. Su muerte en Evesham fue... terrible. Tengo que contarte algo muy extraño que me sucedió. Poco antes de recibir la noticia del regreso de Eduardo y, por tanto, de que teníamos que venir a Londres para su coronación, estábamos en Kinchleven, a orillas del río Tay, celebrando un banquete. Todos hablaban, como de costumbre, de sus peripecias y aventuras, mientras yo estaba triste pensando en la muerte de mi padre; deseé alejarme de aquel jolgorio. Fue entonces cuando alguien mencionó el nombre de Simón de Montfort y uno de mis soldados, que no hacía mucho había regresado de Inglaterra, habló de la batalla de Evesham, en la que él había participado, y alardeó de haber sido él quien había asestado la puñalada mortal a Montfort. Como estaba cansada de aquella conversación, me levanté de la mesa y les dije que iba a pasear por el río. Me acompañaron algunos criados, entre los cuales estaba aquel soldado. Advirtieron que estaba triste porque la conversación acerca de Simón de Montfort me había traído recuerdos de mi padre. No podía dejar de pensar en el día que me llegó la noticia de su muerte. Me vieron tan triste, que una de mis doncellas propuso jugar a algo para levantarme el ánimo. Y así lo hicieron. Los hombres empezaron a luchar entre sí e improvisaron un juego para ver quién era el más rápido en subir a los árboles. Hacían unas payasadas tan divertidas, que no pude menos que reírme. El soldado que había sacado el tema de Simón de Montfort fue quien ganó la mayoría de juegos, y una de mis damas me dijo que debía concederle una distinción, por lo que accedí a regalarle uno de mis guantes. Pero todos pidieron que la prenda fuera entregada ceremoniosamente, y que el soldado la recogiera de mis propias manos. El hombre, cuando estuvo a mi lado, se miró las manos, y como las tenía manchadas de barro, me dijo: «Señora, no puedo darle la mano. Permítame ir hasta el río para lavármelas.» Le di permiso para hacerlo. Todo aquello parecía una parodia. Cuando estuvo inclinado, ordené a una de mis damas que lo empujara al agua. Y así lo hizo. Todos se echaron a reír, y el soldado desde el agua nos dijo sonriendo: «No pasa nada, sé nadar.» Luego demostró ser igual de habilidoso en agua que en tierra, pues se alejó de la orilla haciendo toda suerte de piruetas. Le aplaudimos y a gritos le dije que por todo aquello se había ganado otra prenda. Pero entonces ocurrió algo terrible: un torbellino agitó el agua. El soldado lanzó un grito desesperado, y desapareció. Su escudero creyó que su amo lo llamaba y se lanzó muy decidido al agua, en dirección al lugar donde hacía un momento su amo había desaparecido. Al cabo de un minuto, perdimos de vista al escudero. «Es sólo un juego –dije a todos–. Nuestro soldado nos quiere demostrar lo listo que es.» Estuvimos esperando, medio riendo, deseando verlo nadar hacia la orilla. Tardamos un rato en convencernos de que no volveríamos a verlo jamás, y de que nuestro inocente juego había acabado en tragedia. No pudimos hallar ni su cuerpo, ni el del escudero.

–¡Qué historia más terrible! ¿Qué fue aquel repentino torbellino?

–No lo sabemos. Pero te lo cuento para que sepas lo mucho que la gente, incluso los escoceses, se acuerda de Simón de Montfort. Algunos dijeron que era porque Dios estaba enfadado, porque De Montfort era un santo y Dios se había vengado matando a su asesino.

–Siempre hay gente que cree en esas cosas. De Montfort no era un santo. Era un traidor que se sublevó contra tu padre. Por eso nunca llegaré a perdonarle.

–Siempre tuvo mucho cariño por mi tía Leonor. Creo que la amaba muchísimo.

–Recuerdo muy bien esa boda. Se llevó en secreto. Tu padre se enfureció cuando se enteró de que Simón de Montfort se había casado con su hermana.

–Pero él sabía que se celebraría esa boda. De hecho, asistió a ella.

–Sólo porque Simón había seducido a tu tía, y creyó que, dadas las circunstancias, era lo mejor.

Margarita lanzó una mirada de incredulidad a su madre. Sabía perfectamente que su padre, el rey Enrique, había dado su consentimiento a aquel matrimonio porque su hermana le había convencido para que lo hiciera, pero después, con el revuelo que se armó, el rey quiso hacer creer que se habían casado porque Simón de Montfort había seducido a Leonor.

La reina madre se empeñaba siempre en creer lo que más le convenía, y ello disgustaba mucho a Margarita.

–Me pregunto dónde estarán ahora –dijo.

–¿Quién? ¿Los De Montfort? Pues creo que exiliados en Francia. Mejor que no intenten regresar.

–¿Te refieres a la esposa e hija de Simón? ¿Y qué hay de sus hijos varones?

–El joven Simón está muerto. Se merecía morir ahorcado por traición, pero Dios quiso llevárselo antes. Él y su hermano Guy, el peor de todos, estaban acusados de asesinato. Ya sabes que fueron ellos quienes asesinaron brutalmente en una iglesia de Viterbo a tu primo Enrique de Cornualles. ¡Fue horrible! A tu tío Ricardo se le rompió el corazón. Adoraba a Enrique. Era un joven noble, y muy leal a tu padre y a tu hermano Eduardo.

–Lo sé. Él y Eduardo crecieron juntos, y también con los niños de Montfort. Recuerdo haberles visto juntos antes de que me fuera a Escocia.

–¡Ha habido tantas tragedias en nuestra familia!

–Sí. Pero ahora Eduardo vuelve a estar en casa, y el pueblo le quiere mucho. Tal vez vivamos en paz.

–Siempre habrá problemas. No me sentiré feliz mientras la familia De Montfort viva.

–Siento habértelos recordado.

–¡De modo que dicen que es un santo! Si hay alguien lejos de ser un santo, es Simón de Montfort.

–Es una pena que lo asesinaran tan brutalmente.

–Fue durante una batalla. Si su bando hubiese sido

el vencedor, habría hecho lo mismo con tu padre y con tu hermano.

–Supongo que Guy y su hermano Simón creyeron estar vengando a su padre. Es comprensible. Es mejor olvidar todo ese episodio.

–Querida Margarita, siempre has sido una conciliadora. Me gustaría oírte desear la muerte a todos los De Montfort. No es de mi agrado saber que Guy y su hermano Almeric están vivos todavía. Almeric vive con su madre, creo, y con su hermana pequeña, Leonor. La llaman la Demoiselle. No me parece mal, porque hay demasiadas Leonores en nuestra familia.

–Tienes razón. Tú misma, la esposa y la hija de Eduardo, nuestra tía que se casó con De Montfort, su hija... Me alegro de haber llamado Margarita a mi hija.

–No te olvides, querida, que pueden confundirla con su propia madre.

–Lo sé, pero Alejandro insistió.

La reina madre le dio un beso en el rostro.

–Sé que Alejandro te ama con locura, y no me extraña que quisiera poner a su hija el nombre de la madre. Estoy segura de que no hace más que decirse que la niña está creciendo igualita a ti.

–¿Cómo lo has adivinado?

La reina madre rió divertida. Por unos instantes, se olvidó de la ira que había sentido hablando de los De Montfort.

–Porque es evidente que es un marido feliz. Y ahora dime: ¿cómo has encontrado a Beatriz?

–Muy bien.

–Me ha dado cinco nietos. Estoy muy orgullosa de ella.

–Siento, madre, que yo no haya podido igualar ese número.

–No te preocupes, querida, lo único que quiero es que seas feliz. Me has dado tres encantadores nietos, y eso ya me hace dichosa. Seguro que Beatriz está con la esposa de Eduardo. He oído que se hicieron muy buenas amigas en Acre.

–Eduardo ha tenido mucha suerte con Leonor. Parece que le quiere muchísimo.

–Es una buena esposa. Cree que Eduardo es la criatura más hermosa de la tierra, y siempre le obedece en todo. Yo nunca me comporté así.

–Estoy convencida de que Eduardo valora el apoyo de su esposa.

–Tu padre también apreciaba el tenerme a su lado, y sin embargo yo siempre hice lo que quise.

–Querida madre, no puedes esperar que todo el mundo sea como tú.

La reina madre soltó una carcajada.

Se sentía feliz, como no se había sentido desde la muerte de Enrique.

–Vamos a buscar a Beatriz –dijo a Margarita–. Quiero contarle muchas cosas. Te tengo tan pocas veces para mí sola, que envidio cada segundo que no estás conmigo.

«¡Pobre madre! –pensó Margarita–. No puede soportar que nos ocupemos de alguien que no sea ella.»

La alegría que se vivía en la capital se hizo extensiva al resto del país. Se estaba a punto de coronar a un nuevo rey, y los adivinos predijeron el advenimiento de una época de prosperidad.

Los dos últimos reinados habían perjudicado la estabilidad del país, ambos habían sido un desastre, debido a la debilidad de los monarcas. Pero Eduardo tenía el porte de un verdadero rey, y actuaba como tal. Además, recién llegado de Tierra Santa, gozaba de la bendición de Dios.

El futuro prometía lo mejor para Inglaterra.

Por todo el reino la gente contaba historias acerca de la fortaleza y el valor de Eduardo. Asimismo se decía que la nueva reina era una mujer muy virtuosa. Repetían hasta la saciedad cómo Leonor había succionado con la boca el veneno de la herida de Eduardo. No les importaba que fuera una extranjera, y se olvidaron de que, cuando había llegado, se habían reído de ella y de su séquito. Por aquel entonces, los españoles les parecían monos, por ser tan morenos de piel y cabello. Pero Leonor se había convertido en una mujer muy bella, y había abandonado por completo las costumbres españolas. Era una más entre los ingleses, que estaban convencidos de que se merecía ser la reina.

Eduardo había hecho público su deseo de que los londinenses fueran hospitalarios con todos los que acudieran a la coronación. Quería que se supiera que iba a introducir leyes justas y que estaba decidido a hacer prosperar el país. De hecho, ya había solucionado el problema de la lana con los comerciantes extranjeros. Estaba dispuesto a negociar para que no hubieran obstáculos en el comercio exterior y a pedir dinero al pueblo sólo cuando fuera estrictamente indispensable para el bien del país.

Sólo permitiría esa ceremonia lujosa. De hecho, los mercaderes de Londres estaban ansiosos por ver coronado a su rey de la manera más suntuosa posible. Estuvieron de acuerdo con que la coronación se celebrara por todo lo alto, pues ello significaba el comienzo de una nueva época.

En los patios del palacio se construyeron edificios de madera para albergar las diversas cocinas, pues nadie iba a marcharse con el estómago vacío. Estas construcciones no tenían tejados, para que el humo pudiera salir con facilidad. Allí, según anunció Eduardo, se serviría comida a todos los que acudieran a la ciudad, sin importar su condición. Los campesinos comerían al lado de los mercaderes y los aprendices, pues todos por igual eran huéspedes del rey: ricos y pobres, mercaderes prósperos y mendigos. Las celebraciones iban a durar catorce días, y el día de la coronación, manaría vino tinto y blanco de las fuentes.

Todos estaban de acuerdo con que ese acontecimiento debía celebrarse a lo grande.

Nadie se quejó. La celebración fue distinta a las organizadas por el anterior rey. A menudo Enrique había ofrecido copiosos banquetes, pero sólo los disfrutaban sus mejores amigos o parientes. En esa ocasión Eduardo y sus invitados iban a comer lo mismo que sus vasallos. Quería que todos supieran que no se preocupaba únicamente de comer, beber y vestir con elegancia, sino que, por encima de todo, estaba la estabilidad y prosperidad del país, y la felicidad de sus gentes. Les estaba diciendo, muy sutilmente, que era distinto a su padre.

El arzobispo de Canterbury, Robert Kilwardy, sería el encargado de oficiar la ceremonia. Eduardo se consideraba afortunado por ello, porque, aunque no apreciaba demasiado a Kilwardy, éste, a diferencia de sus antecesores, nunca se entrometía en los asuntos de estado. Le interesaban más las cuestiones eruditas sobre gramática que las leyes estatales, pues había sido profesor de arte durante muchos años en París, cuando fue prior de los dominicos.

–Démos gracias a Dios por el arzobispo –dijo Eduardo a Leonor.

Y así, sentados uno junto al otro, fueron coronados reyes de Inglaterra en medio del clamor de sus gentes. Después de la ceremonia, se dirigieron hacia el gran vestíbulo de Westminster, donde la fiesta estaba a punto de empezar.

La pareja real lucía en sus cabezas las coronas que les acababan de imponer. Eduardo dijo en voz baja a la reina que no entendía cómo conseguía mantener la cabeza tan erguida con ese peso encima. Pero la reina le respondió que no tenía demasiado mérito. Leonor estaba muy emocionada. Pensó que era muy afortunada, pero no por haber sido coronada reina, sino por tener un marido tan bueno.

–Estoy seguro –le susurró Eduardo– de que cuando me la quite, no me la volveré a poner con tantas prisas.

–Con o sin corona, eres el rey, Eduardo.

Él apretó su mano, y en medio de la aclamación del público se sentó en el trono.

Llegó el momento de los homenajes.

Primero fue el rey de Escocia, el marido de su hermana. Alejandro era un hombre de bien, de mucho coraje y orgullo. Quiso dejar claro que no estaba allí para rendir homenaje a Eduardo en calidad de rey de Escocia, pues ningún monarca se arrodilla ante otro, sino más bien para reconocer a Eduardo como señor feudal de la tierra que él poseía en Inglaterra. Éste aprobó su gesto, y le expresó su alegría por poder contar al rey de Escocia entre sus aliados.

Alejandro, cuyo reino era más pequeño que el de Inglaterra, tuvo que lucir, no obstante, sus mejores galas para demostrar su poder y riqueza. Eduardo sonrió al ver cómo brillaban los ojos de su madre al contemplar a su yerno. Se deleitaba con cualquier demostración de extravagancia. De hecho, le habría gustado que la ceremonia hubiese sido bastante más lucida. Eduardo pensó que había llegado el momento de poner fin a las extravagancias de su madre. En cuanto a Alejandro, pensó que la ostentación se traduciría, indudablemente, en años de vacas flacas para su reino.

Alejandro entró a caballo en el vestíbulo, acompañado por un centenar de soldados casi tan espléndidamente vestidos como él, y cuando llegó al estrado donde estaba sentado Eduardo, desmontó y dejó las riendas sueltas para que el animal anduviera por donde quisiera. Los soldados hicieron lo mismo, así que ciento un caballos se encaminaron hacia la salida, donde la gente se amontonaba para ver la ceremonia.

El rey de Escocia anunció que quien lograra coger un caballo, podría quedarse con él. Se oyeron gritos de alegría y hubo varios afortunados que consiguieron hacerse con uno de los animales.

Para no ser menos, el hermano del rey, Edmundo, duque de Lancaster, hizo lo mismo. Luego llegaron los condes de Gloucester, Pembroke y Warenne, que se sumaron al gesto, y, así, alrededor de quinientos caballos quedaron sueltos a merced de quien los atrapara.

A continuación todos los duques, condes y barones del reino rindieron homenaje al rey. Este acto tenía una significación especial, y Eduardo era consciente de ello. No obstante, hubo una notable ausencia.

–No veo a Llewellyn de Gales, señor –dijo en voz baja Gilberto Clare, conde de Gloucester, al rey.

–Es verdad, no está aquí. ¿Por qué crees que no habrá venido?

–Por desafío a la orden real, señor.

–Tendremos problemas, Gilberto.

–Eso parece. Pero sólo es un pequeño cacique de Gales.

Eduardo asintió. Estuvo de acuerdo con esa afirmación. Era verdad hasta cierto punto. Con Gales, como con Escocia, sus antecesores siempre habían tenido algún conflicto. Él había creído que mostrándose conciliador, se ganaría su confianza. Pero Llewellyn había desoído la invitación para asistir a la coronación, y Eduardo sabía que otros habrían advertido su ausencia, y alguno la juzgaría altamente significativa.

«¡Maldito sea Llewellyn!»

Pero como era el día de su coronación, debía fingir estar contento y lleno de esperanza para el futuro. No podía permitir que los presentes notaran que la ausencia de un impertinente cacique galés le preocupaba. No obstante, pensó en ello mientras duró la fiesta que siguió a la ceremonia de homenaje. Los que estaban en el vestíbulo estaban muy contentos, lo mismo que los de afuera, que no hacían más que bailar y cantar, al tiempo que se emborrachaban con el vino que salía de las fuentes. Los que habían logrado hacerse con algún caballo vociferaban que estaban dispuestos a morir por el rey... al menos el día de su coronación.

Todos parecían felices, y el futuro se presentaba muy prometedor; además tenía a su reina al lado, satisfecha al verlo triunfante. ¿Qué más podía pedir un rey? Aun así no se sentía tranquilo del todo. Le atormentaba la idea de que se pudiera estar tramando algo contra él en la frontera con Gales.

A pesar de la creciente alegría y del frenesí provocado por el vino, el rey continuaba preocupado por Llewellyn. Gloucester, Pembroke y Warenne notaron su ensimismamiento.

–Aunque hubiese asistido a la coronación, no habríamos podido evitar que, cuando regresara a Gales, continuara tramando un complot –comentó Warenne.

–No lo habría hecho después de su juramento –le recordó Eduardo–. Al menos no de forma inmediata.

–Por lo menos sabemos a qué atenernos.

–¡Nunca sabremos a qué atenernos con los galeses! –exclamó Eduardo–. Pueden declararnos la guerra en cualquier momento. Siempre ha ocurrido así, ¿no es verdad?

–Sí, desde el reinado del Conquistador –asintió Warenne.

–Y desde mucho antes –agregó Eduardo–. Son capaces de lanzarse sobre nuestras tierras, atacarnos y luego retirarse precipitadamente a sus montañas. Ya que has mencionado al Conquistador, te diré que él intentó detener su avance e incluso se aventuró a entrar en Gales con un ejército; pero fue consciente de que, debido a la orografía, conquistar esa tierra costaría muchas vidas humanas, tiempo y dinero. Por eso tuvo que contentarse con incursiones y pequeñas batallas que han continuado desde entonces. Creo que es razonable seguir su política. Era un hombre muy inteligente y un gran estratega. Decidió convertir en territorio neutral la franja de tierra que nos separa del ejército galés, e instaló en ella a un grupo de barones, para que, a cambio de las tierras, vigilaran las fronteras y mantuvieran a raya a los galeses. Así se ha hecho durante doscientos años, y no veo razón alguna para cambiar de estrategia.

–Pero ¿qué ha sucedido? –preguntó Gilberto–. Los barones dominan esas tierras, y ellos, al igual que los galeses, se han tomado la ley por su mano. Consideran que no le deben nada a nadie, ni siquiera al rey de Inglaterra, señor.

–Tienes razón –dijo Eduardo–. Y ya que parece que Llewellyn está dispuesto a desobedecerme, creo que lo mejor es arreglar esta cuestión de una vez por todas.

–Si fuera tan fácil, no dudo que sería bueno tanto para Inglaterra como para Gales –dijo Pembroke–. ¿Creéis posible un acuerdo con los galeses?

–Pembroke –respondió Eduardo–, nada es posible para quien cree que algo es imposible. Cuando se aborda una tarea difícil, la regla de oro es dejar de decir «no puedo» y afirmar «lo conseguiré».

Todos estuvieron de acuerdo con Eduardo.

–Llewellyn se ha unido a los De Montfort –dijo Warenne.

–Lo sé, y no me gusta nada –respondió Eduardo–. Los De Montfort causaron graves problemas a mi padre, y no estoy dispuesto a que ocurra lo mismo en mi reinado.

–Quedan dos hijos varones y una hija –comentó Warenne.

–Enrique murió junto a su padre en Evesham, y Simón murió en Italia poco después de asesinar a mi primo –dijo Eduardo asintiendo con la cabeza. Y añadió–: Nunca les perdonaré lo que hicieron a Enrique. Les maldigo y condeno para siempre. ¡Le mataron vilmente mientras estaba arrodillado rezando! Sabéis cuánto lo adoraba. Era mi compañero. De hecho, todos fuimos muy amigos de pequeños: Enrique de Cornualles, a quien más quería, mis otros primos y... los De Montfort. Enrique de Cornualles brillaba por su gran nobleza. Aprendí mucho de él, pues era mayor que yo, y aunque tan sólo me llevaba pocos años, a esa corta edad la diferencia se nota mucho. Era mi ídolo. Hubo un tiempo en que me mostré algo rebelde, y él me hizo ver que no iba por buen camino. Le debo mucho, y cuando lo imagino arrodillado ante el altar, mientras esos villanos se acercan a él sigilosamente por la espalda... Cuando pienso en todas las barbaridades que hicieron con su cuerpo, no puedo más que pedir venganza por ese maldito crimen. Maldigo mil veces a los De Montfort.

–De la misma forma reaccionaron los que vieron muertos a Simón de Montfort y a su hijo Enrique. Ellos maldijeron a su señoría y a todos los suyos –dijo Gilberto, que nunca podía acallar la verdad, aunque ello pudiera significar poner su vida en peligro.

Pero Eduardo también era una persona sensata.

–Es verdad –le respondió secamente–. Sí, es cierto, pero yo no tuve nada que ver con la muerte de Simón de Montfort. Murió en la batalla, y el que mutilaran su cuerpo fue debido a las vicisitudes de la guerra. ¡Pero matar a un hombre mientras está rezando! Gilberto, una acción tan vil no tiene justificación alguna. ¡Malditos sean los De Montfort; toda su familia, incluso mi tía, que se convirtió en una de ellos cuando se casó en secreto!

–Es comprensible que se sienta así, señor –dijo Warenne–. Por tanto, debemos ir con cuidado con los De Montfort.

–Guy es un asesino, y le desprecio por ello –dijo el rey–. No medrará. Pero mis primos Almeric y Leonor viven en el exilio con mi tía, y se rumorea que Llewellyn está enamorado de mi prima.

–Así es –dijo Gilberto–. Ella pertenece a la realeza, pues su madre es la hermana del rey Enrique, y se dice que Llewellyn y ella están profundamente enamorados.

–Tuve ocasión de comprobar la última vez que la vi que era una muchacha muy bella –dijo Eduardo.

–Con la buena educación que habrá recibido, ¿cómo se sentirá con un señor feudal tan tosco? –se preguntó Pembroke.

–He oído que está locamente enamorada, y que ya se han desposado. De todos modos, ella se halla en el exilio y no puede regresar, y él, el muy canalla, no puede de momento hacerla venir. Se aman pero las circunstancias les obligan a estar alejados –dijo Eduardo con rotundidad–. Y así será por mucho tiempo.

–A menos que… –empezó Gilberto.

–¿A menos que qué, Gilberto? –le interrumpió Eduardo–. Creo adivinar tus palabras: a menos que utilicemos a mi prima, la Demoiselle, como moneda de cambio para meter a Llewellyn en cintura.

–Si eso fuera posible, sería un buen plan.

–Ciertamente –dijo Eduardo, y añadió–: Creo que se están fijando en nosotros. Da la impresión que estamos manteniendo un consejo de guerra.

–Y no estamos nada lejos de ello, señor –añadió Gilberto.

–Pero no es la mejor manera de comportarse durante una coronación. Pidamos que empiecen a cantar los juglares.

Todavía no se había terminado la fiesta. Nadie era más popular en Londres que el rey. La gente decía que era muy fuerte, y que no se dejaría gobernar por su esposa, quien, por otra parte, no era de las que codiciaban el poder.

Era harto sabido que el anterior rey estaba totalmente dominado por su mujer, a la que odiaban, y por ello despreciaban al rey. Pero todos se sentían esperanzados con el nuevo comienzo.

Un grupo de ciudadanos londinenses pidieron ser recibidos en audiencia por el rey, y él, consciente de que la capital era extremadamente importante para su futuro reinado, accedió a recibirles y a escuchar lo que tenían que decirle.

El representante del grupo hizo una reverencia ante el rey, y cuando éste le preguntó qué les preocupaba, respondió que el estado del puente de Londres.

–Señor –dijo el hombre–, hace tiempo que se está desmoronando, por lo que se ha convertido en un acceso muy peligroso.

–Entonces hay que arreglarlo enseguida –exclamó el rey–. ¿Por qué no se ha hecho antes?

–Señor, las reparaciones se hacen con el dinero procedente de la custodia del puente, y antiguamente se hacían de forma regular.

–Entonces ¿por qué no se hace ahora?

Se hizo un silencio y el rey le pidió que continuara.

–Señor, el rey, vuestro padre, dio la custodia del puente a la reina, vuestra madre. Desde entonces, ella se ha quedado con el dinero y no se ha preocupado por el estado del puente.

Eduardo sintió rabia hacia su madre. Sabía que era cierto lo que le decían. Se preguntó si su madre había estado haciendo lo mismo con otros asuntos desde que llegó al poder. Por eso ella y su padre eran tan impopulares, y no habían sido capaces de advertir que precisamente por actos como ése habían estado a punto de perder la corona.

Tuvo que morderse la lengua para no estallar, y les dijo:

–Amigos míos, no os preocupéis, me haré cargo de todo. De ahora en adelante el puente será reparado con el dinero de su custodia.

Exultantes porque el rey había comprendido con tanta rapidez la situación, y fiándose de la palabra que les había dado, los hombres se retiraron y aclamaron al nuevo monarca porque, indudablemente, iba a restablecer el buen gobierno en el país.

La reina madre estaba con su hija Beatriz, que le acababa de comunicar que volvía a estar embarazada.

–Querido Eduardo, ven aquí con nosotras –exclamó al ver entrar a Eduardo–. Tengo que darte una buena noticia.

A Eduardo le fue difícil dominarse. Había heredado su carácter impulsivo de los Plantagenet, pero se dijo que debía aprender a moderarse. En esa ocasión, hizo un gran esfuerzo de voluntad.

–Tu hermana Beatriz va a tener otro hijo.

Cogió la mano de Beatriz y se la besó.

–Mi enhorabuena, hermana –le dijo–. Seguro que Juan estará encantado.

–Por supuesto, pero a menudo se siente angustiado. Dice que ya nos basta con cinco hijos.

La reina madre rió con indulgencia. Nada le complacía más que oír cuánta devoción les profesaban a sus hijas sus respectivos maridos.

–Me encantaría que te quedaras aquí hasta que naciera el niño.

Miró a Margarita y se sonrieron, pues a las dos les vino a la memoria cuando habían desoído a los nobles escoceses y Margarita había tenido la niña en Inglaterra.

–Si es una niña –dijo Beatriz–, la llamaré Leonor en tu honor, madre.

–¡No más Leonoras en la familia! –exclamó la reina madre entre risas–. Mi querida hija, ya nos hacemos un lío con las que hay, una más sería demasiado.

–Aun así, querría que llevara tu nombre.

–Creo que fue una buena idea que mi hija se llamara Margarita –dijo la reina de Escocia–. Pero me parece que si alguna vez tengo otra niña, le pondré también Leonor.

La reina madre se sintió muy complacida, pero acto seguido se inquietó.

–Querida, espero que no tengas más hijos. Sufriste mucho en tu último parto. Si supierais lo que sufro cada vez que tenéis un hijo, os aseguro que no querríais tener otro. Me pongo muy nerviosa esperando a los mensajeros, y siempre tardan tanto en llegar...

–Madre –dijo Margarita–, debes tener en cuenta que ya no somos unas niñas.

Eduardo se sentía a gusto con su familia. A diferencia de otros niños de la realeza, ellos se lo habían pasado muy bien de pequeños. Nunca olvidaría, a pesar de lo que le exasperaba la irresponsabilidad de su madre, que eran una familia muy unida.

–Tengo que hablar de un asunto muy importante con nuestra madre –susurró Eduardo a Margarita.

–Me llevaré a Beatriz a ver a tu esposa –dijo Margarita–. Le gustará saber lo del embarazo.

–De acuerdo –dijo Eduardo.

Cuando estuvo a solas con su madre, adoptó un aire de seriedad.

–Unos ciudadanos de Londres han venido a quejarse –le dijo.

–¡Qué pesados! ¿Cómo osarán venir a molestarte el día de tu coronación? ¿Es que no se les ha dado suficiente vino... gratis?

–El vino y la comida gratis no van a reparar el puente de Londres.

–¿Qué tiene que ver el puente de Londres con la coronación?

–Si se cayera, sería recordado durante años como el suceso más destacable de este día.

–¿Caerse? ¿Y por qué tendría que caerse?

–Porque necesita ser reparado urgentemente y el dinero que se destina a ello ha sido gastado en otras cosas.

–¿Qué cosas?

–Lo sabes mejor que yo, pues has sido tú quien se ha gastado ese dinero.

–¡Vaya tontería! Cuando vivía tu padre...

–Pero mi padre ya no vive. Ahora soy yo quien manda, y te advierto que no voy a permitir que el dinero se despilfarre.

–Tu padre me dio la custodia del puente durante seis años...

–Durante los cuales se ha convertido en un peligro público. ¿No aprenderás nunca? ¿No significó nada para ti el levantamiento de los barones?

–Fueron derrotados.

–Los barones nunca serán derrotados mientras representen la voluntad del pueblo; y un rey sólo puede gobernar tranquilo si tiene al pueblo de su parte.

–A tu padre no le hizo ninguna falta.

–Eso no quiere decir nada. Mi padre trató de gobernar sin el apoyo de su gente, es verdad, pero estuvo tanto tiempo en el poder porque la suerte le acompañó, y no por otra cosa. Te recuerdo que estuvo a punto de perder la corona. ¿Has olvidado que él y yo fuimos prisioneros de Simón de Montfort y tú tuviste que ir a mendigar a la corte francesa de tu hermana para poder juntar un ejército que nos liberara?

La reina madre se enjugó las lágrimas.

–¿Crees que podré olvidar alguna vez aquellos días

de tristeza infinita, cuando tu padre y yo estábamos separados?

–Confío en que no, y espero que tampoco olvides que aquello podría volver a suceder en menos de un abrir y cerrar de ojos. La gente no está dispuesta a seguir aguantando tus excentricidades, ni tampoco a que les subas los impuestos para que tú te gastes el dinero con tus amigos y parientes.

–¡Eduardo, cómo osas hablarme así, eres mi hijo! ¿De qué lado estás, del de la Corona o del de los barones rebeldes?

–No debe haber bandos. Estoy del lado de la justicia. Quiero restablecer el orden para que este país vuelva a ser próspero y sus gentes crean de nuevo en su soberanía. Empezaré arreglando el puente de Londres y quitándote la custodia.

–¡Eduardo!, ¿cómo puedes hacerme esto?

Se dirigió hacia ella y le puso las manos encima de los hombros. A pesar de todo, la quería mucho y no podía olvidar los días de su niñez, cuando ella y su padre habían significado tanto para él.

–Lo haré porque es mi deber. Querida madre, sabes que te quiero mucho, pero ante todo soy rey, y tengo la intención de gobernar con justicia. Te quiero tanto como siempre y nunca olvidaré lo mucho que nos has amado a mí y a mi padre. Pero no puedo permitir que hagas peligrar mi corona como hiciste cuando reinaba mi padre. Por eso actúo de acuerdo con mi deber. Además estoy convencido de que es la manera más justa de proceder.

–Me humillarás delante de esos londinenses rapaces.

–La única manera de limpiar tu honor es devolver la custodia. Además, los londinenses no son rapaces, sólo quieren que se arregle su puente.

–Entonces que lo paguen ellos.

–Eso es lo que están haciendo. Sabes perfectamente

que parte de los impuestos que se pagan son para el mantenimiento del puente.

–Me decepcionas, Eduardo.

–Lo siento, pero, si para contentarte tengo que decepcionar a mis vasallos y actuar injustamente, entonces, querida madre, a la fuerza tendré que fallarte.

Se quedó mirándolo. Pensó en lo guapo y noble que era. Por unos instantes se olvidó de todo y se sintió orgullosa. Se inclinó hacia él y Eduardo la abrazó y le besó el pelo.

–Querida madre –le dijo dulcemente–, no soportaría que fuéramos enemigos.

–Eres un obstinado, Eduardo –dijo ella con cariño–. Pero me siento muy orgullosa de ti. Es que echo mucho de menos a tu padre, nunca podré dejar de llorar por él.

–Ya lo sé –dijo Eduardo–. Yo también le lloraré siempre.

«El cariño –pensó el rey– a menudo va unido a la estupidez, y eso es algo que un rey no puede permitirse.»

Cuando se despidió de su madre, fue a buscar a su esposa. Le dio gracias a Dios por tener a Leonor a su lado. ¡Qué distinta era de su madre! No habría soportado tener una mujer dominante, pero estaba claro que un hombre débil necesitaba una mujer fuerte junto a él. Y admitía que su padre había sido uno de los hombres más débiles que jamás había conocido. Un rey debía ceñirse a la verdad. Lo primero que tenía que hacer era restablecer la confianza en los ciudadanos; sólo así el país saldría adelante.

–Eduardo –dijo la reina angustiada–, pareces preocupado.

–Es que he tenido que resolver un asunto un tanto desagradable.

Le contó la audiencia con los ciudadanos y la discusión que acababa de tener con su madre.

–Era necesario hacerlo.

–Estoy de acuerdo contigo.

–Se sintió herida. Creo que al principio me consideró una especie de traidor a la familia.

–¡Tú, un traidor! ¡Eso es imposible! Eres tan inteligente, tan fuerte, tan justo.

Eduardo le sonrió cariñosamente y le dijo:

–Sé que cuanto haga gozará del beneplácito de mi esposa.

–Lo que hiciste era lo más justo y natural.

Le cogió la mano y se la besó.

–Tengo que decirte una cosa.

–Leonor, ¿no estarás embarazada?

Leonor asintió. Eduardo la abrazó.

–Esta vez –le dijo–, roguemos para que sea niño. Haré que todas las iglesias del reino recen por ello.

–Todavía no, te lo ruego. Es demasiado pronto. Siempre temo que si me precipito a contarlo, algo pueda salir mal.

–Pero ¿por qué?

–Ya sabes lo que le ocurrió a Juan, y a la pequeña que nació en Acre.

–Querida mía, son muchos los niños que mueren. Juan tenía una salud muy delicada. Y en cuanto a nuestra pequeña, no fue de extrañar que muriera, después de lo que tuviste que sufrir. ¿Y qué me dices de Juana? Siempre ha sido muy fuerte, a pesar de haber nacido también en Acre.

–¡Ojalá estuviera aquí con nosotros!

–Tu madre no querrá separarse de ella. Y ahora tú vas a tener otro hijo. Tenemos a nuestra querida Leonor, que se ha convertido en toda una damita, y no te olvides de Enrique…

–Ese niño me preocupa mucho –dijo la reina cambiando la expresión de su rostro.

–Creía que ya estaba mejor.

Leonor negó con la cabeza.

–No te preocupes, amor mío; es un niño muy vivo.

–Siempre parece estar resfriado. Eduardo, no me gusta vivir en la Torre de Londres. Hace mucho frío y hay demasiada humedad.

–Es una fortaleza –le dijo Eduardo.

–El palacio de la Torre me deprime, Eduardo. Creo que Enrique no mejorará mientras viva allí. Quiero encontrar un lugar más adecuado para los niños, especialmente ahora que hay otro en camino. No dejo de pensar en el pequeño Juan, y me pregunto qué habría ocurrido de estar yo aquí...

–Reza para que mi madre no te oiga decir eso. Adora a los niños y no los pierde ni un momento de vista. Está eufórica con el nuevo embarazo de Beatriz, y muy inquieta. Le gustaría tener a todos sus nietos cerca de ella para poder cuidarlos.

–Por supuesto que sé que hizo todo lo que estuvo en su mano para salvar a Juan, y supongo que yo tampoco habría podido hacer nada por él. Pero ahora quiero tener una casa adecuada para los niños, no sé, en el campo o algo así.

–Te diré lo que haremos –dijo Eduardo–. Cuando se hayan terminado las fiestas de la coronación, nos iremos a Windsor. Intuyo que te gustará.

–¡Eduardo, eres tan bueno conmigo!

Eduardo la abrazó de nuevo, al tiempo que acariciaba su larga cabellera negra. La comparó, como a menudo hacía, con su madre, y dio gracias a Dios por haberle dado a Leonor como esposa.

El revuelo que se había armado con motivo de la coronación no mejoró en nada la salud de Enrique. Tal vez fuera porque la enfermedad estaba ya muy avanzada. En cualquier caso, era evidente que había empeorado.

La reina madre estaba extremadamente preocupada, incluso más que la reina, quien, con el embarazo, había recobrado un poco más la serenidad. Leonor de Provenza estaba inquieta por la salud de su hija Margarita, que últimamente parecía desmejorada, y así se lo dijo a Alejandro, que parecía estar también preocupado por su esposa.

De hecho, Margarita nunca se había acabado de recuperar de los malos tratos que recibió cuando llegó a Escocia para desposarse. Y como el pequeño Enrique también se encontraba mal, la reina madre pensó angustiada que debía de ser un castigo que les mandaba el mismísimo Dios.

Decía que la muerte nunca viene separadamente; primero el pequeño Juan y, poco después, su querido esposo. Desde entonces, temía por la vida de todos sus seres queridos.

Eduardo mandó sacrificar varias ovejas, a fin de que el pequeño pudiera abrigarse con su piel. Parecía ser un buen remedio para los que padecían escalofríos, pues se calculaba que el calor animal suplía al del enfermo.

Se hicieron más figuras de cera del hijo del rey y se repartieron por varios santuarios para que las quemaran en aceite. También contrataron a un centenar de viudas para que pidieran a Dios, con sus rezos, que el niño se recuperase. Todos los médicos estaban movilizados, y la reina y Leonor de Provenza se turnaban para no dejarlo solo ni un momento.

Se preguntaron por la causa de la enfermedad que había afectado a Juan del mismo modo. Parecía que el niño iba languideciendo poco a poco.

–¿Por qué les ocurrirá esto a los niños? –se preguntó la reina.

–Es casi como una maldición –dijo la reina madre–. A veces me pregunto si tendrá algo que ver con los De Montfort.

–¿Y por qué tendrían que ser tan crueles con un niño?

–Porque el pequeño un día será rey.

–Odio la Torre –dijo la reina–. Me infunde terror. No soporto la idea de que mis hijos vivan en ella. Eduardo me ha dicho que me deja escoger el lugar que más me guste para vivir, pero, claro, un rey no puede estar siempre en casa, y creo que lo mejor es que la familia esté unida. Creo que escogeré Windsor. ¿Creéis que el palacio de Windsor es el lugar más adecuado para Enrique?

–Estoy convencida de que sí, querida. ¿Hace mucho que no vas a Windsor?

–Pues sí, pero tengo la intención de visitarlo un día de éstos. No he podido ir antes porque las fiestas de la coronación me han retenido aquí, en Westminster.

Por un momento a la reina madre se le vidriaron los ojos al pensar en el día de su coronación. La llevaron al palacio de la Torre y ni siquiera notó que había humedad; tal vez porque la ceremonia había sido muy deslumbrante, y ella sólo tenía ojos para su flamante esposo. Deseó volver a ser joven, regresar a aquellos maravillosos años de gloria en que, por ser la más bella e inteligente de la corte, su marido la adoraba. Se dijo que Leonor no podía ni imaginarse lo feliz que había sido ella, Leonor de Provenza.

Desgraciadamente, ya no era tan dichosa. Había demasiadas cosas que la angustiaban. Por un lado, estaba Eduardo, a quien quería con todo su corazón, pero que estaba siendo muy duro con ella porque se había gastado un poco de dinero. Él no sabía lo que era vivir indulgentemente. Por otro lado, la vida del pequeño Enrique se extinguía día a día, como le ocurrió a Juan. En cuanto a Margarita, estaba convencida de que nunca había acabado de recuperarse, y también la preocupaba Beatriz, que pronto volvería a ser madre.

Dejó que la reina hablara de las ventajas de vivir en

Windsor, en lugar de en Westminster, pues creyó que le sentaría bien decir en voz alta sus profundos temores.

Leonor de Provenza le contó lo mucho que a Enrique le gustaba estar en Windsor.

–Reforzó las defensas –dijo–, e hizo reconstruir la muralla oeste. Tienes que ver la torre, también hizo obras en ella. Tenía una sensibilidad especial para la arquitectura, le encantaba. Si la gente no se hubiera quejado tan exageradamente cada vez que quería gastar un poco de dinero embelleciendo castillos, aún habría hecho cosas mejores.

–Me gusta Windsor –dijo la reina–. Me gusta el río, y creo que el aire fresco y puro le sentará bien a Enrique.

–No lo dudo. Era el lugar preferido de mi marido. ¡Cómo nos gustaba hablar de las reformas que había hecho allí! Quiso que hubiera pinturas murales de temática religiosa. Era un hombre muy piadoso. ¡Qué buen corazón tenía! Le gustaba el verde, el azul y el púrpura, lo notarás cuando entres en las habitaciones. Fue justo después de nuestra boda cuando decidió iniciar las reformas de Windsor. «Para ti, querida», dijo, «y si hay algo que no te guste, no dudes en decírmelo». Hizo algunas habitaciones con vistas al claustro, e incluso mandó hacer un jardín de hierbas finas especialmente para mí. Querida, estoy convencida de que serás muy feliz en Windsor.

–Presiento que sí. Nos iremos cuando Enrique esté un poco más fuerte.

El niño se sentía más débil cada día, por lo que la reina estaba ante una encrucijada: llevarse o no al niño a Windsor. Mientras tanto, se encargaron más imágenes de cera y más plegarias.

El viaje hasta Windsor era bastante largo, pero la reina creía necesario sacar al niño de Londres. Decidió que primero iría al priorato de Merton, para que los religiosos rezaran por él.

–Tal vez si vamos a un lugar sagrado, Dios nos escuche –dijo a Eduardo.

Y así fue como ella y Enrique fueron hasta el priorato de Merton, que no estaba muy lejos de Westminster. El niño no se quejó por tener que realizar ese corto viaje, pues estaba feliz teniendo al lado a su madre.

–Allí –le dijo su madre– te curarás y te pondrás fuerte como un roble.

–¿Como mi padre? –preguntó Enrique.

–Exactamente como él –le aseguró.

Pero la reina hubiese deseado llevárselo a Windsor, pues estaba convencida de que al niño le habría encantado vivir entre las paredes embellecidas por su abuelo. Le habría podido explicar el significado de las pinturas que adornaban los muros. En este sentido, un priorato le parecía un lugar poco atractivo, demasiado tranquilo.

–Cuando te hayas recuperado –le dijo–, nos iremos a Windsor.

–¿Todos? –preguntó el pequeño.

Ella asintió.

–Tu padre, tu abuela, tu hermana y yo; todos iremos allí, además pronto tendrás un nuevo hermanito o hermanita. Estoy segura de que te encantará.

Enrique pensó que le gustaría mucho vivir en Windsor. Se notaba que era muy feliz al lado de su madre, y sentía el haber estado separado de ella durante tanto tiempo.

–Cuando te hayas recuperado...

Le repetía constantemente ella. Aunque creía firmemente que el niño se pondría bien, cada día, al levantarse, se dirigía a la habitación de Enrique para cerciorarse de que todavía estaba vivo.

Con los días se fue dando cuenta de que Merton no era el lugar más idóneo para él.

«Tal vez –pensó– deberíamos regresar a Westminster.»

Pero Enrique no regresó jamás. Una mañana Leonor fue a despertarlo y supo que ni las misas, ni las imágenes de cera, ni la piel de oveja habían servido para salvarlo.

El pequeño príncipe había muerto.

Leonor se sobrepuso a la muerte del pequeño Enrique gracias al hijo que llevaba en sus entrañas.

–Ya verás como será un niño –dijo Eduardo–. Dios se ha llevado a Enrique a su seno, pero nos dará otro varón. Estoy convencido de ello, amor mío.

La muerte de Enrique había entristecido mucho a Eduardo, pero no tanto como a su esposa y a su madre. Esta última fue presa de una profunda depresión.

–Nada me va bien desde que el rey murió –se quejó.

Los que estaban alrededor de ella hubieran querido replicarle que, en vida del rey, todo les iba mal a ellos, pero no osaron decírselo tan directamente.

Fue casi una premonición. Poco después de la muerte del pequeño príncipe, llegó un mensajero de Escocia con una noticia que ella ya se temía.

Alejandro quiso que supiera que Margarita estaba muy enferma, que desde que regresaron de Londres su salud había empeorado día a día.

La reina madre, loca de angustia, decidió partir sin demora hacia Escocia. Pero Eduardo la convenció para que no fuera.

–No debes ir, madre. Espérate unos días. Tendrás más noticias pronto.

–¿Que no vaya? Mi hija está enferma y me necesita. Sabes que cuando Margarita estuvo prisionera en aquel miserable castillo de Edimburgo, ordené a tu padre que nos pusiéramos inmediatamente en camino. ¿Crees que intentó detenerme?

–Sé que no, madre. Pero esta vez... es diferente.

–¡Diferente! ¿Cuán diferente? Si un hijo mío me necesita, quiero estar a su lado.

Eduardo la miró con tristeza. Leonor adivinó la verdad.

–Hay algo más –dijo gravemente–. No me han dicho la verdad. –Se dirigió hacia Eduardo y le puso las manos en el pecho–. Eduardo, dime la verdad.

Se acercó a ella y la abrazó con todas sus fuerzas.

–¡Sabía que había algo más! –gritó.

Resignada, tuvo que oír lo que ya sabía por instinto.

–Sí, querida madre, es verdad que hay algo más. No quería que lo supieras de golpe.

–Está muerta... Mi Margarita... se ha ido.

–Alejandro tiene el corazón roto. La atendieron los mejores médicos y los prelados más nobles, pero no pudieron hacer nada para salvarla. Nuestra querida Margarita murió sin demasiado sufrimiento. Ahora descansa en paz.

–Pero era tan joven... Sólo era una niña...

–Tenía treinta y cuatro años.

–A esa edad se es muy joven para morir... Demasiado joven..., demasiado. Todos mueren..., todos menos yo.

–Vas a vivir muchos años, si Dios quiere –le dijo Eduardo–. Entiendo que estés apenada, yo también lo estoy. Por favor, deja que te acompañe hasta tu habitación. ¿Quieres que diga a Leonor que vaya a hacerte compañía? Sabe muy bien qué hacer y decir en ocasiones como ésta.

–Primero quiero que me cuentes lo que sucedió.

–Sólo sé que estuvo enferma durante varias semanas. Nunca había sido muy fuerte.

–Lo sé. Esos malditos escoceses acabaron con su salud. Nunca se lo perdonaré. Debería haberse quedado conmigo. No deberíamos haber permitido que se fuera.

–Tenía su propia vida allí: un marido y unos hijos a

quienes cuidar. Amaba mucho a Alejandro, y él a ella. Cuando se hizo mayor y pudo estar con su marido, se acostumbró a vivir en Escocia. Démos gracias a Dios porque no sufriera. Alejandro dice que murió en paz en el castillo de Cupar. Habían ido a pasar unos días a Fifar, y allí ya tuvo que meterse en la cama. Alejandro dice que el entierro fue muy solemne. Está enterrada en Dumfermline, y, según él, toda Escocia llora por ella.

–¡Hija mía! ¡Mi niña! –dijo llorando la reina–. La quería tanto, Eduardo. Desde que se había ido a Escocia, era mi preferida. Nunca olvidaré la angustia que nos hizo pasar cuando nos enteramos de lo que le había sucedido. Y ahora está muerta... ¡Pobres hijos, cómo van a echarla de menos! Y Alejandro... Sé que la amaba. ¿Y quién no amaba a Margarita?

–Te voy a llevar con mi esposa –dijo Eduardo–. Ella sabrá mejor que yo cómo consolarte.

Mientras en la corte se lloraba por la muerte de la reina Margarita, Beatriz dio a luz a una niña.

Fue un parto difícil. Los médicos creyeron que el disgusto por la muerte de su hermana la había afectado muy negativamente, y había sido la razón de que cayera enferma.

Por fortuna para la reina madre, esa vez pudo estar junto a su hija. No obstante, estaba muy inquieta porque Beatriz parecía tener una naturaleza tan frágil como la de su hermana Margarita.

Tosía mucho y se fatigaba con facilidad. La reina madre tuvo un mal presentimiento.

–¿Será que Dios me ha abandonado? –preguntó a su nuera.

La reina le dijo que no debía desesperarse, porque Beatriz había dado a luz a una preciosa niña a quien había puesto Leonor. Además, ella misma había dicho que se recuperaría; le recordó que Beatriz ya había pasado por esa misma situación cinco veces antes.

Pero la salud de Beatriz no mejoraba y su esposo estaba cada vez más preocupado.

La reina madre trataba de animarlo. Agradeció a Dios que su hija tuviera un marido que la adorara tanto. Pensó que todos sus hijos habían tenido mucha suerte con sus matrimonios, y se convenció de que ello era debido al ejemplo que ella y su padre les habían dado.

–Les enseñamos –dijo a la señora Mortimer, una de sus íntimas amigas– a saber apreciar el calor y la felicidad de la vida en familia.

Juan de Bretaña le dijo algo que la inquietó muchísimo.

–Señora, fue en Tierra Santa donde Beatriz enfermó. No debería haber ido, pero insistió tanto... El clima húmedo de Inglaterra no le va nada bien para los pulmones. Quiero llevármela a casa, a la Bretaña.

La reina madre calló. No estaba de acuerdo con la decisión de su yerno, porque Beatriz era la única alegría que le quedaba después de la muerte de Margarita. Se consolaba cuidándola. Si se marchaba, se quedaría muy sola. No obstante, sabía que Juan tenía razón, por lo que no protestó.

–Está deseando reunirse con sus hijos –dijo Juan–. Está dividida entre vos y ellos. A menudo se reprocha el haberlos dejado para acompañarme a la Cruzada. Creo que si la llevo a casa, se recuperará más rápidamente.

Por defectos que tuviera, la reina madre siempre miraba por el bien de sus hijos.

Y así fue como se despidió de la única hija que le quedaba viva.

Trató de no preocuparse por Beatriz. Juan le había asegurado que la mantendría al corriente de su salud. Intentó convencerse de que Beatriz estaría mejor en su casa, aunque por otro lado se decía que si Margarita se hubiera quedado a su lado, ella la habría cuidado mejor y seguramente se habría recuperado.

Pasó a ocuparse de su nieta Leonor, que esos días estaba muy triste por la pérdida de su hermano Enrique. Aunque todavía era muy pequeña, pronto tendrían que pensar en desposarla con alguien que aportara algún beneficio a la Corona. La reina, en un estado de embarazo adelantado, también la preocupaba. Rogó a Dios que fuera un niño, para que devolviera la alegría a la casa. Ello demostraría que el cielo no estaba contra ellos, pues, con tantas muertes seguidas, a veces pensaba que Dios les había abandonado.

«Dios mío, envíanos a un niño –rezaba la reina madre, y añadía–: Nos lo debes.»

Eduardo estaba muy ocupado con los asuntos de estado. Andaba tan preocupado por la amenaza de una futura guerra con Gales, que parecía no enterarse de lo que ocurría alrededor.

«No se parece a su padre», se lamentó la reina madre. Enrique lo habría dejado todo para llorar la muerte de su hija. Siempre anteponía la familia a la política.

Su hijo Edmundo, duque de Lancaster, se preparaba para regresar a Francia. Cuando fue a despedirse de ella, casi no pudo contener su emoción.

–Todos os marcháis de mi lado –dijo llorando.

Edmundo tenía un carácter alegre. Todos sus amigos lo querían mucho –tal vez porque era muy generoso con ellos–. No poseía la seriedad de su hermano. Seguramente porque los deberes y responsabilidades de uno y otro eran de muy distinta naturaleza.

–Regresaré pronto –le aseguró–. Y lo haré con mi esposa.

–Confío en que sea una buena esposa para ti.

–Estoy seguro de que lo será –le dijo con su característico optimismo.

Lo contempló durante unos instantes. Pensó que era mucho más vulnerable que Eduardo. Sentía cierto resentimiento hacia su hijo mayor porque diariamente le demostraba que no la necesitaba. El asunto del puente de Londres había levantado un muro entre los dos. Por supuesto que Eduardo siempre sería su hijo predilecto, pues era su bello primogénito. La reina madre pensó que había hecho bien al escoger a una esposa tan sumisa, que siempre le decía que sí a todo, porque, con lo independiente que era, no habría soportado tener una mujer fuerte a su lado.

Se sonrió al pensar en lo orgulloso que se sentía Enrique de ella. Él nunca había hecho nada sin pedir antes su consejo. «¡Enrique, ojalá estuvieras aquí conmigo!»

–Querido hijo –dijo a Edmundo–, ve con cuidado con los franceses. Aunque mi hermana esté casada con el rey francés y yo recibí su ayuda en una ocasión, continúo pensando que hay que ser cauteloso con ellos.

–No temas, sé cuidarme.

–He oído que es una mujer muy bella, y que ya ha demostrado ser fértil.

–Tiene una hija de su primer matrimonio, Juana. Estoy seguro de que vamos a tener más.

–Nada me haría más feliz. Háblame de Blanca, tu futura esposa, hija de Roberto de Artois.

–Como ya sabes, estuvo casada con Enrique, conde de la Campania y rey de Navarra.

La reina asintió, indicando que, efectivamente, lo sabía.

–Recuerdo muy bien a Roberto. Estuve en Francia cuando mi hermana se casó con el rey de Francia. Con mi boda, la Corona inglesa y la francesa se unieron en cierto modo. Pero aunque se decía que el marido de mi hermana era un santo (no en vano le llamaban san Luis), nunca me he fiado de ellos. Tu padre pasó por una amarga experiencia gracias a él.

–Será un buen matrimonio, madre. Además, con este enlace, la Campania será mía hasta que Juana, su hija, sea mayor de edad para heredarla o casarse.

–¿Vivirás allí, tan lejos de todos nosotros?

–Vendré a menudo. No creas que quiero vivir exiliado en Francia. Cuando nos hayamos casado, traeré a mi esposa a Inglaterra. Debes estar tranquila, porque me volverás a ver dentro de muy poco.

–Te tomo la palabra, hijo.

–Si Eduardo me necesita, no dudaré en regresar para ayudarlo.

–Recuerda esto, hijo, lo mejor es que las familias estén unidas.

Cuando finalmente partió, la reina madre se quedó muy triste, aunque sabía que era lo mejor para él, pues necesitaba una esposa. Tal vez habría sido mejor que Avelina de Fortibus hubiese vivido para poder heredar la fortuna de su padre, pero, una vez más, el destino había sido cruel con ellos.

Se fue a Windsor con la reina, pues ésta había decidido que ése era el mejor lugar para establecer su hogar. La reina madre previó que Leonor no podría montar a caballo, por lo que había ordenado que se dispusiera una litera por si, en algún momento del trayecto, la reina se sentía indispuesta.

–No os preocupéis. Si me canso, os lo diré.

–No, querida, seré yo quien decida cuándo debes reposar en la litera, pues sé cuidar de ti mejor de lo que lo harías tú.

La reina tenía por costumbre obedecer a su suegra, por lo que acató sus órdenes e hizo el viaje en litera.

–Enrique estaba enamorado de Windsor, a pesar de que fue allí donde su padre se vio obligado a firmar la Carta Magna. Siempre decía que todo lo que le recordaba aquel suceso le resultaba repugnante. Por eso reformó Windsor. Amplió el piso inferior y le añadió una capilla, lo que pudo hacer creer a muchos que por ello seríamos muy afortunados. Era un hombre muy religioso.

La reina guardó silencio, pues sabía muy bien que no era recomendable interrumpir a su suegra para señalarle que, tal como le había contado Eduardo, Enrique había sido un pésimo gobernante, a pesar de ser tan bueno con su familia y tener unas creencias religiosas inquebrantables.

Mientras tanto, admiraba la belleza del paisaje por el que pasaban: prados verdes, bosques frondosos y el río Támesis, que corría paralelo al camino. Se dijo que ése era el mejor sitio para sus hijos.

Ya en Windsor, la reina madre recibió un nuevo golpe. Recibió la noticia de manos de unos mensajeros venidos expresamente de la Bretaña. La reina corrió a su habitación y la encontró postrada por el dolor.

Había ocurrido lo que temía desde hacía tiempo: Beatriz había muerto. Débil por el parto y profundamente afectada por la muerte de su hermana, la vida de Beatriz se extinguió día a día, como le había ocurrido a Margarita. De nada sirvieron las atenciones y esfuerzos de su marido.

Se había recurrido a todos los remedios conocidos, y se contrataron los servicios de los mejores médicos, pero no sirvió de nada.

Respetando su última voluntad, su cuerpo sería trasladado a Inglaterra. Beatriz siempre había dicho que quería ser enterrada bajo el arco de la pared norte del coro, delante del altar de la iglesia de Jesucristo, en New Gate, una iglesia que ella misma había fundado antes de casarse.

Su marido no dudó en cumplir sus deseos. Enviaría el cuerpo de su esposa a Inglaterra, aunque no el corazón, pues lo haría enterrar en la abadía de Fontevraud, donde yacían sus bisabuelos Enrique II y Leonor de

Aquitania, junto con su tío abuelo, Ricardo Corazón de León.

La reina madre estaba absolutamente trastornada. No podía creer la muerte de Beatriz. Tantas muertes en tan poco tiempo... Estaba segura de que Dios le había dado la espalda. Se encerró en su habitación y, desesperada, lanzó improperios contra él. Entonces recordó a su difunto marido, que se habría apenado al oírla proferir tales blasfemias, y se tranquilizó un poco.

–Si ésta es la cruz que me ha tocado –dijo–, entonces cargaré con ella. Pero cuando Vos os lo llevasteis, me quitasteis lo mejor de mi vida, y ahora parece que queréis llevaros lo único que me queda.

Como si Dios la hubiese escuchado y se sintiera verdaderamente culpable por lo que le había hecho, al cabo de unos días del entierro de Beatriz, la reina dio a luz a un hermoso niño.

El nacimiento fue celebrado por todo lo alto en la corte. Era un buen presagio. Todos pensaban que, a pesar de las muertes de los príncipes Juan y Enrique, la reina era todavía joven y aún podía tener muchos hijos.

La reina madre salió de su letargo melancólico y empezó a hacer planes para el recién nacido.

Eduardo estaba tan pletórico que, cuando la reina le expresó su deseo de llamar Alfonso al niño, accedió de inmediato.

La reina madre, cuando lo supo, se quedó muy contrariada.

–Debe llamarse Eduardo. ¿Olvidas que va a ser el heredero al Trono? ¡Alfonso! ¿Crees que los ingleses recibirán calurosamente a un rey que se llame Alfonso?

–Cuando acceda al Trono –dijo el rey–, ya le cambiaremos el nombre. De momento, su madre quiere que se llame Alfonso, y así será.

Las esperanzas de la familia iban en aumento a medida que el pequeño crecía. Habían logrado alejar del horizonte la racha de mala suerte que había causado la muerte de cuatro miembros de la realeza. El futuro aparecía muy prometedor.

EL PRÍNCIPE GALÉS Y LA DEMOISELLE

Como era de esperar, hubo problemas en la frontera con Gales.

Gilberto de Gloucester fue a toda prisa a Windsor a contárselo al rey. Fue recibido en una de las habitaciones del palacio que el anterior rey había decorado tan profusamente.

Eduardo intuyó al instante que Gilberto le traía malas noticias.

–¿Se trata de Llewellyn? –preguntó antes de que Gilberto dijera nada.

–Estaba claro que iba a suceder, señor. Según me han contado los barones de la frontera, parece ser que los galeses han descubierto cierta profecía de Merlín que dice que un tal Llewellyn reinará no sólo en Gales, sino también en Inglaterra.

El rey palideció. Le asustaba más una sola profecía que todo un ejército, pues sabía que la gente se las creía.

–¿Y es el Llewellyn que nosotros conocemos el escogido?

–Parece ser que sí, señor.

–Demostraré que Llewellyn nunca será el rey de Inglaterra mientras el legítimo monarca viva.

–Imaginé que reaccionaríais así, señor.

–¿Cómo se atreve? ¿Qué derecho tiene? ¿Se cree descendiente del Conquistador?

–Pretende unirse a la saga del Conquistador.

–Pues no le bastarán las intenciones para ver cumplido su sueño. Tendrá que pasar a la acción. ¿Cómo piensa convertirse en un miembro de nuestra familia?

–Valiéndose de su esposa.

–¡Su esposa! No está casado.

–Tiene la intención de hacerlo dentro de poco. Su Majestad recordará que se desposó hace tiempo con Leonor de Montfort, a quien llaman la Demoiselle.

–Su padre consintió que se desposaran cuando incitó a los galeses a que se levantaran contra mi padre.

Gilberto asintió.

–Dicen que fue entonces cuando la pareja se enamoró. De eso ya hace casi diez años, ella era entonces una niña, pero la edad no le impidió enamorarse perdidamente de Llewellyn.

Eduardo se encogió de hombros.

–Señor –dijo Gilberto–, este asunto no debe ser tomado a la ligera. No olvidéis que la Demoiselle pertenece a la familia real, pues su madre era la hermana del difunto rey Enrique, vuestro padre. Es vuestra prima, y si se casa con Llewellyn, éste tendría, en teoría, cierta ascendencia sobre el Trono.

–Debe estar loco.

–Está loco por alcanzar la gloria. Dice que hará realidad la profecía de Merlín.

–¿Cómo piensa hacerlo?

–Intentará conquistar Inglaterra.

–¿Crees que voy a permanecer impasible mientras él conquista mis tierras?

–Por el amor de Dios, por supuesto que no. Sé que

lucharéis y le demostraréis quién es el dueño. Me compadezco de Llewellyn cuando pienso en lo que le haréis cuando ose cruzar las montañas galesas. Aun así, tiene la intención de vincularse a la familia real casándose con la Demoiselle.

–Pero, por ahora, ella vive en el exilio con su madre y sus condenados hermanos.

–Dicen que ya le ha ordenado que venga. Se casarán cuando llegue a Gales.

–¿De Francia?

–Un barco ha ido a buscarla. No tardará mucho en llegar. Y cuando esté casado con ella, lo primero que hará será conquistar el territorio fronterizo de los barones. Los galeses están con él, pues creen en la profecía de Merlín.

Eduardo aguzó la mirada. Se quedó unos minutos de pie con las piernas separadas, con la vista perdida en el horizonte. Luego sonrió.

–¿Dices que la Demoiselle saldrá de su exilio en Francia para casarse?

–Así es, señor.

–¿Crees que conseguirá reunirse con Llewellyn? Yo no. Lo primero que haremos, Gilberto, será enviar algunos barcos para que intercepten el suyo. Nos aseguramos de que Llewellyn no se casa con ella.

En un pequeño castillo situado en el pueblo de Melun, a la orilla del Sena, Leonor de Montfort, condesa de Leicester, estaba agonizando. A su lado se hallaba su hija, una bella joven de unos veintitrés años, a quien todo el mundo, incluso su familia, llamaba la Demoiselle.

La condesa moribunda se había quedado más tranquila después de recibir la noticia de que Llewellyn quería casarse con su hija, pues le preocupaba su futuro cuando ella hubiese muerto. Tras el anuncio de la eminente boda, estaba tranquila porque sabía que su hija sería feliz. Llewellyn, el príncipe de Gales, quería casarse con ella. Según le decía en el mensaje, no había dejado de pensar en Leonor ni un día durante todos aquellos años, por eso no se había casado. Lo que más deseaba en este mundo era que la Demoiselle fuera su esposa.

Cualquier día les llegaría la noticia de la llegada del barco. La condesa sabía que su hija no le abandonaría mientras estuviera viva, pero era consciente de que le quedaban muy pocos días de vida.

Estaba preparada para morir. La suya había sido una vida muy agitada, y, en su lecho de muerte, había tenido mucho tiempo para meditar sobre el tiempo pasado. Le parecía extraño recordar con tanta precisión lo vivido en su juventud, y cómo, en cambio, le costaba acordarse de lo que le había sucedido últimamente.

Cuando hubiese muerto, su hijo Almeric acompañaría a su hermana a Gales, y una vez allí su querida Demoiselle se casaría con un hombre que la adoraba y cuidaría de ella.

Habían ocurrido cosas tan horribles en su familia que se temía lo peor. Era muy posible que algunas personas esperaran que el día de su boda con el gran Simón de Montfort ocurriera algo malo, sin embargo ella nunca se había arrepentido de haberse casado con él. A menudo se decía, cuando pensaba en las tragedias que habían sacudido a su familia, que volvería a vivirlas cuantas veces fueran necesarias.

Simón de Montfort siempre sería recordado con gran respeto. Era un hombre extraño, pero bueno, un hombre con ideales. Ella le había apoyado hasta el final, incluso cuando se alzó en contra de su hermano el rey Enrique, a quien, no obstante, había querido siempre, porque había sido muy bueno con los suyos, aunque no hubiera sabido gobernar su país. Su extravagancia y la de la reina había conducido a Inglaterra al borde de la ruina, casi como en tiempos del rey Juan. Por eso Simón se rebeló, y lo hizo aun sabiendo que una guerra civil era lo peor para un país. Para ella fue una verdadera tragedia que su marido luchara contra su hermano. Recordó cuando Enrique y su hijo Eduardo estuvieron prisioneros en Kenilworth y ella tuvo que cuidarlos. Los había tratado con gran respeto. Le habría gustado poder decir a su hermano: «¿Por qué no abres los ojos de una vez y te das cuenta de lo que estás haciendo? Simón tiene razón.»

Su marido hubiera gobernado con prudencia. Él había inaugurado el primer parlamento. Quería un país próspero y pacífico. Ciertamente, también Enrique lo quería, pero él además quería dinero, dinero y tierras para satisfacer las exigencias de su extravagante esposa. Aun así, ella había querido a los dos, a su hermano y a su cuñada Leonor de Provenza. Ambos habían sido unos pésimos gobernantes, y odiaban a muerte a su marido. Pero ella, Leonor, los quería a los tres.

Tener que soportar una guerra en el país y otra en el seno de la familia había sido una ardua tarea. La violencia había generado más violencia. Lo que hicieron a su esposo e hijo en Evesham la atormentó el resto de su vida. Incluso tenía pesadillas. No entendía por qué razón habían tratado tan brutalmente sus cuerpos. No era de extrañar que sus dos hijos, Guy y Simón, vengaran la muerte de su padre.

Todo acabó con el exilio forzado de los orgullosos miembros de la familia De Montfort. Desde entonces Guy y Simón eran unos fugitivos buscados por haber asesinado a Enrique de Cornualles en una iglesia de Viterbo. Aquel asesinato conmocionó al mundo porque se hizo mientras la víctima estaba rezando ante un altar. Una vez muerto, su cuerpo fue mancillado vilmente, lo mismo que el de Simón de Evesham. Fue la venganza por lo que le habían hecho a su padre. Desgraciadamente, sus hijos habían escogido mal a la víctima, pues Enrique era conocido por su coraje y bondad. No debieron mutilar el cadáver. A menudo intentaba imaginarse cómo acabaría todo aquello.

Mandó llamar a su hija, y disfrutó contemplándola. Era alta, elegante; una Plantagenet. La condesa pensó que Llewellyn estaría encantado con una esposa así.

–Hija mía –dijo–, me estoy muriendo.

La Demoiselle se inclinó hacia su madre y le preguntó si quería un refresco.

–Me estoy hundiendo muy rápido, hija –le dijo–. No, no llores. Éste es el final de mi vida, una vida muy interesante, por cierto, pero el principio de la tuya. Serás muy feliz junto a Llewellyn.

–Sí, madre, seré muy feliz con él.

–Pero hace mucho que no os veis.

–Sí, pero los dos supimos entonces que... Estoy segura de que no ha cambiado, y yo sigo sintiendo lo mismo por él.

–Sé feliz, hija mía. Cuando yo era muy pequeña, me casaron con un hombre viejo. Cuando murió, pensé que jamás volvería a casarme. Se habló de meterme en un convento. Pero luego apareció tu padre. Casarse por amor es lo mejor que le puede suceder a una mujer.

–Tú y mi padre tuvisteis que superar muchos obstáculos.

La moribunda sonrió.

–La gente no veía bien que la hija de un rey se casara con un aventurero. Pero tal vez éstos sean los mejores matrimonios, cuando los novios, en contra de la voluntad de todos deciden unirse para siempre.

–Sé que tú y mi padre deseabais casaros.

–Es verdad. ¡Qué días aquéllos! ¡Cuánta excitación e intriga! Pero ahora sólo deseo la paz y saber que estás de camino a Gales. Entonces podré morir tranquila.

–Nunca te abandonaré, querida madre.

–Que Dios te bendiga, hija; pero no puedo detenerte

por más tiempo. Cuando llegue el barco, tendrás que irte. Almeric te acompañará, pero antes debo hablar con él.

–¿Quieres que le haga venir, madre?

–Sí, querida.

Almeric de Montfort estaba sentado junto a la cama de su madre. Se preguntó cuánto tiempo tardaría en morir y qué futuro les esperaba a él y a su hermana en Gales.

Amaba a su madre y había venerado a su padre. La ira se apoderaba de él cuando pensaba que aquel gran hombre, su padre, había sido asesinado vilmente. «Si al menos hubiera muerto en combate... Una muerte honorable. Pero lo que hicieron con su cuerpo después...» Habían mancillado el honor de los De Montfort, y no entendía por qué culpaban a sus hermanos de haber hecho lo mismo con Enrique de Cornualles.

–¿Estás aquí, Almeric? –preguntó la condesa moribunda.

–Sí, madre.

–Debéis iros a Gales tan pronto como llegue el barco.

–No te abandonaremos, madre.

–Será mejor que no os entretengáis.

–No te preocupes por eso. Todo irá bien.

–Cuida de tu hermana.

–Lo haré, confía en mí.

La condesa cerró los ojos.

Estaba en lo cierto. Aunque los mensajeros podían llegar de un momento a otro, sus dos hijos no la abandonarían.

Desde lo ocurrido en Evesham, la fortuna familiar había menguado. No entendía por qué Guy y Simón habían sido tan locos de cometer un crimen que había escandalizado al mundo. Guy había sido siempre violento, y odiaba a su primo Eduardo. Solía decir que éste lo tenía todo a su favor. Tal vez todos envidiaron a Eduardo cuando eran niños e iban juntos a la escuela, porque era el hijo del rey, el heredero de la corona, el que alardeaba de importante y les dominaba; además era el más alto y a quien más caso se hacía. Guy lo odiaba e intentó poner a los demás en su contra. Enrique de Cornualles era uno de esos niños, el mayor, y nunca quiso traicionar a Eduardo. Eduardo el futuro rey, Enrique el santo. No era de extrañar que hubiesen escogido a Enrique como víctima. Almeric podía imaginar con qué alegría morbosa Guy habría mutilado el cadáver de Enrique.

Había sido un acto estúpido, que les había puesto a todo el mundo en contra y había desprestigiado el nombre del gran De Montfort. Desde entonces, cuando se lo mencionaba, era para hablar de aquel asesinato más que para alabar lo mucho que Simón había hecho por el bien del país.

Almeric no olvidaría jamás cuando, junto a sus dos hermanos, fue acusado de asesinato. Había sido una prueba muy dura, no sólo por haber sido educado según la doctrina católica, sino porque era inocente de los cargos que le imputaban. Le arrestaron con facilidad, pues por entonces daba clases en la universidad de Padua. Por suerte, había podido demostrar que no estuvo en Viterbo el día del asesinato, sino en cama aquejado de una gripe.

En ese momento, sentado junto al lecho de su madre, se le ocurrió que si su hermana se llegaba a casar con Llewellyn y éste lograba convertirse en rey de Inglaterra, la fortuna de los De Montfort daría un vuelco sustancial. Su hermana sería la nueva reina de Inglaterra y Eduardo, el gran engreído, quedaría destituido. Por un instante, esta idea le alegró. Entonces se acordó de la profecía de Merlín y deseó que el futuro esposo de su hermana fuera el Llewellyn del que hablaba.

La condesa empezó a respirar con dificultad. Se preguntó si no habría llegado el momento de llamar al cura.

La Demoiselle entró en la habitación, y al ver a su madre, se le inundaron los ojos de lágrimas.

Se arrodilló al lado de la cama, y su madre, notando su presencia, le tendió una mano.

Leonor la cogió.

–Estoy aquí, madre –le dijo.

–Vete, y sé feliz –dijo la condesa–. Almeric.

–Dime.

–Cuida de tu hermana, prométemelo. Llévala junto a su prometido. Empezad de nuevo... No lloréis por mí.

Cerró los ojos sonriendo. La joven Leonor pensó que tal vez estuviera pensando en su propia boda, o en cuando ella, la princesa aventurera, viuda de un anciano, conoció y amó a Simón de Montfort, un hombre que dejó huella en la historia y a quien llamaron el Aventurero.

Juntos habían emprendido una aventura que en ese momento había llegado a su fin. Ella se estaba muriendo y Simón de Montfort había muerto hacía tiempo en el campo de batalla de Evesham.

La condesa de Montfort dejó este mundo con una delicada sonrisa en los labios.

Almeric consideró que ya no había motivo alguno que los retuviera allí cuando supo que Llewellyn había mandado dos barcos para escoltar a su prometida hasta su nuevo hogar.

Siguiendo su última voluntad la condesa fue enterrada en el convento de Montargis. Después del entierro, la joven Demoiselle, escoltada por su hermano, se dirigió hasta la costa donde les esperaban los barcos que les llevarían a Gales.

Eran unas naves magníficas. Evidentemente, Llewellyn había enviado sus mejores barcos, pues estaban equipados con toda clase de detalles para hacer más confortable el viaje. Además, en ellos iba un grupo de soldados para protegerla en caso necesario.

Zarparon inmediatamente. A medida que la costa de Francia desaparecía del horizonte, la tripulación se fue inquietando. Temían que los ingleses se hubiesen enterado de ese viaje, algo muy probable, pues en tales ocasiones abundaban los traidores. Además, la profecía de Merlín se había difundido por todos los rincones del país. No obstante, los galeses, creyeron que era beneficioso que los ingleses estuvieran al corriente, pues una profecía de tal importancia les haría temer por el futuro de su país, y ello significaría tenerlos ya medio vencidos.

Tenían previsto que el viaje durara varios días, pues no querían ni desembarcar en Inglaterra, ni que les interceptaran barcos ingleses. En consecuencia, la travesía por el canal de la Mancha sería muy peligrosa.

Los temores se incrementaban a medida que se aproximaban a la costa inglesa. El capitán temía que en esos momentos arreciara el viento y les arrastrara cerca de la costa, obligándoles incluso a desembarcar. Así pues, todos se alegraron cuando vieron que ya estaban a punto de perder de vista la costa inglesa. Una vez hubiesen doblado el cabo conocido como el Fin de la Tierra, estarían en aguas galesas.

Se disponían a cambiar la navegación en dirección norte, cuando les sorprendieron cuatro veleros mercantes.

Los dos barcos galeses no pudieron hacer nada, estaban de antemano destinados a ser capturados.

El capitán inglés, orgulloso, escoltó a los cautivos hasta Bristol, e inmediatamente envió un mensaje al rey donde le comunicaba que la misión había finalizado con éxito.

Llewellyn ab Gruffyd, príncipe de Gales, fue presa de rabia cuando supo que su futura esposa había sido capturada por los ingleses.

Se preguntó iracundo por qué siempre tenía que ser derrotado por los ingleses. Él, Llewellyn ab Gruffyd, el elegido –si ciertamente la profecía de Merlín se refería a él–, había sido burlado por los ingleses justo cuando su futura esposa estaba a punto de llegar.

Había soñado con ella durante muchos años. No había querido casarse con nadie más. El día que la conoció –una niña preciosa cuyos ojos centellearon al saber que él sería su futuro marido–, supo que jamás dejaría de amarla. Habían pasado bastantes años desde aquel día. Fue en la época que Simón de Montfort, padre de Leonor, era un poder fáctico en Inglaterra y todo apuntaba a que derrocaría al rey. Si la suerte hubiese acompañado a Simón, en esos momentos haría mucho tiempo que él estaría casado con la Demoiselle.

La mala suerte empezó cuando Eduardo logró escapar de su cautiverio y derrotó al ejército de De Montfort. Eduardo, por aquel entonces, actuó como un conquistador, y realmente lo fue. Inspiraba la clase de fe que se exige de un líder, una fe que sólo puede motivar una profecía de Merlín. Tenía el porte, los modales y la fuerza de un rey. Su derrota sólo podía darse con la intercesión de fuerzas sobrenaturales. Merlín había profetizado que...

Llewellyn nunca habría imaginado que Eduardo pudiera burlarse de él de esa manera, esto es, capturando a su futura esposa. Se sentía aturdido, el primer paso para convertir en realidad la profecía de Merlín había resultado infructuoso.

No había tenido una vida fácil. De hecho, ningún príncipe de Gales la había tenido. Cuando no eran derrotados por los ingleses en la frontera, tenían problemas en el seno familiar.

En primer lugar, tuvo mala suerte al ser el segundo hijo de Gruffyd ab Llewellyn. Pero este problema lo había superado encarcelando a su hermano mayor, Owain.

Era consciente de que los conflictos familiares suponían un serio obstáculo. Le habría gustado contar con la lealtad de sus hermanos, en caso de haber sido el mayor, pero una serie de circunstancias le habían llevado a la situación en que se hallaba.

Gales era una fuente de constante temor para Inglaterra, lo mismo que Inglaterra para Gales. Los celtas de Gales eran distintos a los de Inglaterra. Aquella raza mestiza, compuesta por los más grandes guerreros de la historia, los vikingos, y con sangre de los anglos, los sajones y los romanos, estaba destinada a acoger en su seno a gobernantes y conquistadores. Los galeses, al igual que los celtas del norte y los que vivían en el extremo suroeste de Inglaterra, eran de una raza diferente. Les gustaba cantar, tocar el arpa y el laúd; concedían gran importancia a la música. Poseían el don de la elocuencia y les sobraba imaginación, por eso eran tan supersticiosos. Con todo, no tenían nada que ver con la raza híbrida de los ingleses.

Salir de las montañas y declarar la guerra a los ingleses podría resultar un desastre. Llewellyn le daba gracias a Dios por haberles protegido con esas montañas, que, en más de una ocasión, habían evitado invasiones inglesas.

Guillermo el Conquistador intentó penetrar en el país, pero comprobó la dificultad que suponía atravesar las montañas. Por eso, había establecido en la frontera a los barones –normandos liderados por señores como los FitzOsborn y los Montgomery–, que habían gobernado esa tierra de nadie durante doscientos años.

Llewellyn creía en la profecía de Merlín, pero se preguntaba por qué el Llewellyn de la profecía no había sido su abuelo, un guerrero feroz en quien muchos confiaron para que liberara Gales de las garras de los ingleses. Se le conocía como Llewellyn el Grande, pues se decía que era el gobernante más grande que jamás había tenido Gales.

Llewellyn pensó que aún debía llegar otro más grande, el escogido por Merlín.

Haciendo un repaso a la historia, Llewellyn lamentó las luchas internas que habían asolado su nación. Ningún país podía progresar si había guerras entre hermanos. Pero las cosas eran así, y así habían sido desde los tiempos de Llewellyn el Grande.

Había canciones populares dedicadas a su abuelo, hijo de Iorwerth, quien a su vez era el único hijo de Owain Gwynedd. Todos los gobernantes de Gales habían sido hombres rudos y mujeriegos, que disfrutaban cantando y haciendo el amor con la primera mujer que encontraban. En consecuencia, los niños aprendían las proezas de sus antepasados escuchando las canciones con que sus madres les arrullaban; madres que raras veces estaban casadas con sus padres.

El mismo padre de Llewellyn, Gruffydd, era fruto de una aventura entre Llewellyn el Grande y una de sus muchas amantes. A pesar de esto, Llewellyn había estado casado con Juana, una hija del rey Juan de Inglaterra. Aunque era ilegítima, el rey la había reconocido. Era una mujer de carácter, y se esforzó para que Gales e Inglaterra hicieran las paces. Cuando murió el rey Juan, continuó con su tarea conciliatoria tratando de acercar a su marido con su hermanastro Enrique III. Mientras tanto, dio a luz a un niño, Davydd, que, naturalmente, creyó tener más derecho a suceder a su padre que Gruffydd.

Gales, con más razón que cualquier otro país, necesitaba un hombre fuerte, y ése hombre fue el viejo Llewellyn. Él puso los cimientos para que Gales fuera un país poderoso y demostró a los ingleses que se les debía tener en cuenta. Era, además, un hombre que actuaba enérgicamente en cuestiones domésticas, como demostró cuando descubrió el romance que su esposa Juana mantenía con Guillermo de Broase. Este asunto todavía era el tema de muchas canciones.

Guillermo de Broase fue capturado por Llewellyn, que lo tuvo prisionero durante un tiempo. A cambio de su liberación, Guillermo ofreció pagar un rescate y conceder la mano de su hija Isabella al hijo de Llewellyn. Éste estuvo tentado de aceptar el trato, pues vio en Broase un aliado rico y poderoso. Sin embargo, durante el tiempo que Guillermo estuvo cautivo, la esposa de Llewellyn, Juana, se acostumbró a visitarlo en la prisión porque a los dos les gustaba mucho hablar sobre las tradiciones populares de Inglaterra, ya que Juana, a pesar de estar casada con un galés, nunca olvidó que era hija del rey inglés. Broase y Juana se enamoraron y cuando aquellas visitas llegaron a oídos de Llewellyn, éste decidió tenderles una trampa. Así lo hizo y fueron descubiertos. Llewellyn se indignó muchísimo, pero no quiso castigar a su esposa, ni romper su matrimonio. Se limitó a sacar a Guillermo de la prisión, anunciar su ejecución y colgarlo públicamente en Crokeen, ante la mirada de numerosos testigos.

Llewellyn fue aplaudido por su contundente actuación. Había castigado al adúltero sin perder las ventajas que suponía que su hijo se casara con la heredera de De Broase.

Ésa fue la historia de su abuelo, Llewellyn el Grande. Gruffyd, su padre, fue un hombre de gran envergadura, cuya ambición hacía honor a sus medidas. Como primogénito de Llewellyn, siempre había creído que era el heredero legítimo, a pesar de que la esposa de su padre hubiese tenido un hijo, Davydd. Cuando Llewellyn hubo muerto, empezaron las rencillas entre ellos. Creyéndose el heredero legítimo, Davydd capturó a Gruffydd y lo mandó encerrar.

Pero éste contaba con el apoyo de muchos galeses. El obispo de Bangor, después de excomulgar a Davydd, fue a Inglaterra a ver al rey y trató de conseguir su apoyo para la causa de Gruffydd. El obispo le aseguró que si ayudaba a Gruffydd a recuperar el poder, le rendirían homenaje. Como Enrique nunca decía que no cuando se trataba de dinero, invadió Gales y obligó a Davydd a entregarles a Gruffydd. Lo tuvo un tiempo encerrado en la Torre de Londres, mientras, decía, consideraba el asunto.

Gruffydd sabía que Enrique intentaría sacar el mayor partido posible de aquella situación antes de dejarle libre, por lo que una noche decidió escaparse por la ventana, tras haber hecho una cuerda con las sábanas. Pero cometió un error fatal: la cuerda era demasiado larga, y él demasiado pesado. Lo descubrieron tendido en el suelo con el cuello roto. Ése fue el final de Gruffydd.

Así fue como Llewellyn y su hermano se convirtieron en los herederos de Gales, que por aquel entonces seguía gobernado por su tío Davydd, el hijo legítimo de su abuelo. Davydd murió dos años más tarde. Los galeses, que sospechaban que Davydd mantenía algún pacto secreto con los ingleses, dieron la bienvenida a los dos hermanos, Owain y Llewellyn, quienes se repartieron el país en dos mitades, con el beneplácito del pueblo, pues lo único que deseaban las gentes era que no hubiera más hostilidades. Además, el rey Enrique les invitó a Woodstock donde les perdonó públicamente las rebeliones pasadas y ambas partes se comprometieron a velar por la paz. Sin embargo, aquel pacto implicaba renunciar a la mayor parte de las tierras galesas, así que los dos hermanos se quedaron sólo con Snowdon y Anglesey.

Durante un tiempo no hubo hostilidades entre los dos países, aunque esa situación no podía durar mucho, pues Llewellyn era demasiado ambicioso, al contrario de Owain, cuya máxima ambición era vivir tranquilo y sin problemas.

Llewellyn no era de los que se quedan con los brazos cruzados; pronto se enfrentó a Owain, quien buscó la ayuda de su hermano pequeño Davydd. Se enzarzaron en una guerra de la que Llewellyn salió victorioso. Capturó a Owain y lo encerró, mientras que Davydd se escapó a Inglaterra.

Entonces Llewellyn creyó oportuno intentar recuperar las tierras que habían pertenecido a Gales. Para ello, aprovechó el momento en que los barones, liderados por Simón de Montfort, se rebelaron contra el rey. Apoyó su causa, y cuando se supo que el rey y su hijo Eduardo eran prisioneros de Simón de Montfort, toda Gales celebró el triunfo.

Fue en Hereford donde Llewellyn conoció a Leonor, la Demoiselle, una adorable y preciosa niña que había heredado de los Plantagenet su sin par belleza.

El matrimonio de Simón de Montfort había sido uno de los romances más comentados de la época. Se decía que era de esa clase de hombres que sobresale por encima de los demás en todo lo que hace, incluso en el matrimonio. Los galeses se alegraron de que se casase con la hermana del rey de Inglaterra desafiando con ello al monarca, pues, aunque éste, en un momento de debilidad, había consentido que se celebrara aquella boda, maldijo esa unión durante el resto de sus días.

Llewellyn se dijo que no quería a otra mujer más que a la Demoiselle. Imaginó a su abuelo contemplándole desde el cielo y bendiciendo su boda. «¿A qué estás esperando? –le habría dicho el viejo Llewellyn–. Ve y coge lo que es tuyo.»

Pensó en la profecía. Decía que Llewellyn I sería rey de Inglaterra. Ostentaría un título mayor que el de su abuelo. Las canciones ya no hablarían del Llewellyn que había mandado ahorcar al amante de su esposa, sino de Llewellyn I de Inglaterra y de su bella esposa, Leonor la Demoiselle.

Fue consciente de su mala suerte, pues Eduardo, el nuevo rey de Inglaterra, no era como su padre; era un hombre de acción. Debía actuar con precaución. La Demoiselle iba de camino a Gales para casarse con él, y la profecía de Merlín decía que un hombre llamado Llewellyn se convertiría en rey de Inglaterra. Eduardo estaba decidido a que aquellas predicciones nunca se hicieran realidad. Por eso había capturado a la Demoiselle y la tenía prisionera. El primer paso para convertir en realidad la profecía de Merlín había fallado.

Llewellyn se dijo que aquello era sólo el principio. Mientras tanto, la Demoiselle estaba en algún lugar de Inglaterra y él en Gales.

Había rehusado asistir a la coronación de Eduardo y tampoco había querido rendirle homenaje. Se preguntó si el nuevo rey de Inglaterra no se estaría vengando de él.

Decidió que lo primero que haría sería rescatar a su futura esposa. Tenía que demostrar a los galeses que él era el Llewellyn a quien hacía referencia la profecía de Merlín. No obstante, de momento, no conseguía trazar un plan eficaz para rescatarla.

Pasaban las semanas y la Demoiselle continuaba en manos de los ingleses.

Eduardo estaba muy satisfecho con el trabajo hecho por los marineros de Bristol: habían conseguido interceptar los barcos que iban rumbo a Gales.

Entró en la habitación de la reina radiante de felicidad.

–¡Al demonio con las profecías! ¿Por qué no estaba Merlín en las islas Sorlinga cuando pasaban nuestros barcos frente a ellas? ¿Por qué no desencadenó una fuerte tormenta que hiciera naufragar nuestros barcos?

–¡No lo permita Dios! –exclamó la reina.

De nuevo estaba embarazada. Ella, Eduardo y la reina madre esperaban que fuera un niño. Aunque evitaban hablar de ello, todos, por separado, estaban preocupados porque el pequeño Alfonso, que ya contaba con dos años, no gozaba de muy buena salud. Aunque era un niño muy despierto, siempre estaba enfermo, lo mismo que les ocurrió a Juan y Enrique. La reina pensó que no soportaría otra muerte.

En ese momento, Eduardo no pensaba en el niño. Tenía en mente la reciente victoria de sus marinos en el mar; un regalo más valioso para él que cualquier tesoro.

–Pronto traerán ante mí a los prisioneros -dijo.

–¡Pobre Demoiselle! –dijo la reina–. Debe sentirse muy desgraciada.

–Te prohíbo que te apiades de ella. Si se hubiese casado con Llewellyn, la gente diría que Merlín había regresado de donde fuera que estuviera para ayudarles. Eso, querida, es la última cosa que quiero que suceda. Esa profecía de Merlín es una falacia, y tengo que demostrárselo a los galeses... y tal vez a algún inglés.

La reina se estremeció.

–Seguro que no es verdad –dijo–, pero estoy convencida de que la Demoiselle se siente desolada y tal vez un poco asustada.

–No le harán daño –le prometió Eduardo.

–Sí, si la separan de su esposo.

–Todavía no lo es. Ni lo será a menos que esté dispuesto a negociar. Hoy es un día feliz para nosotros, Leonor. He conseguido la pieza clave que me permitirá negociar con los galeses.

–Cómo me gustaría que se quedaran en sus montañas y nos dejaran vivir en paz.

–Nunca viviremos en paz mientras no seamos un mismo país. Si Gales y Escocia estuvieran en mis manos...

–Ya tienes bastante con gobernar Inglaterra, Eduardo.

–Sería más fácil gobernar si tuviera vasallos leales en todas partes.

–Pues piensa que las cosas continuarán como están. Aunque Alejandro sea tu cuñado, nunca te jurará vasallaje.

–Querida, quiero llegar a ver cómo Gales y Escocia se unen a la corona inglesa. Sólo entonces viviremos en paz.

–No lo creo. Siempre habría rebeldes.

–Tienes razón. ¿Qué tal está el pequeño?

–No para de dar patadas.

–Entonces ¿será un niño?

–¿Cómo quieres que lo sepa? Lo único que puedo hacer para que sea un niño es rezar.

–Estaré igualmente satisfecho si es una niña. Ya tenemos un hijo.

Eduardo frunció el entrecejo. Le preocupaba la salud de Alfonso, pero no quiso comentarle sus temores. Era mejor que estuviera tranquila mientras durara el embarazo. Pensó en la hermosa hija que ya tenía, su predilecta, la mayor... Casi tenía once años, y era fuerte de cuerpo y alma, toda una Plantagenet. También estaba Juana. Se arrepentía de haberla dejado en Castilla con su abuela, aunque pensó que no pasaría mucho tiempo antes de que la tuvieran de nuevo en casa. Y, por último, Alfonso, que no parecía tener la fortaleza de sus hermanas, pues habían llegado noticias de Castilla por las que sabían que Juana era una niña muy vital y alegre. Se preguntó por qué sus hijos varones nacían tan débiles. Primero había sido Juan, luego Enrique, y ahora Alfonso. Se acordó de la niña que murió en Acre. Fue una muerte anunciada, pues en las circunstancias en que nació había pocas posibilidades de que sobreviviera. Aun así, la reina había demostrado ser fértil. Rogó a Dios que esta vez les enviara un varón sano.

La reina, que adivinó sus pensamientos, se entristeció.

–Pediré a Dios que sea un niño, Eduardo –le dijo.

–Querida, si no lo es, podemos tener más hijos más adelante, no te preocupes –contestó él dulcemente–. Tenemos a Alfonso. Cuando suba al trono, deberemos cambiarle el nombre. Ya sabes cómo son los ingleses. Creerían que no es lo bastante inglés, con un nombre español. ¿Qué te parece Eduardo? Eduardo II.

La reina frunció el entrecejo.

–Por favor, Eduardo, no hables de eso ahora.

–Entiendo, no quieres que nadie me suceda.

–Por favor, no bromees.

–Lo siento. No voy a morirme. Mira qué fuerte estoy.

Se puso de pie delante de ella, con las piernas separadas. Era el rey más atractivo que jamás había tenido Inglaterra. El rey Esteban también había sido muy guapo, pero fue un monarca débil. Inglaterra necesitaba un rey fuerte y de carácter decidido y honrado. Eduardo reunía todos estos requisitos. Pero también necesitaba un heredero. En la época de continuos conflictos que les había tocado vivir, era necesario tener un sucesor listo para subir al trono llegado el momento.

Era imprescindible que la reina tuviera otro hijo.

Eduardo cambió el tema de la conversación.

–He venido a hablarte de los prisioneros. Tenemos a los dos hermanos.

–No los separes.

–Debo hacerlo. No tengo garantías de que Almeric de Montfort no trame algún complot. No debes olvidar quién es y quién fue su padre. ¡Simón de Montfort! Mi padre debió tener este nombre grabado en su corazón. Mi abuelo, el rey Juan, debió tener grabada la Carta Magna; mi padre, en cambio, el nombre de De Montfort.

–Y a ti, ¿qué será lo que te quedará grabado en el corazón?

–Espero que nada. Lo único que pretendo es hacer

de Inglaterra un país más fuerte de lo que era cuando yo subí al trono. No quiero Cartas, ni reformadores... Por eso debo ir con cuidado con Almeric de Montfort. He ordenado que lo lleven al castillo de Corfe. Será mi prisionero. Vivirá confortablemente, pero tengo que asegurarme de que no vuelva a estar libre.

–¿Y su hermana?

–La traeré aquí. Tú sabrás cómo cuidarla.

La reina sonrió.

–Trataré de consolarla.

–Pero no olvides que es la hija del peor enemigo de mi padre, y que además podría llegar a ser la esposa de uno de mis peores enemigos.

–No lo olvidaré, pero también debes tener presente que es la hija de tu tía. Tiene sangre real y por tanto debe ser tratada debidamente.

–Sé que harás lo mejor en estas circunstancias –dijo el rey.

–Siempre haré lo que crea que es mejor... para ti –añadió la reina.

Eduardo le sonrió, porque sabía que estaba hablando de todo corazón.

Leonor de Montfort llegó a Windsor en un estado de total desesperanza. Cuando el barco en que navegaba fue interceptado por los hombres de su primo Eduardo, vio frustradas todas sus esperanzas de matrimonio. Tenía ya veinticuatro años, y si no hubiese sido porque su familia había vivido en el exilio, se habría casado ocho o nueve años antes. Llewellyn lo era todo para ella. El amor surgió cuando sus miradas se encontraron por primera vez. Leonor recordó lo increíblemente felices que se sintieron cuando supieron que iban a ser desposados. Había oído contar en muchas ocasiones por cuántas dificultades había pasado su madre antes de casarse, cómo la boda se hizo en secreto y cómo ella y su padre tuvieron que huir del país cuando la ira del rey Enrique se volvió contra ellos. Aunque aquella historia le había parecido siempre muy romántica y excitante, sabía que pudo haberles salido muy mal. Se sentía feliz porque sus padres aprobaban su futuro matrimonio.

Pero la vida es imprevisible, y cuando todo parece estar encauzado, como en el caso de un barco surcando apaciblemente los mares, de repente una tormenta lo desvía de rumbo e incluso puede hacerlo embarrancar en las rocas.

Eso, precisamente, era lo que le había sucedido a ella. El destino no le había permitido casarse antes, y entonces, cuando creía haber superado todos los obstáculos, su felicidad se veía truncada de nuevo.

Se preguntó qué le ocurriría cuando fuera entregada al rey. Tuvo la sensación de ser una esclava. Había oído que era muy fuerte y despiadado. Sabía que tanto su hermano Guy como Almeric lo odiaban. Guy y Simón habían asesinado a Enrique de Cornualles, y hubieran querido hacer lo mismo con Eduardo. Estaba segura de que éste tendría conocimiento de ello. Había oído que, cuando se enteró de la muerte de Enrique de Cornualles, Eduardo había jurado vengarse de los asesinos. También sabía que hacía poco, antes de ser coronado rey, había visitado al Papa para pedir un castigo justo para los asesinos de su primo de Cornualles. Eduardo, por tanto, odiaba a su familia, lo cual le hacía temer el peor de los destinos para ella y su hermano Almeric.

Se asustó muchísimo cuando la separaron de Almeric. Ella le había abrazado y él le había susurrado:

–No te dejes vencer. Recuerda que tienes sangre real y, por encima de todo, eres una De Montfort. No les des la satisfacción de recrearse en tu pena.

Sin embargo, la habían tratado con mucho respeto, como si fuera una huésped del rey. Pero ella siempre tuvo presente que era un hombre despiadado y que no habría olvidado que su padre hizo que el suyo perdiera el trono, aunque fuera sólo por un breve período de tiempo.

Llegó a Windsor.

La reina había ordenado que la llevaran ante su presencia, en la habitación de los niños. La Demoiselle vio que estaba encinta. La recibió con una amplia sonrisa. Aunque no era excesivamente bella, su rostro era agradable y de expresión afectuosa.

Le puso una mano en el hombro y le dijo:

–Levántate, prima. El rey me dijo que estabas a punto de llegar.

La reina escudriñó su rostro, y la Demoiselle adivinó, por la mirada, que Leonor sentía lástima de ella porque había sido apartada violentamente de su futuro esposo.

–El rey me ha pedido que me encargue de ti –dijo–. Somos primas, y espero que también seamos amigas.

La Demoiselle, que hasta ese momento había mantenido la cabeza muy erguida y se había jurado no claudicar bajo ningún concepto, no pudo evitar que se le llenaran los ojos de lágrimas y le temblaran los labios. La reina, al verlo, le dijo:

–Ven a sentarte junto a mí, prima. Quiero que conozcas a mis hijos.

–Señora –dijo la Demoiselle–, sé que soy vuestra prisionera.

–No me gusta esta palabra –contestó la reina–. Haré que no te sientas como una prisionera mientras estés con nosotros. Y ahora, prima, sentémonos y hablemos un rato.

La Demoiselle se levantaba cada mañana con una profunda tristeza. Deseaba saber qué ocurría en Gales y cómo había reaccionado Llewellyn al enterarse de la noticia de su cautiverio. La reina le pareció una persona muy agradable y benévola. Solía sentarse delante de un tapiz y trabajar en él durante largo rato. Había sido ella quien había instaurado la moda de colgar tapices en las paredes, y, ciertamente, daban vida a las habitaciones. Su estado era ya muy avanzado, no faltaba mucho para que naciera el niño. Delante de la Demoiselle, Leonor no hablaba nunca del parto, pues no quería recordarle que estaba siendo privada de ese privilegio que como mujer podía disfrutar.

La reina madre se comportaba más secamente con ella. Desde el principio dejó claro que no estaba de acuerdo con que fuese tratada como un miembro más de la familia. Así se lo había dicho a la reina, quien, a pesar de que raras veces llevaba la contraria a su suegra, esa vez le alzó un poco la voz porque no le parecía justo tratar a la joven con crueldad.

–Señora –dijo la reina–, la Demoiselle es la prima de Eduardo, y vos su tía política. Por tanto, es un miembro más de la familia.

–Es la hija del peor enemigo de mi marido –respondió la reina madre frunciendo el entrecejo.

–También es la hija de su hermana.

–Si supieras cuánto sufrimos por culpa de Simón de Montfort, no hablarías así. Fueron sus hermanos quienes asesinaron a Enrique de Cornualles, el primo de Eduardo y su mejor amigo.

–Pero ella no tuvo culpa en ese crimen.

–No puedo ni mirarla a los ojos.

La reina no tuvo más remedio que abandonar la discusión. Pensó que si su suegra no podía soportar ver a la joven Leonor, entonces la única solución que le quedaba era alejarse de donde ésta estuviese.

La reina madre estaba furiosa, y repetía constantemente que ya nada era igual a cuando vivía Enrique. Él la habría echado de la corte y no habría permitido que su presencia fuera motivo de ofensa para la reina.

A la reina le disgustaba tener que decepcionar a la madre de su marido, pero creyó que la necesitaba más la Demoiselle que su dominante suegra, que sólo se preocupaba por ella y por sus familiares más directos.

La reina madre se consoló pasando el rato con su querida y preciosa nieta y con su amado Alfonso, a quien quería mucho a pesar de las preocupaciones que su salud le causaban.

Tenía muy claro, sin embargo, que haría todo lo que estuviera en su mano para que la reina viera finalmente que se equivocaba adoptando una actitud tan condescendiente con los enemigos de su propia familia.

Fue a hablar con Eduardo. Últimamente era difícil estar un rato a solas con él, pues estaba muy ocupado tratando de resolver los problemas existentes entre la Corona inglesa y Gales. Sabía que Llewellyn estaba muy furioso desde que supo que su futura esposa había sido capturada por los ingleses, por lo que decidió enviar soldados a la frontera para defender el país de una futura y probable guerra. Le inquietaba no poder estar junto a su ejército, pero otros asuntos de estado le impedían salir de Londres.

–Querido hijo –empezó la reina madre–, ¿crees que la reina está bien?

Eduardo la miró desconcertado.

–Se encuentra bien, ¿no? –preguntó angustiado.

Esa pregunta le había sacado momentáneamente de su principal preocupación.

–Estoy convencida de que el niño que lleva en sus entrañas está bien. Ruego a Dios que sea un niño sano. Me refería a que se siente inquieta por nuestra... prisionera, lo cual es lo más normal del mundo. Cuando pienso en lo que el padre de esa criatura le hizo al tuyo...

El rey pareció relajarse.

–Te refieres a la Demoiselle. La reina no está inquieta por ella. Me ha dicho que es una joven encantadora y que cada día se siente más a gusto con ella.

–Estoy convencida de que la Demoiselle ha heredado algo de la astucia de su padre. Alguien tan simple como la reina... –Eduardo frunció el entrecejo, y la reina se apresuró a añadir–: con un corazón tan generoso... nunca vería defectos en nadie. No hasta que tuviera el problema delante de sus narices. Eduardo, creo que es necesario encerrar a esa mujer. ¿Por qué no la envías a Corfe? Estaría con su hermano.

–Querida madre, esa joven no ha hecho nada malo. Sólo iba a casarse con Llewellyn y yo tuve la suerte de interceptar el barco en que viajaba. No tengo nada contra ella. Mi verdadero enemigo es Llewellyn.

–Pero ella iba a casarse con él. Eduardo, no puedo creer que no te des cuenta de...

–No hay nada más que añadir. Te he dicho lo que pienso –respondió Eduardo secamente.

La reina madre supo que no conseguiría hacer cambiar de opinión a Eduardo. A pesar de que siempre le llevaba la contraria, se sentía orgullosa de él, y lo admiraba. Se convenció de que siempre saldría ganando, pues era el rey. Por eso tuvo que aceptar que la Demoiselle se quedara a vivir con ellos como un miembro más de la familia.

Suspiró.

–Bueno, tal vez cambies de opinión cuando...

Eduardo la miró con dureza, pero a su vez dejó entrever que no estaba enfadado con ella.

–Si tengo que cambiar de opinión porque me he equivocado, seré el primero en admitirlo –la interrumpió.

La reina madre se dijo que tenía un hijo muy fuerte, pero le hubiera gustado poder influir en él como lo hizo con Enrique.

Decidió comprobar si realmente la quería.

–A veces –dijo– creo que no soy más que una carga.

Tal vez debería retirarme en un convento como muchas mujeres de mi edad.

–Pero a ti no te gustaría, estoy convencido.

–¿Y a ti te gustaría, Eduardo?

–Sabes perfectamente que tanto a mí como a Leonor nos encanta tenerte entre nosotros. Además, los niños te adoran. ¿Cómo puedes pensar que nos gustaría que te recluyeras en un convento? Aunque si tú lo deseas...

–Te diré una cosa, he estado considerando seriamente la posibilidad de irme a Amesbury.

El rey sonrió. Se imaginó a su madre entrando en el convento y convirtiéndose al cabo de poco tiempo en la abadesa.

–¿Y cuál es el problema?

–Pues que quieren desposeerme de todas mis riquezas. No tengo intención, por el momento, de donar mis posesiones a un convento.

–Entiendo. Tendrías que hacerles cambiar esa norma.

–Por supuesto que lo haría antes de meterme en un sitio como ése.

–Y mientras tanto, continuaremos gozando de tu compañía.

–Pues, mientras mi salud me lo permita, sí.

La reina madre había conseguido su propósito: Eduardo se había alarmado. Ella nunca se había quejado de su salud, pues opinaba que los únicos culpables de una enfermedad son los mismos que la padecen.

Eduardo recordó su infancia. Su madre había sido la persona más importante para él, pues lo representaba todo: amor, seguridad... La quería muchísimo, y nada cambiaría sus sentimientos hacia ella, la amaba tal como era, con su carácter dominante.

Había sufrido mucho últimamente, especialmente tras la muerte repentina de sus dos queridas hijas. A pesar de sus defectos, había sido la mejor de las madres y una esposa ejemplar.

Eduardo se hallaba junto a ella, cogiéndole la cara con las manos y examinándola con cierta ansiedad. La reina madre se sintió feliz, pues había logrado lo que se había propuesto: que Eduardo le demostrara que la quería y se preocupaba por ella. Por ella había olvidado a los galeses, a la Demoiselle, e incluso el inminente parto de la reina. Todo había quedado relegado a un segundo plano. Demostró estar preocupado por su salud.

–Madre –dijo tranquilamente–, ¿tienes que decirme algo? Si estás enferma, si me ocultas algo...

–Querido hijo, me estoy haciendo vieja, eso es todo. Últimamente la vida me ha tratado muy mal. La muerte de tu padre fue un terrible golpe para mí... Y ahora Dios se ha llevado a mis dos hijas. Las dos, Eduardo. ¿Cómo ha podido hacerme una cosa así? ¿Qué he hecho yo para merecer tal castigo? Suerte que tengo a mis dos hijos. Si estuviera aquí mi antiguo médico, le iría a visitar... Pero, bueno, aparte de eso, no me pasa nada. Sólo soy una vieja que sufre por haber perdido a sus seres queridos.

–Madre, le diré a Guillermo que venga.

–No, hijo. Creo que está en la Provenza. Demasiado lejos. Mejor que nos olvidemos de este asunto. No debería haberlo mencionado.

–Voy a hacer venir a tu médico enseguida, sin demora.

–Eduardo, hay cosas más importantes por las que debes preocuparte.

–No hay nada más importante que la salud de mi madre.

Estas palabras le resultaron tremendamente dulces, aunque no acabó de creer que fueran sinceras.

Pero ciertamente Eduardo las dijo de todo corazón. No tuvieron que pasar demasiados días para que el médico de la reina madre regresara de la Provenza.

Corría el mes de septiembre, y la reina estaba a punto de dar a luz.

En el palacio nadie osaba abrir la boca. Todos estaban ansiosos por que se desvelara el misterio, y el niño o la niña naciera. El príncipe Alfonso era un niño muy alegre, pero era harto sabido que tenía una salud muy precaria. Los médicos decían que si lograba sobrevivir hasta los siete años, ya no habría que temer más por su vida. Los cortesanos se consolaban al recordar que cuando el padre del niño era pequeño, nadie había creído que superaría sin dificultad sus numerosas enfermedades. Aun así, Alfonso sólo tenía dos años, por lo que el nacimiento de otro varón aliviaría sus preocupaciones.

La reina se sentía triste, porque se culpaba de la débil naturaleza de sus hijos varones. Lo ocurrido con sus dos pequeños la desconcertaba. Había tenido ya seis hijos –el que estaba en camino sería el séptimo– y sólo tres de ellos vivían. Trató de restar importancia a la muerte de su hija en Acre, pues las circunstancias de su nacimiento no habían sido las más óptimas. Tanto Juana como Leonor gozaban de muy buena salud, por lo que era evidente que el problema estaba en los niños. Nunca olvidaría a Juan y a Enrique, porque se culpaba de haberlos abandonado. Alfonso tampoco era lo bastante fuerte. Primero sacó a sus hijos de la Torre, y luego de Westminster, para instalarse, finalmente, en Windsor, pero tuvo que admitir que la salud de Alfonso poco había mejorado desde entonces.

Por eso rezaba para que su próximo hijo fuera un niño.

Empezó a sentir los primeros dolores por la tarde, mientras miraba los árboles del jardín por la ventana. Era otoño y las hojas estaban mudando de color.

Con mucha serenidad, dijo a una de las doncellas que fuera a llamar a la reina madre. La joven obedeció de inmediato, y cuando la reina madre la vio llegar casi sin aliento, adivinó lo que ocurría y fue a la habitación de Leonor sin perder tiempo.

Encontró a la reina muy serena porque, después de haber parido seis veces, sabía muy bien lo que le esperaba. Además contaba con la ventaja de que las otras veces había ido todo muy rápido y sin complicaciones.

La reina madre impartió las órdenes necesarias, y toda la corte de Windsor se movilizó, cada cual llevando a cabo la misión que tenía asignada.

Como ya era de esperar, todo fue bien en el parto, pero el resultado final decepcionó a todos un poco.

La Demoiselle aprovechó que la reina madre había salido un momento para entrar a ver al bebé.

–¡Qué niña más preciosa! –exclamó.

La reina sonrió.

–Sí, es una niña preciosa.

–Pero queríais un niño, ¿verdad?

–Ahora que ya la he visto, me siento muy satisfecha.

–El rey la querrá mucho.

–El rey quiere a todos sus hijos.

La Demoiselle asintió. La reina vio sus ojos anegados en lágrimas. Sintió lástima por ella, pues sabía que pensaba en los hijos que tal vez jamás tendría.

–He oído que se llamará Margarita –dijo la Demoiselle al advertir que la reina se entristecía.

–Así lo quiere la reina madre –respondió la reina–. En memoria de la reina de Escocia.

La Demoiselle asintió con la cabeza y pensó que, además de ella, había en el mundo muchas personas que también eran desgraciadas.

Pidió permiso para sostener a la niña en brazos, y la reina, sonriendo, se lo concedió. Al cabo de unos minutos, la reina le dijo:

–Los niños deben de estar ansiosos por conocerla. Creo que los traerán de un momento a otro.

La Demoiselle devolvió el bebé a su cuna y se preparó por si tenía que salir corriendo de la habitación cuando llegara la reina madre con los niños.

Y así fue.

–¡Pero si es muy pequeña! –dijo Alfonso con cierta decepción.

–Bueno –le replicó su madre–, ¿creías que sería tan grande como tú? No olvides que tú ya tienes dos años, y ella acaba de nacer.

–Nos dijeron que tendríamos un hermanito –dijo la princesa Leonor con tono de reproche.

–Pues ya lo ves, Dios nos ha enviado una niña –contestó su madre.

–Me parece muy mal por su parte, teniendo en cuenta que mi padre quería un niño –comentó Leonor.

–Debemos contentarnos con la voluntad de Dios –dijo la reina madre tratando de restar importancia al tema.

–Vos estáis contenta porque ya tenéis lo que queréis –le reprochó la princesa.

La reina madre adoraba a Leonor porque era una niña muy lista. Pensó que, en el peor de los casos, Eduardo tendría que hacerla heredera de la corona. Pero después se dijo que aquél no era precisamente el mejor momento para comentárselo, estando Alfonso vivo.

Eduardo fue a visitar a su esposa en cuanto le fue posible.

Leonor lo miró desde la cama de modo suplicante.

–Eduardo, lo siento muchísimo.

Eduardo se echó a reír, tratando de disimular delante de ella lo muy decepcionado que estaba.

–¿Por qué? Es una niña preciosa. Se llama Margarita, ¿no? Así lo decidió mi madre, y tú lo aprobaste.

–Lo hizo en honor a la difunta reina de Escocia.

–Y tú, como eres tan buena, accediste. ¡Que Dios te bendiga, mi querida reina!

–Me alivia ver que no estás enfadado.

–¿Qué clase de hombre sería si me enfadara contigo por algo así? Por el amor de Dios, tenemos cuatro hijos, y todavía pueden venir más. Hasta ahora hemos tenido siete; tal vez vengan siete más, y si entre ellos hay un par de varones, me sentiré el hombre más feliz del mundo.

La reina sonrió y se sintió muy orgullosa de tener un marido tan bueno.

Había pasado poco tiempo desde el nacimiento de Margarita, cuando llegaron noticias alarmantes de Gales. Desde que la Demoiselle había sido capturada, Llewellyn, como era de esperar, había hecho pequeñas incursiones en territorio inglés, algunas de ellas con éxito. Eduardo envió parte de su ejército a la frontera, por lo que creyó que las noticias serían positivas. Sin embargo, no fue así. El mensajero le comunicó la derrota del ejército inglés en Kidwelly.

Eduardo quedó muy afligido, la reina madre se puso furiosa y la Demoiselle no pudo disimular su satisfacción.

Un día Eduardo irrumpió en la habitación de su esposa y le comunicó que no le quedaba más remedio que partir al frente de su ejército para luchar contra los galeses. Dijo que era la única forma de vencer.

–Eduardo –dijo la reina–, Llewellyn sólo ha ganado una pequeña batalla. ¿Es estrictamente necesario que vayas a arriesgar tu vida por eso? ¿No puede luchar el ejército sin ti?

–Si no fuera por esa profecía de Merlín, estaría de acuerdo contigo. Llewellyn sólo es capaz de vencer en una escaramuza. Pero conoces tan bien como yo a los galeses: son los versos y no los hechos los que hacen héroes en ese país. Puede ser que la profecía sólo sea la invención de un poeta, pero, después de ser cantada repetidas veces, la gente creerá en ella. No; debo dar una lección a Llewellyn. No voy a estar mucho tiempo fuera de casa. Sólo quiero obligarle a retroceder hasta las montañas. Es la única salida que nos queda.

Antes de que Eduardo partiera hacia el campo de batalla, la reina le comunicó que volvía a estar encinta.

La Demoiselle estaba muy triste. Le resultaba muy difícil creer en la profecía de Merlín, estando, como estaba, tan cerca del poderoso rey de Inglatera.

Pasaban los días, y el estado de la reina avanzaba.

–Esta vez –dijo– tiene que ser un niño. Sería una maravillosa noticia para Eduardo.

La Demoiselle se hallaba sentada junto a la princesa Leonor, pues las dos estaban haciendo un mismo tapiz.

–Estás triste –le dijo la princesa– porque mi padre matará a tu amante.

–¿Y qué pasaría si mi amante matara a tu padre? –protestó ella.

–Nadie puede matar a mi padre. Él es el rey.

–Merlín ha profetizado que Llewellyn sería el nuevo monarca.

–Hace mucho que murió Merlín. Lo que dijo ya no tiene importancia –dijo la princesa sin dejar su labor–. ¿Te gusta esta seda azul?

–Sí –contestó la Demoiselle.

–Cuéntame algo sobre Llewellyn –dijo Leonor–. ¿Es guapo?

–Es el hombre más guapo del mundo.

–El hombre más guapo del mundo es mi padre, por tanto, mientes.

–Para mí Llewellyn es muy guapo, tanto como lo es tu padre para ti.

–Pero has dicho que era el más guapo –dijo Leonor con un quejido, pues se había pinchado con la aguja–. ¿Crees que mi madre va a tener esta vez un niño? –preguntó.

–Eso sólo lo sabe Dios.

–Dios no es muy generoso, ¿verdad? Se llevó a mis

dos hermanos y a mis dos tías. Mi abuela está muy ofendida con él. –Tembló al pensar en qué les ocurriría a quienes habían ofendido a su abuela–. Te diré un secreto, si me prometes no contárselo a nadie.

La Demoiselle asintió. Anhelaba conocer detalles de lo que estaba sucediendo en Gales, pues sabía que le ocultaban todas las noticias que llegaban referentes a Llewellyn.

–Guardaré el secreto.

–No me importó que Margarita fuese una niña, y espero que esta vez también sea una niña.

–¿Por qué? ¿No sabes que todos desean el nacimiento de un niño?

La princesa asintió con la cabeza.

–Un día escuché una conversación acerca de Alfonso. Unos cortesanos dijeron que le ocurrirá lo mismo que a Juan y a Enrique. Luego alguien dijo: «No estaría mal que el rey hiciera a Leonor (es decir, a mí) heredera de la Corona.» Te das cuenta, Demoiselle, si no nacen más niños y a Alfonso le ocurre lo mismo que a mis otros hermanos, yo sería reina. Yo, la princesa. ¿Sabes que las princesas también pueden ser reinas? Quiero decir reinas de verdad, no como mi madre o mi abuela, que son reinas consortes.

La Demoiselle se quedó estupefacta.

–No deberías hablar así –dijo–. No es muy decoroso.

–Lo sé. Por eso te lo cuento como un secreto. Uno puede olvidarse del decoro cuando cuenta un secreto.

La dama observó a la niña que mantenía los ojos muy abiertos. Supuso que había alguna posibilidad de que pudiera ver realizado su sueño.

Se compadeció de ella, pues todavía no era consciente de lo que suponía llevar el peso de la Corona.

Pasaron los meses sin apenas noticia alguna del rey. La reina estaba a punto de salir de cuentas.

Llegó el momento y nació otra niña. Todos fueron presa de la desilusión. Le pusieron Berengaria por un capricho de la reina. Cuando, al cabo de poco tiempo, la pequeña enfermó, la corte atribuyó el infortunio a la inoportunidad del nombre, que les recordaba a la triste esposa de Ricardo Corazón de León, quien nunca amó a su mujer y la trató mal porque era estéril. Era harto sabido que Ricardo prefirió irse a las Cruzadas y estar con hombres a hacer feliz a su esposa. La reina madre consideraba que Ricardo había nacido para ser recordado como rey, y no para ser un buen esposo.

Berengaria era un nombre maldito.

La reina estaba triste y atenta a las noticias que podían llegar de la frontera con Gales; pero su expectación no superaba la de la Demoiselle.

A la joven princesa Leonor se le notaba en los ojos que no estaba del todo apenada por la enfermedad de su hermana.

El castillo de Windsor se sumió en la tristeza cuando se supo que el rey perdería la guerra, principalmente por las dificultades del terreno.

La Demoiselle deambulaba por el palacio como si fuera un fantasma. Deseaba que llegaran noticias acerca de Llewellyn, al tiempo que las temía. Rogaba a Dios que no le sucediera nada malo, pues, independientemente de si la profecía de Merlín era creíble o no, sólo le interesaba el Llewellyn hombre, no el rey. Se repetía que se conformaría con ser la esposa del príncipe de Gales y poder vivir en paz.

La reina madre se comportaba de manera tan hostil con ella, que se llegó a preguntar por qué no la había echado ya de Windsor. Evidentemente, se debía a la reina y al deseo expreso del rey de que, aunque fuera su prisionera, no fuera tratada como tal. A veces jugaba a imaginarse qué habría sido de su vida si su barco no hubiese sido interceptado por los ingleses. Seguramente ella y Llewellyn ya estarían casados y tendrían un niño o dos. Cuando llegaba un mensajero a palacio, temía conocer el contenido del mensaje, al igual que la reina. Ésta temía por Eduardo, y ella por Llewellyn.

La reina supo que Almeric se encontraba perfectamente y aseguró a la Demoiselle que lo trataban muy bien en el castillo de Corfe.

–A pesar de todo –dijo la reina–, el rey no ha olvidado que sois sus primos.

La Demoiselle tuvo que reconocer que Eduardo estaba siendo muy justo con ellos y que, de no ser estrictamente necesario, no los trataría de otro modo. Su carácter era muy distinto al de su abuelo Juan, que gozó viendo sufrir a los demás.

En el fondo de su corazón sabía que habían sido las circunstancias, más que las personas individuales, las que habían tomado partido en su cruel destino.

La reina madre fue visitada por su médico provenzal Guillermo, quien le aseguró que sus achaques eran los propios de la edad y la tranquilizó jurándole que aún le quedaban muchos años de vida. Escuchó satisfecha ese diagnóstico, y se alegró de que Eduardo lo hubiera mandado llamar. Según órdenes del mismo rey, Guillermo se quedaría en Inglaterra y gozaría de los privilegios que la reina madre estimara oportunos.

Le pareció una decisión muy sabia por parte de su hijo. Incluso llegó a pensar que si se solucionaba pronto el conflicto con Gales, la Demoiselle sería enviada al castillo de Corfe con su hermano y Eduardo regresaría al lado de su esposa e hijos, con lo que la vida volvería a ser tan apacible como en tiempos de su difunto marido.

Mientras tanto, Eduardo había decidido invadir Gales. Un día, en Chester, uno de los soldados de su guardia personal le anunció que había un mensajero galés esperando para hablar con él.

–Recibiré a ese hombre –dijo Eduardo.

El soldado vaciló. Obviamente, recordó en ese instante la vez que en Tierra Santa, Eduardo accedió a recibir un mensajero en su tienda, y lo que sucedió después.

Eduardo adivinó su pensamiento y trató de tranquilizarlo con un gesto de cabeza.

–Hazlo pasar –le ordenó.

El mensajero se quedó de pie delante del rey. Era un hombre alto y fornido.

Eduardo le reconoció enseguida: era uno de los miembros destacados de la parte galesa que en una ocasión había firmado una tregua con Inglaterra.

–Davydd ab Gruffyd –dijo–, ¿qué te trae ante mí?

–He venido a ofrecerle mis servicios.

El rey frunció el entrecejo. No le gustaban los traidores, por lo que esa visita inesperada del hermano de Llewellyn no le agradó. Sabía que ambos estaban enfrentados. También estaba al tanto de que, junto con su hermano Owain, había intentado vencer a Llewellyn, pero éste había salido victorioso. Aun así, no acababa de entender por qué un galés quería unirse a los ingleses para luchar contra su propio pueblo.

Recordó que entre ellos había una larga historia de mutuas traiciones, razón de más para desconfiar de Davydd. Pero acto seguido Eduardo creyó que, si se le vigilaba de cerca, podría ser una pieza clave para derrotar a Llewellyn, entre otras razones porque las esperanzas de los galeses que creían en la profecía de Merlín se quebrarían al ver que el hermano de Llewellyn se había aliado con los ingleses.

–Acepto tu oferta –concluyó Eduardo.

–Le ayudaré a derrotar a mi falso hermano. Conozco sus debilidades.

–También yo –dijo Eduardo–. Bien, Davydd ab Gruffyd, a partir de ahora serás mi aliado. Si me ayudas a vencer a tu hermano, te recompensaré por ello. Si, por el contrario, se demuestra que eres un traidor, preferirás no haber nacido a tener que sufrir la pena que te impondré.

–Señor, le seré leal hasta que se haya acabado todo.

Davydd sonrió triunfal. Pensó que uniéndose a Eduardo demostraría a Llewellyn que, por muy hermanos que fueran, prefería aliarse con el enemigo a tener que ser el último en la corte de su propio país.

Cuando Llewellyn se enteró de que su hermano se había pasado al enemigo, quedó desolado. Se sintió acorralado y solo. Se dijo que recuperar a su Demoiselle sería como un signo enviado desde el cielo, y así lo creerían también sus seguidores, que, supersticiosos como eran, ya comenzaban a dudar de la profecía de Merlín. Había recurrido al Papa para que reprendiera con contundencia a los ingleses por haber capturado y encerrado a su prometida, pero el Pontífice se mostró poco dispuesto a apoyar al príncipe de Gales en detrimento del cada día más poderoso rey de Inglaterra. Había salido victorioso de algunas escaramuzas, pero no eran más que la antesala de la verdadera guerra. Le preocupaba seriamente que Eduardo en persona encabezara su ejército, y más aún teniendo a su lado a Edmundo de Lancaster, su hermano, que había vuelto de Francia con su flamante esposa Blanca, hija de Roberto de Artois; a De Lacy; a Roger Mortimer, conde de Hereford; en definitiva, a toda la flor y nata del ejército inglés. Evidentemente, Eduardo se disponía a conquistar Gales.

Llewellyn sabía que su único aliado eran las montañas; de no ser por ellas, ya le hubiesen matado.

Se preguntó si la Demoiselle pensaba en él y si se

acordaba aún del día de sus desposorios. No quiso imaginar qué le ocurriría en caso de que él fracasara. Pensó que tal vez le buscarían otro marido, pues, al fin y al cabo, era prima del rey. Le costaba creer que ya no pensara en él, que no rogara a Dios por él. Su mayor deseo era casarse con ella.

Recibió la noticia de la derrota acaecida en el sur de Gales, de manos de Edmundo de Lancaster. Llewellyn se propuso proteger ferozmente el trozo de tierra que le quedaba.

Los barcos que habían zarpado de los puertos de Cinque estaban ya en el estrecho de Menai, y Anglesey se hallaba incomunicada de Snowdon, con lo que los galeses pronto empezarían a pasar hambre. Estaba claro que ésa era la intención de Eduardo, que, en lugar de seguir avanzando y arriesgar con ello las vidas de sus hombres, decidió consolidar su posición y reforzar los castillos que ya estaban en sus manos. Llewellyn se enfureció cuando además supo que el rey de Inglatera los estaba restaurando como si ya fueran suyos.

Fueron meses de grandes sufrimientos. Llewellyn y sus seguidores, los que todavía creían en la profecía de Merlín, se resistían a rendirse, aun sabiendo que Eduardo pretendía hacerles morir de hambre.

Llewellyn reunió a sus hombres y les dijo:

–No temáis, se cumplirá la profecía. Llewellyn gobernará Inglaterra, y cuando eso ocurra, se acordará de cuantos le fueron leales. Debemos luchar para conseguir esta gran recompensa, por esfuerzo que nos cueste.

Luchar era una cosa, pero otra muy distinta era morir de hambre.

Eduardo envió un mensaje a Llewellyn para comunicarle que no le deseaba mal alguno y que todo cuanto quería de él era que le fuera leal. Si le rendía vasallaje, le permitiría gobernar en paz las tierras de Gales, siempre y cuando acatara las leyes del rey de Inglaterra.

También le informó de su intención de pactar con él y devolverle a su prometida, si aceptaba su soberanía.

Aunque se le exigía demasiado, Llewellyn creyó que podía ganar mucho si aceptaba el trato.

La cita se celebró en Conway, una fortaleza que Eduardo ya había conquistado.

A pesar de ser un hombre fuerte y de mucho carácter, Eduardo también era benevolente. No quería continuar en guerra con Llewellyn, una guerra que éste sabía que ya había perdido. Por eso había ordenado que llevaran a la Demoiselle a Worcester; pues, en caso de que Llewellyn aceptara las condiciones, se firmaría allí mismo el tratado y después se solemnizaría su matrimonio.

Llewellyn pasó de estar profundamente desesperado a verlo todo desde otra perspectiva. Si se sometía a Eduardo, es decir, si aceptaba ser su vasallo, la mujer que amaba sería suya.

«Te enviaré –escribió Eduardo– a tu hermano Davydd, que tuvo más sentido común que tú el día que decidió aliarse conmigo. Él te explicará mis condiciones. Cuando todo esté arreglado, iremos a Worcester para firmar el tratado y allí se celebrará la boda.»

Al principio, se negó a entrevistarse con Davydd, su hermano traidor. Pero poco a poco entendió los motivos de Eduardo: no sólo deseaba la paz entre Inglaterra y Gales, sino también entre los dos hermanos. No le quedó otra alternativa que recibirlo.

Ambos se observaron con ciertas reservas.

Fue Davydd el primero en hablar:

–No me arrepiento de nada de lo que he hecho. Me puse del lado del rey porque sabía que tu batalla estaba perdida desde el principio. Estando con Eduardo, pensé que no se perderían tantos castillos ni sería destruida tanta tierra. Y se ha demostrado que estaba en lo cierto, pues ahora debes aceptar sus condiciones.

–No sería así si nosotros no nos hubiésemos dividido –dijo Llewellyn.

–Así hubiese sido si las tierras se hubiesen repartido justamente. Nosotros, Llewellyn, también queríamos participar en el gobierno de las tierras galesas, pero tú te negaste.

–¿Podemos fiarnos de Eduardo?

–Es un hombre que se enorgullece de no faltar a su palabra. Es más de fiar que la mayoría de los reyes. Ya me ha dado lo que me prometió. Estoy casado, Llewellyn.

–¿Ah, sí?

–Eduardo me ha casado con una mujer muy rica, la hija del conde de Derby. Estoy muy satisfecho, y ahora soy rico. Tú estás afligido por la ausencia de tu dama. Acepta estas condiciones y podrás casarte. Se supone que un hombre está destinado a tener hijos, no a pasarse los días en una miserable tienda de campaña.

–Te veo realmente satisfecho, Davydd.

–Lo estoy de momento –respondió éste.

Llewellyn pensó que su hermano tenía razón. El hombre es un ser estúpido que nunca sabe cuándo le ha llegado la hora de rendirse.

Mientras lo meditaba, sintió que era más fuerte su amor por la joven Leonor que nada más en el mundo.

Eduardo cumplió con su palabra: Llewellyn se reunió en Worcester con su prometida. Mientras la veía avanzar hacia él, pensó que había crecido mucho desde la última vez que se habían visto y que ya era toda una mujer. Detectó inquietud en su mirada, como si le preocupara lo que de verdad sentía él hacia ella después de tanto tiempo. Llewellyn quiso tranquilizarla, al tiempo que pensó que tal vez era él quien la decepcionaría: era diez años mayor que ella y había llevado una vida muy dura.

Le cogió la mano y le dijo:

–Mi Demoiselle... Mi hermosa Demoiselle.

–Llewellyn –dijo ella dulcemente.

No fue necesario decir más.

El rey y la reina fueron testigos de su felicidad, pues, estando ellos también muy enamorados, comprendieron la emoción de ese encuentro. La reina incluso lloró.

–La boda se celebrará inmediatamente –dijo el rey enérgicamente–. Pero antes debemos sellar nuestro trato.

Llewellyn pensó que, aunque Eduardo era muy duro negociando, se podía confiar en él, pues había cumplido la promesa de devolverle a su prometida.

En primer lugar, entregó todos sus prisioneros al rey, entre los que se hallaba su propio hermano Owain, a quien había tenido encerrado durante más de diez años. En segundo lugar, renunció a todos sus derechos en el sur de Gales y se comprometió a pagar una multa de cincuenta mil libras. A cambio de que Anglesey le fuera devuelto, estuvo de acuerdo en pagar un alquiler por esas tierras y en que si él moría sin descendencia, el territorio pasaría de nuevo a manos del rey. Finalmente, aceptó que los barones de Gales fueran vasallos de Eduardo y no de él.

Con ese pacto, la soberanía de Llewellyn se vio reducida a las tierras que circundaban Snowdon. Eduardo recompensó a Owain y a Davydd con la concesión de tierras. Además, casó a este último con una mujer rica. Con ello, Eduardo les demostró que siempre premiaba a los que luchaban en su bando.

A pesar de todo, Llewellyn se sintió feliz porque había recuperado lo que más le importaba en este mundo: a su amadísima Demoiselle.

EL REGRESO DE JUANA

Después de la guerra con Gales, Eduardo y Leonor pasaron una larga temporada juntos en Windsor, fruto de la cual nacieron dos nuevos bebés.

Hubo cierta inquietud durante el crudo marzo en que la reina estaba próxima a dar a luz. Ya habían pasado dos años desde la breve aparición de Berengaria, y todos pensaban que, aunque la reina era claramente fértil, sus hijos tendían a nacer enfermizos.

De hecho, Alfonso no parecía mejorar. Ya tenía cinco años; es decir, se aproximaba al período de peligro. Había días, sin embargo, en que parecía sentirse fuerte, especialmente en verano, pero durante el invierno su salud empeoraba. De ahí la inquietud de ese mes de marzo.

–Ahora sí que debe nacer un niño –dijo la reina madre con cierta autoridad, como si diera una orden a la reina, o tal vez a Dios, del que esperaba un poco más de consideración.

Esas palabras inquietaron a la reina, aunque sabía que su suegra no se equivocaba reclamando un varón.

–Si es una niña –continuó la reina madre–, entonces deberá hacerse monja.

–Eso tendrá que decidirlo ella misma –dijo la reina tratando de hacer valer su autoridad.

–No, querida –insistió la reina madre–. El cielo debe saber que tenemos la intención de convertir a esta criatura en su sierva. Tal vez así Dios se apiade, y si ya ha decidido que sea una niña, cambie de opinión y nos dé un niño.

La reina se extrañó de tal razonamiento, pero no quiso contrariar a su suegra, como era ya costumbre en toda la corte. También Eduardo seguía la misma política con su madre: generalmente la escuchaba sonriendo y luego ignoraba sus recomendaciones.

Llegó el día del parto, y una vez más la reina tuvo una gran desilusión cuando le dijeron que era otra niña.

Pero esta niña no corrió la misma suerte que su hermana Berengaria; nació rebosante de salud.

–No hay duda –dijo la reina madre– de que esta pequeña tiene que ser monja. He escogido el convento de Amesbury para retirarme cuando me llegue el día, si el Papa me concede una dispensa que me permita quedarme con mi dote. No tengo intención de donarla a ningún convento.

La llamaron María. La reina pronto superó su decepción y pensó que no cambiaría esa niña ni por doscientos varones.

La princesa Leonor estaba encantada. Había notado que su padre estaba especialmente interesado por ella. De hecho, siempre había sido su favorita, a pesar de querer un hijo varón. Leonor creyó adivinar lo que su padre pensaba sobre su sucesión.

Si la reina continuaba pariendo niñas y la salud de Alfonso no mejoraba, entonces sólo quedaba la princesa Leonor como heredera. Ella quería mucho a su hermano, pero también quería ser importante; además, era consciente de que, con el paso de los años, su peso dentro de la familia era mayor.

Por tanto, estaba bastante contenta de que hubiese

nacido María en lugar de un niño, que le habría restado importancia a ella y habría copado todas las miradas.

La princesa Leonor había llegado a estas conclusiones porque había notado que su padre pasaba mucho tiempo con ella desde que había regresado de Worcester. En su familia siempre les había mantenido unidos el amor, pero la princesa percibía que había algo más entre ella y su padre. Aunque quería muchísimo a su madre, con ella no sentía la misma emoción que estando en compañía de su padre.

Le gustaba pasear por el jardín con él, que, a pesar de estar siempre muy ocupado, siempre encontraba un momento u otro para estar con Leonor. Ésta le preguntó acerca de la guerra contra Gales, y Eduardo estuvo encantado de explicarle los detalles como si se tratara de uno de sus generales. Quedó gratamente sorprendido por la inteligencia con que era preguntado y por la agudeza de los comentarios.

–Te estás haciendo mayorcita –había dicho en esa ocasión–. Tienes ya trece años, ¿verdad? ¡Eres toda una señorita!

Leonor asintió con cierta solemnidad.

–Creo que va siendo hora de que tengas una casa para ti sola. ¿Qué te parece? Tendrías a tu entera disposición a todo un grupo de sirvientes y...

–¡Me encantaría!

–No es nada extraordinario. Eres mi primogénita, ¿no es así? De hecho, eres mucho mayor que tus hermanos. Juana tendrá que regresar pronto.

–Es extraño –dijo la princesa– que nunca haya visto a mi propia hermana.

–Regresará dentro de poco a casa, pues pronto tendremos que pensar en desposarla. Ya estamos negociando con el rey de los romanos, cuyo primogénito Hartman será rey algún día. Me gustaría ver a mis hijas convertidas en reinas.

–Tengo curiosidad por saber cómo es Juana.

–Supongo que bastante consentida. Su abuela la mimaba mucho siendo bebé, y estoy seguro de que habrá continuado haciéndolo.

–Entonces ya va siendo hora de que regrese –dijo la princesa con una rotundidad que divirtió al rey.

–¿No crees que nosotros también os mimamos?

–Querido padre, tus hijos son tratados de la mejor manera posible. Todo lo que haces es perfecto.

–¡Estoy encantado de que pienses así! –dijo él divertido.

–Al hablarme antes tan solemnemente, pensé que querías comunicarme tus deseos de que me case. Padre, no soportaría alejarme ni de ti, ni de mi madre, ni tampoco de la abuela.

–Pero tendrás que hacerlo algún día –dijo él en voz baja.

Leonor se preguntó por qué. Hacía ya años que la habían desposado con el infante de Aragón, cuyo abuelo, el rey de Aragón, había muerto no hacía mucho, y desde entonces reinaba su hijo Pedro. Así pues, Alfonso, hijo de Pedro, era el heredero legítimo al trono aragonés. En tales circunstancias, lo más conveniente era no retrasar la boda. Una oleada de miedo invadió a Leonor. Pensó que el cambio de actitud de su padre con respecto a ella tal vez era debido a que sabía que pronto se separarían.

–¡No soportaría alejarme de todos vosotros! –exclamó.

–Te prometo que todavía falta mucho tiempo para que eso ocurra. –Le cogió la mano y se la apretó, como queriéndole asegurar que no permitiría que se fuera–. Quería hablarte acerca de tu nueva casa. Este tema me parece mucho más agradable.

–¿Es cierto? ¿Falta mucho tiempo todavía, padre?

–Debes estar tranquila, querida, porque retrasaré ese momento todo lo que pueda.

–Pero tú puedes hacer todo cuanto quieras. Si dijeras que no quieres que me vaya, entonces no tendría por qué irme.

–Veo que eres una hija muy obediente, con unas ideas muy correctas acerca de su padre.

–Mi padre es el rey –respondió ella con orgullo.

Eduardo no cabía en sí de contento después de tales muestras de amor. Pensó que si tuviera otro hijo no lo amaría tanto como a Leonor.

–Bien –dijo enérgicamente–, ¿qué te parece un chambelán, un asistente de cámara, un mayordomo...?

–Y un cocinero –añadió Leonor ya más tranquila, pues pensó que si su padre le proponía vivir en su propia casa, era imposible que estuviera pensando en casarla y en que se fuera del país–. Y un médico, sí, debo tener un médico.

–Tienes razón. Sería impropio de una casa real no contar con los servicios de un médico. ¡Ya verás qué casa más grande vas a tener!

–Lo bastante grande para ser de un rey –dijo Leonor–. Pero sólo soy la hija del rey, su primogénita. Pobre Alfonso, tal vez se sienta celoso, si es que es celoso. En fin, supongo que se alegrará por mí.

–Alfonso es un excelente muchacho –dijo el rey frunciendo el entrecejo.

Ambos sabían que si Alfonso moría y no había otro varón más en la familia, la princesa Leonor sería la heredera al trono.

Continuaron paseando y hablando de la nueva casa de Leonor, siendo plenamente conscientes de la importancia del tema.

La princesa Juana notó que algo iba mal. Su abuela tenía los ojos rojos y, por inaudito que pareciera, había estado llorando. En varias ocasiones, la había cogido en brazos y la había abrazado con tanta fuerza, que incluso la pequeña Juana había protestado.

–¡Pequeña mía! –había respondido la abuela.

Todo era muy raro. Juana, de siete años, tenía un carácter apasionado y arrogante, y desde hacía tiempo todos reconocían la importancia de su presencia en la corte castellana. Su abuela la adoraba, lo que demostraba a Juana su valor, además, como constantemente estaba agradeciendo a Dios que le hubiera enviado a su nieta, no era nada extraño que la niña se considerara un don del cielo.

La pequeña se sabía hermosa e inteligente, y había comprobado, con su corta edad, que todo lo que pedía se lo concedían inmediatamente, a no ser que se tratara de algo perjudicial para ella, prohibiciones que, al hacerse mayor, aceptó sin protestar.

Por eso, cuando vio que su abuela estaba profundamente disgustada, adivinó que algo malo ocurría.

De nada le sirvió preguntar al obispo. Suerus, obispo de Galicia, era su tutor, y, al igual que la abuela, también la adoraba. No en vano Juana se creía que era una criatura excepcional. El tutor la llamaba cariñosamente *filiola,* que significa «hija pequeña».

–No soy tu hija pequeña –había dicho Juana–. Mis padres son los reyes de Inglaterra. Un día me reuniré con ellos.

Le gustaba decirlo porque sabía que al hacerlo los otros automáticamente bajaban la mirada y rezaban en voz baja pidiendo a Dios que no se la llevara de su lado.

–Es verdad que eres hija de los reyes de Inglaterra –había contestado Suerus–, pero para mí eres como una hija... muy especial.

La única que no le demostraba tanta devoción era su institutriz, la señora Edeline, a quien Eduardo y Leonor habían encomendado su vigilancia. Juana sabía que Edeline la quería tanto como los otros, pero se lo demostraba de diferente manera. La reprendía, criticaba e incluso la castigaba. Juana no entendía muy bien por qué lo hacía, pero, a pesar de ello, era a quien más adoraba.

Así pues, fue a ver a Edeline para que le contara la verdad.

La institutriz estaba arreglando un vestido que Juana se había roto jugando, por lo que la había regañado con dureza en su momento.

Juana corrió a arrodillarse a sus pies.

–Cuidado –dijo Edeline–, has hecho que me pinchara el dedo.

–¡Pobre Edeline, está sangrando! Besaré tu dedo y así se curará.

–¿Crees que tienes poderes especiales para curar con un simple beso? –dijo Edeline.

Juana sonrió. La institutriz opinaba que había que tratar con dureza a la niña para que no se convirtiera en una engreída. Aun así, le habría gustado que le besara el dedo.

–Todas las personas tienen poderes. Pero eso no importa ahora. Dime, ¿por qué está tan triste la abuela?

–¿Te ha dicho que lo está?

–Tiene los ojos llorosos.

–Tal vez deberías preguntárselo a ella.

–Te lo pregunto a ti, Edeline. Dime la verdad: ¿ha llegado la hora de irme?

Edeline guardó silencio.

–¡Entonces es verdad! ¡Me voy! –exclamó Juana.

–Un día u otro tenía que ocurrir, ¿no? –dijo Edeline–. Tu madre te dejó con tu abuela cuando tan sólo eras un bebé.

–No debieron abandonarme –dijo Juana frunciendo el entrecejo.

–Ellos no querían hacerlo, pero tu abuela estaba muy triste y les rogó que te quedaras aquí. Al final tu padre accedió, pero dijo que sólo por un tiempo.

–Y ese tiempo se ha acabado, ¿verdad?

–Sí, regresas a Inglaterra.

Por primera vez en su vida, Juana supo qué era tener miedo. Se abalanzó sobre Edeline y le dijo:

–No puedo dejar a la abuela..., ni a mi tío el rey..., ni a toda la gente que conozco aquí...

Alzó la mirada hacia Edeline y no osó formular la pregunta que más la atormentaba.

–Iré contigo –contestó Edeline.

Juana, aliviada, emitió un profundo suspiro.

–¿Cuándo nos vamos? –preguntó.

–Dentro de poco.

–¡Pobre abuela!

Esta última exclamación de Juana bien habría podido salir de la boca de la reina viuda de Castilla. Se preguntaba qué haría sin esa criatura a quien tanto adoraba. La vida había tratado injustamente a Juana de Castilla. Nadie la había querido todo lo que ella había deseado. Enrique III había pedido su mano, y cuando parecía que la boda había de celebrarse pronto, el rey inglés la dejó por Leonor de Provenza. Había sido una experiencia humillante y muy dura de aceptar. Su madre también sufrió una ofensa similar: Ricardo, a quien todos conocían por Corazón de León, estaba desposado con ella, y ya de muy pequeña fue enviada a Inglaterra. Pero se convirtió en la amante de Enrique II, quien la había seducido cuando era muy joven y no fue nada extraño que, finalmente, Ricardo la repudiara. Al final tuvo que casarse, ya de mayor, con el conde de Ponthieu, padre de la reina Juana. Sólo la tuvieron a ella, que, tras ser rechazada por el rey de Inglaterra, se casó con el rey de Castilla, cuando éste ya era viejo y ella casi sobrepasaba la edad de máxima fecundidad. Por eso sólo tuvieron una hija, Leonor, la esposa de Eduardo de Inglaterra. Había tenido una vida muy humillante, y cuando su hija se casó y se marchó del país, anheló que alguien viniera a reemplazar el lugar que ella había dejado vacío en su corazón.

Por fortuna Eduardo y Leonor pasaron por Castilla de regreso de la Cruzada, con su pequeño bebé nacido en Acre. Cuando vio a su nieta, a quien, además, habían puesto su nombre, les imploró que le permitieran quedarse con la niña. Le sorprendió que ambos accedieran a sus deseos, aunque le dijeron que no sería para siempre, que algún día la niña tendría que regresar a Inglaterra. La reina de Castilla siempre había tratado de ignorar esa cláusula, pero había llegado el momento de afrontar la realidad.

Pensó que Eduardo y Leonor querían desposar a Juana, lo que la indignó muchísimo, porque para ella su nieta era aún un bebé.

Sabía que no podría soportar que su pequeña estuviera lejos de ella.

Sólo la comprendería la señora Edeline, pues su hermanastro, el rey, tenía demasiadas preocupaciones como para prestar más atención de la necesaria al hecho de que la niña regresara con sus padres.

La señora Edeline fue a su habitación y le explicó que la princesa Juana había adivinado que le había llegado la hora de partir a Inglaterra.

La reina abrió sorprendida los ojos y clavó la mirada en Edeline.

–Pero ¿cómo lo ha sabido?

–Notó que estabais triste y pensó que vuestro estado tenía algo que ver con ella, así que dedujo la verdad.

–Es una niña muy lista, ¿verdad, Edeline? Increíble, adivinó qué sucedía sólo con verme.

–Es muy despabilada y se cree el centro del mundo. Piensa que todo lo que sucede alrededor de ella tiene que ver con su persona. Así fue como llegó a tal conclusión.

–¡Cómo se atreven a llevársela de mi lado!

–Es su hija, señora.

–Seguro que quieren desposarla... Sólo es una niña.

–Es la costumbre.

–¿Crees que la enviarán a Alemania?

–Probablemente ésa sea su intención. La familia de su futuro esposo querrá que se eduque en el país.

La reina cerró los puños en un arrebato de ira.

–Resulta muy duro y cruel ser una princesa, Edeline.

–Tal vez sí, señora, pero también tiene sus ventajas.

La reina alzó la vista y miró fijamente a Edeline. Pensó que era una mujer tranquila, honesta, que nunca adulaba a nadie y siempre decía lo que pensaba.

–Agradezco a Dios que tú estés con ella –dijo finalmente la reina.

–Yo también –contestó Edeline.

El viaje desde Castilla a Inglaterra fue largo, pero la princesa Juana estuvo todo el tiempo muy excitada, preguntándose qué la aguardaba allí.

Hubo lágrimas en el momento de despedirse de su abuela, que fue la que más lloró. A pesar de que Juana sabía que la echaría de menos, le hacía mucha ilusión conocer a sus padres. También se despidió de ella el obispo, quien le dio un fuerte abrazo. Partieron de las tierras soleadas de Castilla, cruzaron los viñedos franceses y, finalmente, llegaron a la costa. Los sirvientes castellanos que la acompañaban temblaron de miedo cuando tuvieron que cruzar las encrespadas aguas; de hecho, muchos de ellos se marearon durante la travesía. Juana, en cambio, disfrutó sintiendo en su piel la fuerza del viento y no temió ni un momento por la suerte del barco.

Nada más desembarcar, se encontró envuelta en abrazos y besos. La primera en recibirla fue su madre. Juana se preguntó por qué la habría abandonado, y no le valió como excusa el saber que la abuela se lo había rogado.

También estaba allí su padre. Nunca había visto un hombre tan alto y fuerte. Juana le hizo una reverencia –muy ceremoniosa, como era costumbre en Castilla–, y Eduardo se echó a reír mientras la cogía en brazos.

–Ya tenemos a nuestra pequeña en casa –dijo Eduardo mientras la besaba. Juana lo observó con cierto rencor, pues también él la había abandonado–. Estamos encantados de tenerte con nosotros.

Después tuvo ocasión de saludar a su hermana Leonor, que ya tenía catorce años. Notó, por la manera como todos la trataban, que era muy importante en la corte inglesa.

–Bienvenida a casa, Juana –le dijo–. Ven a conocer a tu hermano Alfonso.

Alfonso tenía cinco años, casi dos años menos que ella. Parecía bastante débil, y un poco tímido. La estuvo mirando como si esperara ser querido por ella; y eso le gustó.

–Y también a Margarita.

Era una niña de tres años que todavía no entendía muy bien lo que estaba sucediendo, pero pareció encantada de conocer a su hermana mayor.

–María está en la habitación de los niños –le dijo la princesa Leonor–; todavía es un bebé.

Ya conocía a todos los miembros de su familia. Pensó que no le costaría mucho convertirse en el centro de su atención, como lo había sido en Castilla, aunque para ello tendría que vencer un obstáculo muy importante: su hermana Leonor.

La primera discusión entre ellas llegó el día que Juana se percató de que sus criados españoles ya no estaban en Windsor.

–¿Dónde están? –preguntó a su hermana.

–Los mandaron otra vez a Castilla –respondió Leonor.

–Pero yo no quiero que vuelvan a Castilla.

–Ha sido nuestro padre quien lo ha decidido.

–Iré a verlo y le pediré que los haga regresar.

La princesa Leonor emitió una fuerte carcajada.

–Se fueron por orden del rey.

–Pero eran mis criados.

–No sé qué ocurre en Castilla en estos casos, pero aquí, cuando el rey da una orden, todos la obedecen sin protestar. Tendrás que acostumbrarte a ello, Juana.

–Pero esos criados vinieron conmigo.

Leonor se encogió de hombros.

–Quiero marcharme –dijo Juana.

–No seas tonta. Estás en tu casa y nosotros somos tu familia.

–Mi abuela también es mi familia, y ella nunca habría despedido a mis criados sin mi consentimiento.

–Ya no estás en la corte de tu abuela, y creo que allí te malcriaron. Lo oí comentar el otro día.

–¿Quién dijo eso?

–No te lo diré.

Juana cogió a su hermana por la muñeca y le gritó:

–Dímelo, dímelo. Quien lo haya dicho será castigado por ello.

La princesa Leonor se desasió con toda tranquilidad de los dedos infantiles que la presionaban y dijo:

–No deberías faltarme al respeto. Soy la mayor y tengo mi propia casa. El rey conversa a menudo conmigo. Además no permitiré que te comportes así.

–Yo... yo... –balbuceó Juana, confusa.

–Nuestra madre nos ha dicho que debemos ser amables contigo y enseñarte nuestras costumbres; por eso no te castigaré esta vez –dijo Leonor apartándose de su hermana.

–¿Castigarme? Pero si nadie me ha castigado nunca.

–Quizá no, pero a partir de ahora eso puede suceder.

–¿Quién hará algo así?

–Supongo que Edeline. Es tu institutriz.

–Edeline nunca se atrevería a...

–Pues yo creo que sí. Ahora estás con tu familia, Juana. Nos gustaría quererte... Deseamos que seas nuestra querida hermana. En Castilla te han permitido demasiados caprichos, pero aquí las cosas funcionan de manera distinta.

De repente, la princesa Leonor se arrodilló y abrazó a su hermana pequeña.

–Todos deseamos quererte, que seas nuestra querida hermana... Pero debes saber que no eres hija única, y por tanto no eres más importante que el resto de tus hermanos.

Juana guardó silencio. Pensó que tal vez se divertiría más en Inglaterra que en Castilla. A pesar de que habían despedido a sus criados españoles –quienes, por otra parte, le importaban muy poco–, aún le quedaba la señora Edeline, a quien quería de veras.

Después de esta pequeña discusión con su hermana, Juana empezó a adaptarse a su nuevo hogar. Era muy distinta de sus hermanas, y también, por supuesto, de su hermano Alfonso. Era más volátil, alegre y tenía un genio muy vivo. Edeline trataba de corregirla constantemente, pero no le servía de mucho. La reina atribuía el carácter de Juana al hecho de haber nacido en un país con un clima tan tórrido. Los criados, cuando querían excusarla, echaban mano de este argumento de la reina. No era de extrañar que la hubieran mimado tanto, pues era muy bonita, con una piel bruna y grandes ojos oscuros como su madre. Le gustaba que la llamaran Juana de Acre porque el apodo la hacía distinta de todos los demás. También disfrutaba discutiendo. Quería llamar la atención de alguna manera, pues su hermana Leonor era una persona muy importante y no estaba dispuesta a que le hiciera sombra.

De su estancia en Castilla echaba de menos el clima temperado, la adoración que le profesaba su abuela y el sentirse el centro de las vidas de los demás. Aun así, se sentía feliz con su familia. Su madre la quería muchísimo y deseaba compensarla de algún modo por haberla abandonado en Castilla. Su padre estaba orgulloso de ella, pero instintivamente sabía que su hermana mayor era su favorita. El pequeño Alfonso estaba encantado con ella. Le habían advertido que tuviera cuidado con no hacerle caer al suelo, pues era un niño muy delicado. En cuanto a Margarita, era todavía muy pequeña y no contaba demasiado en su vida, al igual que María, que era tan sólo un bebé.

Juana era muy madura para su edad. Los criados decían que había nacido enseñada y que daría muchos problemas cuando fuera más mayor.

Juana había oído ese comentario en más de una ocasión, y le gustaba pensar que era cierto. También disfrutaba cuando los sirvientes se inclinaban ante ella.

Algunas veces Leonor se dignaba a hablar con ella. En esas ocasiones conversaban acerca del matrimonio, pues las dos estaban ya desposadas. También hablaban de María, quien nunca llegaría a casarse porque estaba destinada a ser monja.

–¿Cómo supieron que quería entrar en un convento? Todavía era un bebé cuando lo decidieron –preguntó Juana.

–Así lo quiso la abuela –contestó Leonor–, pues creyó que satisfaciendo a Dios de esta manera, tal vez enviaría un varón a nuestra familia.

Leonor también le confesó que estaba convencida de que Alfonso nunca llegaría a reinar, pues no conseguiría crecer lo suficiente.

A Juana le pareció todo muy interesante.

Ella estaba desposada con Hartman, un nombre que le sonaba interesante. Se preguntó cómo era. Sabía que era alemán y que un día sería rey, lo que la convertiría a ella en reina. Esta idea la complacía.

Leonor le contó que ella estaba desposada con Alfonso, el que un día sería rey de Aragón.

–¿Así que tú también serás reina? –dijo Juana.

–Estoy ansiosa de que llegue ese día –respondió su hermana.

–Eres mayor –dijo Juana–, ya podrías serlo.

–Tengo que esperar hasta que el padre de Alfonso muera. Tú tampoco serás reina hasta que fallezca el padre de Hartman.

–Pero casan a la gente antes de ser reyes y reinas, ¿no? Entonces tú debes ser muy mayor.

–Tengo quince años –dijo Leonor.

Juana movió la cabeza en un gesto de compasión.

–Eres muy vieja.

–¡Tonterías! No lo soy. Iré a Aragón cuando... esté preparada.

–Pero ya eres lo bastante mayor. ¿Por qué no te casas? –insistió Juana, que no se cansaba de preguntar hasta que veía las cosas claras.

Leonor sonrió complacida.

–Porque creo que nuestro padre no lo quiere.

Juana miró a su hermana con gran respeto. Dedujo que había algún secreto entre su padre y ella. Hacía tiempo que había notado que había muchas cosas de su familia que ella desconocía.

Era ya como una suerte de ritual que se repetía cíclicamente. La reina estaba en cama rezando para que esa vez fuera un niño.

Había querido ir a Woodstock porque pensó que cambiar de lugar le traería buena suerte. Nunca antes había parido en Woodstock, y cuando se lo pidió a Eduardo, éste, una vez más, accedió a concederle uno de sus caprichos. Había paseado por los bosques con Leonor y Juana, seguidas de cerca por algunos sirvientes. Los árbolcs estaban en plena floración, pues corría el mes de mayo. La reina tenía especial interés en que Juana aprendiera a disfrutar del paisaje inglés, tan distinto al castellano. Por eso disfrutó mostrándole los capullos y las flores de los espinos y los árboles frutales que por esa época del año estaban llenos de frutos. También le enseñó a distinguir los diversos pájaros por sus trinos.

A Juana le agradó ser el centro de las atenciones de su madre y sorprenderla por la rapidez con que aprendía.

La reina notó que a Juana le gustaba que alabaran sus habilidades. No le cupo duda de que su madre, en un exceso de soledad, había imprimido en esa niña una exagerada estima de sí misma.

La princesa Leonor hizo un collar de margaritas y lo puso alrededor del cuello de su madre. Siempre que ésta iba a dar a luz, Leonor no podía disimular su nerviosismo y preocupación. Incluso parecía saber que estaba encinta antes de que se lo dijeran. La reina se dijo que sus pequeñas eran un gran consuelo para ella, y se convenció de que, si no podía parir varones sanos, sus nuevas hijas serían todas muy hermosas.

–No debéis preocuparos, señora –le había dicho en una ocasión la señora Edeline–. Es mejor que los acontecimientos sigan su curso.

Edeline era una mujer muy sensata. La reina se sentía aliviada de que estuviera siempre tan cerca de Juana. Cuando se marchara a Alemania para casarse con Hartman, ella misma le imploraría a Eduardo para que permitiera que Edeline la acompañara.

Ese día no tardaría mucho en llegar. Su futuro consuegro quería que la boda se celebrara pronto, pero Eduardo consideraba que Juana era demasiado joven todavía. En cuanto a Leonor, la reina no entendía por qué su marido ponía obstáculos para que no se marchara a Aragón.

–No, no –decía a menudo–, dejemos que crezcan primero. Son sólo unas niñas.

La reina pensó que su negativa respondía al hecho de que Eduardo quería tenerlas cerca, porque, a pesar de querer con toda su alma que nacieran hijos varones, adoraba muchísimo a sus hijas.

«Ojalá pudiera darle un hijo varón», pensó la reina.

Estando tumbada en la cama, meditó sobre lo que había ocurrido en el palacio a lo largo de los años. Se construyó hacía ya mucho tiempo, aunque seguramente al principio tenía otra estructura, pues era normal que con el paso de los siglos los edificios se remodelaran. Había vivido en él el rey Alfredo y, más recientemente, Enrique I, quien había llevado al coto de caza numerosas bestias salvajes para deleitar a sus huéspedes.

Pero era el fantasma del hada Rosamunda el que deambulaba por el palacio de Woodstock. La leyenda decía que el hada Rosamunda, amante del rey, había despertado la ira de la cruel Leonor de Aquitania, quien la había asesinado. Pero la reina no recordaba si la había matado con un puñal o con veneno.

Y en el cenador, que Enrique había mandado construir para su bella amante, Rosamunda había esperado el nacimiento de su hijo, fruto del amor compartido con el rey.

La reina se preguntó si Rosamunda también había rezado para que fuera un varón.

Finalmente, Rosamunda había dado al rey dos varones.

Murió arrepentida de sus pecados en el cercano convento de Godstow.

La reina rezó por el alma del hada Rosamunda.

Cuando se sentaba con sus hijas, les contaba las historias de Woodstock. No obstante, nunca les mencionó a Rosamunda, pero las niñas sabían que su abuelo Enrique III y su abuela habían vivido un tiempo en ese palacio y que a menudo iban al cenador del hada. En una ocasión los reyes durmieron en ese lugar tan romántico. Y esa misma noche, un sacerdote enloquecido fue a la habitación de Enrique III y, en medio de la oscuridad, asestó varias cuchilladas en la cama, creyendo que el rey dormía allí. Fue un milagro que los reyes no se hallaran aquella noche en su habitación.

–Imaginaros que hubiese asesinado a vuestros abuelos –dijo la reina–. Vuestro padre no habría nacido... y, en consecuencia, vosotras tampoco.

Juana se estremeció ante tal idea. No podía imaginar un mundo en que no habitara Juana de Acre.

Al día siguiente la reina sintió los primeros dolores.

Fue, como los anteriores, un parto muy fácil. En esa ocasión, Leonor dio a luz a otra niña, aunque esa vez la criatura parecía débil.

Los niños corrieron a ver a su madre. Leonor estaba alarmada, Juana sentía curiosidad, Alfonso estaba asustado y Margarita muy excitada.

–Querida madre –dijo Leonor–, ¿cómo te encuentras? Nos han dicho que es otra niña.

–Sí, es otra niña –respondió la reina–. Es muy pequeña.

–Quiero verla –dijo Juana.

Les acompañaron junto a la cuna y observaron en silencio atónitos y consternados, a la pequeña criatura arrugada, su nueva hermana.

La princesa Leonor regresó junto a su madre.

–No estás enferma, ¿verdad?

–No, hija mía, estoy bien. Tu padre se sentirá decepcionado cuando lo sepa, pero la próxima vez será un niño.

La princesa se sintió preocupada. Su madre estaba

muy pálida, y pensó que si moría, su padre podría casarse de nuevo. Todavía era joven y fuerte. Le aterrorizó la idea que contrajera matrimonio con una mujer joven que le diera cuantos hijos varones deseara.

La reina entendió mal su expresión alarmada.

–No tengas miedo, hija. Todas las mujeres se sienten débiles después de un parto. Volveré a estar bien dentro de poco.

La princesa se arrodilló sosteniendo la mano de su madre.

–Oh, madre, ponte buena, ponte buena.

La reina le acarició el pelo y sonrió a sus otros hijos que entraban en ese momento en la habitación.

Edeline apareció tras ellos para llevárselos.

–Vuestra madre necesita descansar –dijo.

La reina también necesitó consuelo porque al cabo de tres días la débil criatura murió. Una vez más, de nada había servido rogar a Dios para que les enviara a un niño.

[illegible]

[illegible]

[illegible]

[illegible]

[illegible]

[illegible]

[illegible]

LAS VÍSPERAS SICILIANAS

Llewellyn había descubierto lo que era la paz y la felicidad en su fortaleza de Snowdonia de la mano de su querida Demoiselle, que además de ser cariñosa, amable e inteligente, se preocupaba por el bienestar de su marido. Le enseñó a disfrutar de los placeres del amor desinteresado. Con ella, Llewellyn descubrió lo que era poder confiar en alguien, pues había vivido demasiado tiempo envuelto en conflictos familiares y traiciones de diversa índole. Al principio, le costó acostumbrarse a su nueva situación, pero finalmente quedó sumido en una suerte de sentido de la seguridad que rayaba la exaltación.

Nunca había imaginado que tal estado de felicidad fuera posible.

La Demoiselle también se sentía muy contenta. Lo único que la entristecía era la situación de sus hermanos: Almeric todavía se hallaba preso en el castillo de Corfe, y Guy estaba en el exilio, fugitivo de la justicia por el asesinato de Enrique de Cornualles. Sólo pedía que los dejaran en libertad y les dieran la oportunidad de empezar de nuevo. Únicamente así cesarían sus angustias y podría entregarse por completo a la felicidad que le proporcionaba su nueva vida.

Hacía más de un año que Eduardo les había dado permiso para casarse, y cada día, al levantarse, le daba gracias a Dios por haberle concedido tanta paz.

Adoraba las montañas. A pesar de ser tan ásperas y accidentadas, las encontraba hermosas y, aún más importante, constituían una verdadera amenaza para el enemigo. Solía referirse a ellas como «nuestras queridas montañas».

A veces intuía que Llewellyn estaba irritado consigo mismo por haber perdido la soberanía sobre Gales. Entonces ella hablaba con él y trataba de convencerle de que lo que habían descubierto juntos valía mucho más que cualquier sueño de gloria. Entonces, cuando Llewellyn corroboraba sus palabras, se sentía la mujer más feliz del mundo.

Finalmente ocurrió lo que hacía tanto tiempo deseaban: la Demoiselle esperaba un hijo.

Ese embarazo supuso la culminación de su amor. Llewellyn estaba exultante. Le gustaba sentarse a los pies de su esposa y hacer planes para el niño.

Ella se reía de él.

–El niño, siempre el niño. ¿Y si es una niña?

–Si sale a su madre, entonces estaré más que satisfecho.

–A eso lo llamo yo falta de sinceridad a la galesa –le reprendió ella–. Quieres un niño que se parezca a ti.

–¿Y tú qué quieres?

–Querré de corazón a mi hijo, sea niño o niña.

–A eso lo llamo yo sensatez.

–Desde que nos casamos, he sido tan feliz que me contentaré con lo que Dios tenga a bien enviarnos.

–Si es niño, podríamos llamarlo Llewellyn. Tal vez sea el Llewellyn de la profecía de Merlín.

La Demoiselle movió la cabeza.

–No. No quiero que sea un guerrero. Quiero que mi hijo sea el cabeza de una familia feliz. Que tenga hijos que le adoren, y no súbditos que le teman.

–¡Mi sensata Demoiselle! –exclamó besándole la mano.

Ella quedó un momento ensimismada. Llewellyn adivinó que pensaba en su padre, uno de los hombres más grandes de su época; un hombre que creyó en la justicia y que consiguió avasallar al rey. Algún día la gente recordaría a Simón de Montfort por lo que hizo en vida y por la violencia con que murió. Sin embargo, la historia no hablaría de la Demoiselle, su hija, que había vivido apaciblemente y hecho feliz a un bárbaro de las montañas.

Volvieron a hacer planes para el hijo que venía de camino.

Un día el hermano de Llewellyn fue a visitarlos. Davydd había sacado más provecho que Llewellyn del pacto con Eduardo. Lo que no sabía el rey inglés era que aquél se vendía siempre al mejor postor.

Hacía ya tiempo que la paz reinaba en la frontera, y Davydd se sentía inquieto. Quería hablar con su hermano acerca de la posibilidad de reconquistar lo que habían perdido.

La Demoiselle recibió a su cuñado con recelo, porque intuyó que de esa visita surgiría algún malestar. No quiso ni plantearse la posibilidad de una nueva guerra.

Davydd estuvo largo rato conversando con su hermano.

–Entonces ¿estás contento de ser un vasallo del rey de Inglaterra? ¿Dónde tienes el orgullo, Llewellyn? –preguntó.

–Nunca había sido tan feliz como ahora.

Davydd se mostró escéptico.

–Eres un marido primerizo y también un futuro padre primerizo. Por todos los santos, Llewellyn, ¿qué pensará tu hijo de ti cuando sepa que lo único que le legas es un pacto de vasallaje con los ingleses?

Llewellyn no dijo nada. Cuando no estaba con su esposa, a menudo se avergonzaba de vivir tan apaciblemente.

–¿Y qué habría dicho su abuelo y su bisabuelo?

–No fui capaz de vencer a los ingleses –dijo Llewellyn. Luego miró a Davydd frunciendo el entrecejo y añadió–: Estaba rodeado de traidores.

Davydd trató de restar importancia a esta última afirmación.

–Si no me hubiese pasado al bando inglés, ahora no nos quedaría nada.

–Si hubieses sido leal a mi causa...

–No quiero ser vasallo de nadie... ni de mi propio hermano.

–Excepto cuando se trata del rey de Inglaterra.

–Esta situación no durará mucho tiempo.

–¿Qué quieres decir?

–Deberíamos aunar nuestras fuerzas y reclamar lo que por derecho nos pertenece.

Llewellyn, pensando en la Demoiselle, negó con la cabeza.

–¿Has olvidado la profecía?

–Quedó claro que no era yo el Llewellyn del que se hablaba.

–Naturalmente, no se refería al hombre que rechaza la oportunidad de convertirse en alguien importante. Llewellyn, estabas dispuesto a gobernar Gales y también Inglaterra. Merlín seguramente quiso decir que Inglaterra sería tuya a condición de que fueras lo bastante audaz para conquistarla.

Ambos guardaron silencio. Llewellyn ya había pensado en ello anteriormente.

–Nunca había sido tan feliz como ahora –dijo pausadamente.

–Hace poco que estás casado –contestó Davydd con cierto desdén–. Esperaste mucho tiempo para hacerlo. Te separaron de tu prometida... Sí, fue todo muy romántico, pero se trata sólo de un sueño... y todavía no has despertado. Tienes que bajar de las nubes, Llewellyn. Cuando seas viejo, tus hijos te dirán: «¿Qué fue de Gales y de tu herencia? Lo echaste todo a perder por un sueño romántico.»

–Deberán tomar sus propias decisiones, y aprender por sí mismos las duras lecciones de la vida. Deberán decidir si quieren vivir en paz, siendo felices... Es difícil explicarlo, Davydd, o bien si quieren vivir en la guerra, la miseria, la muerte...

–¿Y la gloria de Gales? ¡Gales debe ser para los galeses!

–Pierdes el tiempo conmigo, Davydd.

Finalmente, éste se convenció de que no iba a convencer a su hermano.

Llewellyn quedó muy pensativo después de que Davydd se fuera. Su esposa trató de animarlo.

–Cree que soy un loco –dijo él.

–Pero eres un loco sabio –respondió ella.

Luego hablaron del niño que pronto nacería, y de la belleza de las montañas.

Continuaron viviendo felices en su particular paraíso terrenal hasta que llegó el día del parto. Las mujeres que la asistieron no le dejaron entrar en la habitación. Se sentó fuera del dormitorio y esperó.

En la espera tuvo tiempo de meditar. Estaba convencido de que su felicidad todavía no había alcanzado su punto más alto, pues todo sería aún mejor con el niño.

Sería un niño, y lo llamarían Llewellyn. Sería el Llewellyn que haría realidad la profecía de Merlín. Pero luego recordó que su esposa no quería ni oír hablar de ello, puesto que significaba volver a alzarse contra Eduardo. Pero probablemente Eduardo estaría muerto cuando su hijo fuera mayor. Su hijo tendría que enfrentarse con el hijo del poderoso rey de Inglaterra.

Llewellyn sonrió seguro de haber dado con la respuesta. Nadie podía alzarse contra el gran Eduardo, eso lo sabían todos.

El parto fue muy largo. Todavía no se sabía nada cuando se hizo de noche. Preguntó si sufría mucho, y las mujeres le respondieron que ya faltaba poco para el desenlace, y que era mejor que continuara esperando fuera.

Decidió que nunca más pasaría por esa situación. No soportaría un tormento así otra vez.

Se mofó de sí mismo. Él estaba sufriendo psíquicamente, y ella físicamente. Las mujeres entraban y salían de la habitación muy serias, y su esposa no paraba de gritar.

Finalmente, oyó un llanto.

–Una niña, señor. Es una niña sana y preciosa.

Llewellyn corrió al lado de su Demoiselle, sin tan siquiera mirar a la niña.

Se arrodilló junto a la cama y se echó a llorar. No le importó que las mujeres lo vieran.

–¡Cómo la quiere! –dijo la vieja comadrona.

–Es una niña –dijo ella en voz baja a Llewellyn.

–Una niña encantadora, querida –contestó él.

–De verdad no te importa que...

–Sólo quiero a mi Demoiselle. No me importa nada más...

–Ahora también debes pensar en la niña.

Las mujeres le dijeron que su esposa debía descansar.

–Está exhausta –le explicó la comadrona.

Salió de la habitación y fue a la suya para rezar. Por segunda vez había olvidado mirar a la niña.

Alguien golpeó a su puerta.

–Señor, pronto, la señora quiere veros.

Salió corriendo.

–Llewellyn... –dijo suavemente ella cuando él estuvo a su lado.

–Estoy aquí, cariño.

–Cuida de... la niña...

Luego cerró los ojos.

–Se ha ido, señor –dijo una de las mujeres acercándose a Llewellyn.

–¡No! –gritó–. ¡Cómo osas decir una cosa así! Está aquí... Está aquí...

La cogió en brazos y estuvo un rato meciendo el cuerpo sin vida de la Demoiselle, mientras desafiaba a Dios a que se la arrebatara.

Llewellyn quedó profundamente afligido. Deseó morir. «Debéis pensar en la niña», le decían. Pero ella no le importaba, la odiaba. Era la culpable de la muerte de su esposa. Su vida por la de la niña; le pareció un cambio trágico. Se arrepintió de haber tenido una hija. De nada le servía si no tenía a su lado a su Demoiselle.

Estaba sumido en una especie de sueño..., un sueño de desesperación. Nada le importaba. Se encerró en su habitación y no quiso ni comer ni ver a nadie.

Le rogaron que pensara en la criatura.

–La señora dijo que le gustaba el nombre de Gwenllian. Señor, ¿os parece bien que le pongamos ese nombre?

–Me da igual.

Llewellyn erró durante mucho tiempo por las montañas. Su vida había quedado sumida en una terrible oscuridad. Dejó de importarle su propio destino.

La princesa Leonor acababa de cumplir dieciocho años. Todos se preguntaban por qué razón todavía no se había casado. Su prometido, Alfonso de Aragón, era ya el infante, lo que significaba que muy pronto se convertiría en rey. No obstante, cuando se hablaba de este tema con Eduardo, éste lo ignoraba con la excusa de que estaba muy ocupado, o bien decía que todavía era pronto para casar a su primogénita.

La princesa estaba encantada con esa situación, pues no deseaba irse a Aragón, ya que era feliz en Inglaterra. Tenía una familia que la quería y tal vez un día llegaría a ser reina.

El pequeño Alfonso tenía ya ocho años, pero era débil y, al verlo, la gente comentaba que nunca tendría los huesos fuertes.

El rey, desde luego, quería a todos sus hijos por igual, pero no podía evitar sentirse un tanto intranquilo con Alfonso, tan distinto a él y a sus antepasados normandos. De hecho, se parecía más a la familia de Castilla, con el pelo oscuro, los ojos suaves y un semblante afable. Estos atributos favorecían a la reina, pero no eran los más adecuados para el heredero de la Corona de Inglaterra. Además, el rey adoraba a su primogénita. Montaban juntos a caballo, conversaban y Eduardo no podía imaginar su vida sin tenerla cerca. Era una mujer fuerte –en eso se parecía a su abuela–. Por esta razón la reina madre la quería casi tanto como a su padre.

Le encantaba que la princesa fuera a visitarla a Amesbury, donde pasaba algunas temporadas, para conocer bien el convento antes de instalarse allí definitivamente, lo que no haría hasta que se resolviera el problema de la dote. Estaba decidida a no perder ni un penique de su fortuna, que quería casi tanto como a su familia.

Además, le gustaba demasiado vivir como para encerrarse lo que le quedaba de vida en un convento. Pensaba que quizá Dios estaba satisfecho con que pasara tan sólo algunas temporadas en santidad. Después de todo, todavía gozaba de buena salud, y por ello le quedaban aún años para seguir pagando por sus pecados.

Aunque siempre había pensado que tenía pocas faltas que expiar. Había sido fiel a Enrique y le había ayudado a gobernar el país; así pues, el cielo no podía ser muy exigente con ella.

Aunque adoraba a su nuera, la consideraba demasiado irresoluta. Pero así lo había querido Eduardo, pues, a diferencia de su padre, no necesitaba los consejos de nadie. Su hijo creía que lo que no supiera él, no lo sabría nadie.

Por suerte, era un gran general. La gente le temía. Era justo, y tal como cabía esperar de un hijo suyo, fiel a su esposa y respetuoso con la vida familiar. Eran virtudes provechosas para la nación, pues los súbditos, por definición, siguen siempre el ejemplo de su rey.

Dio la bienvenida a su nieta Leonor. Se interesaba muchísimo por todos sus nietos, pero en especial por ella y, por supuesto, por María, que, por su voluntad real, sería enviada a un convento –muy posiblemente al de Amesbury, si todo salía según sus previsiones.

–Querida niña –dijo mientras la abrazaba–, estoy encantada de verte. Acabo de regresar de Amesbury. El descanso me ha sentado muy bien.

–Tienes muy buen aspecto.

–Nunca imaginé que podría sentirme tan bien después de la muerte de tu querido abuelo.

–Algo en ti murió con él –se apresuró a decir la princesa antes de que lo hiciera su abuela.

–Veo que me comprendes. Le doy gracias a Dios por tenerte, hija. Eres un consuelo muy grande para tus padres.

Hablaron de la reina.

–No dudo –empezó la reina madre– de que pronto quedará encinta de nuevo.

–¡Pobre mamá! Creo que no debería tener más hijos. Los partos la debilitan mucho.

–Es verdad. Tu padre debería aceptar que es poco

probable que le dé un varón. Los que han nacido han sido siempre enfermizos. Encontré muy débil a Alfonso la última vez que lo vi. Es un niño tan encantador. Tengo a varias viudas rezando por él, pero no creo que sirva de mucho.

–No sirvió con mis otros hermanos –dijo la princesa.

–Estoy convencida –dijo la reina madre en tono conspiratorio– de que Alfonso nunca llegará a hacerse hombre.

La princesa asintió con la cabeza.

–Bueno, te tenemos a ti, querida.

–Supongamos que el pobre Alfonso...

–¿Muriera? –acabó la reina madre–. Creo que es muy probable.

–Y que la reina sólo alumbrara a niñas...

–También lo veo muy posible.

–¿Y que yo...?

–Mi querida niña tú eres la primogénita. Puedes llegar a ser mejor que cualquier hombre. Siempre me ha parecido una tontería esa manía por tener niños; como si ellos fueran más listos que nosotras. Tu abuelo solía decir que yo valía más que diez de sus ministros.

–Y lo demostraste.

–También decía que yo hubiera podido gobernar el país tan bien como él.

La princesa se sintió muy contenta al comprobar que podía contar con el apoyo de su abuela.

–Entonces, si Alfonso muere y no hay más descendientes varones, ¿crees que yo podría llegar a ser reina de Inglaterra dentro de algunos años?

–Podría ser que sí, querida niña, y no creo que fuera nada malo para el país.

–Pero si voy a Aragón para casarme con ese hombre...

–Entonces no serás reina. Tu marido reclamaría la

Corona, algo que los ingleses no aceptarían. No, tendrías que quedarte aquí... para demostrar que eres fuerte y capaz. Te haré una confidencia: creo que el rey piensa como yo, y si no, fíjate en cómo te trata últimamente.

–De eso precisamente quería hablar. Han llegado noticias de Aragón. Quieren que vaya inmediatamente. ¿Qué he de hacer, querida abuela?

–Eso no puede ser –dijo la reina madre–. Hablaré con tu madre y el rey.

–No podría soportar vivir lejos de Inglaterra, de ti..., de los demás.

La princesa observó atentamente a su abuela. La vieja reina apretó los labios.

–No puede ser de ninguna de las maneras. Todavía eres muy joven.

Ninguna de las dos tuvo en cuenta lo absurdo de esta última afirmación. Pero nadie se atrevía a juzgar las opiniones de la reina madre, por absurdas e irreales que fueran.

No costó mucho convencer a Eduardo de que su hija era todavía demasiado joven para marcharse de Inglaterra. Para excusarse, escribió una carta al rey de Aragón para comunicarle que tanto la madre de Leonor como su abuela creían que aún era demasiado joven para casarse.

La carta levantó las sospechas de los aragoneses. Les pareció muy extraño que consideraran que Leonor era muy joven para contraer matrimonio, cuando ya tenía dieciocho años, y la mayoría de chicas se casaban a los doce o trece.

Las relaciones entre la corte de Inglaterra y el embajador de Aragón se enfriaron, y esto inquietó a Eduardo. No le interesaba romper los lazos con Aragón, ni que los aragoneses creyeran que había anulado el compromiso, pues podía necesitar su colaboración si surgía algún conflicto en el extranjero.

Por esas fechas la reina volvió a quedar embarazada.

Llewellyn aún lloraba la muerte de la Demoiselle. Unas niñeras se ocupaban de su hija. Él no quería verla. Solía cabalgar hasta las montañas para estar solo con su desgracia. Los que lo conocían pensaron que de seguir así moriría de melancolía.

Su hermano Davydd, al enterarse de su estado, fue a visitarlo.

–¿Te das cuenta de lo poco que sirve vivir de alegrías tan efímeras? –le preguntó.

–Nunca imaginé que moriría –dijo Llewellyn entre sollozos–. Estuvimos tan poco tiempo juntos. ¿Por qué habrá sido Dios tan cruel?

–Dios a veces es cruel con alguien con el fin de permitirle llevar a cabo su destino.

–¡Destino! ¡Qué destino me espera sin ella!

–Recuerda la profecía de Merlín.

–Era un falso profeta.

–Cuidado con lo que dices, Llewellyn. No me extraña que por tus blasfemias el cielo te envíe estos duros castigos.

–El cielo puede enviarme cuantos castigos quiera; me he vuelto insensible. Ya no me importa lo que pueda ocurrirme.

–Todavía no estás acabado, Llewellyn. Tienes toda una vida por delante.

–No me interesa. Jamás volveré a ser feliz.

–Puedes hallar la felicidad fuera de la familia. Date otra oportunidad.

–No lo entiendes, Davydd.

–Sí que lo entiendo. Si te quedas aquí llorando, morirás de melancolía. Deja que te diga, hermano, que yo solo podría reunir un ejército. Los dos podríamos alzarnos contra los ingleses... Juntos. Eduardo está ahora muy sosegado, pues cree que tiene todo el territorio pacificado. Piensa que nos ha vencido. Llewellyn, ¿por qué no le demostramos que está equivocado?

Llewellyn escuchaba a medias. En realidad pensaba que Eduardo le había apartado durante un tiempo de su esposa, él les había robado un tiempo precioso. «Odio a Eduardo, al mundo y a Dios.»

–Juntos... podríamos vencerle. Devolveríamos Gales a los galeses. Llewellyn, ésta es tu oportunidad. Dios te está mostrando la salida a tu desdicha. Ahora estás aturdido, pero si te dieras una oportunidad, podrías recuperarte. Sé que nunca la olvidarás, sé cuánto significaba para ti, pero tienes que vivir. Si no quieres seguir viviendo sin ella, al menos hazlo por Gales.

¡Por Gales, y sus magníficas montañas, valles y colinas! Gales para los galeses. Quizá algún día la profecía de Merlín se haría realidad. Llewellyn sabía que no podía confiar en Davydd, pues ya le había traicionado una vez.

Estaba muy aturdido. Por un instante dejó de pensar en su esposa.

Escuchó lo que le decía Davydd.

Como su vida ya poco le importaba, poco tenía que perder si volvía de nuevo a la guerra.

Los aragoneses no estaban dispuestos a esperar por más tiempo. El infante quería casarse. Si su prometida no iba inmediatamente a Aragón, Alfonso buscaría una nueva esposa, y, con ello, el rey de Inglaterra dejaría de ser un aliado de la Corona de Aragón.

Eduardo así se lo explicó a su hija. Leonor no pudo disimular su desesperación, y Eduardo, conmovido, la abrazó mientras le decía:

–Mi querida hija, ¿qué puedo hacer? Estás comprometida con Aragón.

Nada se podía hacer. Ni siquiera la reina madre podía impedirlo.

La princesa estaba arrodillada rezando. Pidió a Dios que hiciera algo para evitar su partida a Aragón, pues si iba, sus planes se verían frustrados. No quería ser reina de Aragón, sino de Inglaterra. Su madre estaba embarazada. Leonor pensó que el nacimiento de un niño significaría que Dios la había abandonado.

Se repetía que tenía que ocurrir algo.

Y entonces llegó una noticia alarmante desde Gales: Llewellyn y su hermano Davydd se habían sublevado contra el rey. Eduardo se enfureció, pues creía que el problema con Gales estaba solucionado. Había dado a Llewellyn su Demoiselle, y con este gesto creyó zanjar definitivamente el conflicto con los galeses.

Decidió ir él mismo al frente.

Comunicó a su hija su intención de ir a Gales.

–Tú te vas y yo también debo irme. Tal vez no volvamos a vernos –dijo ella abrazándolo.

–No será así –contestó el rey–. Vendrás a Gales conmigo. Tú, tu madre y tus hermanos os alojaréis en un sitio seguro, así podremos seguir viéndonos. Mi querida hija, todo apunta a que tendrás que irte a Aragón, pero todavía no. Aún puedo retrasar tu marcha por un tiempo.

–Parece que estés hablando de un enemigo –dijo Leonor tratando de contener el llanto, al tiempo que se sentía muy feliz porque su padre demostraba quererla mucho.

–Cualquiera que se lleve a mi querida hija de mi lado es un enemigo –dijo Eduardo.

–De momento –dijo Leonor–, procuraré sentirme feliz y no pensar en mi inminente partida.

La reina se alegró con la noticia, pues seguía creyendo que si paría en un lugar distinto a su residencia habitual, tal vez tendría un niño sano.

Así fue como partieron hacia el norte. El rey los instaló en el castillo de Rhudlan y luego se fue con su ejército a luchar contra Llewellyn y su hermano Davydd.

Eduardo tenía su *place d'armes* en Rhudlan. Para él, era un gran consuelo tener a su familia tan cerca, porque, así, cuando las circunstancias le permitían tomarse un respiro, acudía inmediatamente a su lado.

La reina estaba en estado de buena esperanza. Optimista por naturaleza, como en las anteriores ocasiones, se animó pensando que tendría un niño. Si no era así, probablemente diría como las otras veces: «Lo será la próxima vez.» Se alegraba de ser tan fértil, un don que no todas las mujeres poseían, y menos si eran reinas. Eduardo estuvo siempre de acuerdo con ella en que algún día llegaría el deseado varón. «Y si no, tenemos a nuestra hija.» La reina creía que al rey le preocupaba mucho la idea de perder a Leonor, que ya debería haberse marchado a Aragón. La consolaba saber que su marido quería tanto a sus hijos que no podía soportar la idea de separarse de ellos.

También Juana tendría que irse un día u otro. Temía que fuera pronto, pues, aunque tenía ocho años menos que su hermana Leonor, a su edad se suponía que las niñas debían irse a vivir con la familia de su prometido para aprender sus costumbres. Pensó que se quedaría muy sola y triste cuando Leonor estuviera en Aragón y Juana en Alemania. Pero era inevitable. Las princesas nacían para separarse de su familia e ir junto a la de sus esposos. Así lo hizo ella, y también la indominable reina madre, aunque, por lo que había oído, había sido ella quien había decidido marcharse de su país.

Le parecía una buena idea estar cerca de Eduardo, así

no debía esperar que los mensajeros le trajeran las noticias del frente. Eduardo estaba seguro de que esa guerra no duraría mucho. Decía que, una vez vencidos, los rebeldes sabrían lo que significaba tener al rey de Inglaterra como enemigo. No tendría piedad con ellos, puesto que habían roto el trato acordado hacía tiempo.

Y, sin duda, iba a ser así. Todo lo que tenía de tierno con su familia, lo tenía de severo como rey. Y Leonor creía que ésa era la mejor manera de gobernar, pues la gente sólo obedece cuando le enseñan el garrote.

«Que sea un niño», pedía a Dios. Aunque Alfonso estaba todavía vivo, nadie parecía acordarse de él. Nadie creía que llegara a hacerse un hombre. Aunque Eduardo se mostraba amable con él, no se sentía orgulloso de su hijo. A veces la reina pensaba que, al advertir los sentimientos que su padre albergaba hacia él, el pequeño había perdido las ganas de vivir. Como Juan y Enrique habían muerto, todos creían que a Alfonso le ocurriría lo mismo; sin embargo, ya tenía nueve años, con lo cual había vivido más que sus hermanos muertos. La reina se consolaba pensando que tal vez le ocurriría como a su padre, y un día, inesperadamente, saldría de ese estado de debilidad permanente.

Aunque rezaba para que así fuera, creía conveniente que naciera otro varón.

Le gustaba Rhudlan, se sentía como en casa. Inmediatamente, después de llegar, ordenó a los criados que colgaran los tapices que habían llevado con ellos, junto a algunos muebles, como la cama, el armario y las sillas. Así no notaba mucho la diferencia entre un castillo y otro.

Le satisfacía que los ingleses apreciaran la moda que ella había traído de Castilla de colgar tapices en las paredes. Cada vez había más gente que decoraba sus casas con ellos.

Pero, por supuesto, Rhudlan era distinto. El castillo

estaba situado en una loma empinada desde la que se dominaban las tierras de alrededor. Bañada por el río Clweyd, la construcción de piedra arenisca roja procedente de las canteras vecinas era impresionante. Se animó al ver las seis torres macizas que flanqueaban los altos muros de la torre del rey. Eduardo, durante la anterior guerra, había hecho ciertas reformas en el castillo; algo que no le importaba hacer, siempre y cuando no hubieran asuntos más prioritarios que atender. Había heredado de su padre el amor y la sensibilidad hacia la arquitectura, aunque no su tendencia a no reparar en gastos para complacer su afición. Eduardo era una persona pragmática, y nunca gastaba más de lo estrictamente necesario; básicamente se preocupaba por reforzar las fortificaciones.

En Rhudlan Leonor estuvo esperando como las otras veces. Era su undécimo embarazo. De los once, sólo habían nacido tres niños, de los cuales, dos habían muerto y el tercero tenía una salud muy delicada. Estaba convencida de que esa vez Dios se portaría bien con ella.

Sus hijas la visitaban a menudo. Estaban todas con ella, incluso María, que ya tenía cuatro años, aunque la reina madre había querido, al principio, que la niña se quedara con ella. Estaba decidida a que María entrara en un convento. La reina ya le había advertido que sería la propia María quien tendría que decidirlo, pero la reina madre le había respondido que la decisión de la niña dependería de los valores que sus mayores le hubiesen inculcado. Veía necesario que una de las hijas del rey viviera recluida, y para ello la reina madre había escogido a María.

La reina tenía por costumbre abordar esta clase de problemas cuando llegaba el momento de tomar la decisión, y como Eduardo también estaba muy ocupado, la niña pasó mucho tiempo con su abuela, quien la llevó alguna temporada con ella al convento de Amesbury.

Llegó el día del parto. Cuando notó los ya familiares dolores, estaba más tranquila que sus doncellas.

–Debemos prepararnos –les dijo cuando estuvieron junto a ella.

Al cabo de unas horas, nació una niña. Aun así, tuvo que agradecer a Dios que fuera una niña sana.

Enviaron a un mensajero al campo de batalla, para dar la noticia a Eduardo.

La reina, como siempre, se recuperó pronto y mandó llamar a sus hijos para que conocieran a la recién nacida.

–Se llamará Isabel –les dijo la reina, mientras miraban atentamente al bebé en su cuna.

La princesa Leonor estaba muy emocionada, tanto que su madre no acabó de entender por qué. Quien sí lo entendió fue Juana, que sonrió discretamente, y cuando se retiraron de la habitación de su madre, siguió a Leonor hasta su habitación.

–Otra niña –dijo Juana–. ¿No te parece extraño que quien más necesita un niño sólo reciba niñas? Es como si Dios les estuviera jugando una mala pasada. Leonor, ¿crees que Dios gasta bromas pesadas?

–Creo que Dios tiene sus razones –contestó Leonor.

–¿Ah, sí?

–Quiero decir que él permite que las cosas ocurran de cierta manera porque forma parte de su plan. Pienso que…

–Sé lo que piensas: que Alfonso morirá y tú serás la reina.

La princesa Leonor estuvo a punto de negarlo, pero lo pensó mejor, y decidió no hacerlo. Se dijo que Juana era demasiado lista para su edad; sin lugar a dudas, nadie habría adivinado que era tan joven. Solía escuchar las conversaciones detrás de las puertas, e interrogaba a los criados con tanta sutilidad que éstos acababan contándole todo lo que sabían. Y, así, Juana estaba enterada de la mayoría de cosas que ocurrían alrededor de ella.

Leonor se encogió de hombros.

–Tengo que irme a Aragón.
–Y yo a Alemania.
–Pero no quiero irme. Si me marcho...
–Las cosas no siempre salen como queremos. Dentro de un tiempo serás reina de Aragón, pero tú deseas reinar en Inglaterra, ¿verdad? Es comprensible que no te satisfaga la idea de ser sólo reina consorte.
–Si Dios quiere que vaya a Aragón, entonces ¿por qué la reina ha tenido otra niña? –dijo rabiosa–. Parece que esté de mi parte enviando al mundo a todas esas niñas..., pero luego permite que me reclamen en Aragón.
–Yo he de ir a Alemania –suspiró Juana–. Aunque sé que mi caso es muy diferente, pues no puedo aspirar a ser reina de Inglaterra. Nuestro padre está de tu parte, hermana, pero si Dios no lo está...
–Podríamos rezar para que ocurriera un milagro.
–¿Qué clase de milagro? ¿Que Alfonso muera?
Leonor lanzó un grito de espanto.
–No digas eso. Nos traería mala suerte. Naturalmente, no quiero que Alfonso muera; sólo deseo que continúe así de débil para que no pueda gobernar.
–De esa forma Inglaterra tendrá a su reina Leonor –añadió Juana con cierta sorna.
Leonor se apretó las manos y dijo muy seria:
–No puedo ir a Aragón.
–No puedes ir a Aragón –repitió Juana–. Pero ¿cómo lo impediremos?
–¿Crees que, si rezamos para que algo no suceda, ese algo no sucederá?
–A mí nunca me ha funcionado.
–Lo intentaremos. Es nuestra única solución. Debes pedir a Dios que no me lleven a Aragón –dijo. Y añadió–: Ni a ti a Alemania.
A Juana le encantaba participar en asuntos que requerían cierto secreto.
–¡Sí, lo intentaremos! ¡Será divertido! La verdad,

Leonor, es que tengo tan pocas ganas de ir a Alemania como tú a Aragón.

Leonor la asió de la mano, con los ojos brillantes de codicia. Juana quedó fascinada observándola.

La princesa Leonor y su hermana Juana estaban jubilosas. Leonor le confesó que ella nunca había dudado de la efectividad de sus plegarias, y que por eso se había producido el milagro.

Juana estaba impresionada. Pensó que Dios debía tener a Leonor en muy alta estima, si consentía que tanta gente muriera sólo para satisfacer su ambición. Además, le parecía doblemente fascinante que el milagro se hubiese producido en un lugar tan alejado.

Había ocurrido en Sicilia. Una isla soleada cuyos habitantes, antes de ser conquistados por los franceses, adoraban el cante y el baile. Los sicilianos, desde siempre amantes de la libertad, se hallaban inquietos bajo el yugo francés y habían urdido un complot para alzarse a principios de ese año contra los invasores. La contraseña había sido la primera campanada de las vísperas; los sicilianos asesinaron brutalmente a todos los franceses de la isla, en total unos ocho mil.

La noticia de la masacre llegó a Inglaterra al cabo de unos días. Leonor no imaginó entonces que ese suceso pudiera ser tan importante para ella. Los efectos tuvieron gran alcance, por lo que los sicilianos, poco después, empezaron a temer las represalias de los franceses. Solicitaron ayuda a Pedro de Aragón, el padre del prometido de Leonor, porque estaba casado con Constanza, la hija del anterior rey de Sicilia. Pensaron que, si ofrecían a Aragón la soberanía de Sicilia a cambio del apoyo contra una virtual represalia francesa, el rey no dudaría en ayudarlos. No se equivocaron: Pedro fue recibido en Sicilia en medio de numerosas aclamaciones.

No obstante, parecía poco probable que los franceses permitieran que los sicilianos y los aragoneses se salieran con la suya. Carlos de Anjou, que era el rey de Sicilia en el momento de la rebelión, estaba unido a la familia real inglesa por su matrimonio con Beatriz, hermana de la reina madre. Por su parte, Constanza estaba muy ansiosa por que Leonor se casara con su hijo, a fin de que el vínculo entre las dos Coronas fuese más estrecho que con la realeza francesa. Naturalmente, los franceses desearon más que nunca que no se celebrara esa boda.

Carlos de Anjou recuperó con rapidez el territorio perdido e indujo al Papa a que reconsiderara la dispensa referente a las bodas reales, entre las que se contaba la de Leonor y Alfonso de Aragón. Mientras tanto, éste ya había ocupado el trono de Aragón.

El Papa envió a sus mensajeros ante el rey de Inglaterra para informarle de que ya no era válida la dispensa papal para que su hija se casara con el rey de Aragón.

Eduardo había regresado a Rhudlan por pocos días, y antes de ir a ver a su nueva hija Isabel, mandó llamar a Leonor.

La abrazó calurosamente.

–Querida hija, tengo noticias muy buenas para ti. No habrá boda con Aragón. No tendrás que marcharte. Te quedarás aquí conmigo.

Leonor estaba exultante de alegría. El rey pensó que era la más bella de sus hijas.

–Veo que te alegras mucho.

–Nada podría hacerme más feliz. Se ha producido el milagro por el que tanto he rezado.

Ambos se sentían muy afortunados y se echaron a reír.

–Ahora debemos aparentar seriedad –dijo el rey–. Debemos fingir estar muy decepcionados, porque el Papa ha osado dar órdenes al rey de Inglaterra. Pero como el rey de Inglaterra está en guerra con los galeses rebeldes, no sería conveniente para él ser excomulgado; por eso lo mejor que puede hacer es acatar las órdenes del Papa. Ésta debe ser una de las pocas veces que un rey inglés se complace de recibir órdenes papales.

Leonor le abrazó.

Eduardo le acarició el pelo y le susurró palabras cariñosas. Muchos se habrían sorprendido de ver al rey tan tierno con su primogénita.

Al cabo de un rato, se despidió de su hija y fue a la habitación de su esposa.

La besó afectuosamente.

–Eduardo, me temo que es otra niña...

–No debes lamentarte, querida. Adoro a mis hijas. Y tenemos a Alfonso. Le cambiaremos el nombre dentro de poco. Alfonso no es el nombre más apropiado para un monarca inglés. ¿Qué te parece Eduardo?

–Ahora no, Eduardo, por favor...

–¿No te gusta el nombre?

–Me gusta mucho, ya lo sabes, pero tengo miedo de que nos traiga mala suerte.

–Entonces, que siga llamándose Alfonso.

«Ese niño nunca llegará a ser rey. No veo qué hay de malo en que Inglaterra tenga una reina», pensó Eduardo.

Por una extraña coincidencia también se interrumpieron bruscamente los preparativos de la boda de Juana. Cuando a principios de ese año el príncipe Hartman, conde de Habsburgo y Kyburgo, señor de Alsacia e hijo del rey de los romanos, anunció su intención de ir a Inglaterra para conocer personalmente a su prometida y regresar a su país con ella, nadie habría imaginado que esa visita se aplazaría. La razón aducida fue que el padre del príncipe tenía una guerra entre manos, y no podía dejar que su hijo fuera a Inglaterra sin escolta, pues necesitaba a todos los hombres disponibles para su ejército. El príncipe Hartman escribió a la familia real inglesa para tranquilizarles y anunciarles que, en cuanto le fuera posible disponer de unos cuantos soldados, iría a Inglaterra a buscar a Juana y la llevaría a la casa real de Habsburgo, donde completaría su formación.

Había algo de mal agüero en esa carta. El príncipe estaba dispuesto, a pesar de ese aplazamiento temporal, a ir a Inglaterra, con que Juana no veía manera posible de escapar a su destino. Aunque, habiendo sido educada en Castilla y luego enviada a Inglaterra, no era tan reticente como su hermana a los cambios. Estaba convencida de que, fuera donde fuera, la gente la querría y admiraría, pero aun así, prefería quedarse en Inglaterra.

Su padre recibió el mensaje en Rhudlan.

La mandó llamar, la abrazó y le dijo que tenía noticias para ella.

–Ha ocurrido una desgracia. El príncipe Hartman salió del castillo de Brisac, en el Rin, para ir a visitar a su padre. En medio de la travesía por el río, se levantó una espesa capa de niebla que impedía ver a más de media milla de distancia. El barco embarrancó en una roca, y el príncipe se ahogó. No hay duda de ello, porque a los pocos días hallaron su cadáver en el fondo del río.

–Entonces no habrá boda –dijo Juana con tono solemne.

–Bueno, todavía eres muy joven. No te preocupes, ya te buscaremos otro marido.

–No estoy preocupada; de hecho, no tengo ningunas ganas de marcharme de Inglaterra.

El rey sonrió. Pensó que sus hijas eran encantadoras, y que Juana era casi tan bella como Leonor.

–Para serte sincero, hija, no me disgusta demasiado lo ocurrido porque así te tendremos aquí con nosotros... de momento.

–Tal vez pueda casarme con alguien de Inglaterra –dijo Juana–. Sé que mi hermana también lo desea.

El rey le sonrió satisfecho.

–¿Quién sabe?, tal vez tengamos esa suerte.

Juana no tardó ni un minuto en salir corriendo hacia la habitación de su hermana.

Se miraron fijamente.

–Así pues, los milagros pueden producirse –dijo Leonor.

–Sí, si los deseas de todo corazón –respondió Juana.

Se sonrieron con complicidad; ambas creyeron que habían hecho un gran descubrimiento.

EL PRÍNCIPE DE GALES

Llewellyn se dijo que Davydd tenía razón. Volvió a sentirse vivo. La idea de recuperar lo que había perdido le insufló ganas de vivir.

Por las mismas fechas que los sicilianos se alzaron contra los franceses, Llewellyn declaró la guerra a Eduardo, con el apoyo de las gentes que vivían en territorio galés y no eran vasallos del rey de Inglaterra.

El entusiasmo con que recibieron la noticia de otra guerra contra los ingleses le sorprendió muchísimo. Todos lo estimaban porque podían confiar más en él que en su hermano Davydd, de quien el pueblo no olvidaba que había sido aliado de los ingleses. En cambio, Llewellyn era distinto. Su historia de amor era el tema de numerosas canciones: la muerte de su esposa había convertido el idilio en una tragedia. Llewellyn era una figura romántica muy popular, sin contar que, además, el pueblo tampoco había olvidado la profecía de Merlín.

Al principio, Llewellyn ganó algunas batallas, incluso llegó a tomar el castillo de Rhudlan. Pero cuando Eduardo se dirigió hacia el norte, Llewellyn supo que no podría resistir en el castillo, y se retiró muy sabiamente. Aun así, las primeras victorias fueron muy alentadoras.

Adivinó que Eduardo estaría muy enfadado y que por tanto enviaría a Gales un ejército poderoso. Asimismo supuso que al ir al frente de sus hombres sembraría el pánico entre quienes le creían dotado de un poder sobrenatural.

Durante todo el verano que duró la guerra, Eduardo avanzó victorioso, aunque la lucha no le resultó nada fácil. Pero hubo un incidente que infundió ánimos a los galeses: los ingleses habían cruzado el puente sobre el Menai y estaban acampados esperando a que el resto del ejército se les uniera. Por la noche, la corriente del río se llevó el puente y los ingleses quedaron incomunicados. Entonces las fuerzas galesas, que habrían sido derrotadas con facilidad si todo el grueso del ejército inglés hubiese podido cruzar el río, acabaron con la vida de todos los que estaban acampados.

–Una gran victoria gracias a la ayuda de Dios –clamaron los bardos galeses–. Así como ayudó a Moisés a separar las aguas, en esta ocasión Dios ha enviado una riada. La profecía de Merlín se ha hecho realidad.

Pero pronto tuvieron que reconocer que esa victoria había sido una excepción, y que el ejército de Eduardo era muy superior al suyo.

Una vez más, Llewellyn se vio obligado a retirarse en Snowdon. No se cansaba de repetirse cuán desafortunado era, y recordaba los días felices junto a su Demoiselle, maldiciendo al destino que se la había arrebatado.

«Si ella hubiera vivido, no me habría permitido marchar a la guerra. Habríamos vivido felices, siendo yo príncipe de mi pequeño país.»

Lo había perdido todo y deseaba morir. Sabía que nunca lograría derrotar a Eduardo.

Juan Peckham, el nuevo arzobispo de Canterbury, fue a visitarlo para negociar los términos de la rendición.

Según Peckham, eran muy razonables, por lo que no podía rechazarlos.

–¡Razonables! –gritó Llewellyn–. Yo no creo que lo sean. Me desposeerán de mi país.

Llewellyn estaba en lo cierto, pues Eduardo había dispuesto que abandonase el principado de Gales, que pasaba desde ese momento a ser de su dominio. A cambio, le proporcionaba unas tierras por valor de mil libras al año en un condado inglés aún por determinar. Además, Eduardo se comprometía a cuidar de su hija, y afirmaba que en un futuro consideraría la posibilidad de que sus descendientes varones se hicieran cargo de Snowdon.

–¡Vaya condiciones más razonables para un príncipe! –exclamó Llewellyn–. Señor arzobispo, no le entiendo.

–Estás acabado –contestó Peckham–. Además, se han cometido profanaciones en las iglesias galesas que desapruebo totalmente.

Llewellyn sabía que estaba acabado.

–Señor arzobispo, sé que no tengo más remedio que rendirme a los pies del rey de Inglaterra, pero lo que no puedo hacer es aceptar sus condiciones, son demasiado duras. Si el rey reconsidera su oferta, entonces tal vez lleguemos a un acuerdo.

El arzobispo se marchó y al cabo de unos días Eduardo envió unos mensajeros para comunicar a Llewellyn que sólo aceptaría una rendición incondicional, arguyendo que ya había sido benévolo al final de la anterior guerra, sin que ello hubiera servido para nada. Él había cumplido su parte del trato, esto es, había liberado a la Demoiselle y había permitido que se casara con Llewellyn, quien, en cambio, había incumplido su parte. Por eso Eduardo no podía volver a confiar en él. Era preciso que Llewellyn, y por ende todos los galeses, se percatara de lo que le sucedía a quien osaba romper un trato con el rey de Inglaterra.

Llewellyn tenía una única salida: replegarse en las montañas, reunir a cuantos galeses le fueran leales, recordarles una vez más el contenido de la profecía de Merlín y tratar de defender los puertos de montaña.

¡Regresar a las montañas! Corría ya el mes de noviembre. El invierno se acercaba, y eso significaba que él y sus seguidores morirían de hambre. Tal vez lo mejor era salir de las montañas y apoyar a sus paisanos del sur, por donde Eduardo estaba avanzando implacablemente.

Llewellyn conocía muy bien el terreno, y se abrió paso a través de desfiladeros poco conocidos, burlando así a los sitiadores ingleses. No obstante, los barones de la frontera, concretamente los hermanos Mortimer, tuvieron conocimiento de que Llewellyn se encontraba en sus tierras y decidieron salir a capturarlo.

Todo el que pronunciaba el nombre de Roger Mortimer, lo hacía con gran respeto y temor. A pesar de ser el tercero de los hermanos, era una figura importante dentro de la comunidad. Era un hombre violento, audaz y fuerte, un libertino a quien Peckham había reprendido en más de una ocasión por ser un adúltero. Roger Mortimer había prescindido de las advertencias del arzobispo, y estaba dispuesto a ganarse la confianza del rey. Por ello, la presencia de Llewellyn en sus tierras le proporcionó la ocasión que tanto había esperado.

Se decía que Llewellyn deseaba la muerte, porque ya no tenía razón alguna para vivir, tras haber perdido sus tierras y a su esposa.

Era muy extraño que un príncipe deseara morir.

Estando en territorio de Mortimer, Llewellyn vio cómo sus seguidores eran atacados por algunos de sus hombres. Aunque sabía de antemano que la batalla estaba perdida, decidió unirse a ellos y defenderse de los enemigos.

Le mataron sin mucha dificultad.

Cuando Roger Mortimer recibió la noticia, se fue

inmediatamente al lugar del suceso para ver con sus propios ojos el cadáver de Llewellyn. Mortimer estaba exultante.

–Cortadle la cabeza –dijo–. Se la llevaré al rey.

Eduardo la recibió solemnemente.

–La cabeza de mi enemigo –dijo–. Así mueran todos los que intenten traicionarme.

–Señor, ¿qué hacemos con él? –preguntó Mortimer.

Eduardo se quedó pensativo durante unos instantes y luego dijo:

–Enterrad su cuerpo en tierra consagrada, en Cwmhir, así nadie podrá decir que no honré a un hombre valiente, pues no puedo negar que lo fue; un hombre valiente pero estúpido.

–¿Y la cabeza, señor?

–Mortimer, quiero que todos se enteren de lo que les sucede a los traidores. Llewellyn creyó que un día sería rey de Inglaterra, tal como decía una profecía de Merlín. Quiero que la gente sepa lo que les sucede a quienes creen que podrán derrocar al legítimo rey de Inglaterra.

El rey ordenó que empalaran la cabeza y la colocaran en lo alto de la Torre de Londres. Además, mandó ponerle una corona de hiedra con objeto de recordar a quien la contemplara que aquél era el hombre que creyó que un día sería rey de Inglaterra.

Y, así, la cabeza de Llewellyn contempló durante mucho tiempo el Támesis. La reina, cuando pasaba por debajo de la Torre con su barcaza, pensaba en la bella Demoiselle que tanto había amado esa cabeza, y se estremecía al recordar cuán desafortunados habían sido esos dos amantes.

Pero aún quedaba Davydd.

–Lo quiero vivo o muerto –dijo el rey–, pues aunque

los galeses ya hayan sido derrotados, no cesarán los conflictos mientras él viva.

Cuando Davydd se enteró de que su hermano había muerto, se sintió muy confuso. Por un lado, estaba claro que Llewellyn no era el hombre al que se refería la profecía de Merlín; por otro, después de su muerte, él se convertía en el líder indiscutible de los galeses.

Se refugió en las montañas con algunos seguidores. Se preguntó cómo podía reclutar más hombres. Él no era Llewellyn, y el hecho de haberse aliado en una ocasión con los ingleses le perjudicaba. Aunque era cierto que había apoyado a su hermano cuando lo creyó conveniente, el caso es que Llewellyn estaba muerto y todo Gales, excepto las montañas, pertenecía a Inglaterra. Habló con sus seguidores e intentó convencerlos prometiéndoles que Gales volvería a ser de ellos cuando consiguieran echar de su tierra a los odiosos ingleses. Pero la gente sabía que no era tan sincero como Llewellyn, y nadie le creyó. Estaban convencidos de que no dudaría en venderlos al enemigo si se le presentaba la ocasión.

Sólo le quedaba un castillo, el de Bere. Cuando supo que el conde de Pembroke lo había tomado, fue consciente de que ya no tenía refugio posible. Durante un tiempo erró por las montañas y cada día, al levantarse, descubría que eran menos los hombres que seguían siéndole leales.

Al final sólo quedaron tres. Davydd, príncipe de Gales, continuó escondido en las montañas como un verdadero proscrito, al menos eso creía ser. Gales ya era de Eduardo.

–¡Por Dios juro que no será por mucho tiempo! –exclamó–. Le demostraré que los galeses no quieren ser sus vasallos.

Una noche se acercó a una casa de campo para pedir comida y alojamiento. Devoró la carne y bebió ansioso la jarra de cerveza que le dieron mientras los dueños de la casa le preguntaban por qué vagaba por las montañas. Les dijo que era un soldado huido del ejército galés cuando éste fue derrotado por los ingleses, y que no encontraba el camino para ir a reunirse con su esposa y su familia.

Le escucharon con compasión y decidieron ayudarle.

–Pero primero necesitas dormir –dijo el hombre–. Ponte cómodo y mañana por la mañana te ayudaré a encontrar el camino.

Esa noche Davydd durmió profundamente.

Cuando despertó, se encontró rodeado por un grupo de soldados.

–Davydd ab Gruffydd –dijo uno de los soldados–, eres nuestro prisionero. Levántate ahora mismo y síguenos.

–Entonces –dijo la esposa del campesino–, no nos equivocamos.

–¿Equivocarnos? –replicó el marido–. Por supuesto que no. Ya te lo dije, ¿no es así? Fui su vasallo antes de que se aliara con los ingleses.

–Pues ahora volverá a estar junto a ellos –dijo la mujer con ironía.

Le llevaron a Rhudlan y allí lo encadenaron. Davydd envió un mensaje a Eduardo para rogarle que le concediera una entrevista, recordándole que en otro tiempo habían sido aliados.

Eduardo respondió que no estaba dispuesto a parlamentar con traidores. Davydd se convenció de que el haber sido en otro tiempo aliado de Eduardo no le favorecía en nada, pues el rey sentía cierto respeto hacia Llewellyn porque siempre se había mantenido firme en su causa, pero despreciaba a los que, como Davydd, cambiaban de facción según soplara el viento.

Eduardo ordenó que llevaran a Davydd a Shrewsbury para que fuera juzgado por traidor (así le gustaba calificarlo).

Todos los condes, barones, jueces y caballeros fueron a Shrewsbury para asistir al juicio, pero antes el rey dejó muy claro que quería que se hiciera justicia, porque el encausado era un asesino, un sacrílego y un traidor. Por tanto, debía recibir la pena máxima.

No tardaron mucho en declararlo culpable y sentenciarlo a muerte. Sería ajusticiado según un nuevo método, nunca antes utilizado, y que era la manera más bárbara de matar jamás imaginada. Davydd sería recordado como el primer hombre a quien se aplicó esa pena. Sufrió mucho el último día de su vida. Fue arrastrado por todas las calles de Shrewsbury a paso lento hasta llegar a la horca. Allí, ante la mirada de numerosos curiosos, fue ahorcado. Antes de que diera el último suspiro, lo bajaron, le arrancaron las entrañas y después las quemaron. Luego fue decapitado y descuartizaron su cuerpo a fin de poder exhibirlo en cinco ciudades. York y Winchester se disputaron el hombro derecho, resultando vencedora esta última. York tuvo que contentarse con un miembro presumiblemente menos deseable, y Bristol y Northampton compartieron el resto. La cabeza se reservó para Londres y fue colocada al lado de la de su hermano, que por entonces ya casi era irreconocible.

Eduardo contempló ambas cabezas con gran satisfacción. Había logrado conquistar Gales.

Pero no resultó fácil dominar a un pueblo tan orgulloso de sí mismo. Los galeses estaban ofendidos con el conquistador, por lo que continuaron habiendo focos rebeldes por todo el país. No obstante, eran conscientes de la fortaleza del rey inglés, del que decían que no se asemejaba en nada a su padre. Eduardo mandó reconstruir las fortalezas que habían sufrido serios desperfectos durante la guerra; de esta forma convirtió las construcciones de piedra en magníficos castillos. Teniendo él un talante tan vital, no permitió que los demás se durmieran en los laureles: cuando tomaba la decisión de reparar un castillo, los obreros se ponían de inmediato manos a la obra, obedeciendo cuantas órdenes les diera.

La mayoría de los galeses entendió que si lo aceptaban como rey, el país prosperaría rápidamente; pero como aún había muchos rebeldes, Eduardo creyó necesario reforzar la vigilancia en las fronteras.

Rhudlan se convirtió en su cuartel general. Allí vivía con su familia e intentaba pasar el mayor tiempo posible con ella. Estaba muy desconcertado por las coincidencias que habían permitido que sus hijas se quedaran a su lado, aunque adivinaba que sólo era un respiro temporal. Aun así, se sentía satisfecho con el giro repentino de los acontecimientos. Leonor ya tenía casi veinte años y estaba en la flor de la vida. Eduardo sabía que a su edad debería estar casada, pero prefería no pensar en ello.

En Rhudlan vivían todos muy felizmente. La conquista de Gales estaba prácticamente terminada. En todos los países se consideraba a Eduardo como el hombre fuerte que Inglaterra no tenía desde la época de Enrique II, porque Ricardo, a pesar de su poderío, no había sido un buen rey para Inglaterra, pues había invertido erróneamente su fortaleza. Ricardo había sido más una leyenda que un rey. ¿Quién quería a un rey, por audaz y heroico que fuera, que se divirtiera más con los de su propio sexo que no pensando en tener un heredero para el trono? Los ingleses habían preferido a Enrique II, quien al menos esparció su simiente por todo el país. Pero, aún más, preferían a Eduardo, que era un gran general, un rey fuerte decidido a restablecer la justicia en su tierra, y un buen padre de familia. Nunca se le conocieron relaciones extraconyugales, cosa rara en un hombre de condición tan privilegiada. Había sido un esposo fiel y un padre dedicado. En suma, era un rey poco común.

Sólo le podían reprochar el no haber engendrado varones sanos. Alfonso se apagaba día a día. Tenía el rostro pálido, el cuerpo débil; en definitiva, no era el sucesor digno de un padre tan excepcional.

Pero, por fortuna, la reina volvió a quedar embarazada.

Todos suponían que se repetirían las mismas circunstancias: un parto fácil del que nacería otra niña.

El rey adoraba a sus hijas. Algunos decían que en el fondo no quería un varón, porque estaba tan enamorado de su primogénita que lo que más deseaba era verla sentada en el trono. Pero no era cierto. Eduardo deseaba con todas sus fuerzas tener un hijo varón. Si mimaba tanto a Leonor era porque la consideraba su virtual sucesora.

A principios de abril del año 1284, Eduardo se encontraba en el castillo de Caernarvon, orgulloso del resultado de su reconstrucción. La estructura sobre la que había hecho edificar el impresionante castillo era una simple fortaleza que contaba, eso sí, con una magnífica vista, pues se hallaba situada en un peñasco con vistas al estrecho de Menai. A un lado estaba el mar, y al otro, el río Seiont. El rey se enorgullecía de su estructura almenada, pues además de dotar al castillo de una belleza singular, lo hacía inexpugnable. De todos los castillos de Gales, éste era su favorito, sobre todo por los trece torreones que él mandó construir de formas diferentes, cada uno con un singular trazado. Eduardo afirmó que Caernarvon no tendría jamás parangón, y así fue. Las plantas de los torreones eran pentagonales, hexagonales, o bien octogonales.

Antes de entrar en el castillo, se podía contemplar una estatua del rey en actitud de querer desenvainar una espada. Este gesto recordaría a los galeses que su tierra estaba sometida a los dictados del conquistador.

Estando solo en sus aposentos, echó de menos a su familia. Pensó que ya faltaba poco para el nacimiento de su nuevo hijo, pues se había calculado que nacería el 20 de ese mismo mes. Su familia estaba en Rhudlan y deseó tenerlos a su lado.

Envió un mensaje a la reina para decirle que fueran inmediatamente a Caernarvon. Quería que su hijo naciera allí, en el castillo más bello de Gales.

Llegaron al cabo de pocos días. La reina se hallaba en un estado muy avanzado, pero aseguró a su esposo que no había sufrido contratiempos durante el viaje. De hecho, estaba tan acostumbrada a estar preñada que ya nada la incomodaba. Eduardo disfrutó muchísimo mostrándoles todas las dependencias del castillo.

–Naturalmente, todavía quedan muchas cosas por hacer, pero los trabajos van progresando.

Le habría encantado poder pasar más tiempo con ellos, pero apenas se habían instalado, cuando llegó la noticia de que había habido una rebelión en Rhudlan poco después de que la familia se marchara. Era imprescindible que el rey se personara en el lugar.

–Veo que volvemos a estar en las mismas –dijo Eduardo–. Me parece que, a menos que encuentre la manera de apaciguar a esos galeses, tendremos que soportar los mismos conflictos durante años.

Se despidió calurosamente de su familia. Antes de partir, la reina le dijo:

–Esta vez será un niño.

–Envíame un mensajero con la noticia –dijo Eduardo.

En Rhudlan el rey se reunió con sus generales. Le explicaron que el foco de la rebelión se hallaba en las montañas. Según le contaron, algunos jefes galeses intentaban convencer a sus hombres de que era absolutamente necesario unirse para liberar a Gales del dominio inglés.

–Deberíamos llevarlos a Londres para que contemplaran las cabezas putrefactas de quienes intentaron desafiarme –replicó el rey con sorna.

–Hablan de designar a un príncipe. Quieren que sea galés, y que ni siquiera sepa hablar inglés.

–No harán lo que ellos quieran, sino lo que yo desee. Olvidan que son una nación conquistada.

–Esos hombres, señor, jamás admitirán que fueron derrotados. Los galeses son así.

–Ya veremos –dijo Eduardo.

Se sintió cansado. Quería regresar al sur, pues los problemas lo abrumaban. Quería irse a Windsor o a Westminster, desde donde gobernaba con comodidad. Se preguntó qué estaría sucediendo allí en esos momentos.

–¡Por el amor de Dios, pero si son un pueblo derrotado! –exclamó–. Si no me obedecen, conocerán mi furia.

Mientras se hallaba sumido en estos pensamientos, llegó un mensajero de Caernarvon que le comunicó que la reina había dado a luz un varón sano.

Eduardo miró fijamente al mensajero, sin dar crédito a sus oídos. Luego lanzó un grito de alegría.

–Entonces ¿es cierto?

–Sí, señor. La reina no cabe en sí de alegría.

–Tampoco yo. ¿Y dices que goza de buena salud?

–Quienes la asistieron dicen que es un niño sanísimo. Si sus pulmones pueden considerarse prueba de ello, señor, os aseguro que es un niño muy fuerte.

–Bendito seas. Te recompensaré con tierras por haberme traído esta noticia. Además, desde este mismo momento, puedes considerarte un caballero.

–¡Que Dios os bendiga a vos y a vuestro hijo, señor!

El hombre se arrodilló. Eduardo se dijo que en cuanto hubiese cumplido lo prometido a ese hombre, saldría hacia Caernarvon.

Encontró a la reina en cama, en la habitación que ella había mandado decorar con tapices españoles. Junto a ella había una cuna de madera.

–¡Amor mío! –exclamó Eduardo mientras se arrodillaba al lado de la cama y le besaba las manos.

Leonor le sonrió triunfal.

–Ahí tienes a tu hijo –indicó.

Eduardo pudo comprobar que efectivamente se trataba de un niño sano, aunque le pareció vulnerable por ser tan pequeño.

–Se llamará Eduardo –dijo la reina.

–Que así sea.

–Rezaré para que de mayor se parezca a su padre.

Las princesas saludaron efusivamente a su padre. No obstante, Leonor estaba deprimida y no quiso hablar con nadie, ni siquiera con Juana. Leonor ya tenía veinte años, y Juana doce. Sabía que le había llegado la hora de casarse, pues el nacimiento de ese pequeño había desbaratado todos sus planes.

–Me pregunto por qué razón Dios permitió las vísperas sicilianas –dijo Juana maliciosamente.

Leonor no pudo contestar. Pensó que no quería pasar su vida encerrada, y por tanto se obligó a calmarse; tampoco deseaba que su padre notara su decepción.

El comentario malicioso de Juana le quedó grabado en la memoria. Desde ese momento supo que no era aconsejable compartir los pensamientos con nadie, ni siquiera con una hermana.

Eduardo recibió a los jefes galeses en Caernarvon. Los trató con respeto, y éstos, después de rendirle homenaje, quisieron hablar con él.

–Señor –empezó el líder–, no habrá paz en esta tierra mientras no tengamos un príncipe, un príncipe intachable, cuya lengua no sea ni el francés ni el inglés.

Eduardo guardó silencio. Si no debía hablar francés ni inglés, entonces debería hablar galés.

–Te refieres a un príncipe que nunca os haya ofendido aliándose con los ingleses –dijo Eduardo, y tras reflexionar un momento continuó–: Un príncipe que no hable inglés ni francés... Entiendo. Creo que estoy dispuesto a aceptar vuestra oferta, pero si lo hago, debéis prometerme que no habrá más guerras.

–Os lo prometemos, señor.

–No quiero más alzamientos, ni rebeliones. Aceptaréis al príncipe que yo designe.

–Sí, señor.

–Esperad un momento, vuelvo enseguida.

Todos lo miraron atónitos cuando regresó con un bebé en brazos.

–Me habéis pedido un príncipe de Gales –dijo–. Aquí lo tenéis. Os lo doy. Nació en vuestro país, su carácter está por encima de toda crítica, y no habla francés ni inglés. Si vosotros queréis, las primeras palabras que pronuncie serán en galés.

Los jefes galeses no salían de su asombro. Sabían que estaban siendo objeto de una burla, pero había algo en la manera de actuar del rey que los seducía. Era un hombre con muchos recursos, un hombre cuyo ejemplo debía seguir Gales.

Se reunieron para discutir la propuesta del rey, y finalmente el portavoz anunció:

–Señor, aceptamos a vuestro hijo como príncipe de Gales.

El rey se sintió satisfecho. Luego los líderes besaron la mano del bebé al tiempo que le juraban fidelidad.

Eduardo dio por terminada la conquista de Gales.

LA BODA DE JUANA

Desde ese momento el pequeño Eduardo fue el centro de todas las miradas. No lo dejaban solo ni un minuto, le cantaban canciones de cuna y todos se maravillaban de él. Lo cuidaba una niñera galesa, María de Caernarvon, una especie de perro guardián, pues Eduardo estaba decidido a cumplir su promesa a los galeses.

Alfonso, que ya tenía once años, adoraba a su hermano pequeño. Era consciente de que su estado de salud era fuente de sufrimiento, a la vez que le desconcertaba saber que constantemente se quemaban en aceite imágenes de su persona, y que su madre y abuela pagaban a viudas para que rezaran por él a Dios y a los santos.

Sabía que nunca sería lo bastante fuerte para asumir el peso de las responsabilidades reales, y que el bebé que no paraba de llorar, su hermano, había nacido para quedarse con el trono. Toda la corte se alegró de la buena salud de que gozaba Eduardo. «¡Es como su padre! –decían todos–. Mirad qué piernas tiene. Será otro Piernaslargas. En cambio Alfonso es muy bajito para su edad.»

Toda la familia estaba encantada con Eduardo excepto su hermana Leonor, que con su nacimiento vio truncado su sueño. La princesa pensó que si por fin había nacido un varón, su madre, dada su prolija fecundidad, podía tener aún algún otro niño.

La familia se quedó a vivir en Caernarvon porque, según señaló el rey, aquél era el lugar donde había nacido Eduardo, y porque quería demostrar a los galeses que podían confiar en su palabra. Creyó conveniente, no obstante, seguir vigilándoles un tiempo más, para comprobar que cumplían lo prometido.

La reina estaba muy cómoda en el castillo, aunque temía que en invierno fuese demasiado frío y húmedo, y ello perjudicara a Alfonso, que últimamente tenía mucha tos. No obstante, estaba encantada de tener a toda la familia reunida. Agradecía que la reina madre se hubiese quedado en Amesbury, al menos de momento, porque aún estaba pendiente de si el Papa le permitía o no quedarse con su dote. Aunque no osaba decírselo a nadie, tener a su suegra lejos significaba un alivio para ella. Sonrió al imaginársela aconsejando a Eduardo sobre cómo tratar a los galeses. Seguramente le habría dicho que les impusiera severas sanciones y que celebrara su victoria por todo lo alto. Pero el pueblo galés no tenía medios para pagar las sanciones, y Eduardo, consciente de ello, llegó a la conclusión de que si quería vivir en paz con ellos, debía tratarlos con justicia. La reina se dijo una vez más que su marido era un rey sensato.

El médico que se ocupaba de Alfonso irrumpió un día en la habitación de la reina.

–Señora, quiere que vaya a verlo –dijo muy consternado.

Ella fue rápidamente al lado de Alfonso. Había sufrido una recaída, y cuando le cogió la mano, notó que ardía.

–Mamá –dijo el príncipe–, creo que me muero.

–No digas eso, amor mío –contestó la reina besándole la mano–. Te pondrás bien, ya lo verás.

–Esta vez no, mamá. Además, ya no importa, ahora ya tenemos a mi pequeño hermano.

–A mí y a tu padre sí que nos importa.

Alfonso sonrió tristemente.

–Ya puedo irme. Siempre he sido una fuente de angustias para vosotros.

–Pequeño mío, te quiero mucho.

–Siempre has sido una buena madre. Pero ahora ya puedo irme... Quiero irme, madre, me ha llegado la hora.

La reina se sentó al lado de la cama a la espera del desenlace. Alfonso había estado muriendo lentamente año tras año. Leonor recordó a su hermanastro, por quien había llamado Alfonso a su hijo. Era un hombre inteligente, pero siempre se interesó más por las matemáticas que por su país. Su hijo Sancho, inquieto, según supo la reina, tramaba derrocar a su propio padre. Le parecía imposible que en el seno de las familias existieran tantas luchas, y lo que más la perturbaba era que pudieran haber padres que conspiraran contra sus propios hijos. Rezó para que su hijo Eduardo quisiera siempre a su padre. No hacía falta, desgraciadamente, rezar para que también fuera éste el caso de Alfonso, pues la reina sabía que iba a morir.

Alfonso había cerrado los ojos, y la reina oyó que respiraba con dificultad.

El rey había acudido a la habitación del niño, y estaba de pie al lado de Leonor, cogiéndole las manos.

–Nuestro pequeño Alfonso se está muriendo –dijo la reina.

El rey asintió con la cabeza.

–Tenía que pasar algún día.

–Tengo la impresión de que cuando supo que tenía otro hermano, renunció a seguir viviendo.

–Démos gracias a Dios por tener a Eduardo –dijo el rey.

Se quedaron de pie, uno junto al otro, contemplando el cuerpo sin vida de su hijo.

Parecía que el pueblo de Gales había aceptado su destino. Eduardo les había prometido que si le eran leales recibirían a cambio grandes recompensas, y todo apuntaba a que de momento confiaban en su promesa. No obstante, los bardos seguían recordando con sus canciones las audacias y el valor de Llewellyn y Davydd y cómo el tirano inglés había matado a este último, pero esas canciones sólo eran escuchadas por los galeses que vivían en las montañas. En los valles, pueblos y ciudades, las gentes creían que era más conveniente para ellos estar de parte de Inglaterra, un país cada día más próspero, que convertirse en un insignificante principado. Tampoco habían olvidado que Davydd les había traicionado, porque actuó movido por intereses personales y no por el bien de Gales.

Eduardo se sintió muy satisfecho el día que los jefes galeses regalaron al pequeño Eduardo la corona que había pertenecido al legendario rey Arturo. Los galeses le aseguraron que Gales había sido el cuartel general de Arturo; Eduardo decidió concederles el beneficio de la duda, con objeto de no romper la amistad que unía a los dos pueblos.

Poco después de la muerte de Alfonso, Eduardo convocó a su familia para darles una noticia. A la princesa Leonor le brillaron los ojos cuando su padre empezó a hablar, pues precisamente inició su parlamento refiriéndose a ella. Quería que supiera que, aunque el nacimiento de Eduardo había modificado su condición dentro del reino, no por ello la quería menos; de hecho, sería siempre su hija favorita. Dijo a la reina que la amaba muchísimo, que sin ella él no habría sido nada y que esperaba poder seguir confiando en ella.

En realidad, Eduardo estaba muy contento; se sentía feliz por tener una familia tan espléndida y porque, por fin, se habían terminado los problemas con Gales.

–Hay que celebrar esta victoria –dijo–, y creo haber encontrado una manera que será del agrado de los galeses. Ya sabéis que conceden mucha importancia al rey Arturo y que dicen que fue aquí donde se reunieron los caballeros de la mesa redonda. Pues bien, organizaré una fiesta que recree aquel acontecimiento. Mandaré construir una mesa redonda, y yo y mis caballeros nos sentaremos alrededor de ella y juraremos defender la caballería y la justicia en todo el país. Será un acontecimiento memorable. Habrá justas y torneos a la antigua usanza. Recuperaremos el pasado.

Los ojos de la princesa brillaron de satisfacción.

–Es una excelente idea –exclamó–. Es la mejor muestra de paz y prosperidad que puedes ofrecerles.

Leonor había captado con rapidez cuál era el fin último de la celebración. A la reina también le pareció una buena idea.

–Y ahora –dijo el rey– debo convocar a mis caballeros y empezar a organizar este gran espectáculo.

Eduardo celebró la conquista de Gales en el mes de agosto de 1284. La mesa redonda se sostuvo en Nevin, en el condado de Caernarvon, y para ello fueron invitados los caballeros más renombrados de Inglaterra y del continente. Los galeses jamás habían sido testigos de tanta magnificencia. Con ello, Eduardo quiso demostrarles que pertenecían a una nación grande y poderosa, gobernada por un rey invicto, que se atrevía a compararse con el gran Arturo.

Los galeses eran conscientes de que el rey estaba haciendo mucho por su país, y la prueba la tenían en las espléndidas reconstrucciones de los castillos de Conway, Caernarvon y Harlech.

Gales ya formaba parte de Inglaterra, y se comentaba que si por encima de todo prevalecía el sentido común, las cosas continuarían así por mucho tiempo.

La reina madre notó en esos días los primeros achaques de la edad, por lo que resolvió que le había llegado la hora de recluirse en el convento. Además, por fortuna, el Papa había accedido finalmente a que pudiera quedarse con la dote.

Hacía ya tiempo que tenía decidido que su nieta María vistiera los hábitos, y le pareció que había llegado el momento más adecuado para hacerlo.

Ni el rey ni la reina deseaban ver a su hija encerrada en un convento. La reina dijo que debían dejar crecer un poco más a la niña –tan sólo tenía siete años–, para que pudiera ser ella misma quien tomara la decisión.

La reina madre se mostró inflexible:

–Si me negáis este deseo, moriré infeliz –declaró–. Tú, Eduardo, has tenido mucha suerte en Gales. Dios estaba de tu parte, por eso no se cumplió la profecía de Merlín. ¿Y por qué crees que fue así? Pues porque le habíamos prometido que María sería su servidora. No podéis desatender sus deseos, ya que vuestra suerte está en sus manos.

La reina sabía que Eduardo se arrepentiría en el futuro si no cedía ante las peticiones de su madre. Por eso decidió mostrarse conciliadora y acceder a que María se hiciera monja. Pensó, en un intento de convencerse de que no se equivocaba, que la niña nunca se había mostrado reacia al destino que le habían impuesto desde el día que nació. Aun así, le dolía pensar que María no llegaría a conocer la felicidad conyugal y maternal.

–María no estará sola –dijo la reina madre–. Yo cuidaré de ella, y su prima Leonor estará con nosotras.

–Pero Leonor es mucho mayor que María.

–Tienes razón, pero es su prima. Estoy convencida de que María será muy feliz en el convento.

La reina suspiró. La reina madre, después de la muerte de su hija Beatriz, había enviado a la hija de ésta a Amesbury. Quería que una hija de cada uno de sus hijos fuera monja porque creía que eso satisfaría a Dios.

Como la niña se llamaba igual que la Virgen, escogió el día de la Asunción para que la princesa María entrara en el convento.

La familia real al completo regresó a Londres para asistir a la ceremonia.

La reina madre estaba muy satisfecha y segura de que los padres de la niña no se arrepentirían de haber tomado esa decisión. El rey, que adoraba tanto a sus hijas, no parecía estar muy seguro de ello, y había puesto como condición que trece niñas procedentes de familias acomodadas entraran ese mismo día en el convento, para que así su hija no se sintiera tan sola.

La ceremonia tuvo un aire solemne. La reina se echó a llorar en el momento en que les cubrieron el rostro con el velo y les colocaron los anillos.

Una vez finalizado el acto, la familia real depositó una ofrenda ante el altar, y el rey prometió dar a su hija una pensión anual para sus gastos. Más tarde, las princesas Leonor y Juana comentaron los pormenores de la ceremonia. Juana dijo que ya entendía por qué los conventos y monasterios recibían tan calurosamente a miembros de las familias reales.

–Naturalmente, el dinero de los recién llegados va a parar al convento –dijo Leonor.

–No siempre –replicó Juana–. Nuestra abuela se ha asegurado bien de que nadie toque su dinero.

Se sonrieron. Aunque ambas querían mucho a su

abuela, no les importó que cambiara de residencia. Siempre habían temido que se interfiriera en los asuntos directamente relacionados con su futuro.

–¡Qué triste debe ser ser tan vieja! –exclamó Juana–. Siempre habla del pasado. Además, muchos de sus seres queridos están muertos, incluso algunos que deberían haberla sobrevivido.

–Creo que nunca se repondrá de la muerte de sus hijas. Fue tan extraño que Beatriz muriera al poco de fallecer Margarita.

–Creo que su preferida era Margarita. No ha olvidado el hambre que le hicieron pasar los escoceses mientras la tuvieron secuestrada en Edimburgo. Leonor, ¿crees que nos casaremos algún día? Ya somos mayores.

–En su día decidimos que no queríamos marcharnos. Ni yo quise irme a Aragón ni tú a Alemania.

–Ya lo sé. Pero ahora las cosas han cambiado; está Eduardo. Creo que deberíamos casarnos. Me gustaría hacerlo con algún inglés, ¿y a ti?

Leonor sonrió.

–Creo que es precisamente lo que quiere nuestro padre.

–Entonces, ahora que no está la abuela, podrá decidir él solo nuestros matrimonios –dijo Juana.

–No creo que sea justo lo que acabas de decir. Nuestro padre siempre ha tomado sus propias decisiones.

–Pero admite que nunca ha dejado de tener en cuenta la opinión de la abuela. Y si no, piensa en María. ¿Crees que nuestro padre quería que entrara en el convento?

–Creo que no le ha importado demasiado, pues supongo que pensó que así ella intercedería por él ante Dios. Aunque si María se hubiese opuesto, él no lo habría permitido.

–Hermana, ya tienes veintidós años, así que si tienes la intención de casarte, no puedes perder más tiempo.

–Y tú ya tienes catorce.

–Eso no es nada comparado con tu edad –contestó Juana.

Leonor suspiró ante la evidencia.

–El caballero de Aragón todavía está soltero. Quizá puedan reanudarse las negociaciones.

–No quiero ir a Aragón –dijo Leonor.

–Pero eso no lo decides tú, sino nuestro padre.

–Él decidió que me quedara, y aquí estoy.

–Creí que había sido Dios quien te había permitido quedarte, o ¿ya no te acuerdas de las vísperas sicilianas?

–Nuestro padre hizo lo que creyó más oportuno.

–Te quiere mucho. Eres su hija predilecta y siempre lo serás. Pero, por desgracia, en este mundo un hombre es un hombre, y por lo tanto nuestro hermano es más importante que nosotras.

–Sin embargo, nuestra abuela quería mucho a sus hijas, igual que nuestro padre a nosotras –contestó Leonor.

–Tienes razón, pero es lo que yo llamo amor privado. De todas maneras, me gusta pensar que una mujer puede igualarse en muchas cuestiones a un hombre.

–Sí, una mujer reina, reina por derecho, y no reina consorte.

Curiosamente, poco después de que las dos hermanas mantuvieran esta conversación, ocurrió algo que tuvo grandes repercusiones para la Corona inglesa.

Se trataba de la sucesión al trono escocés. La reina madre siempre agradeció a Dios que su hija Margarita se hubiese ahorrado el sufrimiento de ver morir a sus dos hijos, David y Alejandro. El primero murió con sólo once años; el segundo, el primogénito, había muerto recientemente, poco después de su boda con la hija del conde de Flandes. La única superviviente, y por tanto la heredera al trono, era Margarita, la niña que había nacido en Inglaterra y por quien la reina madre sentía una predilección especial. Era una mujer muy bella –tanto como su madre, según decía orgullosa la reina madre– e inteligente. El rey Eric de Noruega la pidió en matrimonio, y al principio Margarita rogó a su padre que no la obligara a ir a Noruega.

Pero por aquel entonces, en Escocia mandaba más la política exterior que el propio rey. Desde siempre Escocia y Noruega se habían disputado la soberanía de las islas occidentales, por consiguiente, el rey estimó que esa boda limaría las diferencias. Margarita tuvo que olvidarse de sus prejuicios, y se casó finalmente con Eric. El matrimonio funcionó mejor de lo esperado, gracias al carácter abierto y afable de Margarita. De esa unión nació una hija, Margarita, más conocida como la Doncella de Noruega.

Alejandro estuvo viudo durante nueve años. Amaba tanto a su difunta esposa, que no quiso que nadie la reemplazara. Pero, cuando murieron sus dos hijos, fue políticamente necesario que volviera a casarse. Finalmente contrajo matrimonio con Yolanda, hija del conde de Dreux.

El banquete de bodas fue amenizado con una mascarada. Algunos invitados comentaron que entre los actores había uno que se parecía mucho a Alejandro. Al cabo de un tiempo, se dijo que dicho actor era el ángel de la muerte que había ido a llevarse a Alejandro.

Éste parecía tener mala suerte. Aproximadamente un año después de su boda, cuando todavía no había indicios de que la reina estuviera encinta, decidió organizar un banquete en el castillo de Edimburgo. Por entonces se decía que se aproximaba el fin del mundo, y precisamente la hecatombe se fechaba para la noche del banquete. El rey y sus invitados restaron importancia al tema, e incluso decidieron que, si efectivamente el mundo se iba a acabar, lo mejor sería hartarse de comer y beber para llegar bien alegres ante el Creador.

Por una extraña coincidencia, se desató una violenta tormenta y la noche se hizo más oscura que de costumbre.

La reina Yolanda, que no había asistido al banquete, se quedó en el castillo de Kinghorn, donde Alejandro le prometió que se reuniría con ella.

Los invitados protestaron cuando el rey se despidió de ellos, aconsejándole que no viajara con aquella tormenta.

–Se lo he prometido a la reina –replicó él–, y no quiero faltar a mi palabra. Si alguien tiene miedo de salir por la tormenta, que se quede.

–Señor, yo os acompañaré –dijo uno de los caballeros.

Alejandro partió de Edimburgo acompañado por algunos amigos leales. Llegaron a Inverkeithing sanos y salvos.

–Veis, hemos llegado hasta aquí y no nos ha sucedido nada malo –dijo el rey.

–Señor, la tormenta, en lugar de remitir, es cada vez más violenta –señaló uno de sus hombres–. Los caminos están inundados y los caballos no podrán continuar. Además, debéis tener en cuenta que el camino hasta Kinghorn es peligroso.

–Ya veo que tenéis miedo –replicó el rey–. Está bien, continuaré solo. Sólo os pido que me acompañéis dos de vosotros.

–Pero, señor, no seáis insensato –le advirtió uno de sus mejores amigos–. El camino hasta Kinghorn es muy peligroso. Seguro que la reina habrá imaginado que no saldríais con este tiempo, pues sabe que pasar cerca del precipicio que se encuentra en el camino es peligroso incluso con buen tiempo.

–Basta –concluyó el rey, enojado. Algunos se preguntaron después si no habría querido desafiar deliberadamente a la muerte–. Estoy decidido a continuar.

El camino pasaba por la cima de una montaña, a

cuyos pies se hallaba la bahía de Pettycur. En medio de la oscuridad y la lluvia torrencial, el caballo del rey resbaló y se despeñó junto a su jinete.

Tras su muerte, se dijo que había decidido morir para reunirse con su primera esposa, Margarita. Asimismo nació la leyenda de que se le había aparecido por segunda vez el ángel de la muerte, para llevárselo definitivamente.

El rey de Inglaterra se mostró escéptico con respecto a lo del ángel de la muerte. La hija de Margarita se convirtió en la nueva reina de Escocia, y Eduardo creyó que había llegado el tan ansiado momento de unir los dos países bajo la misma Corona, sin tener que recurrir a las armas, como había sucedido con Gales.

A Eric de Noruega le satisfizo la idea de que su hija se casara con el heredero de Inglaterra. La reina comunicó al joven Eduardo que pronto tendría una esposa.

El muchacho no pareció estar muy entusiasmado con la idea, pero cuando se enteró de que la boda no se celebraría de inmediato, decidió no preocuparse más por ello.

–Parece que la suerte me acompaña –comentó el rey a su esposa–. Gales ya está bajo mi poder, y si Eduardo se convierte en el rey de Escocia, los dos reinos podrán unirse bajo la misma Corona. Cuando los tres reinos estén unidos, te aseguro que viviremos más apaciblemente.

–Ya lo sé. Creo, Eduardo, que la gente te lo agradecerá. Espero que reconozcan lo mucho que has hecho por ellos.

–Aplauden mis actos cuando todo va bien –respondió él–. Pero si las cosas no funcionaran, seguro que me culparían por ello. Se necesita una buena dosis de suerte para reinar.

–Lo que a simple vista parece buena suerte es siempre fruto de la sensatez –contestó la reina.

–Mi querida Leonor, si tuviera tanta suerte con Escocia como con Gales, si lograra hacer de esta isla una nación, se realizaría el sueño por el que tanto luchó el Conquistador.

–Lo conseguirás, Eduardo, estoy segura –dijo ella.

Todo apuntaba a que, ciertamente, lo conseguiría. Se sintió rabiosamente feliz el día que se entrevistó con algunos caballeros escoceses que manifestaron su apoyo a la boda entre la heredera de Escocia y el heredero de Inglaterra.

–Todavía son muy jóvenes –había dicho el rey a la reina–, pero no esperaremos mucho. Traeremos a la niña aquí, para que se eduque en nuestras costumbres. Así, querida, conocerá a Eduardo antes de que se case con él.

Todo parecía tan bien atado, que Eduardo decidió emprender un viaje por el Continente que había aplazado en varias ocasiones, pues tenía algunos asuntos por resolver allí. Entre otras cosas, debía visitar Aquitania, porque hacía mucho que no iba. Se había llevado una enorme decepción cuando supo que la hijastra de su hermano Edmundo se había casado con el rey de Francia, pues había creído que el matrimonio de Edmundo con la condesa de la Campania serviría para anexionar ésta a Inglaterra. Pero el rey Felipe de Francia era demasiado avispado para permitirlo, y había ofrecido a su primogénito a la heredera de la Campania. Con ese matrimonio, se aseguraba que el rico territorio de la Campania pasaba a formar parte de la Corona de Francia.

Eduardo seguía preocupado por resolver el futuro de sus hijas. Pensó aprovechar el viaje al Continente para reanudar las negociaciones con el rey de Aragón de la boda de Leonor. No obstante, le disgustaba marcharse porque eso significaba separarse de sus hijos, pero se consoló pensando que al menos le acompañaría su esposa.

Antes de partir, Eduardo visitó a su madre en Amesbury. La encontró malhumorada. Ella le explicó que no se encontraba muy bien, que últimamente se sentía inquieta porque la vida monacal no la complacía en absoluto, ya que lo único que hacía era pasar las horas tumbada en la cama pensando en su glorioso pasado.

Cuando Eduardo le dijo que se iba a Francia, ella recordó el viaje que hizo allí con su marido y también la vez que tuvo que ir sola huyendo de los que habían capturado a su amado Enrique.

–También tú fuiste su prisionero, no lo olvides.

Eduardo le aseguró que no lo había olvidado, y que recordaba muy bien cómo ella sola había logrado organizar un ejército para liberarlos.

–Pero tú ya habías escapado y te disponías a rescatar a tu padre.

–En cualquier caso, lo que hiciste tuvo mucho mérito. Eres una mujer excepcional, madre –contestó Eduardo.

La reina madre se sintió complacida.

–¡Qué días aquéllos! Aunque trágicos, tuvieron algo de gloriosos.

–No quiero más tragedias –señaló Eduardo.

–Tu padre fue un santo.

Eduardo no estaba de acuerdo con esto último, pero prefirió guardar silencio.

–Tengo que decirte algo –dijo la reina madre–. Hace unos días vino a visitarme un hombre que me contó que era ciego y que un día, mientras rezaba sobre la tumba de tu padre, recobró la vista. Eduardo, tu padre fue un santo, y ese hombre es la prueba. Creo que deberíamos construir una iglesia o un monasterio en su honor.

–Madre, eso es una tontería.

–¡Una tontería! ¿Qué quieres decir? Te digo que ese hombre me dijo: «Yo era ciego y ahora veo. ¡Que Dios tenga en su seno a san Enrique!»

–Te engañó, madre. Seguramente quería una recompensa. Estoy seguro de que pensó que le harías encargado del mantenimiento de algún santuario, y así él podría quedarse con el dinero depositado por los fieles.

–Me sorprendes, hijo. Te digo que tu padre fue un santo. ¿Acaso no ha habido gente que se ha curado en la tumba de Tomás Becket?

–Mi padre no era Becket, madre.

–Me decepcionas. Sí, tú... su hijo.

–Precisamente porque soy su hijo sé que no son más que mentiras. Nosotros le queríamos. Era muy bueno con la familia, pero no era un santo. Ese hombre te ha engañado.

–No sólo estás negando la bondad de tu padre, sino que me estás insultando. Vete, por favor. Me pregunto por qué te habrás molestado en venir... si mi opinión te interesa tan poco.

–Pero mamá...

–Por favor, vete –ordenó la reina madre.

Eduardo se encogió de hombros, hizo una reverencia y salió. En ese momento se cruzó con el superior de los dominicos, a quien ya conocía y consideraba una persona de gran sensatez.

–¿Sabéis algo sobre un hombre ciego que recuperó la vista mientras rezaba sobre la tumba de mi padre? –preguntó el rey.

El dominico asintió con la cabeza.

–Creo que ese hombre es un sinvergüenza y que no se ha producido milagro alguno. Conocí demasiado bien a mi padre, y sé que antes de curar a ese canalla le habría arrancado él mismo los ojos.

El dominico estuvo de acuerdo con el rey.

–Ese hombre trata de aprovecharse de la piedad de la reina madre –respondió el sacerdote.

No obstante, Eduardo no quiso abandonar el país sin hacer antes las paces con su madre. Volvió a visitarla antes de irse.

–Querida madre, sentí mucho irme tan bruscamente el otro día.

–No quiero que estemos enfadados, hijo. No lo soportaría –dijo la reina madre abrazándolo–. Estuve pensando en ti toda la noche. ¡Mi pequeño rubito! Tu padre y yo estábamos orgullosos de ti. Incluso los odiosos londinenses y los judíos nos quisieron un poco cuando tú naciste.

–No me gusta estar enfadado con ningún miembro de la familia.

–Querido Eduardo, ya soy vieja y sé que nadie me escucha. ¡Cuando tu padre vivía todo era tan distinto!

–La vida cambia, madre.

–Pero perdí a Enrique, y luego a tus queridas hermanas... Soy una anciana que ya no cuenta para nada.

–Siempre serás importante, madre.

–¿Lo seré para ti, Eduardo?

–Naturalmente –contestó él.

Eduardo le explicó los planes que tenía para sus hijas y lo que esperaba conseguir en Francia. Tuvo que interrumpirla cuando ella se enzarzó a hablar de las historias del pasado, pues ya las había oído en infinidad de ocasiones.

Eduardo partió feliz tras haberse reconciliado con su madre. El amor que les unía era demasiado fuerte para romperse porque él fuera un hombre independiente y con criterio propio, y ella un vieja egoísta que se resistía a creer que no siempre tenía razón.

Cuando se despidieron, ninguno de los dos sabía cuánto tiempo estarían separados, ni si volverían a verse.

Dado que los reyes estaban ausentes y la reina madre en el convento de Amesbury, la princesa Leonor se convirtió en la cabeza de familia. Por entonces tenía veinticuatro años, por lo que había alcanzado la madurez. La diferencia de edad con el resto de sus hermanos era bastante grande: la seguía Juana con dieciséis, Margarita con trece, María con diez, Isabel con seis y Eduardo con cuatro.

Este último estaba bajo la tutela de su niñera María de Caernarvon, por eso la princesa Leonor se ocupó más del resto de sus hermanos. Eduardo era un niño mimado que se creía el centro del mundo. A Leonor la irritaba que toda la corte estuviera tan pendiente de él por el simple hecho de ser un varón. En el fondo, le guardaba rencor porque le había frustrado sus planes para el futuro. Era un niño precioso, rubio y muy alto para su edad; en eso se parecía mucho a su padre. Era despabilado, aunque para tener tan sólo cuatro años se mostraba ya un poco indolente. Leonor se preguntó cómo había sido su padre a la edad de Eduardo. Pensó que hablaría de ello con su abuela cuando tuviera la oportunidad, aunque sabía que la reina madre exageraba todas las historias referentes al pasado.

Elena de Gorges, su institutriz durante mucho tiempo y que todavía vivía en palacio, fue la encargada de ocuparse de los niños durante la ausencia de los reyes. Leonor se sentía satisfecha porque su padre, aun después de que naciera Eduardo, había mantenido sus privilegios y seguía adorándola como siempre.

Naturalmente, era extraño que la hija de un rey, con veinticuatro años, todavía no estuviera casada. Leonor llegó a pensar que se quedaría soltera. No obstante, sabía que su padre se entrevistaría con Alfonso de Aragón y tal vez llegarían a un acuerdo.

Pero ella quería quedarse en Inglaterra y sabía que su padre también lo deseaba.

–Tengo que ver al rey de Aragón –le había dicho el rey antes de partir–. Pero puede ser que no haya trato. Hija, sería muy duro para mí tener que separarme de ti.

Leonor lo abrazó y Eduardo le confesó que tenerla como hija era toda una bendición.

El rey no designó a Leonor como regente de Inglaterra mientras estuvo ausente, pues, de haberlo hecho, se hubieran levantado protestas en algunos sectores de la sociedad. Por esa razón, el rey decidió nombrar regente a su sobrino Edmundo, conde de Cornualles, hijo de su tío Ricardo. Leonor adoraba a su primo Edmundo porque la respetaba mucho y tenía en consideración lo que ella representaba.

Juana a menudo se burlaba de su hermana mayor, por lo que ésta se arrepintió de haberse sincerado con ella. A Juana le encantaba que le hicieran confidencias, para luego burlarse de ellas. Tenía un carácter muy distinto al de Leonor o Margarita. Leonor lo atribuía al hecho de haber nacido en otro país. De hecho, la gente aún la llamaba Juana de Acre.

Era muy extravagante. Malgastaba el dinero que le daba Egis de Audenarde, el hombre designado por el rey para administrar el dinero de las princesas, con órdenes expresas sobre cuánto debía asignarles a cada una. Juana a menudo se irritaba con él porque la reprendía, aunque de poco le servían al pobre hombre sus admoniciones, pues cuanto mayor se hacía ella, más terca se volvía.

Margarita era todo lo contrario. Una vez, mientras estaban rezando en la capilla dedicada al confesor en Westminster, Leonor se percató de que Margarita depositaba disimuladamente dos chelines más que ellas. Cuando se lo comentó, su hermana se ruborizó y se excusó diciendo que lo había hecho porque su abuelo admiraba mucho al confesor.

–No conociste al abuelo –dijo Juana con tono hiriente, pues a ella jamás se le habría ocurrido hacer algo así. Más bien habría procurado guardarse los chelines para gastárselos en algún capricho.

–Pero nuestra abuela siempre habla de él, y tengo la sensación de conocerlo bien –señaló Margarita.

–La gente siempre se convierte en santa cuando muere. Dudo que el confesor fuera tan bueno como dicen –contestó Juana, que podía ser muy irreverente. Fue una suerte que no la escogieran a ella para entrar en el convento–. Creo que era un viejo muy pesado. –Bajó la voz y añadió–: Sabéis, nunca consumó su matrimonio, era demasiado puro. No me gustaría tener un marido así.

–¿Y tú qué sabes de maridos? –preguntó Leonor.

–Lo mismo que tú, hermana, pues ninguna de las dos estamos casadas. Aunque creo que ya eres tan vieja que nunca encontrarás marido.

Margarita se interpuso entre ambas:

–Juana, recuerda que estábamos muy afligidas cuando creímos que la enviarían a Aragón.

Leonor cambió de tema y les dijo que se iba a su ropero para decidir qué vestidos se pondría para la peregrinación.

–Preferiría quedarme en la corte –dijo Juana–. Estoy harta de visitar capillas, santuarios e iglesias.

–Nuestros padres y nuestra abuela así lo desean –le recordó Leonor.

–Casi preferiría ser María –replicó Juana–. ¡Bueno, no! –exclamó mientras cruzaba los dedos–. No quise decir eso. Pobre María, ¡qué pena que la obligaran a meterse monja!

–Fue por decisión propia –le recordó Margarita.

–¿De veras? ¿Qué saben los bebés de conventos? ¿Cómo puedes renunciar al mundo si todavía no sabes lo que hay en él? Os juro que a mí no me habrían obligado.

–No hace falta que lo jures, Juana –dijo Leonor–, te creemos.

Se echaron a reír, y entonces Juana les contó cómo sería su banquete de bodas: habría una mascarada y se celebrarían torneos.

–Pero no puede haber boda sin novio –dijo Margarita–. El tuyo está muerto.

–¡Pobre Hartman, murió ahogado! Nosotras rezamos para que le ocurriera algo malo, ¿no es así, Leonor?

–¡Qué tonterías dices! –respondió Leonor. Y añadió cambiando de tema–: Llamaré a Perrot para que arregle estas prendas. Tengo muchos vestidos que hay que remendar.

–Necesitamos vestidos nuevos –se quejó Juana.

Leonor no hizo caso a su hermana y mandó llamar a Perrot, el sastre. Estuvieron discutiendo cómo arreglar los vestidos y, finalmente, se pusieron de acuerdo sobre cuáles podían aprovecharse y cuáles no.

Perrot tenía orden de arreglar todos los vestidos que pudieran seguir usándose, pues Egis de Audenarde le había dicho que Juana estaba gastando en ropa más dinero del autorizado.

Examinó las túnicas y las fajas, las capas de piel y contó cuántos botones y cuánto oro harían falta.

Sugirió con cierta timidez que habría que remendar la capa de Juana y que ya buscaría algún trozo de piel para reemplazar la que estaba rasgada.

–No quiero lucir una capa remendada –exclamó Juana–. La gente dirá que las hijas del rey van vestidas como pordioseras.

–Os aseguro, princesa, que, cuando esté remendada, no se notará la diferencia.

–Tal vez vos no, pero yo sí. Quiero una nueva, porque no permitiré que la gente me vea con ese trapo.

–Creo que el dinero asignado no me llegará para comprar otra nueva.

–No permitiré que la remendéis.

–Pero Juana –dijo Leonor–, si Perrot no te la remienda, tendrás que ir sin capa.

–Compraré otra.

–Pero ya has oído…

–No dejaré que un sastre me dé órdenes –exclamó Juana muy enfadada.

–No deseo daros órdenes. Sólo he dicho que no creo que haya dinero para otra capa.

–¡Odio hablar de dinero! Aprovecháis la ausencia del rey para imponer vuestros criterios.

Perrot, muy afligido, casi se echó a llorar.

–Perrot, he terminado con vos –dijo Juana súbitamente–. No quiero discutir más sobre este tema. Tendré lo que quiera. –Se dio media vuelta y salió de la habitación. Perrot quedó absolutamente aturdido.

Leonor trató de tranquilizarlo.

–La princesa Juana acabará por entender que no podéis gastar un dinero que no tenéis –dijo Leonor tratando de tranquilizar al sastre–. Por favor, maestro Perrot, no os apuréis, yo misma contaré al rey que no tuvisteis la culpa de nada. Y ahora, veamos qué se puede hacer con mis vestidos. Os prometo que no pediré nada que sobrepase el presupuesto.

Perrot tuvo que agradecer a Dios que tanto Leonor como Margarita le trataran con más sensatez y amabilidad. De todos modos, sabía de antemano, por lo que había oído de los demás criados, que la princesa Juana podía llegar a amargar la vida a cualquiera.

Cuando Perrot se marchó, Leonor dijo a Margarita:

–No te apures, olvida lo sucedido. Ya conoces a Juana, más tarde o más temprano se le pasará la rabieta. Seguro que irá corriendo a disculparse.

–Espero que así sea –comentó Margarita–. El pobre Perrot se ha quedado muy afligido.

Cuando se le hubo pasado el enfado, Juana no fue a disculparse ante Perrot. Estaba decidida a conseguir lo que quería, y por ello convocó a algunos mercaderes y compró todo cuanto se le antojó. En su armario se vieron vestidos más elegantes que los de sus hermanas. Un día Leonor le hizo notar que estaba acumulando demasiadas deudas, a lo cual Juana respondió:

–Ya hablaré de esto con el rey cuando regrese. Estará

tan encantado de volver a estar junto a su familia, que me lo perdonará –concluyó maliciosamente.

Leonor pensó que probablemente tenía razón, aunque pensó que ella jamás actuaría como su hermana.

En diciembre las tres princesas partieron hacia Glastonbury, un viaje organizado por sus padres antes de marcharse al Continente. Al rey le pareció una buena idea que sus hijas demostraran al pueblo que eran muy devotas y piadosas, sobre todo porque cuando regresara de su viaje tendría que pedir dinero a sus vasallos para poder seguir manteniendo a las princesas solteras.

Glastonbury era la abadía más importante del país, pues guardaba las reliquias del rey Arturo. Con esa peregrinación, Eduardo quiso recordar a la gente que el rey Arturo no pertenecía únicamente a Gales, sino también a Inglaterra. De hecho, no había olvidado lo mucho que se habló de ese legendario rey mientras duró la guerra contra Llewellyn.

Como el viaje se llevó a cabo en pleno invierno, la peregrinación se convirtió en un evento encomiable, pues no era ningún lujo viajar por caminos llenos de charcos, barro y, en el peor de los casos, nieve o hielo.

Viajaron en carro acompañadas de un séquito de caballeros, algunas damas y varios sirvientes.

Por donde pasaban, la gente salía a recibirlas calurosamente. Era evidente que Eduardo y Leonor eran más populares que sus predecesores.

Durante el recorrido, visitaron varias abadías, y en todas ellas se las recibió con grandes honores, pues los abades sabían que esa visita traía consigo una sustanciosa ofrenda para la comunidad.

Cuando hubieron presentado sus respetos a las reliquias de Glastonbury, iniciaron el camino de regreso visitando en primer lugar la abadía de Cerne, en el condado de Dorset, donde rindieron homenaje a los restos de san Ethelwood. Pasaron las Navidades en Exeter y no fue hasta principios de febrero que regresaron a Westminster.

Poco después Juana tuvo una violenta discusión con Egis de Audenarde. Éste le comunicó que no le avanzaría más dinero hasta que no hubiese saldado la deuda que tenía contraída. En ocasiones como ésta, Juana perdía el dominio de sí misma. No podía soportar que un subordinado de su padre le diera órdenes.

–Gastaré lo que me dé la gana –protestó.

–Pues no será del dinero del rey, princesa.

–Creo que olvidáis con quién estáis hablando –exclamó ella.

–Pues yo creo que vos olvidáis que yo soy el administrador del dinero del rey, y que por tanto debo obedecer sus órdenes.

–Idos. No quiero veros –ordenó–. No quiero seguir hablando con vos. A partir de ahora, no seréis vos quien se ocupe de mis finanzas.

De Audenarde se inclinó y le advirtió:

–Haced lo que queráis, pero seréis vos quien responda ante vuestro padre, el rey.

Juana, todavía furiosa, fue a buscar a sus hermanas para contarles lo sucedido.

–Egis de Audenarde tiene razón –dijo Leonor–. Él no puede gastar el dinero de nuestro padre.

–Eso son bobadas. ¿Cómo vamos a vestirnos sin gastar dinero?

–Tenemos suficientes vestidos. Perrot puede hacer los arreglos necesarios.

–No quiero vestirme con remiendos. Si quiero ropas nuevas, las tendré.

–Haz lo que quieras –dijo Leonor encogiéndose de hombros–, pero tendrás que responder de ello ante nuestro padre.

Juana le dijo que lo haría con mucho gusto. Después de esto, se compró cuantos caprichos se le antojaron, para demostrar a todos que poco le importaba lo que dijera su padre.

Las princesas estaban sentadas bordando en una de las salas de Windsor, la más luminosa, desde cuya ventana se divisaba el bosque.

Juana se encontraba de buen humor. Curiosamente, le gustaba mucho bordar. A menudo comentaba que la tranquilizaba, y que escogía los colores según fuera su estado de ánimo, por lo que sus damas de compañía la evitaban cuando bordaba con hilos oscuros. La señora Edeline le había enseñado ese arte cuando vivían en Castilla, pues los españoles eran grandes expertos y realizaban trabajos dignos de ser expuestos en las paredes.

Juana se había gastado una buena suma de dinero en sedas, y se las mostró a sus hermanas.

–Pero si ya tenías muchas –dijo Leonor.

–Sí, pero necesitaba más –replicó Juana.

Estaba trabajando con seda azul, lo que significaba que estaba de buen humor. Leonor se encogió de hombros. No quería preocuparse por su hermana, pues sería ella quien debería responder de sus actos ante su padre.

–Mirad el vestido de esta señora, ¿no os parece que es de un color celestial? Le pondré un poco de dorado y aún parecerá más espléndido.

–Parece que se vaya a casar –dijo Margarita.

–Últimamente he estado pensando en bodas. ¿Cuándo crees que regresarán los reyes, Leonor?

–No pueden tardar mucho. Hace ya casi dos años que se fueron.

–Estoy segura de que hablan de nosotras –dijo Juana sonriendo–. Bodas. Apuesto lo que quieras a que habrá bodas cuando regresen. Un marido para mí, y otro para ti. ¡Margarita, pronto te abandonaremos!

–Por favor, no digas eso –contestó la princesa.

–¿Nos echarás de menos? –preguntó Juana–. Dime, ¿echarás de menos mis bromas?

–Sí, mucho –respondió Margarita.

–Me quieres a pesar de que soy mala –dijo Juana–. Sí, me quieres. La gente no siempre quiere a los buenos, ¿verdad? Me parece muy injusto. Estoy dispuesta a hacer siempre mi voluntad, y os diré una cosa: si no me gusta el marido que hayan escogido para mí, no me casaré con él.

–Tendrás que hacerlo –señaló Leonor.

–¡No y no! No permitiré que me mande...

–¿El rey? –añadió Leonor.

–El matrimonio es algo muy importante –insistió Juana–. ¿No te parece extraño que, de nosotras, sólo Margarita esté desposada? Aún no tiene ni quince años. ¿Qué te parece tu duque, Margarita?

–Es el marido que nuestro padre ha escogido para mí, así que estoy segura de que será un buen hombre.

–¡Qué sumisa eres! Me pregunto si seguirás siéndolo cuando estés casada. Leonor, ¿qué opinas del duque de Brabante?

Creo que es muy guapo –contestó Leonor.

–Pues yo opino que le interesan más sus caballos y halcones que su prometida.

–Margarita era sólo una niña cuando él estuvo aquí. ¿Cómo podía interesarse por ella?

Margarita se sintió un poco inquieta. El duque de Brabante era su prometido, pero como las bodas de sus hermanas no se habían celebrado, temió que a ella le ocurriera lo mismo.

Trató de recordar cuando Juan de Brabante había ido a visitarlos. Era un muchacho muy abierto y vivaz, que continuamente alardeaba de sus caballos, y que había mostrado poco interés por ella.

–Tardaré mucho en casarme –dijo Margarita.

–Depende –la tranquilizó Leonor–. Estoy convencida de que nuestro padre considera que todavía eres demasiado joven.

–He oído que el duque de Brabante es un joven muy lozano y que ya tiene varias amantes –añadió Juana.

–No hay que hacer caso de los rumores –puntualizó Leonor.

Leonor se alegró de que las interrumpieran, pues se percató de que a Margarita le habían inquietado los comentarios de su hermana.

Un mensajero les trajo unas cartas y varios paquetes llegados del Continente.

–¡Son noticias del rey! –exclamó Leonor.

Margarita y Juana dejaron lo que estaban haciendo y corrieron hacia el mensajero.

–Debe ser que regresan pronto –dijo Juana–. Me pregunto cuándo llegarán.

La carta iba dirigida a Leonor. Tras algunas frases muy emotivas, el rey le comunicaba que pronto emprenderían el viaje de regreso. Seguía diciendo que los regalos eran una muestra del cariño que sentía por ellas, con la que deseaba demostrarles que no las había olvidado.

Las princesas, nerviosas, abrieron los paquetes entre exclamaciones. Las tres fueron obsequiadas con joyas y sedas.

Pero el mejor regalo fue para Leonor: una copa de oro y una diadema de esmeraldas, zafiros, rubíes y perlas. Las tres quedaron en silencio al verlos. Leonor se colocó la diadema en la cabeza con gesto solemne.

–Nunca había visto nada tan bonito –dijo Juana.

–Nuestro padre dice en la carta que se la dio el rey de Francia. Dice textualmente: «Atesórala. Quiero que la tengas tú, mi querida primogénita, para que nunca te olvides de mí.»

–Siempre has sido su preferida –dijo Juana.

Leonor no pudo negarlo.

–Pronto estarán de vuelta en casa –les anunció tranquilamente–. ¡Tengo tantas ganas de volver a verlos!

Más tarde, Leonor reprendió a Juana por haber hablado tan mal de Juan de Brabante delante de Margarita.

–¿No te diste cuenta de que la pobre estaba muy asustada?

–Creo que es conveniente que lo sepa. Toda la corte sabe que es un canalla. Pobre Margarita, no me gustaría estar en su lugar.

–Tal vez no se casen –contestó Leonor.

–Pero si lo hacen, debe saber que su esposo es un hombre promiscuo. Creo que es necesario advertirla.

Leonor no estaba segura de si era mejor saber o ignorar esa clase de cosas.

Las calles de Londres se llenaron de ciudadanos entusiastas que habían salido de sus casas para recibir al rey. Habían pasado dos años desde su marcha, y el pueblo se alegró de su regreso.

La reina había envejecido y parecía más débil, cosa que Eduardo no había advertido durante el viaje, porque la había visto cada día. Tampoco se percataron sus hijos debido a la emoción con que la recibieron.

El rey se reunió primero con sus ministros, a pesar de que prefería estar con su familia. Después, cuando estuvo con ellos, comprobó que sus hijas seguían tan encantadoras como siempre. Más tarde habló con la señora Edeline y con María de Caernarvon para asegurarse de que todo estaba en orden, y finalmente salió a dar un paseo con su hija preferida.

–Has estado en Aragón, ¿no es así? –preguntó ella.

–Sí, he visto a Alfonso –contestó el rey.

–¿Y bien?

–Leonor, querida, no sé cómo te sentirás si te digo que no ha habido trato.

Leonor se volvió hacia él y apoyó la cabeza en su brazo. El rey le besó los cabellos.

–Entonces, pequeña, ¿no estás triste?

–No habría soportado vivir en Aragón.

–Para serte sincero, hija, creo que no habrías sido feliz allí. No me fío mucho de Alfonso. Por más beneficiosa para Inglaterra que hubiera sido esa boda, no te habría entregado.

Continuaron paseando en silencio cogidos del brazo.

–Entonces ¿no voy a casarme?

–Por supuesto que sí, pero no en Aragón.

–¿Has pensado en alguien más?

–Todavía no, pero sí he pensado en las bodas de tus hermanas. Margarita debe casarse con Brabante. En cuanto a Juana, ya veremos. Por lo que respecta a ti, quiero tenerte un tiempo más a mi lado. No sabes cuánto te he echado de menos.

–Sí lo sé, yo también te he echado mucho de menos.

Caminaron un rato más en silencio, y el rey se preguntó si debía o no contarle los planes que tenía para Juana. Pero, finalmente, decidió no hacerlo, porque consideró que primero debía hablar con Juana. Supuso que tendría problemas con ella. Mientras caminaban, Eduardo se sintió feliz por no tener que separarse de momento de su hija predilecta.

Aunque estaba muy contenta por el regreso de sus padres, Juana se sintió muy inquieta pues sabía que Egis de Audenarde no tardaría mucho en contar al rey todo lo referente a las deudas que había contraído.

Juana ni siquiera había mirado las facturas, pero adivinó, sin embargo, que la cifra era astronómica.

Un día que encontró solo a su padre, decidió abordar el tema. Dedujo que era el mejor momento para hacerlo, pues todavía hacía poco que había regresado y se mostraba encantado de volver a estar con su familia.

Entró en la habitación y lo encontró sentado a la mesa, con los papeles de las cuentas delante. A Juana la invadió una oleada de terror pues su padre era muy severo en lo referente al dinero, y en más de una ocasión había reprendido a la reina madre por sus extravagancias.

Se arrodilló y enterró el rostro en el manto del rey.

–Hija –exclamó el rey–, ¿qué sucede?

–¡Padre, tengo que confesarte algo! –exclamó Juana.

Eduardo, sorprendido, pensó que su hija tendría algún amante. Juana era muy distinta a sus otras hijas; era mucho más rebelde, y por eso siempre temía lo peor.

–Explícate –ordenó.

–Prométeme que no vas a odiarme.

–Creo que es imposible que eso pueda ocurrir –dijo Eduardo sonriendo con indulgencia.

–Me he portado como una niña tonta.

–Eso sí puedo creerlo.

–Pues bien, padre, eran muy viejos. Estaba harta de llevarlos. Además habían sido remendados varias veces, y como hija tuya mi presencia debe ser impecable.

–¿De qué hablas, hija? –preguntó el rey, sin comprender.

–No me agrada Egis de Audenarde. Es demasiado arrogante y mandón. ¡Parecía suyo el dinero que nos daba!

El rey respiró aliviado. Sólo se trataba de una discusión entre su hija y De Audenarde; posiblemente porque ella habría derrochado el dinero que tenía asignado.

–Es mi administrador.

–Es un arrogante. Me reprendió… a mí. Sí, a mí, a tu hija…

–¿Por qué gastaste más dinero del que tenías asignado? –preguntó el rey.

Juana dejó escapar algunas lágrimas, mientras miraba fijamente a su padre.

–Ya me han contado lo mucho que has gastado, hija. Creo que se trata de una suma muy importante.

Juana guardó silencio.

–Habría sido mejor dejar que Egis se ocupara del dinero. Pero ahora ya no tiene remedio –concluyó el rey.

–Entonces ¿no estás enfadado? –suplicó Juana.

–Me resulta difícil enfadarme con alguien a quien quiero tanto. Lo que está hecho, hecho está. Te has gastado mucho dinero, como solían hacer tus abuelos. Te recuerdo que esa actitud no les fue nada beneficiosa. Tendrás que ir con más cuidado a partir de ahora.

–Por supuesto, padre. Haré lo que sea para que me perdones, cualquier cosa para demostrarte lo mucho que te quiero. Pídeme lo que quieras y obedeceré. Incluso que Egis de Audenarde vuelva a decidir lo que debo o no gastar en vestidos.

–¿Harás cualquier cosa? –preguntó el rey–. Pues estoy encantado de oírte decir esto, porque tengo un marido para ti y quiero que la boda se celebre dentro de muy pocos meses.

–¡Casarme! Pero ¿con quién?

–Eso es lo que quiero que entiendas. Este matrimonio es de la máxima importancia. Necesito que ese hombre esté de mi parte, pues posee una gran influencia en toda Inglaterra.

A Juana le palpitaba el corazón a toda velocidad. Su padre la había dejado tan atónita que no era capaz de razonar. Lo único que se le ocurrió pensar fue que si era el hombre más importante de Inglaterra, entonces ella se convertiría en la mujer más importante del país.

–¿Quién es? –preguntó pausadamente.

El rey dudó unos instantes como si estuviera retrasando el momento de pronunciar el nombre, y esto alarmó a Juana.

–Por favor, dímelo –suplicó.

–Es mucho mayor que tú, pero creo que alguien con tu carácter necesita un hombre de mayor edad a su lado. Está profundamente enamorado de ti.

–Por favor, padre, ¿quién es?

–El conde de Gloucester: Gilberto de Clare.

–¿Gloucester? Pero si es un anciano.

–Es cierto que tú eres mucho más joven que él, pero Gilberto todavía no ha llegado a los cincuenta.

–Pero está casado con Alicia de Angulema.

–Se ha divorciado de ella. Hacía mucho tiempo que quería hacerlo, porque su matrimonio no funcionaba. Te aseguro que está muy enamorado de ti. Dice que eres bellísima y admira tu carácter. Te admira tanto que nada le hará más feliz que saber que serás su esposa.

Juana estaba desconcertada. Se trataba del hombre más importante de Inglaterra, así que sopesó las ventajas y los inconvenientes: por un lado, y como razón más prioritaria, estaba el hecho de no tener que abandonar Inglaterra. Se comparó con Margarita, quien tendría que casarse con el canalla de Juan de Brabante e irse a vivir a una tierra extranjera a la que tal vez odiaría, y en la que quizá viviría como una prisionera. Por otro lado, Gloucester adoraba su juventud y era uno de los hombres más poderosos de Inglaterra.

El rey la observó atentamente.

–Esta boda tiene muchas ventajas –comentó–. Gloucester es muy influyente. Lo necesito a mi lado, Juana, porque los barones siempre han representado una seria amenaza para la Corona. Sabes bien que arruinaron a tu abuelo y estuvieron a punto de hacer lo mismo con el bisabuelo.

–Nunca se enfrentarán a ti, padre.

–Supongo que no, pero me gustaría tener al más poderoso de ellos unido a mí... por lazos familiares.

–¿Es posible que el conde de Gloucester se ponga en tu contra?

–Ya lo hizo una vez. Recuerda que luchó a favor de De Montfort. Aunque he de reconocer que me ayudó mucho en la causa contra Llewellyn.

–Veo que no confías plenamente en él. ¿Por eso quieres ofrecerle a una de tus hijas?

–Mi querida Juana, sé que se puede confiar en él cuando da su palabra de honor. Casarse contigo le convertirá en mi más leal amigo. Ya hace algún tiempo que está enamorado de ti. Te adorará tanto, que no tendrás la ocasión de ser infeliz. Para él siempre serás una jovencita.

–Y para mí él será un vejestorio.

–Es rico... El más rico de todo el reino. No le importará satisfacer todos tus deseos. Estás en edad de casarte. Comenzarán a hacerme reproches si todas mis hijas siguen solteras. Tiene unas fincas estupendas, una de ellas en Clerkenwell. Si te casas con Gloucester, querida, estarás cerca de nosotros, y podremos reunirnos cuando nos plazca.

–Me estás convenciendo.

–Soy muy feliz, Juana.

–Querido padre, has sido muy bueno conmigo al perdonarme mi ligereza con el dinero. No me lo tendrás en cuenta, ¿verdad?

–Sería una tontería por mi parte, sobre todo porque sé que estás dispuesta a complacerme.

Juana le dio un beso con gesto solemne y salió. Estaba deseando dar la noticia a Leonor.

Ya habían empezado los preparativos para la boda real que se celebraría el 30 de abril.

A Juana le encantaba ser la primera de las princesas que se casaba. No sentía aprensión alguna hacia su futuro matrimonio, pues viviría en Inglaterra, estaría cerca de su familia, y su prometido la adoraría por su juventud.

Juana comentó a Leonor que el matrimonio era una tarea muy ardua, sobre todo si uno de los cónyuges era ya mayor y le faltaba poco para morir. Después se corrigió añadiendo que cuando eso sucediera, ella no dudaría en casarse en segundas nupcias, y que si la primera vez le habían impuesto el marido, la segunda, sería ella quien lo escogería.

Esa declaración escandalizó a Leonor, pues pensó que cuando Juana volviera a casarse, ella aún tendría que descubrir los secretos del matrimonio.

Juana disfrutó esos días siendo el centro de atención. Adam, el orfebre real, le había diseñado un tocado con rubíes y esmeraldas. Además, le estaban confeccionando un magnífico manto. Pensó que su prometido no era tan horrible. Aunque viejo, era poderoso, y a Juana le gustaba pensar que hasta su padre lo temía. Estaba convencida de que lograría dominarlo, pues ya tenía algún indicio de ello. Le gustaba pensar que se casaba con un anciano sólo por un tiempo, y que cuando éste hubiese muerto, volvería a casarse, pero lo haría con alguien a quien ella hubiese escogido y a condición de que la experiencia matrimonial le hubiese satisfecho.

Animó a Margarita, a quien la idea de contraer matrimonio pronto no le hacía tanta ilusión. De hecho, no era de extrañar, pues Juan de Brabante no era ningún anciano, sino un joven bastante lujurioso. Juana no acertaba a adivinar qué haría con una muchachita de quince años, teniendo, si eran ciertos los rumores, amantes mucho más llamativas. Se apiadó de Margarita y se alegró de tener más suerte que ella.

Llegó el día de la boda. La ceremonia religiosa la ofició el capellán real en la abadía de Westminster, en la más estricta intimidad. Pero después dieron paso a los festejos. La gente aclamó a los recién casados a la salida de la iglesia, y hubo mucha animación, sobre todo después de beber el vino tinto que salía de las fuentes. A los londinenses les gustaba que el novio fuera del país, y a más de uno le complació la idea de que el barón más influyente del reino se uniera a la familia real.

Juana era muy atractiva. Algunos pensaban que la vitalidad de que gozaba la hacía incluso más bella que Leonor. El día de la boda estaba más radiante y espléndida que nunca, lo que sorprendió a más de uno; el primer sorprendido, curiosamente, fue su marido.

Juana tenía muchas ganas de ver las fincas del conde, y éste también estaba ansioso por mostrárselas, pero los reyes quisieron que se quedaran en la corte hasta el día de la boda de Margarita, prevista para julio.

–Sólo son dos meses –dijo la reina–. Tu padre y yo te queremos aquí.

–Un marido y su esposa deben estar solos después de casarse –comentó Juana en tono dulce y algo coqueta.

–Hija, ya tendrás tiempo para eso –contestó su madre.

La reina, que sabía lo mucho que su hija adoraba los caballos, le regaló cinco bellos corceles para su carruaje, con objeto de que se paseara por Londres y fuera admirada por cuantos ojos la contemplaran.

Pero Juana prefería hablar de las fincas de su marido. Ansiaba verlas. Decidió poner a prueba el amor que sentía el conde por ella: trató de hacerle contravenir las órdenes del rey.

Gilberto de Clare le dijo que, en cuanto la boda de Margarita se hubiese celebrado, se irían a donde ella quisiera.

–Pero quiero irme ahora mismo.

–¡Qué más querría yo!

–Entonces ¿por qué no nos vamos? –Le brillaron los

ojos–. Escapémonos... los dos juntos. Tenemos el derecho a estar solos.

Gilberto insistió en que no era prudente desobedecer las órdenes del rey.

Ese comentario de Gloucester la acabó de convencer de que quería llevar a cabo su plan. Le dijo, fingiendo tristeza, que creía que era a ella a quien quería satisfacer y no al rey.

Gilberto le respondió que, naturalmente, así era, pero añadió que había que tener en cuenta los deseos del rey.

–Mi padre me perdonará. Siempre lo hace.

Finalmente, consiguió convencerlo. Salieron al amanecer, antes de que la corte se despertara.

Para Juana aquello fue una gran aventura. Se sintió feliz cabalgando al lado de un marido tan encaprichado de ella, que incluso había osado desafiar al rey. De hecho, no era la primera vez que lo hacía; ésa era la razón por la que se había ganado a su princesa.

Juana se sintió fuerte, capaz de todo, y eso le gustaba.

El rey se enfureció cuando se enteró. Sabía que Juana lo había hecho para desafiarle, y que Gilberto había accedido por complacerla. En una explosión de cólera, Eduardo ordenó que se le confiscara el traje de novia, pues sabía lo mucho que Juana apreciaba sus vestidos y adornos.

En la plaza fuerte del castillo de su marido, en Tunbridge Wells, Juana castañeó los dedos. Estaba feliz porque tenía un marido rico y viejo que le concedería todo cuanto quería: sedas, terciopelos, brocados, joyas, caballos para su carruaje...

ÉXODO

Eduardo, después de su largo viaje por el Continente, se concentró en los asuntos de estado. Casada ya Juana con el principal barón del reino, era momento de pensar en la anexión de Escocia, tal y como había planeado antes de irse, es decir, casando a su heredero con la pequeña reina de Escocia, que todavía vivía con su padre en Noruega. También estaba preocupado con un tema que atañía a sus súbditos judíos.

Después de la conquista normanda, Inglaterra se convirtió en un país próspero, y fue esa prosperidad la que atrajo a numerosos judíos, que se instalaron por todo el territorio. Se especializaron en la banca y la usura, y como eran muy astutos y despabilados, pronto acumularon grandes fortunas. Los ingleses les recriminaban el hecho de ser paganos, pero en realidad envidiaban su dinero. Los mercaderes y habitantes de las ciudades querían que se les echara del país. Circularon historias inverosímiles sobre los judíos. No era difícil fomentar el odio contra ellos y provocar motines populares con objeto de saquear sus casas y robarles todas las pertenencias. Se dijo que los judíos raptaban a niños cristianos para crucificarlos como a Cristo.

Así empiezan todos los motines. Los ciudadanos pidieron al rey que los expulsara del país, pero como buena parte del dinero que recibía el monarca provenía de las arcas judías, Eduardo desoyó tal petición. Para Enrique III, los judíos fueron una fuente de ingresos. Su devoción por el dinero y la necesidad de satisfacer las exigencias de su esposa le llevaron a no tomar medidas contra ellos. En cambio Eduardo estaba totalmente en contra de sus métodos mercantiles, pues prestaban dinero a cambio de un interés altísimo que les garantizaba una renta muy provechosa. Eduardo, gran defensor del cristianismo, recelaba de cuantos no pertenecieran a su religión. Él mismo había sufrido en su propia carne la usura de los judíos, pues tenía que devolverles una cantidad mayor de la que inicialmente había pedido prestada.

Las leyes contra los judíos dictadas en esa época fueron tan severas que muchos tuvieron que cerrar su negocio. Pero como no se rendían fácilmente, no tardaron mucho en encontrar otros medios para ganar dinero: uno de ellos era «cercenar la moneda». Consistía en cercenar muy sutilmente el oro y la plata de las monedas, para luego venderlos. Esta actividad constituía un delito que se castigaba con la horca. El estado sacaba un buen provecho de esta actividad ilegal, pues confiscaba todos los bienes del reo.

Eduardo estaba muy preocupado por los problemas que tenía con la comunidad judía. Sabía que los ingleses le aplaudirían si los expulsaba del país, pero no podía dejar de pensar en el dinero que con ello perderían las arcas estatales. Por entonces volvieron a circular rumores sobre las atrocidades que cometían los judíos, y Eduardo no estaba dispuesto a permitir motines populares en la capital, así que consideró seriamente la posibilidad de expulsarlos del país.

Fue a visitar a su madre a Amesbury. La reina madre lo recibió con entusiasmo. Eduardo quedó muy conmocionado porque su estado de salud era muy precario, aunque se tranquilizó al comprobar que todavía mantenía sus facultades mentales. Su madre le pidió que le contara los detalles de su reciente viaje al extranjero y luego le expresó su alegría por la boda de Juana.

–Espero que tenga a Gloucester a raya –dijo sonriendo, pues aunque su preferida era Leonor, admiraba mucho a Juana–. Y ahora le toca a Margarita –continuó–. Es una lástima que sea tan joven. He oído que Brabante es un poco libertino.

–Espero que se corrija en su matrimonio.

–Ojalá sea así.

La reina madre estaba triste. Odiaba vivir alejada de la corte. Nada la hubiera hecho más feliz que el que regresaran los días en que ella había sido el centro de atención de la familia. Ansiaba volver a ser joven y que todo girara de nuevo alrededor de ella.

–Me han llegado rumores de que los judíos cometen de nuevo infracciones.

–¿Rumores? ¿Aquí en Amesbury?

–Viene a visitarme gente que sabe que para contentarme tiene que traerme noticias de lo que sucede en el reino. Dicen que cercenan las monedas y crucifican a los niños cristianos...

–Lo primero es cierto, en cuanto a lo segundo, sabes que no es verdad.

A la reina madre le brillaron los ojos. Recordó cuando ella y Enrique habían pedido prestado dinero a los usureros judíos, y los altos intereses que les pidieron a cambio. Ella siempre había creído que los judíos deberían regalar el dinero al rey por el privilegio de permitirles vivir en el país. Siempre los había odiado.

–Deberías expulsarlos –dijo con rotundidad.

–¡Expulsarlos! Son demasiados.

–Razón de más –contestó ella.

–Este asunto no puede tomarse a la ligera, hay que meditarlo.

–Y mientras tanto, no cesarán los motines en las ciudades. Están reduciendo el valor de la moneda.

–Ya lo sé –dijo Eduardo alzando el brazo–. De hecho, estoy considerando seriamente la posibilidad de echarlos. Recibo muchas presiones; pero su marcha no sería muy beneficiosa para las arcas reales.

–Ya te las arreglarás sin ese dinero, Eduardo, lo sé. Deshazte de esa gente, y Dios te recompensará por ello.

La reina madre habló entonces de los temas de siempre. Eduardo le prestó poca atención, excepto cuando mencionó al príncipe Eduardo. El rey le contó los planes que tenía para él:

–Juana ya está casada, y Margarita pronto lo estará. Es necesario que Eduardo se despose. Quiero traer a la Doncella de Noruega a Inglaterra para que se eduque en nuestras costumbres. En cuanto sea posible, se casará con Eduardo.

La reina madre asintió enérgicamente. Había sido testigo de la anexión de Gales, y no quería morir sin ver a Escocia unida a Inglaterra. Si esa unión se llevaba a cabo mediante una boda, se ahorrarían años de lucha encarnizada. Decididamente, su nieto debía casarse con la Doncella de Noruega.

–Debes traerla cuanto antes –señaló la reina madre con énfasis.

Antes de que Eduardo se marchara, volvieron a hablar sobre la necesidad de expulsar a los judíos.

La boda de la princesa Margarita con Juan de Brabante se celebró a principios de julio, en un día de mucho calor.

La novia lucía una corona de leopardos y zafiros que el orfebre real había diseñado expresamente para ella, y un vestido de seda con incrustaciones de piedras preciosas. El novio, que era algo rechoncho y rojizo y tenía sólo cinco años más que Margarita, parecía la encarnación del vicio.

Leonor, que fue la dama de honor de su hermana, llevaba un vestido muy elegante adornado con cincuenta y tres botones plateados, y resplandecía entre el resto de la comitiva. Toda la corte coincidió en calificar el evento como el más destacable de los últimos años. El rey y sus caballeros iban con sus respectivas armaduras, y los recién casados Juana y Gilberto decidieron no ser menos y llegaron acompañados de cien deslumbrantes caballeros.

Eduardo, de seis años, apareció escoltado por ochenta caballeros. La pregunta que circuló de boca en boca fue cuánto tardaría el rey en desposarlo con la Doncella de Noruega.

Margarita enseguida se sintió agotada, pues los adornos de su vestido pesaban demasiado para su frágil complexión. Su flamante novio, vestido con una magnífica túnica con mangas hasta los codos, le inspiraba miedo.

La reina estaba preocupada por su salud. Empezó a sentirse mal en Francia, pero pensó que se pondría bien cuando estuviera de nuevo en Inglaterra. Al principio de su regreso, notó una ligera mejoría, seguramente por la alegría de volver a estar con sus hijos, pero pronto reaparecieron los dolores que tanto la habían martirizado en Francia.

Tuvo miedo de no poder seguir el ritmo de su marido, pero resolvió no decirle ni una palabra. Afortunadamente para ella, con el revuelo de la boda, nadie se fijó en que le ocurría algo.

Además, estaba preocupada por Margarita. Juana sabía cuidar de sí misma y Leonor sería una persona madura cuando se casara; pero Margarita todavía era una niña.

Había logrado convencer a Eduardo de que Margarita no se marchara de Inglaterra inmediatamente después de la boda, y él, siempre tan indulgente cuando se trataba de sus hijas, había accedido gustosamente. Se dispuso, pues, que los recién casados se quedaran un tiempo en Inglaterra para que se acostumbraran el uno al otro.

Cuando hubiesen finalizado los festejos, se acompañaría al padre del novio, el duque de Brabante, hasta Dover, desde donde partiría hacia sus dominios.

La reina se alegró de tener a su hija junto a ella por un tiempo más.

Dos acontecimientos de máxima importancia sucedieron después de la boda de Margarita: el primero tuvo que ver con los judíos.

Eduardo habló sobre ello con los barones liderados por Gloucester. Ya había expulsado a los judíos de sus posesiones en el Continente, de lo cual se alegraron muchísimo los habitantes de los países respectivos. Les propuso hacer lo mismo con los que vivían en Inglaterra. A los barones les pareció bien, porque, en primer lugar, los judíos eran tan impopulares en Inglaterra que Eduardo se ganaría la confianza de sus súbditos si los expulsaba. En segundo lugar, tuvieron en cuenta la circunstancia de que los templarios estuvieran, en esos momentos, muy involucrados monetariamente en los asuntos del país; y en tercer lugar, podían contar con los banqueros italianos que ya hacía algún tiempo que se habían instalado en Londres y habían desplazado progresivamente a los banqueros judíos.

–Ya no necesitamos a los judíos –concluyó Gloucester–. A la gente le costará menos aceptar a los italianos porque son cristianos. Cristo fue crucificado por los judíos, y ese crimen jamás les será perdonado.

La reina recordó a su esposo que había sido el mismísimo Jesucristo quien había hablado del saber perdonar a los enemigos, a lo cual Eduardo respondió que aquella expulsión respondía más bien a motivos políticos.

–Es una cuestión de estado, querida.

Leonor aceptó su decisión como acostumbraba hacer. En cualquier caso, se sentía demasiado débil para llevarle la contraria.

Los ministros de Eduardo también votaron a favor de la expulsión. Le recomendaron que, dado que los judíos habían explotado a los ingleses, les obligara a dejar en Inglaterra una parte de sus fortunas. Pero Eduardo no quería una expulsión traumática. Aunque no soportaba su falta de fe cristiana, reconocía que habían sido muy trabajadores y por ello quería ser lo más justo posible.

Decidió quedarse con una quinzava parte de sus posesiones y permitirles llevarse los bienes muebles y el suficiente dinero para los gastos del viaje. Las casas y tierras, en cambio, pasarían a ser propiedad del rey. Les avisó con antelación, aunque les exigió que no quedara ninguno de ellos después del día de los Difuntos.

Hasta el último momento los judíos demostraron ser gente muy astuta. Aunque se les había dicho que sólo podían llevarse los bienes muebles, se las ingeniaron para procurarse un barco enorme que cargaron con gran cantidad de objetos y riquezas varias.

El capitán del barco estaba decidido, según dijo, a no engañar ni al rey ni al país. El barco zarpó según lo acordado, pero llegados a la altura del delta del Támesis, el capitán embarrancó el barco en un banco de arena. Allí invitó a los judíos a salir a dar un paseo antes de abandonar Inglaterra. Cuando vio que la marea estaba subiendo, embarcó de nuevo, y les dijo a los judíos que ya les avisaría cuando fuera momento de subir a bordo. Finalmente, éstos se percataron de que la marea ya estaba muy alta, y regresaron corriendo al barco, pero el capitán no les permitió subir.

–Moriremos ahogados –gritaron.

–Seguro que no –vociferó el capitán–. ¿Acaso vuestros antepasados no cruzaron el mar Rojo? Pedid auxilio a Moisés, él separará de nuevo las aguas.

Los judíos le suplicaron a gritos que les permitiera embarcar, pero, cuando subió la marea, el barco salió del banco de arena y reanudó su marcha por el río. Durante mucho tiempo se dijo que aquel lugar estaba embrujado y que a veces se oían los gritos de los judíos que murieron ahogados.

Antes de la fecha señalada por Eduardo, dieciséis mil judíos habían abandonado Inglaterra.

LAS CRUCES DE LA REINA

Con dos hijas ya casadas y después de haber completado la expulsión de los judíos, Eduardo se concentró en Escocia. Había puesto muchas esperanzas en esa anexión. Si conseguía casar a Eduardo con la reina de Escocia, quien todavía estaba en Noruega, haría realidad los sueños que había concebido para su país. Después de eso, podría dedicarse por completo al Continente, proteger las posesiones que todavía pertenecían a la Corona y tal vez recuperar las que su padre había perdido por su mal gobierno. El futuro que se abría ante sus ojos era muy prometedor.

Margarita, la Doncella de Noruega, apenas tenía seis años, aunque era unos meses mayor que el príncipe Eduardo. El rey se lamentó de que todavía fueran tan pequeños, aunque estaba decidido a traerla a Inglaterra para que se educara en sus costumbres y poder desposarlos cuanto antes.

Escocia era gobernada, mientras tanto, por una eficaz regencia, instaurada después de la muerte del abuelo de la Doncella. Margarita, su madre, murió de parto cuando su padre todavía era un adolescente. Eric de

Noruega se mostró dispuesto a enviar a la niña a Inglaterra, y Eduardo, con la energía y previsión que le caracterizaban, tramitó la correspondiente dispensa para que los dos primos pudieran casarse. A su debido momento, se firmó el tratado de Salisbury, por el que Eduardo se comprometía a no celebrar la boda hasta que los escoceses dieran su consentimiento. El rey de Inglaterra pensó que cuando la niña estuviera en sus manos, podría rescindir con facilidad esa cláusula.

Hacía poco que se había reunido con los nobles escoceses, y en ese encuentro se decidió que, a pesar de la boda de Eduardo y Margarita, Escocia continuaría siendo un país soberano. A Eduardo no le pareció mal la idea, pues previó que en un futuro más o menos lejano el hijo de Eduardo y Margarita uniría los dos reinos.

Lo más urgente era traer a la Doncella desde Noruega, pues la pequeña era el eje sobre el que giraba todo el proyecto.

Eduardo estuvo de suerte al no encontrar resistencia alguna por parte de Eric de Noruega, que, no obstante, preocupado porque Margarita era una criatura débil y de difícil crianza, creyó conveniente aplazar el viaje por mar hasta la primavera. Pero este retraso no encajaba en los planes de Eduardo, que quería tener a la Doncella en la corte antes de Todos los Santos, porque temía que algún barón escocés en desacuerdo con el proyecto pudiera poner más trabas. Aunque era la heredera legítima al trono de Escocia, si no llegaba pronto a su tierra, alguien más podría reclamarlo.

Se personó en Yarmouth para asegurarse de que el velero que tenía que ir a buscarla estuviera en perfecto estado y no le faltara de nada. Para ello se llevó a la reina, pues creyó imprescindible una opinión femenina. Se había dispuesto un camarote para la niña con toda suerte de lujos y comodidades.

–¿Qué crees que querrá comer? –preguntó Eduardo.

–Azúcar y pasas –respondió la reina–. Al menos eso es lo que le gusta comer a Eduardo. A los niños también les encanta el jengibre y los cacahuetes. ¡Ah!, y el pan de jengibre, especialmente si tiene formas divertidas.

–Que añadan todo esto a las provisiones –ordenó el rey.

Eduardo comprobó que, en efecto, se subieran a bordo esos alimentos y se quedó en el muelle, con la reina al lado, hasta que el barco zarpó.

–Cuando esa niña esté en nuestras manos –comentó a la reina muy jubiloso–, creo que en Inglaterra comenzará a haber paz.

–¿Crees que quienes reclaman el trono escocés opinan igual que tú?

–¿Te refieres a Baliol y a Bruce? Esos dos tendrán que aceptar a la heredera legítima. Nuestra pequeña Doncella es la sucesora directa de la dinastía que va de Alejandro a Guillermo el León. Cuando la niña llegue, la recibiremos con una fiesta y les daremos a entender que nos interesa y preocupa su bienestar. Acudirá a la escuela real y aprenderá codo a codo con Eduardo.

–Me parece una buena idea –respondió la reina–. Así cuando se casen, se conocerán bien. Espero que sean tan felices como tú y yo.

–Eso es pedir demasiado –señaló el rey muy solícito–. A partir de ahora, en nuestro hogar reinará la paz: tenemos con nosotros a Leonor, a Margarita todavía la tendremos durante una temporada, y Juana vive cerca.

–¡Es tan maravilloso estar rodeado de la familia!

Regresaron a Londres inmediatamente. Eduardo estaba de muy buen humor, y la reina, al verlo así, imaginó que a partir de entonces le tendría más tiempo a su lado en Windsor o en Westminster, pues parecía que se habían terminado definitivamente los problemas con las fronteras galesa y escocesa. Este pensamiento la hizo tan feliz que recobró de nuevo el color de las mejillas y ganó algo de peso. Como estaba tan contenta, Eduardo ni se planteó que pudiera estar enferma.

Antes de llegar a Londres, se detuvieron en Clerkenwell para visitar a su hija Juana. Notaron que se sentía muy orgullosa de estar embarazada y que había asumido un nuevo papel: con una sola mirada hacía callar a su marido. A Eduardo le divirtió ver al orgulloso Gilberto convertido en un calzonazos.

Clerkenwell, por donde fluía el río Holeburne a través de pastos y colinas, era un lugar delicioso. Por si fuera poco, a lo lejos se divisaba la ciudad, lo cual convertía Clerkenwell en un enclave privilegiado.

Eduardo les comentó que era maravilloso que pudieran vivir en un sitio tan romántico, que además tenía la ventaja de que si algún día les necesitaban, no tardarían mucho en llegar.

Los reyes regresaron a Westminster cuando les llegó la noticia de que el barco que había ido a buscar a la Doncella ya había atracado en Yarmouth.

–¡Vámonos a Yarmouth ahora mismo! –gritó el rey, pero por la actitud del mensajero enseguida notó que pasaba algo.

–¿Qué ocurre? –preguntó intranquilo pensando lo peor.

–La Doncella estaba muy enferma, milord –explicó el mensajero–. Ya cuando embarcó en Bergen, temimos que algo malo pudiera ocurrirle. El mar estaba muy agitado y fue empeorando...

–¿Y qué ha sucedido? –interrumpió el rey, impaciente por conocer el final.

–Milord, la niña murió durante la travesía. El frío, el mar agitado fueron demasiado para ella. Era tan frágil, tan delicada...

El rey, enrojecido por la ira, dio media vuelta y se fue.

Esa muerte inesperada puso punto final a un sueño que dependía de la frágil vida de una niña. Eduardo no quiso pensar en qué ocurriría en Escocia cuando se supiera la noticia. Tal vez habría que recurrir de nuevo a la fuerza de las armas para pacificar a los escoceses.

En Escocia estaba a punto de estallar una guerra civil. El país se había quedado sin sucesor al trono. David, el hermano de Guillermo el León, no había tenido hijos varones, pero sí tres hijas. La mayor y la más pequeña tenían sendos nietos vivos, mientras que la segunda tenía aún un hijo con vida. El nieto de la primogénita era Juan Baliol, quien se creía con pleno derecho a reclamar el trono. Robert Bruce, hijo de la segunda hija de David, se consideraba el sucesor más legítimo porque pertenecía a una generación más próxima a Guillermo el León. El nieto de la hija menor era Juan Hastings, a quien Eduardo había nombrado barón, a pesar de lo cual, se sabía que los otros dos tenían más derecho al trono que él.

Juan Baliol y Robert Bruce pertenecían a la aristocracia escocesa, y eran medio ingleses medio escoceses. Tenían posesiones en Inglaterra: el primero poseía el castillo de Barnard en Durham, y el segundo, que sólo tenía fincas en Escocia, había sido durante algún tiempo oficial de la justicia en Cumberland. Bruce ya era viejo, pero tenía un hijo, Robert, también considerado aspirante al trono.

La presencia de Eduardo en el norte se hizo imprescindible, y por ello decidió partir cuanto antes.

Desde la expedición a Tierra Santa, la reina acostumbraba acompañar a Eduardo a la guerra, y aunque no le fuera posible estar en el mismo campo de batalla, Leonor siempre lo esperaba en la retaguardia. La noticia de que tenían que ir a Escocia la inquietó y decepcionó al mismo tiempo, porque una vez más le habían salido mal los planes. Le habría gustado vivir plácidamente junto a Eduardo en Windsor o en Westminster, con sus hijos y la recién llegada. Además sabía que no le convenía hacer un viaje tan largo, pues notaba que se cansaba enseguida.

No quiso hablar de ello con Eduardo, para no preocuparle más e hizo los preparativos para el viaje como si nada ocurriera.

Cuando se despidieron, Eduardo prometió reunirse con ella muy pronto.

A los pocos días, Leonor lo tuvo todo listo para iniciar el viaje. La humedad le caló los huesos, así que tuvieron que transportarla en litera, lo que obligó a hacer el viaje mucho más despacio.

Su hija Leonor había insistido en acompañarla porque se percató de que no se encontraba muy bien. A medida que avanzaban, supieron que la reina sufriría un ataque de fiebre, como solía sucederle cada otoño.

–Mamá –dijo la princesa–, creo que deberíamos parar unos días en Herdeby hasta que se te haya pasado la fiebre.

–A tu padre le extrañará que nos retrasemos –contestó la reina.

–Seguro que no querría que viajases con esa fiebre.

–No es nada –dijo la reina–. No es la primera vez que tengo fiebre.

–Aun así, creo que lo mejor es que descanses unos días.

La reina asintió con la cabeza, pero cuando llegó el momento de reanudar la marcha, no pudo levantarse de la cama.

La princesa Leonor se alarmó. Envió un mensaje al rey para comunicarle su temor por la vida de la reina.

Cuando hubo despedido al mensajero, regresó enseguida a la habitación de su madre e insistió en cuidarla ella misma.

–Pero, hija mía –dijo la reina–, no soy ninguna inválida.

–Estás enferma –le interrumpió la princesa con voz temblorosa–, y te cuidaré hasta que estés recuperada del todo.

Hacía ya algún tiempo que Leonor sabía que su madre no estaba bien. Había notado su gradual debilitamiento, a pesar de los esfuerzos de la reina por disimularlo. Por eso el mensaje que le había enviado a su padre tenía un tono trágico.

Leonor era consciente de que su padre no podía ausentarse de Escocia porque la guerra era inminente. Se lamentó de que la Doncella de Noruega hubiese muerto, pues, de no haber fallecido, su padre no habría tenido que marcharse a Escocia y, por tanto, habría estado al lado de su madre. Más aún, la reina no habría tenido que desplazarse, y muy posiblemente los acontecimientos habrían sido otros.

La princesa sabía a ciencia cierta que su madre estaba muy enferma, y culpó de ello a las fiebres que padecía periódicamente y le habían ido socavando las fuerzas.

Se sentó al lado de la cama.

–Suerte que tu padre no sabe que... –dijo la reina en voz baja.

Leonor, por no preocuparla más de lo necesario, no le dijo que le había enviado un mensajero. A quien sí sabía que trastornaría aquel mensaje era a su padre.

Unos días después, la reina empeoró. Leonor se asustó mucho cuando entró en la habitación y vio que tenía el rostro muy pálido y los ojos vidriosos.

–Hija –murmuró la reina–, ¿eres tú?

–Sí, madre, estoy aquí. No me moveré de aquí por si me necesitas.

–Has sido una hija tan buena. El rey siempre ha estado orgulloso de ti... Te quiere mucho, más que a sus otros hijos... A veces pienso que sólo te quiere a ti.

–Tú siempre has sido la primera, querida madre.

La reina sonrió débilmente.

–Me sentí tan orgullosa, Leonor..., de que me amara. Es un gran hombre y un gran rey. Hay pocos como él...

–Por favor, madre, no hables como... si...

–¿Como si me estuviera muriendo? Me muero, hija, lo sé. Hace tiempo que lo sé. Traté de ocultárselo... Pero ahora ya es... imposible fingir. Mi vida se está apagando.

La princesa trató de disimular las lágrimas.

–Llamaré a un cura –dijo con voz apagada, pues ya no era necesario disimular.

–Espera, todavía no, hija. Ésta va a ser nuestra última conversación. La vida me ha tratado bien..., muy bien... Lo amé desde el instante en que lo vi. No podía creer que fuera tan afortunada... Luego, cuando nacisteis vosotros..., os quise a todos, a mis hijas, a mi pequeño Eduardo. Que Dios os bendiga a todos. Me ha llegado la hora y debo tener fuerzas para enfrentarme cara a cara con el Creador...

–No tienes por qué temer. Toda tu vida ha estado llena de bondad.

–He pecado, hija. Hay cosas que no debería haber hecho. Los judíos...

–No debes preocuparte por ellos. No son asunto tuyo.

–Confío en que no sufrieran mucho, aunque me temo que sí. Echarlos de sus casas...

–No fue culpa tuya, madre.

–También yo he codiciado bienes materiales, seguramente porque antes de casarme con Eduardo no tenía nada. Me dejé deslumbrar por la riqueza. Sí, debo confesar que he deseado tener riquezas. Algunas de mis fincas..., las que conseguí a través de los usureros judíos... Negocié con ellos para adquirir las fincas de algunos cristianos arruinados. Fue un error, desearía poder enmendar todos esos errores.

–Nadie puede regresar al pasado. Aunque hayas codiciado el dinero, también es cierto que has amado muchísimo a tu marido y a tus hijos. La gente te adora. Nunca te han odiado como odiaron a la abuela. No debes culparte por haber colaborado con los judíos para conseguir que algunos cristianos devolvieran el dinero que habían pedido prestado; nadie les obligó a hacerlo. Ya has confesado ese pecado, ahora piensa en todo lo bueno que has hecho, y en que nunca te has separado de tu marido, ni de tus hijos...

–Me tranquilizas, hija.

La princesa se inclinó sobre su madre y la besó en la frente.

Había llegado el momento de llamar al cura.

Eduardo estaba a punto de llegar a la frontera de Escocia cuando recibió el mensaje.

–¿De mi hija? ¿De la reina? ¿Qué noticias?

–Milord –dijo el mensajero–, la princesa quiere que sepáis que la reina está gravemente enferma y que piensa que morirá.

Eduardo no podía creer que la reina estuviera a punto de morir. Tuvo la sensación de que todo lo que había estado construyendo se derrumbaba en un segundo. El problema con Escocia le pareció una nimiedad comparado con su Leonor moribunda. Se quedó callado largo rato, pensando en ella. Todos los recuerdos le resultaron tan agradables.

Uno de sus caballeros entró en su tienda, y al verlo tan aturdido, preguntó:

–Milord, ¿qué os atormenta?

–La reina... Está enferma... Quizá se esté muriendo. Regresamos.

–Señor, los escoceses...

–Nos vamos ahora mismo a Herdeby –concluyó Eduardo.

El viaje se hizo interminable. Eduardo estaba fuera de sí.

Sólo pensaba en su Leonor. Recordó a la pequeña que un día le habían presentado. «Ésta será tu esposa.» Era tan frágil, tan menuda, y tan fácil de contentar... La única vez que se había enfrentado a él fue cuando le comunicó su decisión de acompañarle a la Cruzada. «Marido y mujer deben estar siempre juntos», le había dicho. Fue una suerte que le acompañara, pues Eduardo estaba convencido de que, de no haber sido así, habría muerto en manos del asesino del puñal envenenado. Aunque los médicos insistieron en que había sido la operación lo que le había salvado, él siempre había pensado que seguía vivo gracias al acto valeroso de Leonor.

Le había dado unos hijos maravillosos. ¡Cuán triste se sentía cuando daba a luz una nueva niña! Pero, aun así, él los quería a todos... Eran sus hijos y los de Leonor.

Y ella se estaba muriendo.

Era imposible. Leonor nunca lo abandonaría. La necesitaba. No podía imaginar su vida sin ella. Siempre le había acompañado en sus viajes y... en sus batallas.

Pensó que cuando llegara a Herdeby la abrazaría y le diría: «Reina, amor mío, debes ponerte bien... Hazlo por mí.»

Aún faltaban unas cuantas millas para llegar a su destino.

La princesa salió a recibirlo. Tenía el rostro pálido y los ojos llorosos. Se abrazaron. Eduardo quería muchísimo a Leonor, más que a sus otros hijos.

–Querida...

Leonor no podía hablar, sólo movía la cabeza, desconsolada. Eduardo conoció así el trágico desenlace.

Se dirigió hacia la habitación de la muerte. Contempló a su esposa que yacía muerta en la cama con toda su hermosura y resplandor. Ni la muerte había conseguido arrebatarle su belleza.

Se arrodilló al lado de la cama.

–Demasiado tarde –murmuró–. Demasiado tarde para verla con vida, para decirle una vez más lo mucho que ha significado para mí. Si pudiera devolverle la vida... Daría cualquier cosa por ello..., cualquier cosa...

La conquista de Gales, el conflicto que se avecinaba con Escocia; nada importaba en ese momento, porque Leonor había muerto.

–Milord –dijo alguien–, deberíamos regresar a Escocia.

Respondió que no con la cabeza.

–Mi lugar está aquí, junto a ella.

–Pero, señor, la reina está muerta.

Eduardo se retiró. No quería hablar con nadie. Tanta desgracia le había hecho enmudecer.

«Debería haber estado con ella. No debería haber permitido que se fuera sin mí. Debería haberle dicho cuánto la amaba.»

Aunque estaba seguro de que ella lo sabía, le habría gustado decírselo por última vez. Le habría rogado que no le abandonara y le habría repetido lo mucho que significaba para él.

Sólo le quedaba enterrarla. Estaría a su lado en el viaje de regreso a Westminster. Ya no le importaba lo que ocurriera en Escocia, ni Baliol, Bruce o Hastings. No podía pensar en ellos porque Leonor, su querida reina, había muerto.

Sólo quería hablar con su hija. Su séquito agradeció que la princesa estuviera allí con él, porque sólo ella sabía cómo reconfortarle.

–Todo el país va a estar de luto –explicó a su hija–. Así todos sabrán que han perdido a una reina ejemplar.

–Ya lo saben, padre. Todos lo saben.

–Iré con ella a Westminster, donde será enterrada junto a mi padre. Amé a mi padre casi tanto como a ella. Creo que es justo que estén uno al lado del otro.

Eduardo ordenó que la embalsamaran antes de iniciar el viaje de regreso a Westminster. Asimismo mandó erigir una cruz en Lincoln, en memoria de la difunta, así como en cada lugar donde el cortejo fúnebre se detuviera para descansar. Nadie olvidaría, así, a la reina Leonor.

Se erigieron cruces en Grantham, Stamford, Geddington, Northampton, Stony Stratford, Woburn, Dunstable, San Albans, Waltham, West Cheap, y la última cerca de Westminster. Ésta era la más hermosa de todas, y la gente la llamó Cruz de la Reina Dilecta.

Los ciudadanos salieron de sus casas para ver pasar el cortejo fúnebre y dar el último adiós a la reina. Iban de riguroso luto y no pudieron contener las lágrimas al paso del féretro.

Después de enterrarla, Eduardo continuó llorando su muerte. Mandó esculpir una estatua en bronce de Leonor, para colocarla en su tumba. Mostraba a la reina en todo su esplendor y belleza, con el pelo rizado y una bonita corona adornándole la cabeza.

El rey hizo numerosos regalos a la abadía de Westminster y encargó diversas misas por el alma de Leonor. Asimismo ordenó que se mantuvieran encendidas para siempre las velas de la tumba, y para ello destinó una importante cantidad de dinero.

Las gentes fueron a visitar la magnífica tumba de la reina, esculpida con mármol de Petworth, donde se había grabado el escudo del reino castellano-leonés.

Las cruces fueron el símbolo de la fallecida reina, y el lugar cerca de Westminster donde se colocó la última cruz fue bautizado con el nombre de Cruz de la Reina Dilecta, al que más tarde se conoció con el nombre de Charing Cross.

EL DESAFÍO DE JUANA

El rey no se separaba de su hija Leonor porque sólo ella podía comprender su dolor. Hablaban de la reina, de lo buena y humilde que había sido y de cuánto había querido a su familia; padre e hija no se cansaron de repetir las mismas frases una y otra vez.

Juana y Gloucester acudieron a Westminster y los cuatro hablaron de lo que para cada uno había significado perder a la reina.

Gloucester comentó al rey que tal vez la mejor manera de aliviar la pena fuera concentrarse en sus deberes reales. Aprovechó para recordarle los problemas de Escocia, que, tras la muerte de la reina, seguían sin resolver.

Eduardo le dio la razón. Decidió reemprender el viaje que había interrumpido para acudir al lado de la reina.

Juana, a punto de dar a luz, trató con cierta condescendencia a su hermana. Como condesa de Gloucester y esposa del barón más importante del país, rica y muy pronto madre, hizo que Leonor se sintiera inferior. Leonor tuvo la sensación de que se estaba perdiendo algo.

Cuando estuvieron a solas, Juana le habló entusiasmada de las excelencias de la vida conyugal.

–Ya verás como nuestro padre no tardará en buscarse otra esposa.

–¡Nuestro padre! Jamás.

–¿Y por qué no?

–Porque amaba muchísimo a nuestra madre.

–Mi querida hermana, ¡qué poco sabes de la vida! Naturalmente, adoraba a nuestra madre, pero ahora ella está muerta y él todavía es joven. Te digo que no tardará en casarse de nuevo. Querrá tener más hijos.

–Ya tuvo doce, y seis de ellos viven todavía. Juana, ¿crees que el tener tantos hijos la condujo a la muerte?

–Sus embarazos nunca fueron traumáticos.

–Tal vez porque creyó que era su deber. Sabía que estaba muy enferma y no quiso que nadie lo supiera. ¡Juana, nuestro padre jamás podrá volver a casarse!

–Espera a que pase el tiempo –dijo Juana–. Estoy segura de que muy pronto alguien le convencerá de que debe contraer matrimonio, aunque sé que no te gusta la idea. Mi querida hermana, no deberías consumirte al lado de nuestro padre. Debes pensar en casarte. Te aseguro que, si encuentras el marido adecuado, la vida matrimonial tiene muchas ventajas.

Leonor sabía que su hermana tenía razón. Aunque ya tenía veintiséis años, todavía podía casarse y tener hijos. El problema era que aún estaba desposada con Alfonso de Aragón. Tanto su padre como ella habían puesto obstáculos durante todo ese tiempo para que esa boda no se celebrara; sobre todo porque a Eduardo no le gustaba Alfonso. Pero si quería casarse con alguien más, debería pedir antes una dispensa al Papa y ello podría repercutir negativamente en las relaciones con Aragón.

Leonor pensó que le quedaban dos únicas soluciones: o bien pedir que se reanudaran las negociaciones con Aragón, o bien convencerse de que el matrimonio era algo que ella jamás conocería.

Se consoló animando a su hermana Margarita, que estaba muy contenta porque su marido se había marchado a Brabante solo. Juan justificó su inesperada partida diciendo que regresaba a su país para recibir las felicitaciones de los vasallos de su padre. No obstante, nadie dudaba de que a ninguno de los dos les importaba separarse.

Si se comparaba con Margarita, Leonor llegaba a la conclusión de que era mejor quedarse soltera; pero cuando Juana le alababa el matrimonio, entonces no sabía qué pensar.

Eduardo se esforzó para superar la pérdida de Leonor y volvió a pensar en Escocia.

Convocó a sus ministros y les recordó que el país vecino continuaba siendo un objetivo prioritario.

Alguien sugirió que la anexión de Escocia podría llevarse a cabo de la misma manera que se había hecho con Gales.

Eduardo movió la cabeza en un gesto de desacuerdo.

–No es tan fácil, amigo mío. Llewellyn y Davydd se rebelaron contra mí y fueron debidamente castigados. Cuando ambos murieron, nadie más reclamó el trono. Pero hay muchos pretendientes al trono en Escocia. Aunque apartáramos a los tres principales, estoy convencido de que saldrían otros. Podríamos estar en guerra durante varios años, y ya sabes lo difícil que es luchar en esas tierras montañosas. No, amigo, no, lo que pretendo es que ellos elijan a su gobernante, pero que éste esté bajo mi control.

Así pues, se decidió que Eduardo reemprendería el viaje a Escocia, con objeto de conseguir que los escoceses le reconocieran como su señor. Si se lograba este primer objetivo, entonces el rey de Inglaterra les permitiría escoger libremente a su soberano entre los tres principales pretendientes.

De algún modo, Eduardo se sintió un poco más aliviado. Mientras se dirigía hacia el norte, se concentró tanto en el asunto escocés que apenas tuvo tiempo de pensar en la reina.

Las conversaciones con los principales barones del país se realizaron en Norham. Eduardo estaba ansioso por demostrarles que Escocia, durante años, había rendido homenaje a los reyes de Inglaterra.

Los barones escoceses negaron tal afirmación. Entonces Eduardo se alzó contrariado y exclamó:

–¡Por san Eduardo que voy a obtener lo que por derecho pertenece a mi reino, y si no, moriré tratando de conseguirlo!

Los barones quedaron atónitos. Les pareció, por sus gestos y tono de voz, que el rey de Inglaterra estaba poseído por fuerzas sobrenaturales. De hecho, había algo mágico en él que había heredado de sus antepasados: el Conquistador, Corazón de León, Enrique II.

Unos días más tarde se convocó otra asamblea. Esa vez los barones reconocieron la superioridad del rey y le comunicaron su intención de rendirle homenaje.

Eduardo estaba muy satisfecho. Sólo faltaba decidir cuál de los tres aspirantes al trono sería el rey; pero dejó esta decisión en manos de los barones.

Juana y su marido escogieron la finca de Wynchecombe, cerca de Tewkesbury, como lugar de nacimiento de su primer hijo.

El conde, muy ilusionado, consentía todos los caprichos a Juana, y ésta se sentía como pez en el agua. Estaba convencida de que sería un varón. Nadie podía negar nada a Juana..., ni siquiera Dios.

Juana se preparó para dar a luz entre múltiples mimos y atenciones. Hacía apenas diecinueve años que había nacido en Acre, y ya estaba a punto de parir un bebé. Su parto sería muy distinto del de su madre. Echada en la cama, mientras sentía las primeras contracciones y los primeros dolores, se entretuvo unos instantes imaginándose a su madre pariendo en aquella tierra árida y calurosa, apestada de moscas y otros insectos aún más detestables, sin poder disfrutar de las comodidades que habría tenido en su palacio de Inglaterra.

Su parto iba a ser muy distinto: una cama lujosa, un marido ansioso e infinidad de criados.

El destino pareció estar de su parte. Fue un parto rápido. Cuando oyó el llanto del bebé, Juana preguntó en voz baja:

–¿Qué es?

–Un niño, señora. Un bebé precioso y sano.

A Juana no le extrañó, pues supo desde el principio del embarazo que llevaba un varón en las entrañas. Pensó que nadie podría negarle nada nunca.

Su marido entró en la habitación y se arrodilló al lado de la cama. Juana tuvo la impresión de que Gilberto la estaba adorando cual imagen sagrada y sonrió triunfante.

–Amor mío –murmuró Gilberto–, no tengo palabras para…

–¿Estás satisfecho?

Aunque Juana ya conocía la respuesta de antemano, quiso oír una vez cómo Gilberto agradecía a Dios que le hubiera concedido una esposa tan absolutamente maravillosa.

–Le pondremos Gilberto –dijo Juana poniéndole la mano encima del brazo–. Como tú.

Naturalmente, el rey quiso conocer a su primer nieto, y visitó a Juana y a Gilberto a su regreso de Escocia.

Cogió al pequeño en brazos y paseó por la habitación, sin dejar de maravillarse de lo guapo que era. Tal vez fuera la primera vez después de la muerte de Leonor que se sentía tan feliz.

Mientras estaba en Wynchecombe, llegó un mensajero del convento de Amesbury para comunicarle que la reina madre estaba gravemente enferma y quería verlo. Así pues, Eduardo se puso urgentemente en camino; no estaba dispuesto a llegar tarde por segunda vez. Cuando llegó a Amesbury, corrió a la habitación de su madre, a quien se le encendieron los ojos cuando lo vio entrar. Eduardo se sintió abatido al advertir la gravedad de su estado. Pensó que la vida estaba siendo muy cruel con él, pues había perdido a su esposa, e iba a perder a su madre. Hacía tiempo que Eduardo esperaba esta noticia, pues sabía que su madre se había retirado en el convento cuando estuvo segura de que su fin se acercaba. Pero, aun así, el golpe fue muy duro.

–Eduardo –dijo la reina madre–, estoy muy contenta de que hayas venido. Al fin me voy… Hace ya diecinueve años que perdí a tu querido padre.

–Lo sé muy bien –respondió Eduardo–, pues esos son los años que hace que estoy gobernando.

–Eduardo, hijo, ¡qué días tan felices pasamos juntos, tu padre y yo! Pocas veces ocurre que un matrimonio esté tan unido… Bueno, tú y tu querida esposa también… Ahora que ya no está… Eduardo, sé perfectamente cómo te sientes. Era una buena mujer… Pocas veces son tan buenas las mujeres. Tuviste mucha suerte al elegirla, hijo, como yo con tu padre.

–Madre, te ruego que…

El rey estaba tan conmocionado, que creyó que no podría soportar esa situación. Su madre lo advirtió.

–No tengas miedo de mostrar tus sentimientos, hijo. Tu padre jamás los escondió. Era un hombre tan bueno, y tan grande… Sin embargo, el pueblo siempre lo despreció... En cambio a ti te adoran, Eduardo. Sí, creo que te quieren mucho, y también querían a la reina. Eres la clase de rey que el país necesitaba..., después de tu padre y de tu abuelo. Eres fuerte, aunque un tanto inflexible, quizá. Pero eres lo que el pueblo necesita. Recuerdo muy bien el día que naciste, ¡qué alegría! Eras un bebé robusto, y con unas piernas muy largas. A tu padre le gustaba que te llamaran Piernaslargas. ¡Cuánto sufríamos cuando te ponías enfermo! Ahora parece extraño que de niño fueras tan débil. Cuidamos mucho de ti, yo nunca me separaba de tu lado. ¡Ay, Eduardo, hijo mío!

Eduardo se arrodilló al lado de la cama y le cogió la mano.

–Querida madre, fuiste maravillosa con todos nosotros. Nuestra familia es lo que es gracias a ti. Éramos tan felices juntos... Yo mismo y Leonor tratamos de seguir vuestro ejemplo; también nuestros hijos han sido muy felices en nuestros distintos hogares.

La reina madre asintió con la cabeza.

–He querido vivir bien (algunos opinan que demasiado bien), poseer tierras, joyas... En la Provenza, era muy pobre, por eso, al llegar a Inglaterra, me pareció tener al alcance de la mano todo cuanto había soñado tantas veces. Quizá me excedí, pero siempre supe que el tesoro más preciado era el amor de tu padre y el vuestro, el de mis hijos. Cuando él murió, deseé seguirle a la tumba... Y eso es lo que voy a hacer ahora..., diecinueve años después.

–No sé qué habríamos hecho sin ti todos estos años, madre.

–Oírlo me complace mucho. Eduardo, hay algo que debo preguntarte... ¿Volverás a casarte?

–Nunca podrá haber otra mujer en mi vida –respondió él.

–Eso es lo que crees ahora, pero cambiarás de opinión.

Eduardo movió la cabeza en un gesto de negación.

–Debes servir a tu país, Eduardo.

–Ya tengo un hijo.

–Sí, pero sólo uno.

–Eduardo es un niño sano.

–Es aconsejable que un rey tenga más de un heredero. Ya te darás cuenta, hijo.

Eduardo no estuvo de acuerdo con esta última afirmación.

La reina madre le sonrió afablemente. Luego recordó cuando Eduardo era pequeño, y Enrique siempre estaba a su lado. Los dos habían querido muchísimo a ese hijo. Un amor compartido... «Enrique –pensó–, pronto me reuniré contigo.»

Eduardo estuvo a su lado en el momento de morir, pues no se había movido de la habitación desde que había llegado a Amesbury.

Quedó sumido en una profunda tristeza, ya que en menos de un año había perdido a las dos mujeres que más había amado.

El cádaver de la reina madre fue embalsamado en Amesbury, y enterrado posteriormente en ese mismo lugar. Pero Eduardo se llevó el corazón a Londres.

Había muchas cosas de las que ocuparse en Londres, lo que ayudó a Eduardo a olvidar sus penas.

Era de suponer que todavía podría haber alguna rebelión en Gales, pues aún quedaban algunos que se negaban a aceptar la soberanía inglesa. De hecho, hubo algún motín aislado, pero fue sofocado inmediatamente. Juan Baliol, el nuevo rey de Escocia, era un hombre débil y su elección no había sido unánime. Ejemplo de su impopularidad eran los diversos apodos que circulaban entre las gentes, como Abrigo Holgado, una clara referencia a su falta de posesiones y a lo poco que se merecía ser rey de Escocia. A los escoceses no les gustaba que su rey se hubiese visto obligado a jurar fidelidad al soberano de Inglaterra. Eduardo, por tanto, debía vigilar en todas direcciones.

Había otro asunto que le preocupaba, tal vez el más peligroso de todos: existía una seria amenaza para Inglaterra al otro lado del canal. Hacía tiempo que Felipe de Francia quería apoderarse de Gasconia.

Al poco tiempo de nacer su hijo, Juana volvió a quedarse embarazada, y a los nueve meses nació una niña, a quien puso Leonor en recuerdo de la abuela y la bisabuela de la niña. Eduardo se mostró muy satisfecho de que ese matrimonio funcionara tan bien, pues había tenido serias dudas, sobre todo porque la pareja se llevaba demasiados años de diferencia. Juana parecía estar contenta de ser tan admirada y adorada, pues, de hecho, Gilberto se comportaba como un esclavo. Incluso le había cambiado el carácter: desde que era padre, todas sus ambiciones parecían reducirse a la felicidad que le proporcionaban sus hijos. Hasta tal punto que en una ocasión dejó de asistir a un consejo con el rey y los demás barones porque, según se excusó, la niña se encontraba resfriada.

Eduardo no se lo tuvo en cuenta. Estaba encantado de que Juana tuviera un marido que la adorara de esa manera; además, sus padres habrían hecho lo mismo por él.

Estaba muy preocupado por Leonor. No le parecía justo que todavía no estuviera casada. Creía que una mujer tan bella y vital como su primogénita debía tener el derecho a ser madre. Por entonces la princesa Leonor creía que su padre se había olvidado de ella, ya que constantemente estaba de viaje, y apenas se veían. A Leonor no le bastaba con tener una casa muy grande para ella sola.

Llegó a la conclusión de que sólo le quedaban dos alternativas: o bien aceptar su soltería, o bien pedir a su padre que reanudara las negociaciones con Aragón. Esta última posibilidad parecía poco probable, pues seguramente los aragoneses estaban muy ofendidos después de haberles negado la boda por segunda vez.

Leonor se preguntó si de verdad existiría algún hombre por el que estuviera dispuesta a abandonar el hogar paterno. Poco después de la muerte de su madre descubrió que sí.

Enrique III, duque de Bar-le-Duc, llegó un día a la corte de Inglaterra. Era el primogénito de Thibaut II, y a su muerte, Enrique heredó numerosas tierras situadas cerca de la frontera francoalemana. El ducado databa del siglo X, y la familia que lo gobernaba se proclamaba descendiente de Carlomagno, por lo que se consideraba más real que los propios Capetos.

El duque de Bar-le-Duc se sintió atraído por Leonor desde el primer instante. A menudo cabalgaban solos por el bosque de Windsor, para alejarse de las miradas de los cortesanos, y pasaban largas horas conversando, él de su ducado en Francia, y ella de la vida en Inglaterra.

Juana, a quien Leonor veía con frecuencia, se interesó enseguida por los avatares de esa incipiente amistad.

–Sería un buen enlace –comentó–. Estoy segura de que nuestro padre daría su consentimiento.

Leonor negó con la cabeza.

–No osaría sugerírselo. Antes está Aragón.

–¡Vaya rémora es Aragón! Y eso que creímos que las vísperas sicilianas lo habían arreglado todo.

Juana estudió el rostro de su hermana y añadió:

–Todavía eres hermosa. Siempre has sido la más bella de nosotras, aunque a menudo hago creer a la gente que soy yo la más bella, como es el caso de Gilberto. Deberías procurar más por ti, hermana. Fíjate en mí.

–¿Cómo puedo pedir al duque de Bar-le-Duc que se case conmigo?

–Hay muchas maneras. Por ejemplo, casarte con él

en secreto y hacer de la boda un *fait accompli*. Nadie podrá luego deshacer lo que ya está hecho.

–Hablas como si fuéramos hijas de un ciudadano común.

–Cada uno se hace la vida a su medida –señaló Juana muy sabiamente–, y si aceptas el que parece que va a ser tu destino, entonces no te quejes.

–Para ti, que ya tienes marido, es muy fácil hablar así –contestó Leonor.

–Un marido que parecía viejo al principio, y que ciertamente lo es, para qué engañarnos. Gilberto no vivirá eternamente, y cuando haya muerto, entonces decidiré por mí misma.

–Hablas con demasiada imprudencia, Juana.

–Y algunos dicen que también actúo temerariamente. Pero mira lo bien que me ha ido. Tengo dos niños, y un tercero que está en camino. Todo cuanto deseo lo tengo. Mi querida hermana, coge lo que realmente deseas. Si no, no lo tendrás nunca.

Leonor pensó que a Juana le era demasiado fácil dar consejos.

Pero al cabo de unos días ocurrió un hecho totalmente inesperado, que recordó a Leonor cuando ella y Juana habían rezado para que ocurriera un milagro: Alfonso de Aragón murió. Leonor, por tando, quedaba libre.

Eduardo regresó a Windsor después de una temporada en la frontera con Gales. Le cogió las manos y le dio un beso. Leonor abrazó a su padre advirtiendo que había tristeza en sus ojos, y supuso que aún lloraba la muerte de la reina. Eduardo no había permitido que cesaran las misas y plegarias que se celebraban periódicamente en Westminster en honor a la difunta.

–Mi querida hija –dijo–, ya va siendo hora de que hablemos de tu futuro. Estás a punto de cumplir los treinta años y si tienes que casarte y tener hijos, debes hacerlo inmediatamente.

–Lo sé, padre –dijo Leonor.

–Me gustaría tenerte siempre a mi lado, pero sé que a menudo tendré que desplazarme hasta el campo de batalla. Es inevitable: están Gales, Escocia, y ahora los franceses. Me gustaría que fueras tan feliz como tu hermana Juana. Los hijos son una gran bendición. Hija, ya me he fijado en tu amistad con el duque de Bar-le-Duc.

Leonor se sonrojó y Eduardo, al comprobar que había puesto el dedo en la llaga, se tranquilizó.

–Pedirá tu mano con mucho gusto –le dijo–. Te quiere y estoy seguro de que tú también le amas.

–Es un gran caballero –contestó Leonor.

–Tiene sangre real. Lo más importante para mí es que es un hombre bueno y leal, aunque también dice mucho a su favor el que sus tierras estén en una zona estratégica. Me temo que el rey de Francia tiene los ojos puestos en Gasconia... En fin, si tú no te opones a ello, yo aceptaría gustoso este enlace.

–Querido padre –respondió Leonor–, hace tiempo que pienso en lo que perdería si me casara. Si me fuera posible verte con frecuencia, entonces no tendría inconveniente en irme a vivir a Bar.

Eduardo la abrazó y le aseguró que la boda se celebraría muy pronto.

El rey no estaba dispuesto a que su hija predilecta se casara con un desconocido; por eso invitó al duque de Bar-le-Duc a pasar una temporada en Inglaterra, en espera de que se celebrara la boda. Durante todo ese verano, el duque y Leonor no se separaron ni un momento. En septiembre el rey convocó en Bristol a todos los miembros de su familia, y a los principales caballeros y nobles del reino para celebrar la boda de su primogénita.

Los festejos que siguieron a la ceremonia fueron por todo lo alto, pues aunque Eduardo, a diferencia de sus padres, no era nada extravagante, sí era de la opinión de que ciertas ocasiones merecían ser más celebradas, a fin de que el pueblo comprendiera su importancia. Además, se trataba de la boda de su hija predilecta, y quería que ésta tuviera un buen recuerdo de su querida Inglaterra. Asimismo era necesario mostrar al novio el poder de la familia de la que iba a ser miembro, sobre todo porque Eduardo sabía que algún día necesitaría la ayuda del duque.

Después de las fiestas en Bristol, la comitiva se trasladó a Mortlake para ser entretenida en casa del príncipe Eduardo, que tenía ya diez años, y era alto, guapo y muy parecido físicamente a su padre. Era un tanto indolente y sus criados y amigos no siempre se comportaban con el decoro adecuado a su rango, lo que pareció preocupar al rey, aunque al final acabó por convencerse de que su alegría era producto de la edad y que con el paso de los años su hijo acabaría sentando la cabeza.

Leonor era muy feliz. Aunque sabía que después de las celebraciones tendría que abandonar Inglaterra, idea que siempre había aborrecido, se sentía muy tranquila al respecto: su marido le había prometido que irían a Inglaterra siempre que pudieran, y que su padre siempre sería bien recibido en Bar.

El duque decidió regresar antes a su ducado para preparar personalmente el recibimiento de Leonor, pues quería asegurarse de que fuera acogida con todos los honores.

Se acordó que Leonor saldría para Bar al cabo de algunas semanas.

Estaba muy nerviosa haciendo los preparativos, y Juana se las arregló para pasar el mayor tiempo posible a su lado.

–Cuando te vayas, te veré en contadas ocasiones –dijo Juana.

Juana había alumbrado a otra niña a quien puso Margarita en honor a su hermana. Ya tenía tres hijos. Ser madre parecía sentarle muy bien y, como su madre, paría sin demasiadas dificultades. Además, Gilberto estaba cada día más enamorado de ella, lo que la satisfacía enormemente.

–Hermana, creo que estás encinta –dijo Juana un día a su hermana.

Leonor se ruborizó. Lo sospechaba, pero el hecho de que Juana lo notara, le sirvió de confirmación.

–Es algo que deseo con todo mi corazón –declaró.

–El duque estará encantado.

–Cuando esté más segura de ello, le enviaré un mensaje.

Juana lanzó una carcajada.

–La vida es maravillosa, ¿verdad, hermana? ¿Tenía o no razón cuando te decía que debías casarte? Pobre Margarita, dudo que para ella la vida sea tan estupenda. ¿No te parece raro que su duque le permita vivir aquí? He oído decir que él lo prefiere. ¡Qué suerte tenemos nosotras!

Leonor asintió.

Efectivamente, Leonor estaba embarazada, y cuando su marido lo supo, le escribió una carta en la que la conminaba a partir para Bar de inmediato, pues creía que era mejor que realizara el viaje estando de pocos meses. Añadió que era imprescindible que su heredero naciera en el ducado.

Una larga comitiva, encabezada por el rey, acompañó a Leonor hasta Dover.

Padre e hija se despidieron muy afectuosamente, y Eduardo se quedó en el puerto hasta que el barco que se llevaba a su hija desapareció en el horizonte.

Leonor fue recibida en su nuevo hogar por su esposo, quien le ofreció una fiesta de bienvenida igualable a la que el rey de Inglaterra les había dado el día de la boda. Había organizado un torneo al que asistirían los caballeros más valerosos del Continente, entre los que se contaba al duque de Brabante, el padre del esposo de

Margarita, conocido por ser el mejor de los caballeros y por haber merecido los títulos de la Gloria del Mundo y la Flor de la Caballería. Ello implicaba que se desplazaría gente de todos los rincones del mundo para verle justar.

–Querida, deberás ser tú quien entregue la corona al vencedor, pues todos los caballeros lucharán en tu honor –dijo el duque.

Leonor estaba encantada. Siempre había sido muy bella, pero su belleza se había acentuado desde que se había casado. Tenía las mejillas más rosadas, los ojos más resplandecientes y los cabellos más brillantes, sobre todo cuando se los dejaba sueltos.

El duque de Brabante se quedó profundamente impresionado por su belleza, y le dijo que estaba dispuesto a ganar la corona para poder tener el honor de recibirla de sus manos.

A Leonor le habría encantado que Juana la hubiese podido ver. Tal vez la habría envidiado, aunque luego pensó que su hermana estaba tan orgullosa de sí misma, que no tenía tiempo de envidiar a nadie. Leonor estaba un poco preocupada por ella, porque las últimas veces que se habían visto le había hablado con mucha frescura de la posibilidad de casarse con quien ella quisiera cuando su marido muriera.

Decidió no pensar en Juana ese día. Hacía un tiempo magnífico, y el sol brillaba en lo alto del cielo. Las lanzas de los caballeros resplandecían como si fueran oro. Leonor se sentó en lo alto de su estrado acompañada por sus damas, bajo un toldo escarlata y dorado. Todas las miradas se dirigieron a ella. La gente se maravilló de la belleza de sus cabellos y ojos. Le habría gustado que su padre hubiese estado allí para verla.

Todos los caballeros querían ganar el torneo, para tener el honor de recibir el trofeo de unas manos tan delicadas.

«Sí, soy feliz –pensó–. Jamás habría imaginado que pudiera ser tan dichosa. Juana tenía razón: necesitaba un marido e hijos. Ésta es la verdadera vida.» La Corona de Inglaterra, que en otro tiempo tanto había envidiado, le parecía entonces una nimiedad comparada con la felicidad que le proporcionaba ser esposa, futura madre y reina de un torneo.

El combate duró todo el día. El viejo duque de Brabante había salido victorioso de varios encuentros, y Leonor esperaba que fuera el vencedor. Quería que la corona fuera el premio a toda una vida dedicada a la lucha, pues el duque ya empezaba a ser demasiado viejo para justar.

Lo observó atentamente. Su adversario era un extranjero a quien Leonor no conocía, aunque supuso que, si se le había invitado, debía ser un caballero con cierta reputación. Era alto y cabalgaba con mucho estilo, como su padre el rey de Inglaterra.

A la tercera vuelta, Leonor oyó que el público lanzaba un grito sofocado. Luego se percató de que algunos corrían en dirección al viejo duque de Brabante, que estaba tendido en el suelo sangrando.

Su adversario se arrodilló a su lado, implorándole perdón y ofreciéndole la espada para que le matara por lo que le había hecho.

El viejo duque negó con la cabeza.

–Ha sido una lucha justa –murmuró–. Debí tener presente que ya soy demasiado viejo para esto.

Le trasladaron al castillo de Le Bar, donde murió al poco tiempo. Su muerte ensombreció las celebraciones, por lo que el duque y Leonor decidieron cancelarlas. Se dijo que era un mal augurio. Muerto el viejo duque de Brabante, el marido de Margarita se convirtió en el nuevo duque.

Llegó el día del parto. Leonor y el duque recibieron con gran alegría a su primer varón, que, por deseos de la madre, se llamó Eduardo. Cuando la noticia llegó a Inglaterra, los ingleses celebraron con gran alegría el nacimiento. El rey estaba ansioso por ver a su hija, pero sabía que le era imposible desplazarse hasta Bar. Aun así, rezó para que Leonor continuara siendo tan feliz.

Poco tiempo después, ella volvió a quedarse embarazada. Esa vez nació una niña. Escribió una carta a Juana en la que le contaba lo feliz que era, y añadía que la niña se llamaba Juana, en recuerdo a la hermana que tanto quería.

Indudablemente, la felicidad se adueñó del ducado de Bar-le-Duc. Por fortuna, ni el duque ni la duquesa supieron entonces lo poco que les iba a durar esa felicidad.

Juana ya tenía cuatro hijos: Gilberto, Leonor, Margarita e Isabel. Habían nacido en el espacio de cinco años, y por entonces ser madre y esposa habían dejado de sorprenderla.

Continuaba siendo tan vital y fuerte como siempre. Tenía veintitrés años, y aunque cuando se casó no le pareció tan mal tener un esposo anciano, en esos momentos estaba ahíta de él, incluso le disgustaban sus mimos y atenciones.

Se fijó en uno de los caballeros de Gilberto, Ralph de Monthermer, apuesto, robusto y joven. Cuando lo comparaba con Gilberto, éste siempre salía perdiendo por su mayor edad. Se preguntó qué habría pasado si hubiera conocido a Ralph antes de casarse, y llegó a la conclusión de que no habría podido casarse con Gilberto. Entonces imaginó qué le habría dicho su padre si le hubiese sugerido que deseaba contraer matrimonio con Ralph.

¡Un simple caballero para la hija del rey! Habría pensado que se había vuelto loca. Tal vez lo estaba un poco. En cualquier caso, cada vez que veía a ese caballero, el corazón le daba un vuelco.

Le divertía jugar con él: se daba la vuelta hacia él y lo sorprendía mirándola fijamente. Entonces le preguntaba si le ocurría algo malo. El joven quedaba algo avergonzado, pero sólo un poco, pues era bastante descarado.

—¿Algo malo, señora? No, nada. Todo va bien... Demasido bien para mi tranquilidad de ánimo.

Esta respuesta era una clara alusión a los encantos de Juana; algo que la satisfacía enormemente.

Se aseguraba de que lo sentaran cerca de ella, aunque no al lado. Las canciones que cantaba Juana después de la cena siempre trataban de amores imposibles, y disfrutaba viendo el efecto que producían en Ralph. Cada vez que salía a caballo, se aseguraba de que él estuviera entre sus acompañantes, y se hacía la sorprendida cuando se encontraba cabalgando a su lado.

Cualquiera de sus vasallos hubiese afirmado que se trataba de una situación bastante peligrosa, pero Juana amaba el peligro, y cada día se sentía más atraída por Ralph de Monthermer.

De no ser porque se retiraba siempre muy temprano, Gilberto habría acabado advirtiendo el juego que su esposa se traía entre manos. Por entonces, la salud de Gilberto era bastante precaria, pues era obvio que se resentía de la última campaña militar en que había participado.

Juana jugó durante unos días a ser la esposa angustiada, pero luego se cansó. Por fortuna, Gilberto no vivió lo suficiente para percatarse de ello; una mañana sus criados lo encontraron muerto en la cama.

Juana recibió la noticia con calma. Tuvo que esforzarse mucho para fingir estar apenada. El matrimonio fue satisfactorio mientras duró, pero para Juana había durado demasiado. No habría podido continuar mucho tiempo más siéndole fiel, por lo que fue una suerte para todos que Gilberto muriera antes de descubrir que su esposa le era infiel.

Mandó llamar a Ralph de Monthermer. Cuando éste entró en la habitación, ella le alargó la mano para que se la besara. Ralph, en cambio, la cogió con fuerza y la atrajo hacia sí.

–¿Qué significa esto, milord? –preguntó Juana con los ojos brillantes.

–Creo que lo sabéis bien, señora.

–Mi marido está muerto –añadió Juana.

–Ya lo sé.

–¿Y creéis que ello os da impunidad para tratarme así?

–Creo adivinar por vuestros ojos, mi señora, que puedo abusar un poco de vuestra amabilidad.

–¿Habéis olvidado, Ralph de Monthermer, que soy la viuda de vuestro señor y la hija de vuestro rey?

–Lo olvido casi todo cuando estoy a vuestro lado, señora.

–Dejadme ahora. Hablaremos de esto más tarde.

El joven dudó unos instantes. A Juana le habría gustado que, desoyendo su orden, la hubiese abrazado y le hubiese hecho el amor en ese mismo instante. Habría sido de lo más morboso, con Gilberto todavía sin enterrar. Finalmente, Ralph decidió salir.

«Tenemos toda la vida por delante –pensó Juana–. De momento, es mejor que nos atengamos a las reglas del decoro.»

Juana ordenó que se encendieran velas en la habitación del finado, pues corría el mes de diciembre y el sol era muy escaso. Todos sus caballeros entraron a darle el último adiós. Gilberto había sido un buen señor, y un hombre de mucho carácter, pues se había atrevido a desafiar al rey más de una vez. A pesar de ello, se merecía todos los respetos pues, aunque había luchado al lado de Simón de Montfort, el rey le había concedido la mano de una de sus hijas.

Los días que siguieron a la muerte de su marido, Juana estuvo muy ocupada con la herencia, pues no quería que nadie se apoderara de sus propiedades en Gales. Por ello, apenas tuvo tiempo de mirar de reojo a Ralph.

El cuerpo de Gilberto fue trasladado con todos los honores al panteón familiar, en Tewkesbury. Juana ordenó que se esculpiera una estatua de Gilberto, vestido con su armadura de hierro, pues había sido un gran guerrero. En la mano izquierda debía sostener su espada, y en la derecha la lanza.

–¡Pobre Gilberto! –se lamentó–. Fue un buen marido, pero era demasiado viejo y cabía esperar que se fuera antes que yo.

Sonrió. Siempre había dicho que si una mujer se casaba la primera vez por razones de estado –lo que era bastante probable en una princesa–, la segunda lo haría a buen seguro con alguien a quien ella hubiese escogido libremente.

Juana no estaba dispuesta a perder ningún privilegio después de la muerte de su marido, que por haber sido uno de los hombres más ricos de Inglaterra, poseía vastas fincas. Juana fue a visitar a su padre en San Edmundsbury para comprobar si su patrimonio continuaba intacto.

Eduardo se mostró encantado de verla.

Se dieron un fuerte abrazo y Juana supuso que su padre esperaba encontrarla muy apenada.

En el momento que iba a consolarla, Juana se apresuró a decir:

–Querido padre, Gilberto fue un buen marido. Me casé con él porque tú me obligaste. Pero era mucho mayor que yo, y con el paso de los años fue envejeciendo más.

El rey quedó desconcertado, aunque se alegró de ver a su hija tan recuperada de la pérdida de su marido.

–Tengo que pensar en mis hijos –continuó–. Quiero asegurarme de que las propiedades de Gilberto pasan a ser mías. Sé que no permitirás que me las quiten.

–Me han dicho que debes pagar una parte al fisco –dijo el rey–. Creo que son unas diez mil libras.

–Eso es imposible, padre.

–Pues es así, querida hija. Las diez mil libras cubren la deuda de una multa que tu esposo no llegó a pagar. –Le apretó la mano–. El resto será para ti, y creo que es una buena suma.

Juana se sintió satisfecha, pero, aun así, quiso poner a prueba la bondad de su padre. Se había desplazado hasta allí para sacar el mayor partido posible de su viudedad. Sabía que el rey echaba mucho de menos a Leonor, por lo que pensó que tal vez la trataría a ella como lo habría hecho con Leonor.

–Querido padre, ¿no puedes perdonar esas diez mil libras? Por favor, padre, hazlo por mí y por mis hijos...

Había deslizado el brazo por debajo del de su padre, y hundido el rostro en él. Juana era muy atractiva, a pesar de no ser tan hermosa como Leonor, tan gentil como Margarita, o tan buena como María, ni por supuesto tan dependiente como Isabel.

Últimamente el rey pensaba en volver a casarse. Aunque había sentido y sufrido mucho la desaparición de su reina, ya habían pasado varios años y sus ministros le habían sugerido que contrajera matrimonio. Ya no era ningún jovencito –estaba más cerca de los sesenta que de los cincuenta–, no obstante, se encontraba lleno de vigor y la idea de volver a tener compañía femenina le incitaba. Excepto en la adolescencia, Eduardo jamás había practicado el amor fuera del matrimonio, por lo que le resultaba difícil relacionarse frívolamente con una mujer; además tampoco quería manchar la memoria de

Leonor. En cualquier caso, no le pareció mal la idea de casarse en segundas nupcias.

Habían llegado a sus oídos comentarios muy elogiosos de la princesa de Francia. Se llamaba Blanca y era la hija del rey Felipe, más conocido como el Atrevido. Éste había muerto y su hija estaba bajo la tutela de su hermano, el nuevo rey Felipe el Hermoso. Antes incluso de pensar en volver a casarse, Eduardo ya había oído hablar de lo bella y alegre que era Blanca.

Un día decidió que si tenía que contraer matrimonio de nuevo, quería hacerlo con Blanca. Empezaron las negociaciones.

Mientras Juana le suplicaba que le perdonara la deuda, Eduardo se preguntó cómo les comunicaría a sus hijas su decisión. Todas habían querido muchísimo a su madre, y él mismo había dicho en alguna ocasión que nadie podría reemplazarla. Los tiempos cambian y los reyes deben cumplir con su deber. Nunca había visto a Blanca, pero las noticias que le habían llegado de ella le habían bastado para enamorarse. Descubrió que el amor a los cincuenta y seis puede ser tan auténtico como a los veinte, o incluso más, pues a esa edad un hombre conserva aún todo el vigor, pero sabe al mismo tiempo que no le queda mucho para morir.

Eduardo sabía que necesitaría el apoyo y la comprensión de sus hijas, porque no soportaría enemistarse con ellas.

–Mi querida hija –empezó–, no quiero disgustarte por diez mil libras.

Juana se sintió enormemente complacida, pues convencer a su padre le había resultado más fácil de lo que había imaginado.

Por eso decidió apretar un poco más la tuerca.

–Hay otra cosa.

–Te escucho, hija.

–Hay un hombre que se portó muy bien con Gilberto. Creo que habría que recompensarle. Mientras Gilberto estuvo enfermo, no se separó de su lado... Es un vasallo muy leal, que hizo cuanto pudo para que su señor se sintiera a gusto.

–¿Cuál crees tú que debería ser la recompensa?

–Es un hombre de origen muy humilde.

–¿De qué familia procede?

–De una muy pobre, aunque sus modales son los de un caballero. ¿Estarías dispuesto, por mí, a nombrarle caballero?

–Por supuesto que sí. Por ti haría lo que fuera –respondió el rey.

Juana le besó la mano.

–Querido padre, siempre has sido muy bueno con nosotras. La única recompensa que puedo ofrecerte es mi amor por ti.

–Siempre me querrás, ¿verdad hija? –preguntó Eduardo.

–Siempre –respondió Juana.

Juana se despidió de su padre y regresó a Gloucester con su séquito. Se sintió muy satisfecha porque, por un lado, era libre, y, por otro, había quedado demostrado que, hiciera lo que hiciera, su padre siempre la perdonaría.

Mandó llamar a Ralph de Monthermer.

–Bien, milord –empezó–. Has crecido de estatura, ¿no es así? ¡Eres nada menos que un caballero!

–Por lo que os estoy muy agradecido, señora.

–El rey siempre ha sido un buen padre. Tengo la impresión de que jamás me negaría nada.

Juana trató de disimular lo mucho que le divertía esa situación.

Le alargó la mano y Ralph se la cogió satisfecho.

–Mi señora –empezó.

–He decidido que nos casaremos –dijo Juana.

Ralph respiró hondo, sin poder creer lo que acababa de oír.

–Sí –continuó Juana–. Hablaré claro: hay algo en ti que me gusta mucho. ¿Acaso yo te agrado?

Juana lanzó una carcajada al ver la expresión de su rostro.

–Ven. No te avergüences.

–Señora, es que tengo miedo de...

–¿Tú asustado? Entonces me he equivocado. No me gustan los hombres que tienen miedo de...

–De decepcionaros.

–Lo que más me decepciona es que te quedes quieto frente a mí, temblando como un crío.

Ralph se acercó a Juana. Ésta adivinó por sus ojos que le devoraba una ardiente pasión.

Ralph la cogió en brazos y Juana se rió exultante.

–Esto es precisamente lo que esperaba de ti –dijo ella.

–¡Tú..., la hija del rey!

–Sí, y la amante de un caballero.

–¡Juana, mi Juana! –exclamó él.

Ralph no la decepcionó en la cama. Con Gilberto había sido muy distinto, pues era ya un anciano. Juana se convenció de que había hecho la mejor elección: un joven fogoso y varonil. Mientras aún estaban en la cama, Juana le dijo:

–Tendremos que esperar un poco para casarnos. Todavía es pronto.

–¿Quieres llegar tan lejos?

–¿Todavía no te has dado cuenta de que para mí no existen las barreras?

–Estoy empezando a conocerte.

–Tendrás que conocerme mucho mejor, Ralph de Monthermer.

–¿Y qué crees que hará el rey cuando sepa lo de nuestra boda?

–Posiblemente se enfurecerá, y amenazará con desheredarme. Tal vez te encierre en un calabozo. ¿Tienes miedo? ¿Te echarás atrás?

–Eso nunca.

–Muy bien. No me gustan los cobardes. Quiero disfrutar de la vida. No temas, el rey me quiere mucho. No estará demasiado tiempo enfadado conmigo. Y si tú me haces feliz, y yo le pido que saque a mi marido de la prisión, seguro que accederá a mis deseos.

–¿Y qué pasará si tu marido ha dejado de satisfacerte entonces?

–Tendrá que procurar seguir complaciéndome... Como ahora.

Hicieron el amor durante toda la noche.

«Esto sí que es vivir –pensó Juana–. Así he querido vivir siempre.»

Cuando Juana creyó que ya había transcurrido un tiempo razonable, se casó en secreto con Ralph de Monthermer. Estaba encantada con su nuevo matrimonio, y con lo que más disfrutó fue llevándolo a cabo secretamente. Cuando la aventura se terminó, la preocupó la manera como se lo comunicaría a su padre.

Sabía que últimamente estaba muy ocupado tratando de resolver unos asuntos personales. El rey quería casarse de nuevo, y cada día creía estar más enamorado de Blanca de Francia. Se comentaba que cuando se mencionaba el nombre de la dama en su presencia, se le encendían los ojos y hablaba con una inusual dulzura. Blanca era joven y bella, y el rey deseaba hacerla su esposa. Aun así, no dejaba de pensar en la difunta reina, a quien había jurado fidelidad eterna; y al rey nunca le gustó faltar a su palabra.

Había otra cosa que también le preocupaba mucho: su primogénita, su querida Leonor, duquesa de Bar-le-

Duc, a quien, según se decía, había querido más que a nadie, por lo menos antes de obsesionarse por Blanca.

Las cosas no marchaban muy bien en el castillo de Le Bar. El marido de Leonor, como era de suponer, había prestado ayuda a su suegro en el conflicto contra Francia. Eduardo, a cambio, le había proporcionado armas y dinero, y el duque intentó conquistar la Campania, un objetivo que al rey de Inglaterra le interesaba mucho y cuya victoria habría supuesto el engrandecimiento de su nieto.

Pero la Campania pertenecía por derecho a la reina de Francia, pues ostentaba el título de condesa de la Campania. Se enfureció cuando se enteró de que el duque de Bar-le-Duc pretendía conquistar su territorio, y reunió a cuantos hombres pudo para hacer frente al avance del ejército del duque.

El resultado tuvo consecuencias nefastas para el marido de Leonor.

Su ejército fue vencido y a él le hicieron prisionero. La reina, movida por una terrible sed de venganza, lo hizo encadenar y lo mandó a un calabozo de París. Sin embargo, el rey de Francia trató de refrenar a su esposa, y aunque estaba de acuerdo con encerrar al duque en prisión, quiso (tal vez por temor a la ira del rey de Inglaterra) que fuera tratado con un poco más de dignidad. Finalmente el duque fue trasladado a la prisión de Bourges, donde se habilitó una celda más o menos confortable. El rey francés estaba dispuesto a utilizar al duque como moneda de cambio en una futura negociación con su rival inglés.

Leonor vivía sola en el castillo de Le Bar, angustiada por el paradero de su marido, a quien amaba mucho, y protegiendo a su pequeño Eduardo y a su hija Juana.

El rey de Inglaterra, loco de inquietud por su hija, planeó reunirse con ella en Ghent.

Juana, por su lado, se enteró de la noticia y se preguntó si, en vistas de lo muy preocupado que estaba su padre, sería una buena idea comunicarle que se había vuelto a casar, o si por el contrario la noticia aún le irritaría más. Dijo a Ralph que se estaban jugando mucho, pues cabía la posibilidad de que les confiscaran las posesiones, o que él fuera enviado a prisión. Nadie podía saber cómo reaccionaría el rey, porque aunque siempre había sido un padre muy indulgente, tenía un temperamento fuerte, como todos los Plantagenet.

Después de considerarlo detenidamente, Juana decidió que lo mejor era poner en circulación el rumor de que ella y Ralph estaban enamorados y pensaban casarse. Si el rey se lo tomaba a bien, entonces podrían decirle la verdad; si por el contrario se enfurecía, tendrían que callar y hacerle creer que esa relación no había sido más que un pasatiempo.

Eduardo tuvo conocimiento de dicho rumor un día que estaba a solas pensando en los apuros por los que pasaba su primogénita.

–¡Mentira! –gritó–. Mi hija no osaría hacer una cosa así.

Estaba horrorizado. Sabía que su hija Juana no era de la clase de mujeres que pueden vivir sin su marido el resto de sus vidas; por ello había considerado seriamente la oferta que había recibido del conde de la Saboya, quien le había pedido la mano de Juana.

Se puso aún más furioso cuando recordó que había sido ella quien le había pedido que nombrara caballero a Ralph de Monthermer, e intuyó, airado, que le habían estado engañando todo ese tiempo.

Se dijo que Leonor nunca habría hecho algo así; ni Margarita, ni María, ni Isabel. Juana era distinta. Había nacido en una tierra extranjera, había vivido los primeros años de su vida con su abuela... Juana era distinta... Una mentirosa, una pérfida. Decidió darle una lección.

Mandó llamar a dos de sus caballeros y les dio las siguientes órdenes:

–Id a confiscar en mi nombre todas las tierras y bienes de la condesa de Gloucester.

El hecho de que se refiriera a su propia hija como condesa fue de por sí muy significativo.

Los dos hombres dudaron.

–Id ahora mismo –gritó Eduardo–. ¿No me habéis oído?

Finalmente, los dos hombres partieron.

Juana se desesperó. Si su padre había reaccionado así por un rumor, ¿qué sería capaz de hacer cuando supiera que el mal ya estaba hecho?

–Debemos actuar con la máxima precaución –dijo a Ralph–. Será mejor que nos separemos por un tiempo.

Ralph le contestó que prefería afrontar el riesgo a tener que separarse de ella. Era como si el peligro intensificara aún más su pasión. Su valentía hizo feliz a Juana. Él era el amante que había estado esperando toda su vida. Estaba dispuesto a morir por ella, lo que era probable que sucediera, pues la ira del rey podía llegar a ser terrible. Juana se negó a creer que su padre osara hacer daño a su propia hija, pero sí creyó factible que castigara a quienes habían compartido sus pecados.

Por suerte, tenía buenos amigos. Un caballero de la corte de su padre decidió presentarse ante ella para advertirla del peligro que se le avecinaba.

El caballero había abandonado furtivamente la corte y cabalgado hasta el castillo de Monmouth, donde pidió ser recibido por la condesa con la máxima urgencia.

Juana lo recibió enseguida, y antes de que pudiera expresarle su gratitud, el hombre le dijo muy nervioso:

–El rey ha enviado a Walter de Winterborn, su confesor, para averiguar cuál es exactamente vuestra relación con Ralph de Monthermer.

–Entiendo –dijo Juana pensando ya en la excusa.

–Walter de Winterborn tendrá que explicar al rey si es verdad el rumor de que os vais a casar con ese caballero. Además os comunicará que el rey está planeando casaros de nuevo.

–¡Casarme de nuevo!

–Sí, está negociando con Amadeo, conde de la Saboya. El rey quiere que la boda se celebre cuanto antes, para acabar así con este rumor.

Era evidente que ya no podía mantener en secreto por más tiempo su nuevo matrimonio. La idea de tener que soportar el interrogatorio de Walter de Winterborn le provocó náuseas.

Agradeció al caballero que se hubiese desplazado hasta Monmouth para advertirla, y fue en busca de Ralph.

–Ha ocurrido una desgracia –dijo–. El rey quiere volver a casarme.

–¡No puede obligarte! –exclamó Ralph.

–Por supuesto que no. Pero ya ves de lo que es capaz mi padre cuando se enfada. De momento, me ha desposeído de cuanto tenía. De todas maneras no importaba, porque conseguiré recuperarlo. Ahora necesito ganar tiempo. Cuando Winterborn llegue aquí, no tardará en averiguarlo todo. Interrogará a los criados, y gracias a sus hábitos, les sacará cuanto quiera.

–Entonces ¿qué propones, amor mío?

–Nos iremos de aquí ahora mismo. Necesito tiempo. Mi padre tendrá que saber más tarde o más temprano que estamos casados, pero no ahora. Debes estar preparado porque nos iremos hoy mismo al castillo de la condesa de Pembroke en Herefordshire. Ella me ayudará, porque siempre hemos sido buenas amigas. Se lo contaré todo. Además allí podré pensar con tranquilidad.

–Estaré listo enseguida –dijo Ralph.

–Me llevaré a los niños –continuó Juana–. Como mi padre está muy enamorado de sus nietos, no querrá hacerles daño separándoles de su madre. Aunque me cueste mucho, conseguiré convencerlo.

–Siempre consigues que los demás cumplan tus deseos –sugirió Ralph con admiración.

Juana sonrió satisfecha por esta última afirmación. Al cabo de unas horas, partieron hacia el castillo de Goodrich, el hogar de los Pembroke en Herefordshire.

La condesa, una buena amiga de Juana, aunque considerablemente mayor que ella, hacía poco que se había quedado viuda. Era su mejor confidente. La hija de la condesa, Isabella, casada con Hastings, uno de los aspirantes al trono de Escocia, estaba pasando una temporada con su madre. Las dos estuvieron encantadas de recibir tan grata visita.

Juana buscó el momento para quedarse a solas con la condesa, a quien ya le habían llegado los rumores, pero no sabía que el matrimonio fuera un hecho consumado. Cuando Juana se lo contó, quedó horrorizada.

–Pero, mi querida Juana, el rey se va a enfadar muchísimo –dijo.

–Lo sé. Por eso quiero que me des tu opinión.

–¿Por qué no le pediste permiso?

–Porque me lo hubiera denegado.

–¿Y esta boda era realmente tan importante para ti?

–Mi querida amiga, ya conoces a Ralph. ¿No crees que es un príncipe comparado con los demás hombres?

–Sí, es muy atractivo.

–Me casé con un anciano para complacer a mi padre. Creo que tengo derecho a complacer mis deseos.

–Pero no a casarte sin el consentimiento del rey –contestó la condesa.

–Me casé sin su consentimiento, y eso ahora ya no tiene remedio. No quiero discutir sobre lo que debería o no haber hecho, sino sobre lo que tengo que hacer ahora. Hay algo más, que sólo Ralph sabe. Bien...

La condesa la miró, incrédula.

–Pues sí –continuó Juana–, lo has adivinado: estoy embarazada. –Juana lanzó una carcajada–. Ahora ya sabes por qué no tiene remedio...

–Puede encarcelar a tu marido y confiscar tus tierras.

–Lo último ya lo ha hecho. Dime, condesa, ¿qué puedo hacer?

La condesa quedó pensativa unos instantes. Luego dijo:

–Sólo tienes una salida: ve a verlo y pídele perdón. Cuéntale lo mucho que amas a tu marido y que estás esperando un hijo suyo.

–No tardará mucho en enterarse. Está furioso porque le convencí para que invistiera caballero a Ralph en reconocimiento por los servicios prestados a mi difunto marido.

La condesa asintió con la cabeza.

–Estoy convencida de que la tormenta no durará mucho. El rey quiere a su familia, y seguro que no permitirá que este conflicto desate una guerra entre sus miembros. Estará enfadado durante algún tiempo, por lo que tal vez sea mejor que te alejes de él hasta que no se haya calmado un poco.

–Creo que tienes razón –dijo Juana–. Aun así, querrá verme y no podré negarme a su petición. Creo que le enviaré a los niños antes. Los quiere mucho, sobre todo a las niñas, y al verlos se calmará un poco. Seguramente no se atreverá a tratar mal a la madre de sus nietas.

–Es una buena idea –asintió la condesa.

Juana envió a las niñas a San Albans con su abuelo. Después tuvo noticias de que el rey se había alegrado mucho de verlas e incluso se había permitido jugar con ellas.

Juana pensó que la actitud del rey hacia sus hijas era un buen augurio. Por eso se sorprendió tanto el día que los guardias del rey entraron en Goodrich y arrestaron a Ralph, para llevarlo a la prisión del castillo de Bristol. Esos mismos soldados comunicaron a Juana –siempre refiriéndose a ella como condesa de Gloucester– que el rey quería que pagara inmediatamente las deudas del finado Gloucester, deudas que en su día el monarca le había perdonado.

Era evidente que su padre estaba muy dolido. Tal vez fuera la primera vez que se enfadaba tanto con un miembro de su familia.

Durante un mes el rey no quiso recibir a su hija, algo que a Juana no pareció importarle mucho. Sin embargo, no soportaba que Ralph estuviera encerrado en el castillo de Bristol, y sólo hablaba de ello con la condesa de Pembroke y su hija Isabella.

–Tengo que hacer algo –declaró–. No puedo permitir que Ralph esté en Bristol. Mi padre sabe muy bien que éste es el peor castigo que puede infligirme... Robarme a mi esposo. Iré a verlo y le suplicaré que lo deje en libertad.

A la condesa no le pareció una buena idea, e Isabella le recordó lo enfadado que estaba el rey con ella. La condesa trató de convencerla de que era normal que su padre se comportara así, pues por su culpa había quedado mal con el conde de la Saboya.

–Pero siempre ha sido muy bueno con sus hijas. Nos lo ha perdonado todo.

–Esta vez es distinto –contestó la condesa.

–Tengo que hacérselo comprender. Quiere mucho a sus nietos. Tendría que estar encantado de que su futuro nieto tenga un padre como Ralph. Decidme, ¿habéis conocido a hombre más apuesto que él?

La condesa sonrió e Isabella respondió con cierto entusiasmo:

–Es muy guapo. No hay demasiados hombres tan apuestos como él.

–Veo que te gusta –se apresuró a decir Juana.

–Pero Juana –la interrumpió la condesa–, Isabella ya tiene un marido, y lo quiere mucho.

Juana se echó a reír.

–Lo sé muy bien. Me habría disgustado si me hubiese dicho que no le gustaba. Bien, ahora ya sabéis por qué no puedo permitir que se pudra en la prisión. Lo único que me queda es ir a ver a mi padre y hablarle con toda franqueza.

–¿Crees que querrá recibirte? –preguntó Isabella.

–Lo hará si me persono allí. Le conozco bien. Nos quiere mucho y estará deseando reconciliarse conmigo. Queridas amigas, mañana mismo partiré hacia la corte, y, por favor, no tratéis de disuadirme.

–No lo haremos –respondió la condesa con una sonrisa–. Siempre hemos sabido que cuando tomas una decisión, no sirve de nada tratar de hacerte cambiar de idea.

–Le suplicaré, al final cederá.

–Rezaré para que así sea –dijo la condesa.

Juana llegó a San Albans un día caluroso del mes de julio.

Los criados que la recibieron se quedaron atónitos al verla llegar, y durante unos instantes no supieron reaccionar, pues sabían que la princesa estaba desacreditada.

Como ya se le notaba bastante el embarazo, supuso que no le negarían una cama donde poder descansar después del largo viaje.

Los criados no tuvieron más remedio que dejarla pasar; en el fondo, Juana les daba miedo.

Envió un mensaje al rey.

–Vuestra hija está aquí. Es la primera vez en su vida que tiene que pediros audiencia, pero lo hace con mucho gusto y espera ser recibida.

El rey supo que estaba embarazada, y no pudo evitar preocuparse por su salud. Ordenó que la cuidaran y accedió a recibirla al día siguiente.

Juana se sintió triunfante. El rey había actuado como ella había imaginado. Pensó que si se mostraba cariñosa y lo halagaba un poco, lograría conquistarlo.

Cuando estuvo frente a él, Juana se inquietó porque la miró con una frialdad inaudita en él. Había odio en su mirada. Aun así, Juana confió en su poder de persuasión.

Su padre estaba sentado en una especie de trono, y Juana estaba de pie delante de él.

–Mi señor padre –empezó–, pido permiso para sentarme.

Eduardo asintió con la cabeza, y Juana se sentó en un banco.

–¿Por qué te sientas ahí? –preguntó Eduardo fríamente.

–Porque aunque seas mi padre, también eres el rey.

–Por eso me has ofendido doblemente; como hija y como súbdita.

–Querido padre, no puedo soportar la frialdad de tu mirada. Todavía pienso en mi madre. ¡Ojalá viviera todavía! Ella me escucharía... Intercedería por mí. Se entristecería al ver que me odias tanto.

–De lo que sí se afligiría es de haber parido una hija tan rebelde.

–Tú la amabas mucho –afirmó Juana–. Yo también amo a mi esposo.

–¡A ese... don nadie! ¡Me persuadiste para que lo invistiera caballero!

–Nadie se merece tanto ese honor..., y el de ser el yerno del mejor de los reyes. Padre, acuérdate... del pasado... De lo felices que fuimos todos juntos. Voy a tener un hijo fruto del amor que siento por mi esposo, a quien has encarcelado cruelmente.

–Fue un error –dijo el rey con dureza–. Tiene lo que

se merece. Podría, si quisiera, infligirle un castigo aún más severo, que seguramente se adecuaría mejor al delito que ha cometido.

En ese momento, Juana no pudo dominarse y gritó:

–Suéltalo. No ha hecho nada malo. Lo amo, padre. Tú sabes muy bien lo que es eso. Fui yo quien le convenció para que se casara... Le obligué a ello...

El rey sonrió disimuladamente al imaginar a Juana obligando a Ralph de Monthermer a casarse con ella. No pudo evitar sentir cierta admiración hacia su hija. Tenía genio y nervio y no temía a nada ni a nadie.

–Dime –continuó Juana–, ¿por qué se tolera que un hombre con rango se case con una mujer vulgar, y sin embargo no se admite lo contrario?

–Tú eres una princesa, y él no es nadie. Debes pedirme permiso para casarte. Te mofaste de mí... y de todo el país. Tenías muchos pretendientes.

–Ya, seguro que todos querían casarse conmigo para medrar. Señor, me casé la primera vez para complacerte. Me entregaste a un anciano.

–Gilberto fue muy bueno contigo.

–¿Y qué podía hacer? ¿No es verdad que las cosas le fueron mejor desde que se casó con la hija del rey? En cambio yo me casé para complacerte, porque necesitabas a Gilberto para tus planes. Viví con él, tuve hijos de él y finalmente murió. ¿Por qué no puedo casarme ahora con quien yo escoja?

–Sólo puedes casarte cuando tengas mi permiso.

–No es justo. ¿Debo entender que se me niega el amor verdadero por el hecho de ser la hija del rey? Acepté una boda de estado, pero reclamo el derecho a casarme en segundas nupcias con quien yo desee.

–Tú no tienes derecho alguno –exclamó el rey–. Harás lo que yo te mande.

–No puedes romper mi matrimonio. Ralph es mi marido y nada podrá cambiar eso.

–Puede continuar siendo mi prisionero, y a ti puedo desposeerte de todos tus bienes. Así aprenderás lo que les ocurre a quienes osan desobedecer al rey.

–Veo que me equivoqué cuando creí que tenía un padre que me quería. ¡Cuánto nos queríamos... antes, cuando vivía mi madre y estábamos todos juntos! Confiábamos en ti; tu amor nos hacía sentir protegidos. Pero entiendo que sólo fue algo pasajero.

Juana se puso la mano en la barriga y sintió cómo se movía el niño.

–Señor..., mis damas...

El rey se levantó y se acercó a Juana.

–¿Qué te ocurre?

Juana le hizo un gesto indicándole que se apartara.

–Es como si el niño notara la ingratitud de su abuelo.

–Diré que te acompañen a tu habitación.

–Adiós, padre. Eres un hombre muy severo. Nunca habría imaginado que... –Juana se interrumpió encogiéndose de hombros.

Se le llenaron los ojos de lágrimas y se lanzó a los brazos de su padre.

–No puedo soportarlo más –exclamó Juana–. No entiendo cómo mi queridísimo padre...

Eduardo la besó en el pelo. En el fondo, estaba orgulloso de esa hija tan salvaje y pasional.

Juana se quedó abrazada a él. No quería dejarlo marchar.

–Di que me perdonas –murmuró–, y luego me iré... Tal vez vaya a reunirme con mi esposo en la prisión... Tu nieto nacerá en cautividad, pero al menos estaré cerca de mi marido.

–¡Eso nunca! –exclamó el rey con brusquedad.

–¡Oh, padre, creo que todavía me quieres un poco!

–Sabes que te quiero, y mucho –dijo Eduardo.

Juana le puso los brazos alrededor del cuello; su rostro volvió a tener la expresión de siempre.

–¿Todavía… me quieres?

–Siempre te querré.

–¡Padre, me haces muy feliz!

–Querida hija, lo he pasado muy mal todo este tiempo creyendo que quizá no nos reconciliaríamos.

–A partir de ahora, todo va a ser como antes. Padre, permíteme decirte que quiero mucho a mi esposo. Estoy segura de que tú también llegarás a quererlo cuando lo conozcas. Debes querer al responsable de la dicha de tu hija. Padre, ¿harás que lo liberen?

Eduardo le cogió la mano y se la besó.

–Supongo que tendré que obedecer a mi hija.

–Nadie jamás podrá dar órdenes al rey. Sé que lo haces porque tienes un corazón bondadoso. Quiero ir a visitar todas las cruces de mi madre y agradecerle tu perdón. Quiero que mi esposo me acompañe para que seamos los dos quienes se lo agradezcamos. Si me das una segunda oportunidad, seré la mujer más feliz de la tierra.

–Nunca he dejado de quererte.

Juana pensó que había llegado el momento de castigarlo un poco.

–Pues parecía que sí. Mi madre seguramente estuvo llorando en el cielo cuando vio con qué dureza e intransigencia me tratabas a mí y a los míos.

Eduardo hizo una mueca de dolor. Se preguntó qué opinión le merecería a Leonor el que volviera a estar de nuevo enamorado y que quisiera casarse con la hermosa Blanca.

Se sintió incómodo porque le pareció que el deseo que le despertaba Blanca era una suerte de infidelidad hacia Leonor.

–Se sentirá feliz viéndonos de nuevo juntos –dijo Juana–. Estoy segura de que ahora mismo nos está viendo y está llorando de alegría.

Eduardo se dijo que Leonor lo entendería, porque

siempre había sido una mujer muy comprensiva. De no haber muerto, él le habría sido fiel hasta el final.

–Sacaré a tu marido de la prisión y te devolveré las tierras.

Juana lo abrazó y lo besó. Estaba exultante porque finalmente había vencido. Se alegró de que su plan hubiese salido tal y como ella había ingeniado.

Eduardo estaba feliz porque se había reconciliado con su hija. Tuvo que admitir que prefería perder un castillo antes que enfadarse con alguien de su familia. Quería mucho a sus hijos, pues eran la culminación del amor que había sentido por Leonor.

Estaba preocupado por Juana y el niño. Pensó que tal vez tantos días de angustias habrían afectado al bebé.

–El niño es feliz ahora. Aunque no te lo creas, te diré que ya no se mueve. Creo que sabe que será el nieto de un rey.

–Eso es una tontería –replicó Eduardo cariñosamente.

Juana quería recordar palabra por palabra cuanto habían hablado para contárselo a Ralph cuando lo viera. Era absolutamente necesario que él supiera que su esposa, aparte de ser seductora, era muy lista.

Se despidió de su padre para ir en busca de Ralph. Toda la corte se sorprendió de la rapidez con que había claudicado el rey.

Una vez libre, Ralph de Monthermer y Juana se dirigieron al palacio de Eltham, donde el rey le concedió el título de conde de Gloucester y Hereford. Después de la ceremonia, el matrimonio se marchó al castillo de Marlborough, donde nació una hija a la que pusieron María.

LA ESPOSA DEL REY

El rey recibió un duro golpe. Hacía ya algunos años que soñaba con Blanca; incluso mantenían correspondencia. Además Eduardo había dado instrucciones a sus embajadores en la corte de Francia para que le explicaran cuanto hiciera la princesa Blanca.

Felipe, el astuto rey de Francia, tenía noticias de lo muy enamorado que estaba Eduardo de la princesa. Le divertía pensar que el rey de Inglaterra no hacía más que soñar con ella, y le pareció una buena estrategia dejar que continuara haciéndolo. Cuanto más deseara a Blanca, más alto sería el precio que tendría que pagar por ella.

Finalmente, Felipe decidió comunicar al monarca vecino que le concedía la mano de Blanca a cambio de que Gasconia pasara a ser territorio francés.

«¡No puedo hacer una cosa así!», se quejó Eduardo. Gasconia era un territorio estratégico para Inglaterra, y el rey francés lo sabía muy bien, así como sabía lo mucho que Eduardo deseaba a Blanca, por lo que creyó que no le sería difícil conseguir su objetivo.

Por las noches Eduardo soñaba con Gasconia. Por un lado, no podía permitirse renunciar a Gasconia, pero, por el otro, le era imposible imaginar su futuro sin Blanca. Hacía ya más de siete años que Leonor había muerto, y Eduardo se convenció de que su difunta esposa comprendería que siete años eran muchos para un rey que, aunque ya no era joven, aún tenía mucho vigor para renunciar a volver a casarse.

Finalmente, no pudo resistirlo más y tomó la decisión de entregar Gasconia a Felipe a cambio de Blanca. Las negociaciones corrieron a cargo de su hermano Edmundo, quien lo mantuvo informado en todo momento.

Era obvio que Edmundo estaba intranquilo. No confiaba en el astuto monarca francés que, por ser guapo, se hacía llamar Felipe el Hermoso.

Al final, Eduardo recibió un mensaje de su hermano en el que le explicaba que Gasconia ya pertenecía a Francia y que se había formalizado el contrato matrimonial. Asimismo le informaba de que la novia no sería la que tanto había deseado. La princesa Blanca, según escribió Edmundo, ya estaba comprometida con el duque de Austria, el primogénito del emperador. Sin embargo, Blanca tenía una hermana pequeña, Margarita, y el rey de Francia había propuesto cambiar en el contrato el nombre de Blanca por el de Margarita.

Eduardo se enfureció. Todos esos años soñando con Blanca, sólo para acabar teniendo a su hermana pequeña. Edmundo añadía en su carta que, aparte de ser mucho más joven que Blanca, Margarita era muy bella. Además, decía, la situación era complicada, por cuanto los franceses ya habían tomado posesión de Gasconia, y recuperarla significaría empezar una larga guerra. Además, dado que Blanca ya estaba desposada, no le quedaba más remedio que aceptar a Margarita, si lo que realmente deseaba era casarse.

Eduardo maldijo al rey de Francia. Se comparó con Jacob, quien estuvo siete años cortejando a Raquel y finalmente el padre le entregó a la hermana mayor, Lea.

La única diferencia era que a Eduardo le ofrecían la hermana pequeña.

El rey de Inglaterra se encontraba en un callejón sin salida. O aceptaba a Margarita, o bien se quedaba sin esposa.

Mientras trataba de encontrar una salida para ese asunto, surgieron problemas en la familia que acapararon toda su atención. Estaba muy preocupado por Leonor, cuyo esposo, el duque de Bar-le-Duc, continuaba preso en Francia. La pobre Leonor estaba muy triste, y Eduardo no podía hacer nada para ayudarla. Había planeado viajar a Ghent para reunirse allí con ella. Le escribió una carta para decirle lo feliz que se sentiría pudiendo reunirse con ella, y Leonor le contestó que nada podría hacerla más feliz que estar de nuevo con su esposo.

Aparte de las diferencias con Francia, a Eduardo también le preocupaban las esporádicas rebeliones en Gales, aunque había sabido desde el principio que no sería fácil que un pueblo tan orgulloso de sus raíces aceptara la dominación inglesa. En Escocia, las cosas empeoraban día a día, y Juan Baliol demostraba ser un gobernante poco eficaz. Otro motivo de preocupación, además de Leonor, era la futura boda de Isabel. Por otra parte, a Margarita no parecía importarle mucho tener un marido tan libertino. Eduardo se dijo que las cosas habrían sido muy distintas si todas sus hijas hubiesen sido monjas. En cuanto al joven Eduardo, que ya casi tenía catorce años, el rey temía que abandonara sus estudios, y le disgustaba que siempre se rodeara de tantos amigos.

Isabel estaba prometida con Juan de Holanda. Éste había pasado algunas temporadas en Inglaterra, por lo que la hija del rey ya lo conocía bien. Era un joven muy pacífico, y Eduardo estaba convencido de que sería un buen esposo para Isabel, aunque ésta le había manifestado en más de una ocasión que no quería abandonar Inglaterra.

Naturalmente, podría haberse comportado con sus hijos como lo hacían la mayoría de reyes, esto es, con más intransigencia y obligándoles a obedecer sus órdenes. Pero Eduardo los quería demasiado, y tratarlos con dureza le habría hecho infeliz a él y desgraciados a ellos. A él le habían educado de esa manera –nadie podía cuestionar la adoración que sus padres le profesaron–, y acabó convenciéndose de que ésta era la única manera de educar a los hijos. A veces le recompensaba, como en el caso de Leonor, pero había otras en que tanto amor e indulgencia le provocaban malestar.

El conde de Holanda había sido asesinado hacía poco, y Juan, el prometido de Isabel, heredó su título. El asesinato del padre de Juan se produjo en extrañas circunstancias. Eduardo lo había observado de cerca desde la muerte de la Doncella de Noruega, pues el conde de Holanda era uno de los descendientes de la princesa escocesa Ada, hija de uno de los hermanos de Guillermo el León. El conde se sintió muy decepcionado cuando se escogió a Juan Baliol como nuevo rey de Escocia. En alguna ocasión, se mostró más partidario de Francia que de Inglaterra. Incluso había llegado a prometer ayuda a Francia en la causa contra los ingleses, a cambio de que el rey Felipe le ofreciera una buena recompensa, lo que habría significado la ruptura del compromiso de enlace entre su hijo e Isabel.

Eduardo no pareció desesperarse ante aquella virtual derrota, pues precisamente por entonces el joven Juan estaba viviendo en Inglaterra, donde se había trasladado para educarse en las costumbres del país. Cuando Juan conoció los planes de su padre, dijo a Eduardo que él se debía a Isabel y que, después de los buenos tratos recibidos en Inglaterra, estaba dispuesto a luchar a favor de su futuro suegro, aunque ello implicara desobedecer a su padre.

Florencio, conde de Holanda, tenía numerosas

amantes y muchos hijos ilegítimos repartidos por su país; por tanto, no pareció importarle demasiado el desafío de su hijo Juan.

–Puesto que mi hijo legítimo está dispuesto a desafiarme, le desheredaré. Ya encontraré, entre mis numerosos hijos bastardos, alguno que le reemplace.

A Eduardo le sorprendió esa reacción, y escribió a Florencio para advertirle de la locura que estaba a punto de cometer. Algunos de los vasallos del conde tampoco estuvieron de acuerdo con la decisión, por lo que se urdió una conspiración contra él. Florencio tenía muchos enemigos, el más peligroso era uno de sus ministros, Gerardo de Valsen, quien tenía buenas razones para odiarlo, pues el conde quiso obligarlo a casarse con una de sus amantes, pero Gerardo se negó a ello. En primer lugar, porque estaba a punto de casarse con la mujer que él había escogido y, en segundo lugar, porque no tenía intención de tomar lo que Florencio había desechado. Éste se enfureció y juró vengarse de Gerardo. Unos meses después de la boda de éste, el conde ordenó a una banda de rufianes que secuestrara a la esposa del ministro, a la que encerró y violó en uno de sus castillos. Luego se la devolvió a Valsen con un mensaje en que le decía que se había equivocado al creer que no se casaría con una de sus amantes.

Con ese gesto Florencio se condenó a muerte, pues Valsen se puso al frente de los enemigos del conde, dispuesto a vengarse de él. Al poco tiempo raptaron al conde, y cuando Valsen lo tuvo en su poder, se mofó de él explicándole cuáles eran sus planes de venganza. Pero antes de poderla llevar a cabo, algunos partidarios de Florencio trataron de rescatarlo. El intento fue abortado, pero en medio de la agitación Valsen convenció a sus secuaces de que el conde debía morir. De esta forma, después de ser brutalmente asesinado, mutilaron su cuerpo.

El joven Juan fue nombrado el nuevo conde de Holanda.

Muchos pensaron que el rey de Inglaterra estaba detrás de la conspiración. Eduardo lo negó rotundamente e invitó a los nobles holandeses a Inglaterra para hablar de la boda de su hija Isabel con el conde. Finalmente, las dos partes se pusieron de acuerdo para que se celebrara la boda. Eduardo concluyó que debía llevarse a cabo cuanto antes.

El rey convocó al obispo de Londres en Ipswich, donde se celebró la ceremonia nupcial.

En Ipswich estuvieron también el príncipe Eduardo, con un magnífico séquito, y la princesa Margarita, quien aún no había abandonado Inglaterra, porque constantemente inventaba excusas para no tener que reunirse con su esposo en Brabante. El rey, que sabía qué podía esperarle al lado de un libertino, le permitió quedarse.

La boda fue aplaudida calurosamente por los habitantes de Ipswich, que salieron a la calle para ver en vivo a la pareja real.

El rey invitó para la ocasión a los mejores juglares y músicos del país. La gente se divirtió bailando, cantando y bebiendo vino.

Cuando se terminaron los festejos, se decidió que Isabel se marcharía a Holanda enseguida. Pero la princesa no quería irse. Se negó a salir de su habitación, y el rey, enfurecido al enterarse, fue a hablar con ella.

–No quiero separarme de ti –dijo Isabel abrazándose a él.

–Bueno, bueno –dijo el rey–. Ya no eres una niña. Tienes un marido y tu lugar está junto a él.

–Querido padre, tengo entendido que pronto partirás hacia Ghent. Quiero ir contigo. Por favor, padre, deja que me quede un poco más a tu lado.

–Mi querida niña –replicó el rey–, todo está arreglado. Los que tienen que acompañarte ya están preparados para partir. Ahora es demasiado tarde.

–No puedo soportar la idea de tener que separarme de ti.

–Tu amor me satisface mucho –dijo el rey–, pero debes irte. Tal vez nos encontremos en Ghent, ¿qué te parece?

Isabel se quedó de pie detrás de Eduardo. Estaba muy hermosa con el pelo largo cayéndole por la espalda y su corona de diamantes.

–No iré –respondió con rotundidad.

–Debes hacerlo –replicó Eduardo.

–No puedo. No iré.

–¿Cómo osas desobedecer mis órdenes? –exclamó el rey.

–Querido padre, no es mi intención desobedecerte, pero no puedo abandonar mi hogar. Si mi madre estuviera aquí...

Eduardo, furioso, no pudo soportarlo más. Estaba harto de que sus hijas le desafiaran. Había sido demasiado condescendiente con ellas. Creían que porque eran hermosas y siempre se las había tratado con tanto amor, podían hacer lo que quisieran con él. En un arranque de cólera, el rey le quitó la corona de la cabeza y la lanzó al fuego.

Isabel lanzó un grito de horror. Era la joya más valiosa que tenía.

–¡Señor! –gritó y se precipitó hacia la chimenea.

Eduardo la detuvo.

–Así aprenderás que todo lo que tienes me lo debes a mí. Todo lo que pido a cambio es que me obedezcas. ¡Dios mío!, ¿qué he hecho para merecer este castigo?

Isabel se echó a llorar.

–Ya no nos quieres. No me quieres. Has arrojado mi corona a las llamas. Padre, tú me odias.

Entonces recordó el valor de las piedras incrustadas en

la corona, y se apresuró a sacarla de entre las llamas. Estaba toda chamuscada y habían desaparecido dos piedras.

La dejó caer al suelo porque quemaba. El rey la apartó de en medio con el pie y cuando se disponía a salir de la habitación, Isabel le agarró del brazo.

–Padre, ¿todo esto es porque no puedo soportar tener que abandonarte?

Eduardo se enterneció.

–¿Te has quemado? –preguntó.

–Sólo un poco.

–Serás tonta...

–Era mi mejor joya –respondió al tiempo que se echaba a reír.

Eduardo no pudo resistirse a sus risas. Leonor le había dicho una vez que una de las pocas cosas que la hacían feliz era ver reír a sus hijos. Eduardo estuvo completamente de acuerdo con ella.

–Padre, estás sonriendo. Creo que ya no estás disgustado conmigo. Si es así, me siento muy feliz... Si me permites quedarme un tiempo más... Sólo un poco más... hasta que te vayas a Ghent.

–Muy bien –dijo él frunciendo el entrecejo–. Te quedarás aquí conmigo hasta entonces. Pero cuando yo regrese a casa, tú tendrás que quedarte con tu esposo.

Isabel había salido un poco a su hermana Juana. Y Eduardo, en el fondo, estaba encantado de que lo amara tanto que no quisiera abandonarlo.

Ansiaba llegar a Ghent para poder reunirse con su hija predilecta, Leonor, que por entonces vivía una pesadilla. Además, quería hablarle de su futura boda, porque estaba convencido de que ella lo comprendería.

Cuando llegó a Ghent, Leonor lo estaba esperando. Cuando la vio, se olvidó de cualquier norma de protocolo y corrió a abrazarla.

–Mi dulce niña...

–¡Padre, cuánto deseaba verte!

–Ya sé que te sientes muy desgraciada.

–No se sabe nada de él.

–Tenemos que liberarle.

–Ojalá pudieras. Yo y los niños estamos ansiosos por tenerlo de nuevo en casa.

Eduardo le prometió hacer cuanto estuviera en sus manos para liberarlo. Pensó que si se casaba con Margarita, probablemente los franceses lo dejarían libre.

–Leonor, hija –empezó–, ¿crees que haría mal si me casara de nuevo?

–A menudo me pregunto por qué no lo has hecho todavía –respondió Leonor–. Te gusta la vida de familia y lo has pasado muy mal desde que murió mi madre.

Eduardo sabía que Leonor le comprendería. Entonces decidió contarle cómo se había enamorado de Blanca y lo sucedido al final con Margarita.

Leonor se encogió de hombros.

–El rey de Francia es un hombre sin escrúpulos –dijo–. Lo sé por propia experiencia. Dicen que es muy hermoso, pero que detrás de su rostro afable se esconde un corazón cruel, vengativo... y ambicioso.

–Lo he podido comprobar por mí mismo, y no lo olvidaré.

–Padre, creo que serás más feliz con Margarita que con esa célebre beldad, de cuyos encantos habla media Europa. Seguramente Blanca es ahora demasiado engreída. En cambio Margarita, menos famosa, será una buena esposa para ti. Acuérdate de lo gentil y buena que era nuestra madre; no tenía nada que ver con la abuela, cuya belleza era ampliamente reconocida. He oído contar que mi madre siempre decía que no podía competir con su suegra en belleza; pero los dos sabemos, padre, lo dulce que era con todos nosotros.

–Eres mi ángel de la guarda –dijo el rey con dulzura–. Sabía que me ayudarías a tomar esta decisión.

Eduardo se sintió más aliviado. Además, estaba dispuesto a hacer cualquier cosa para que liberaran al marido de Leonor. Pensó que para ello serviría de mucho el hecho de estar dispuesto a casarse con la hermana pequeña del rey de Francia, a pesar de que éste le había prometido darle la mano de Blanca, la mayor.

Se sintió muy feliz de estar junto a Leonor, aunque estaba preocupado por su salud. Había envejecido considerablemente desde su partida de Inglaterra; al principio lo adujo a lo mucho que había sufrido últimamente. Eduardo se alegraba de que finalmente Leonor se hubiese casado por amor. Pero el destino la había tratado mal, pues le había arrebatado muy pronto al marido de su lado. Por fortuna, tenía a sus hijos con ella. Eduardo adoraba a todos sus nietos, pero muy en particular a los hijos de Leonor.

El rey quiso aprovechar al máximo su reencuentro.

Leonor le había regalado una maleta de piel esmaltada con un peine y un espejo dentro. Eduardo le aseguró que mientras viviera guardaría esos presentes como un tesoro.

Esas Navidades en Ghent fueron muy felices. Margarita también estaba allí con su esposo; aunque no era feliz en su matrimonio, parecía estar conformada. El rey supo que Margarita había acogido a varios de los hijos ilegítimos de su esposo y los trataba como si fueran suyos. Supuso que su pobre hija habría tenido que callar y obedecer las órdenes del duque, y luego imaginó a Juana en la misma situación.

También estaba con ellos Isabel. Eduardo confió en que su hija no volviera a insistir en que no quería irse de Inglaterra, aunque naturalmente, le halagaba mucho que sus hijas lo quisieran tanto. A menudo se decía que era una lástima que los hijos tuvieran que hacerse mayores.

Su principal preocupación entonces era la salud de Leonor. Estaba convencido de que fingía encontrarse bien sólo porque sabía que él estaba preocupado.

Quería conseguir que liberaran a su esposo. Estaba seguro de que lo lograría cuando se hubiese casado con Margarita. Este asunto le hizo pensar de nuevo en el matrimonio. Se preguntó si haría bien volviéndose a casar. Estaba a punto de cumplir los sesenta años, pero todavía se sentía físicamente bien. Pensó que hubiese sido mejor casarse cuatro o cinco años antes, o haber pensado en ello inmediatamente después de la muerte de Leonor. Pero se dijo que no habría sido capaz, porque hubiese tenido la sensación de estar cometiendo una infidelidad. La cuestión era que necesitaba más hijos varones. Ya tenía a sus queridas hijas, a quienes no habría cambiado por nada, pero para un rey era imprescindible tener hijos varones, y él sólo tenía a Eduardo.

El príncipe le preocupaba. No estaba creciendo tal y como a él le habría gustado. Aunque era inteligente, no se esforzaba mucho por aprender y se rodeaba de amistades de dudosa reputación. Pensó que era un comportamiento propio de su edad. Era alto y apuesto, lo que constituía una ventaja, pues al pueblo le gustaba tener un rey guapo y sobre todo alto. De hecho, convenía que un monarca sobresaliera por encima de sus súbditos.

Finalmente se convenció de que era una buena idea volver a casarse y tener más hijos.

Decidió no pensar más en ello mientras duraran las fiestas de Navidad. Cuando finalizaran, tendría que despedirse de sus tres hijas. Deseó haberlas casado con nobles ingleses, pero entonces sus matrimonios no hubiesen sido tan beneficiosos para el país. A Juana la había casado con Gilberto de Clare porque le había interesado tenerlo dominado, lo mismo que a algunos miembros de las casas reales europeas. Por eso había tenido que casar a sus otras tres hijas con extranjeros. Se consoló pensando que al menos le quedaba una hija en casa, sin contar con la pobre María.

Llegó el día que tuvo que despedirse de Leonor. Mientras se alejaba, Eduardo pensó en lo pálida y triste que la había visto, tan distinta de la joven de la que siempre había estado tan orgulloso.

Regresó a Inglaterra en el mes de marzo, y al cabo de poco tiempo le llegó la noticia de la muerte de su hija Leonor.

Quedó postrado por el dolor. Aunque ciertamente la había encontrado muy desmejorada en Ghent, jamás imaginó que muriera. Se reprochó el no haber actuado más enérgicamente en el asunto de su marido.

Se sintió abrumado.

Continuaba teniendo problemas con Francia y Escocia. Se convenció de que tendría que tomar medidas drásticas con respecto a la problemática en el norte de la isla. Y Leonor, su hija favorita, había muerto.

Sólo lograba sobreponerse a ese abatimiento moral cuando pensaba en su futura boda.

Cuando Margarita, la hermana del rey de Francia, se enteró de que tenía que casarse con Eduardo, se sintió muy desgraciada. Su hermana, la bella Blanca, solía reírse de él cuando leía sus cartas. Lo hacía en voz alta, y Margarita no comprendía cómo un rey tan notable como Eduardo podía haberse enamorado tan perdidamente de su hermana, a quien jamás había visto y sólo conocía por lo que le habían contado.

Blanca le decía que era comprensible que se hubiera enamorado de esa manera, pues eran numerosas las canciones que elogiaban su belleza y candidez. Margarita había visto con sus propios ojos a más de un hombre quedar apabullado al contemplarla.

Su hermano, el rey, también era muy guapo. Tanto

que incluso le llamaban Felipe el Hermoso. Ella, Margarita, que de haber nacido en otra familia habría sido considerada hermosa, quedaba eclipsada por sus dos hermanos mayores, y nadie se fijaba en ella.

–No te preocupes –había dicho su madre, la reina María–, tú serás buena. Te pareces a tu abuelo, y ya sabes que fue un gran hombre, a quien todos acabaron llamando san Luis.

Margarita siempre se había sentido inferior a Blanca, seis años mayor que ella. Siempre, al conocerla, la gente hacía comentarios respecto a su belleza; Margarita no recordaba ni una sola vez que hubiese sido de otra forma.

Blanca se había divertido pensando en lo mucho que Eduardo estaba dispuesto a pagar por ella.

–Nuestro hermano está absolutamente impresionado –había comentado a Margarita–. Gracias a ello me valora más, pues para el rey de Inglaterra valgo tanto como toda Gasconia. Eso, querida hermana, es valer mucho.

–El rey de Inglatera te debe querer mucho.

–Ama a una mujer que jamás ha visto. ¿Y por qué? Pues porque otros le dicen que es muy bella. Nuestro hermano habla de mí como si yo fuera un gran premio, y dice que el rey de Inglaterra es un viejo sátiro que ansía calentar su cama con una jovencita.

Margarita se echó a temblar.

–¡Pobre Blanca! –exclamó.

Blanca odiaba que sintieran lástima por ella. Sobre todo si la compasión procedía de su insignificante hermana.

–¡Ni pobre ni nada! Seré la reina de Inglaterra. ¿Has pensado en eso? Es lo mismo que ser reina de Francia.

–Pero en Francia sólo eres princesa, y en Inglaterra serás reina.

–Querida hermanita, tienes razón. Además, ese anciano rey me desea tanto, que incluso está dispuesto a renunciar a un territorio, Gasconia, que se había jurado no perder jamás.

–Debe ser maravilloso ser tan bella –había dicho Margarita.

Blanca acarició la larga cabellera de Margarita y se echó a reír.

Así pues, Blanca había hablado mucho de su partida a Inglaterra y se había divertido pensando en que Eduardo estaba perdidamente enamorado de ella desde hacía mucho tiempo.

Pero ocurrió un hecho imprevisto: a Blanca le salió otro pretendiente. El duque de Austria, el hijo del emperador, pidió su mano.

Su hermano lo discutió largamente con sus ministros. Puesto que ya había conseguido Gasconia, no vio inconveniente alguno en que Blanca se casara con Rodolfo de Austria. Así fue como decidieron entregar a Margarita al rey de Inglaterra.

Margarita jamás olvidó el día que su hermano la llamó para explicarle el cambio de planes.

–Tú, hermana, irás a Inglaterra en lugar de Blanca.

–Pero... –balbuceó– no puedo ir. Ellos esperan a Blanca... Es a Blanca... a quien ama.

Felipe inclinó la cabeza hacia atrás y se echó a reír.

–Puede ser que esté esperando a Blanca, pero tendrá una sorpresa. Recibirá a Margarita a cambio.

Hubo que discutir el tema más seriamente, pues los franceses temieron la reacción de Eduardo. Era un guerrero formidable –muy distinto a su padre y su abuelo–, y Felipe no quería tenerlo como enemigo de Francia.

–¡Una muchacha aún más joven! –reflexionó Felipe–. La juventud es el tesoro más preciado. ¿Por qué no vas a gustarle? Tal vez no tengas el carácter despierto de Blanca, pero eso a veces también cansa. Eres más dulce que ella; una cualidad que se agradece en las mujeres. Diré a Eduardo que se lleva una buena esposa.

A solas en su habitación, Margarita se sintió aterrorizada.

Luego se consoló pensando que el rey de Inglaterra jamás la aceptaría, y que por tanto el plan de su hermano fracasaría.

Pero no fue así. Cuando Eduardo supo que el rey de Francia ofrecía la mano de su hija Isabella para el príncipe Eduardo, aceptó casarse con Margarita.

–Le decepcionaré –se quejó Margarita–. Me odiará porque no soy Blanca.

Ésta creyó que sería muy posible, pero no le dio más importancia, pues estaba muy contenta de partir hacia Austria en lugar de Inglaterra. Aunque estaba convencida de que fuera donde fuera la gente sabría apreciar debidamente su belleza.

Mientras tanto, Margarita se preparó para su inminente partida hacia Inglaterra, pues Eduardo había ordenado que fuera cuanto antes.

Primero partió Blanca, y al cabo de poco Margarita. Le resultó extraño el viaje, pues nunca se había alejado tanto de su país. El mar estaba muy encrespado, por lo que sintió verdadero miedo. Pero se tranquilizó cuando divisó tierra a lo lejos, a pesar de que ello significaba tener más cerca a su prometido, a quien temía conocer.

En Dover la estaban esperando hombres y mujeres vestidos muy elegantemente. Después de pasar la noche en el castillo de Dover, partió hacia Canterbury, donde el rey la estaba esperando.

Jamás olvidó el momento del encuentro. Era un hombre tan alto que a su lado los demás parecían enanos. Era viejo, pero eso ya lo sabía. Aunque poseía el porte de un rey y daba la impresión de ser una persona muy severa, parecía muy amable y delicado. Eso la tranquilizó.

–Finalmente has llegado –dijo Eduardo con una sonrisa, mientras le besaba la mano.

«¡Qué joven es! Es poco menos que una niña. Más joven incluso que mis hijas... Pobre criatura, no me extraña que esté asustada. ¡Enviarla tan lejos para que la reciba un anciano!», pensó Eduardo.

Eduardo admiró la belleza de Margarita. Se preguntó cómo sería Blanca si su hermana menor era tan hermosa.

Verla temblar le enterneció.

Se inclinó hacia ella y le dijo:

–Todo saldrá bien. No debes tener miedo.

Y a partir de ese instante, Margarita empezó a amarlo.

Se casaron en Canterbury. Ofició la ceremonia el arzobispo Roberto de Winchelsea. Margarita todavía no había cumplido los diecisiete años y Eduardo ya tenía sesenta. Los ingleses arremolinados en los alrededores de la catedral estaban encantados de tener una reina tan joven y fresca. También Eduardo se sintió feliz. Pensó en las sabias palabras de su hija Leonor, y se persuadió de que le convenía más Margarita que su hermana mayor Blanca.

Margarita se mostró muy dispuesta a complacerlo. Constantemente se disculpaba por no ser Blanca. Por ello, Eduardo quiso demostrarle que no le había decepcionado, y al hacerlo, él acabó convenciéndose del todo.

En cuanto a Margarita, admiraba la fortaleza y realeza de su marido. Estaba profundamente impresionada por su altura y creía que aunque tuviera el pelo canoso, irradiaba vitalidad. Nadie podía negar que era un gran rey. Era obvio que podía llegar a ser muy despiadado con sus enemigos, pero ello contrastaba con su profundo amor hacia la familia, lo que convertía a Eduardo en un hombre adorable, muy humano, a pesar de ser tan poderoso.

Eduardo consiguió que Margarita dejara de temerle, y la convenció de que era una mujer muy bella y deseable. A partir de entonces, ella dejó de compararse con su hermana.

Eduardo era un amante muy gentil. Le contó las virtudes de su primera esposa y lo triste que se había sentido cuando ésta murió. También le explicó que Leonor le había acompañado a Tierra Santa, que le había dado muchos hijos, y que cuando murió, mandó erigir cruces en cada sitio donde paró el cortejo fúnebre en el camino de regreso a Londres. Le aseguró que la amaría tanto como había amado a Leonor. Además, estaba convencido de que Margarita también llegaría a quererle tanto como él.

–Te amaré –aseguró Margarita.

–Mi pequeña reina –respondió Eduardo–, estoy muy contento de tenerte a mi lado. Amarnos será nuestra mayor riqueza.

Sin embargo, este período de felicidad se vio bruscamente interrumpido. Llegaron noticias alarmantes de Escocia: Baliol había sido derrocado. Eduardo decidió autoproclamarse rey de Escocia, pues le pareció la mejor manera de evitar futuros conflictos.

Nada de eso habría ocurrido si Baliol hubiese sido un gobernante fuerte, dispuesto a seguir las indicaciones de Eduardo. Pero Baliol era débil y no tenía madera de gobernante.

Había un hombre cuya fama se extendía en Escocia y que preocupaba seriamente a Eduardo: William Wallace. Este personaje tenía una suerte de poder magnético. Era de esa clase de personas con las que se debe ir con cuidado, pues sabía cómo convencer al pueblo para que comulgara con su causa.

Eduardo había colocado a diversos caballeros ingleses en algunas provincias escocesas con objeto de mantener el orden y recordar a los escoceses que continuaban siendo vasallos de Inglaterra. No fue extraño, pues, que hubiera constantes rebeliones contra esos caballeros del rey de Inglaterra, algunos de los cuales fueron inevitablemente asesinados.

Lo más problemático era que los escoceses habían encontrado en Wallace a un líder a quien seguir. Además, no se trataba de una rebelión puntual; Wallace había conseguido reunir a todo un ejército. Asimismo había vencido a los ingleses en el puente de Stirling y había osado cruzar la frontera para hostigar a las gentes de Cumberland y Westmorland. Era necesario acabar con él. Wallace había aprovechado la ausencia del rey para llevar a cabo sus acciones.

Pero Eduardo había vuelto a casa después de haber firmado una tregua con Francia y haberse casado con la hermana del rey galo. Por lo que, temporalmente, al menos, podía vivir en paz, con sus enemigos del otro lado del canal, y concentrar todos sus esfuerzos en Escocia. Tenía la intención de marchar hacia allí inmediatamente, pues no estaba dispuesto a perder Escocia después de todos los esfuerzos que había hecho para reunirla junto a Gales bajo su Corona.

Comunicó a su esposa que tenía que abandonarla por un tiempo.

–Así es la vida de los reyes, pequeña. Mi primera esposa, Leonor, me acompañó en todos los viajes. Así lo quería ella. Siempre se quedaba cerca del campo de batalla, puesto que jamás la habría obligado a seguirme hasta el mismo centro del combate, aunque a ella no le habría importado. ¡Dios la acoja en su seno! Nunca se alejó de mí, incluso parió una niña en Acre. Confío en que tú también querrás estar a mi lado.

–Por supuesto –respondió Margarita con fervor.

–Lo sabía –exclamó Eduardo–. Ahora debo irme. Te reunirás conmigo a su debido tiempo. Partirás con menos prisas que yo. Quiero que ahora vayas a Londres y estés en la ciudad unos días. Alójate en la Torre, porque así la gente podrá verte, y esto es lo que más desean. Hay que tener siempre en cuenta los deseos del pueblo... y en particular los de los londinenses. Cuando sea el momento oportuno, mandaré ir a buscarte. ¿Vendrás?

–De todo corazón.

Se besaron.

–Eres una esposa muy dulce –dijo Eduardo–, y estoy encantado de que seas mía. Si tuviera cuarenta años menos, continuaría siendo mayor que tú. Te confieso que me gustaría que ya estuvieras embarazada.

–A mí también –respondió Margarita.

–Si efectivamente es así, envía un mensajero con la noticia. Sería muy importante para mí.

–Tanto como para mí. Enviaré un mensajero sin demora.

–Ojalá nuestro deseo se haga realidad. Maldigo a Wallace porque me obliga a separarme de ti.

–¿Sólo es un hombre?

–Sí. Pero sin él los escoceses no se habrían alzado contra mí. Hubieran habido pequeñas rebeliones, pero habrían podido ser sofocadas. Sin embargo, cuando surge un líder de las características de Wallace, hay que ser precavido. Por eso, ese hombre es mi enemigo. Lo atraparé, y cuando esté en mi poder, juro que deseará no haber nacido.

–Tal vez piense que está haciendo lo mejor para su país.

Margarita se ruborizó ligeramente. No era su intención expresar tal opinión. Eduardo fingió no haber oído sus palabras.

El rey frunció el entrecejo y cerró el puño amenazadoramente. Margarita se asustó. Wallace había despertado el lado oscuro de Eduardo que ella aún no conocía.

Pero casi inmediatamente después él volvió a enternecerse.

–Adiós, querida esposa. Pronto regresaré. Te prometo que conseguiré la cabeza de Wallace y la colgaré en mi torre como un adorno... Lo mismo que hice con los rebeldes de Gales.

El rey partió al día siguiente encabezando su ejército. A la joven reina le pareció que en la corte sólo se hablaba de William Wallace.

LAS AVENTURAS DE WILLIAM WALLACE

William Wallace siempre había odiado a los ingleses. Sentado en la biblioteca de su tío, estudiando los libros, había soñado con batallas gloriosas, con echar a los señores ingleses de Escocia y obligar a Eduardo a retirarse al otro lado de la frontera.

Tanto soñó con ello que se convirtió en una obsesión. Ese odio fue el motor de su vida. La palabra «inglés» le hacía hervir la sangre y perder el dominio de sí mismo. Cuando veía a un inglés por la calle, tenía que reprimirse para no atacarle allí mismo –y veía ingleses muy a menudo, pues el rey de Inglaterra había enviado guarniciones para proteger las ciudades–. Cuando iba a Stirling, se los encontraba en las tabernas o paseando por las calles, amos y señores del lugar, y pobre de aquel que osara ofenderlos. Era frecuente ver a un escocés colgando de una horca. William entonces preguntaba al primero que pasaba qué crimen había cometido el ahorcado, y el otro le respondía encogiéndose de hombros, o frunciendo el entrecejo, o bien apretando los labios para reprimir su odio. «Era un temerario. Ofendió a los ingleses.»

William amaba su tierra y odiaba a sus opresores. A menudo, mientras paseaba por las calles de Stirling, se había dicho: «Las cosas cambiarán. Un día...» Esperó durante mucho tiempo a que ese día llegara. Sería un día de satisfacción y alegría para William Wallace.

Por entonces sus sueños de gloria militar se limitaban a ser una vana ilusión. Regresaba a Dunipace, se sentaba a comer con su tío y conversaban tranquilamente después de la cena. Vivía con él desde que era niño, pues su padre creyó conveniente que William fuera educado por un sacerdote. William había demostrado desde muy pequeño ser un poco díscolo, ya que, por ejemplo, en algunas ocasiones había inducido a sus dos hermanos, Malcolm y Juan, a pelearse con otros niños. Si creía haber sido víctima de una injusticia, quería vengase. Por eso su padre, sir Malcolm Wallace, lo envió con su hermano cura, para ver si éste lograba enderezarlo. Este cura era además un erudito, por lo que confió en que William recibiría una buena educación.

El muchacho no sólo se interesó por las lecciones de su tío, sino que demostró ser muy inteligente. Pero el tío tampoco logró dominar su carácter rebelde. El niño que había ido a Dunipace se parecía mucho al joven que con dieciocho años se enteró de que Eduardo quería casar a su hijo con la Doncella de Noruega y de que, cuando ésta murió, se proclamó señor de Escocia y permitió que coronaran al débil Baliol como nuevo rey.

Despotricó contra el estado en que había quedado sumida Escocia. Maldijo a Eduardo.

–Lo que tenga que suceder, ya sucederá –había dicho su tío, un hombre pacífico–. De nada sirve jurar e irritarse.

–Cierto, lo que tenga que suceder, sucederá –había contestado William–, pero no veo por qué los escoceses que amamos nuestro país no podemos unirnos para convertirlo en una patria orgullosa de sí misma. Nosotros somos los que haremos que suceda lo que tenga que suceder.

–No quieras cambiar las cosas –le había aconsejado su tío–. Podrías entrar en la Iglesia...

–¡En la Iglesia! Tío, ya me conoces.

–Te conozco muy bien –respondió el tío con cierta tristeza–. Y también sé que si continúas hablando tan abiertamente con el primero que te cruzas por la calle y no escondes el odio que sientes hacia los ingleses, te meterás en algún grave problema.

–No me importa –gritó William–. –Pienso ser yo quien cause graves problemas a los ingleses.

–Todos saben que Eduardo es un rey muy poderoso, y muy distinto de su padre. Si no estuviera tan ocupado con los franceses, seguramente sería más duro con nosotros.

–Jamás me sentiré feliz bajo el yugo de un tirano.

–Si no los provocas...

–¡Que no los provoque! ¡Ellos han ocupado todas nuestras ciudades! Se pavonean por las calles y nos empujan a un lado cuando ellos quieren pasar. Han cogido a nuestras mujeres y actúan como si fueran conquistadores. Y tú dices que no los provoque... Hay que decirles que no han conquistado Escocia, y que nunca lograrán hacerlo.

–Eso son tonterías –había dicho el tío muy serio–. Si continúas así, pronto tendrás problemas.

Pero William jamás había huido del peligro.

–Creo que vivimos relativamente en paz –había dicho el tío–. Es verdad que el rey inglés pretende gobernarnos; someternos como lo hizo con nuestros paisanos celtas de Gales. Entiendo que sus deseos son hacer de esta isla un único país.

–Y gobernarlo él.

–No lo hace tan mal en Inglaterra.

–Por el amor de Dios, tío, pareces uno de los suyos.

–Te pido por favor, sobrino, que no pronuncies el nombre de Dios en vano en mi casa. Estoy de parte de la paz, y creo que si toda la isla estuviera bajo el mismo soberano, se ahorrarían muchas guerras.

–Sólo si nos dejáramos dominar por ese tirano.

–Yo no lo llamaría así. Hablo de vivir sin rebeliones ni motines, y creo que Eduardo es tan severo porque teme nuestros levantamientos; y si no, fíjate en lo bien que viven sus súbditos ingleses.

–Con razón nos teme. Pronto sabrá que nosotros también podemos ser muy severos.

El tío movió la cabeza en un gesto de desesperación. Sabía que jamás podría cambiar a William. Continuaba siendo el niño rebelde que había llegado a Dunipace procedente del campo.

Poco después de esta conversación, el padre de William llegó a Dunipace acompañado de su primogénito, Malcolm. Llevaban mucha prisa. El cura dio la bienvenida a su hermano y sobrino y pronto supo que traían malas noticias.

William se apresuró a bajar para saludar a su padre y a su hermano. Aquél, después de abrazarlo y asegurarse de que tanto él como su hermano cura se encontraban bien de salud, dijo que tenía que contarles algo muy importante y del máximo secreto.

Fueron a la biblioteca.

–Ya no soportamos a los señores ingleses que gobiernan Elderslie –había dicho–. Así lo expresé públicamente, y ahora yo y mi familia corremos peligro.

–Padre, estoy muy orgulloso de ti –exclamó William.

Su padre levantó la mano.

–Tal vez he sido un insensato. Ahora me persiguen. He enviado a tu madre y a tu hermano Juan a Kilspindie y quiero que tú, William, te reúnas con ellos inmediatamente.

–¿Y tú? –preguntó William–. ¿Adónde irás?

–Yo y tu hermano Malcolm vamos a Lennox. Allí hay un grupo de hombres que pretenden alzarse contra los ingleses.

–Padre, voy con vosotros.

–No, hijo. Tengo una misión mucho más importante para ti. Quiero que vayas a Kilspindie y protejas a tu madre y a tu hermano pequeño.

William dudó unos instantes. Deseaba luchar contra los ingleses, pero fue consciente de que lo primero era proteger a su familia.

–¿Cuándo debo partir?

–Lo antes posible. Pronto pondrán precio a mi cabeza, y los miembros de mi familia correrán peligro.

–Saldré inmediatamente –exclamó William.

El cura movió la cabeza y sugirió que William partiera después de la comida. La tristeza lo embargaba, pues estaba convencido de que esa rebelión no traería más que desgracias, y que hubiera sido mejor que el problema se hubiese discutido en una asamblea conjunta entre escoceses e ingleses.

Cuando William llegó a Kilspindie, su madre y hermano lo esperaban angustiados.

–Yo no quería que tu padre y tu hermano Malcolm huyeran de esa manera –dijo la madre muy nerviosa.

–Madre, eres igual que el tío. Estás dispuesta a pagar cualquier precio por la paz.

–La paz es lo más importante para una mujer que tiene marido e hijos.

–No, madre –replicó William–. El honor es aún más importante. Juro que algún día echaré a los ingleses de Escocia, y yo...

Guardó silencio. No quiso hablar de su sueño. Era demasiado importante y creyó que contarlo podría traerle mala suerte. No quiso decir a nadie que soñaba con encabezar un ejército de hombres que liberara a los escoceses del yugo inglés, aplastando definitivamente al poderoso Eduardo. Un sueño que, a medida que William se hacía mayor, tenía más tintes de realidad.

Kilspindie le resultaba muy aburrido. Allí no había peligro. Juan recibía lecciones de un tutor, pero William ya era demasiado mayor para unirse a esas clases. Su madre, preocupada porque la educación de William se había visto interrumpida, le comentó un día que, como ella no corría peligro en Kilspindie, quería que él fuera a Dundee a casa de uno de sus hermanos, para que fuera a la escuela que había al lado del monasterio.

William le dijo que ya era demasiado mayor para seguir estudiando, pero su madre no estuvo de acuerdo. Quería que completara su formación e insistió en que debía ir a Dundee, pues ella se sentía segura en Kilspindie y, muy posiblemente, lo estaría mucho más cuando no le tuviera a él cerca, pues demasiado a menudo decía en voz alta lo que pensaba acerca de los ingleses.

En verdad, William no se sentía muy atraído por la vida apacible de Kilspindie. Si hubiese conocido el paradero de su padre y su hermano, habría salido a su encuentro, pero finalmente tuvo que conformarse con ir a Dundee con su tío materno.

Al cabo de un tiempo se demostró que aquélla no había sido una buena decisión. El tío lo acogió calurosamente en su hogar y William se concentró plenamente en los estudios, para completar cuanto antes su educación y poder, finalmente, dedicarse por entero a su destino. Ansiaba unirse a su padre, pero sabía que no podía ir a buscarlo, pues debía quedarse allí por si su madre lo necesitaba.

Pronto todos lo quisieron en casa de su tío, especialmente el ama de llaves, quien a veces se excedía en atenciones hacia él: no le permitía salir fuera sin abrigarse bien y le obligaba a comerse todo lo que le había puesto en el plato. William se burlaba de ella, pero al ama de llaves no le importaba, pues le gustaba tener un joven en la casa.

El castillo de Dundee pertenecía al gobernador Selby, uno de los peores representantes de Eduardo en Escocia. Nadie en el pueblo lo quería. Sus castigos eran excepcionalmente duros, y como era muy arrogante, exigía de los escoceses el máximo respeto hacia su persona. Cada vez que William salía a pasear por las calles de Dundee, regresaba a casa de su tío lleno de horror y de rabia. Solía sentarse en las tabernas y escuchaba las crueles historias que se contaban sobre Selby. Cada día estaba más convencido de que era necesario acabar con el dominio inglés.

Un día se vistió con su mejor abrigo y capa, cogió la espada y el puñal, y salió al encuentro de sus amigos en una de las tabernas.

En una calle estrecha vio acercarse a un joven acompañado por dos hombres. Por el aspecto servil de los acompañantes, William dedujo que el joven sería alguien importante. Adivinó que se trataba del hijo del gobernador Selby, a quien había visto en alguna ocasión cabalgando junto a su padre.

El joven supuso que William se quitaría el sombrero y le saludaría, pero, en cambio, William le obstruyó el paso y le hizo notar que no tenía intención de apartarse.

El hijo de Selby lo miró con insolencia, lo cual molestó profundamente a William. Por fin se hallaba frente a frente con uno de sus enemigos.

–¿Quién es éste? –preguntó Selby a uno de sus amigos–. Diría, por lo grosero que parece, que es un escocés.

–Y tú, dada tu arrogancia, seguro que eres un inglés –replicó William.

–¿Habéis oído? –exclamó el joven Selby–. Ha insultado a nuestro rey.

–¿A quién, a ese tirano? –dijo William alzando la voz.

–¡Por Dios! ¡Mirad cómo habla de nuestro gran Eduardo! –exclamó indignado el inglés.

–Si estuviera en mi mano, haría mucho más que hablar mal de él.

–Creo que deberíamos dar una lección a este escocés –dijo lentamente el joven Selby–. Cuando esté colgando de la horca, seguro que no será tan temerario, ni tendrá el aspecto elegante que tiene ahora con sus ropajes verdes.

Selby quiso desenvainar el puñal, pero William fue más rápido que él. Lo cogió por el cuello, lo sacudió y finalmente le clavó el puñal en el pecho. Luego lo tiró al suelo. Era indudable que el joven Selby estaba muerto.

William había matado a su primer inglés, y todo había ocurrido en unos pocos segundos. Al principio los acompañantes del joven quedaron atónitos, inmóviles ante el cuerpo sin vida de su amo. Pero William reaccionó con rapidez. Sabía que por ese asesinato lo condenarían a muerte, aunque antes, muy probablemente, sería torturado. Si lo cogían, jamás tendría la oportunidad de salvar a Escocia. Se dio media vuelta y echó a correr por el callejón.

Regresó a casa de su tío y allí, más sosegado, reflexionó sobre la locura que acababa de cometer. Había asesinado a cara descubierta, y dedujo que lo buscarían de inmediato.

No sabía adónde ir.

El ama de llaves, que estaba sentada hilando, lo miró horrorizada al ver la capa manchada de sangre.

–Debo irme –jadeó William–. Deben estar buscándome. Aquí será el primer sitio donde miren. Tengo que desaparecer rápidamente.

–¿Has matado a un hombre?

–Al hijo del gobernador.

–Que Dios se apiade de nosotros. ¿Te vio alguien?

William asintió con la cabeza.

–Adiós, no puedo quedarme.

–¡Espera! Tengo un plan.

–Deben estar a punto de llegar –dijo William.

–Te toparás con ellos si sales ahora. Un momento. Ven aquí. –Se quitó el vestido–. Póntelo...

William protestó pero el ama de llaves le contestó enfadada:

–Haz lo que te digo. Es la única salida que te queda.

William tuvo que admitir que la mujer estaba en lo cierto, y la obedeció. El vestido le quedaba pequeño.

–Espera.

Salió corriendo de la habitación. Unos minutos después, regresó con un chal y una cofia.

–Póntelos –ordenó–. El chal disimulará que el vestido te queda pequeño, y la cofia te dará un aspecto más femenino. Siéntate frente a la rueca como si estuvieras hilando.

A William le pareció que lo que le proponía el ama de llaves era lo más sensato que podía hacer dadas las circunstancias, y la obedeció. Acababa de sentarse a la rueca cuando los hombres de Selby irrumpieron en la casa.

–¿Dónde está? –preguntó el jefe de los hombres–. ¿Dónde está el joven Wallace?

–El joven William... –dijo el ama de llaves–. ¿Cómo quieres que lo sepa? Debe estar en el pueblo. Allí es donde ese holgazán pasa la mayor parte de su tiempo. Supongo que lo encontraréis en alguna de las tabernas.

Los hombres inspeccionaron la habitación y apenas se fijaron en la criada que hacía sus labores en la rueca.

–Puede que se esconda aquí –dijo uno de ellos–. Registrad la casa.

Mientras buscaron por toda la casa, William no se movió de su silla.

Cuando regresaron a la habitación, los hombres dijeron al ama de llaves:

–Si viene por aquí, comunícanoslo enseguida. Lo estamos buscando.

–Lo haré, señores. Pero... ¿qué ha hecho?

–Ha cometido un asesinato, y debe ser colgado por ello. Pero antes sufrirá. El hijo del gobernador...

–Oh, no, señor... Oh, no...

El ama de llaves se tapó la cara con el delantal y se meció en su silla.

–Fue asesinado en plena juventud. Puedes estar segura de que, una vez que el gobernador se haya recuperado de su consternación, correrá la sangre.

–Asesinato... asesinato... Ese maldito joven –sollozó el ama de llaves.

–Sí, es un asesino. Recuerda que si vuelve por aquí, cosa que hará muy probablemente, debes retenerlo y avisarnos. Serás recompensada por ello, buena mujer, y habrás contribuido a que se haga justicia.

–¿Cómo habrá osado cometer ese crimen? Ya decía yo que era aún un chiquillo. Siempre pensé que cometería alguna tontería.

Los hombres se fueron y el ama de llaves volvió a sentarse junto a la rueca.

–Continúa, no pares. Continúa hilando un rato más, hasta que el peligro haya pasado.

William la obedeció. Estaba sorprendido por cómo la mujer había engañado a los ingleses.

Se sentó junto a él.

–Tenemos que esperar la hora propicia. Mientras tanto, vete preparando para marcharte. ¿Adónde vas a ir?

–Debo ir a ver a mi madre en Kilspindie. Quiero asegurarme de que nada le ha ocurrido.

–Debes tener mucho cuidado. Cuando la encuentres, convéncela para que huya contigo. ¡Virgen santa!, ¿qué has hecho? ¿Por qué has tenido que matar a ese inglés?

–Mi misión en esta vida es matar ingleses para obligarlos a salir de nuestra tierra.

El ama de llaves movió la cabeza en un gesto de desacuerdo.

–Daría lo que fuera para que pudiéramos vivir en paz.

–Hablas como mi madre.

–Así hablamos todas las mujeres. No entendemos por qué hay que morir, en cambio tenemos muchas razones para querer seguir viviendo.

–¿Humilladas e insultadas?

–Calla, calla. Ahora tenemos que pensar en tu huida. Esperarás hasta el anochecer. En los establos habrá un caballo preparado. Hasta entonces eres mi criada Tabbie...

–¿Y qué dirá mi tío?

–Le contaremos la verdad. Él jamás te traicionaría. Si nos descubren, yo asumiré toda la culpa.

–Eres muy buena conmigo. Agradezco que arriesgues tu vida por mí.

–¿Crees que me pondría de parte de los ingleses?

–Jamás. Pero otra cosa es arriesgar tu vida por...

–¡A callar! –ordenó.

William se levantó de la silla y le dio un beso.

Mientras cabalgaba en medio de la noche hacia Kilspindie, pensó en el futuro que le aguardaba. Por fin había comenzado la batalla. Era un prófugo de la justicia. El asesinato del hijo del gobernador sería una traición al rey de Inglaterra. Juan Baliol, rey de Escocia, no le ayudaría porque era la mano derecha del rey Eduardo. Escocia necesitaba un monarca por el que valiera la pena luchar, y el monarca inglés había permitido coronar a Baliol porque sabía que era un hombre débil. William se preguntó quién gobernaba en realidad Escocia. Evidentemente era Eduardo. Por tanto, él era el enemigo.

En Kilspindie lo recibieron con cierto recelo, pues cuando se supo que había asesinado al hijo del gobernador, los amigos de su madre temieron tener que pagar con sus vidas las consecuencias de tal insensatez. Le dijeron que no podía quedarse allí, porque seguramente le seguían el rastro. La familia se reunió para discutir qué hacer con William. Éste advirtió enseguida que había sido un error ir hasta Kilspindie, pues ciertamente la vida de su madre y la de los demás corrían peligro.

–Debes irte enseguida –le dijeron sus parientes, y añadieron–: Sería una insensatez que tu madre se quedara aquí.

Así pues, se creyó oportuno que el pequeño Juan permaneciera en la escuela, y que la señora Wallace se marchara con William.

–Saldréis hoy mismo –concluyó el cabeza de familia, cuya máxima preocupación parecía ser la de echarles cuanto antes de su casa.

Se disfrazaron de peregrinos como si fueran camino del santuario de Santa Margarita, y, finalmente, notando que su presencia causaba inquietud, madre e hijo se fueron de esa casa. Nadie, en los pueblos por donde pasaron, dudó de su identidad de peregrinos. Al cabo de unos días llegaron a Dunipace.

El tío de William quedó muy sorprendido cuando los vio. Movió la cabeza en un gesto de desolación cuando supo lo sucedido, aunque en realidad no le extrañó, pues siempre había pensado que el odio que William sentía hacia los ingleses acabaría causando problemas tanto a él como a su familia. Accedió a que se quedaran en su casa, para comer y descansar un poco. Mientras tanto, discutieron cuál debía ser el próximo paso.

Cuando terminaron de comer, los tres se dirigieron a la biblioteca donde William había estudiado y soñado durante tantos días. El cura les rogó que tomaran asiento.

–Tengo malas noticias para vosotros –empezó muy

serio–. Quería que comierais y descansarais un poco antes de decíroslas. Me temo que será un golpe muy duro para los dos.

–Por favor, tío, dilo de una vez –suplicó William, mientras se acercaba a su madre para cogerla de la mano. Imaginó que la noticia estaría relacionada con su padre.

–Tu padre luchó contra los ingleses en Elderslie –dijo el tío–. Fue una temeridad, pues les superaban en número.

–¡Le han capturado! –gritó la señora Wallace con horror.

–No. Murió en la batalla, y también... Malcolm.

La señora Wallace quedó con la mirada perdida. William la abrazó.

–¡Malditos sean! –gritó William–. ¡Han matado a mi padre y a mi hermano!

–Tu padre y Malcolm también mataron a algunos ingleses –señaló su tío.

–Muertos... –susurró la señora Wallace–. Mi marido... y mi hijo...

–¡Juro que pagarán por esto! –exclamó William–. No descansaré hasta que haya matado a veinte ingleses que paguen por las vidas de mi padre y mi hermano.

–Nada puede pagar estas dos pérdidas –dijo el tío–. Tu padre nunca debió participar en esa batalla. Tenían todas las de perder.

–Estoy orgulloso de él –replicó William–. Vengaré a mi padre y a mi hermano.

–Primero debes intentar salvar tu vida. Recuerda que te buscan... y que ahora eres sir William. Debes cuidar de tu madre y de tu hermano.

William vaciló unos instantes al considerar lo que ello implicaba. Su padre... Su hermano... Los dos habían muerto, y él se había convertido en el cabeza de familia. Miró a su madre. Parecía frágil.

–Madre –dijo–, tengo que llevarte a un lugar seguro. Tú no has hecho nada.

–Hazlo cuanto antes –dijo su tío–. Llévala con su hermano, Ronald Crawford. Es amigo del gobernador de Ayr y seguro que logrará convencerle de que tu madre es inocente y no tiene nada que ver con lo que ellos llaman traición. Pero a ti no te puede salvar, William. Nada puede salvarte. Eres un prófugo.

–Lo sé –concluyó William.

–Entonces llévate a tu madre de aquí. Asegúrate de que la dejas en buenas manos, y luego... cuídate mucho.

Le pareció un consejo razonable. Salieron de Dunipace esa misma noche y se dirigieron hacia Crosbie, donde vivía el hermano de la señora Wallace. Cuando éste supo lo que había pasado, insistió en que su hermana se quedara con él, aunque dijo no poder hacer nada por William. Convencido de que su madre estaba segura allí, salió de Crosbie. No fue muy lejos, pues quería estar cerca de su madre por si le ocurría algo malo. Así pues, se detuvo en Auchincruive, a orillas del río Ayr, a unas dos millas del pueblo. Allí vivían unos parientes lejanos. Pensó en lo afortunado que era al tener a tantos familiares con los que podía contar si era necesario. Sir Duncan Wallace, el cabeza de familia, no se negó a dar cobijo a un pariente.

Pero William estaba en peligro y debía tomar las medidas necesarias. Por eso sir Duncan creyó oportuno explicar a los demás que el recién llegado era un viajero cansado que le había pedido alojamiento por algún tiempo antes de reemprender su camino. Nadie antes había visto a William, por lo que resultó fácil mantener en secreto su verdadera identidad. Éstas fueron las condiciones de sir Duncan. Y William no tuvo más remedio que aceptarlas. Necesitaba descansar unos días para pensar con tranquilidad en qué haría a continuación. Baliol era muy impopular, y William deseaba verlo derrocado. Robert Bruce tenía más ascendencia sobre el trono y era el máximo rival de Baliol. Era un anciano, pero tenía un hijo, Robert Bruce, que con su matrimonio había adquirido las tierras y los títulos del conde de Carrick. El hijo de éste –también llamado Robert– era un soldado valiente y un hombre con mucha ambición. Por desgracia, los Bruce habían firmado algunos acuerdos con Inglaterra: habían jurado vasallaje al rey inglés ante la hostia y la espada de Tomás Becket. Si los Bruce no se hubiesen mostrado tan dispuestos a obedecer a Eduardo, William les habría pedido que lo aceptaran en su servicio.

Pero ése no era el caso. Escocia no poseía un ejército regular. Los rebeldes como él actuaban en grupos desorganizados. Pensó que era necesario reunir a todos esos hombres bajo un mismo estandarte. Pero, de momento, era sólo un sueño. Debía continuar viviendo con una identidad falsa y esperar a que llegara la oportunidad que tanto anhelaba.

Sumamente apenado por la muerte de su padre y de su hermano, desolado por su condición de fugitivo, William rabió y sufrió en silencio, mientras se preguntaba qué hacer y adónde ir. Se sentía tan frustrado de tener que esconderse en casa de sir Duncan, que no pudo evitar hacer algunas incursiones en el pueblo. Cuando veía a los soldados ingleses, tenía que dominarse para no hostigarlos, pues sabía que, si se traicionaba, Escocia nada ganaría con ello.

El gobernador de Ayr era lord Percy, siempre dispuesto a recordar a los escoceses que él era el señor de esas tierras. Sus soldados ingleses se hacían notar en las calles del pueblo y se divertían mostrándose superiores a los escoceses, que, por su bien, debían permitirles ganar cuando les retaban con demostraciones de fuerza.

Un día, mientras paseaba por el pueblo, William se encontró con un pequeño grupo de gente que contemplaba a un hombre de una gran complexión que, medio desnudo, exhibía sus músculos.

Quería que todos admiraran su musculatura. Gritó

que era inglés y que en Inglaterra había muchos hombres como él. Preguntó a los reunidos si sabían de algún escocés que tuviera una fortaleza como la suya.

–Vosotros dos, estaos quietos y os demostraré que puedo levantar del suelo a dos hombres a la vez. Venid, venid, ¿o tenéis miedo?

Agarró a dos jóvenes, los levantó del suelo y luego los arrojó contra la pared como si fueran piedras. La gente sonrió embobada, mientras los dos jóvenes, sangrando y con contusiones, se escabullían a toda velocidad.

–¡Valientes escoceses! –gritó el gigante–. No os quedéis boquiabiertos. ¿Ninguno de vosotros va a retarme? Entonces yo lo haré. Aquí tenéis un palo. Si me dais un penique, tendréis el privilegio de asestarme un golpe en la espalda. Comprobaréis que para mí será como si una mosca se hubiera posado en mi espalda. Tú, ven.

Eligió a un joven. Éste, avergonzado, le tendió la moneda, y el gigante, después de examinarla, le dio el palo. Entonces el muchacho, con las manos temblorosas, le asestó el golpe. El gigante se volvió hacia él y preguntó:

–¿Ya me has golpeado? No estoy seguro de que lo hayas hecho, ¿sabes? Sólo he notado una suave brisa, nada más.

Los reunidos se echaron a reír y el pobre muchacho, más pobre aún por haber perdido el penique y la dignidad, desapareció del grupo.

William, que había estado observando la escena, notó que le hervía la sangre. Examinó al gigante: era alto y fuerte, pero él también lo era. Además tenía una cualidad que el otro no poseía: era delgado y, por lo tanto, más ágil. Así pues, valía la pena ganar el penique y asestar al inglés un golpe tal que se acordara de él durante varios meses.

Dio un paso hacia adelante.

–¡Ah! –gritó el gigante–. He aquí otro escocés valiente.

–Aquí tienes el penique. Dame el palo –dijo William.

–Ahora mismo, mi señor. Ahí tenéis el palo. Cuando queráis, estoy preparado.

William alzó el palo y golpeó al hombretón con todas sus fuerzas. Se oyó el golpe, luego el gigante se tambaleó y, finalmente, cayó de bruces al suelo. Tenía la espalda rota.

Hubo un grito ahogado de sorpresa. Los soldados que habían estado observando la escena se acercaron al hombre que estaba tendido en el suelo y luego rodearon a William.

–¡Dios mío, está muerto! –exclamó alguien–. Lo has matado.

–En un combate justo –replicó William.

–¡Tú, escocés de...!

–¡Y tú, inglés de...!

Estuvieron a punto de cogerle, pero se escabulló con gran agilidad. Se defendió con el palo contra dos soldados y luego sacó el puñal... Cinco soldados ingleses yacían en el suelo... muertos.

William sabía que tenía que huir; llegar hasta su caballo y alejarse cuanto pudiera de la furia de esos hombres.

Pero no pudo. Había demasiada gente, y le cercaron. Todos querían ver la cara del hombre que había matado al gigante.

Quiso luchar, pero eran demasiados los ingleses que trataban de atraparlo. Empezó a dar puñetazos, pero cuando conseguía abatir a uno, aparecía inmediatamente otro soldado.

Al final consiguieron capturarlo y se lo llevaron.

–¡A la cárcel! –corearon los asistentes–. ¡Que se pudra en la cárcel!

Tuvo suerte de que nadie lo reconociera, pues de

haber sido así, su final habría sido mucho más cruel. William sabía que había matado al gigante en un duelo justo, pero estaba seguro de que la cuestión era que un escocés había matado a un inglés. Por ello sería encarcelado hasta quc sc decidiera su suerte.

La vieja cárcel de Ayr era un lugar asqueroso. La celda de William era tan minúscula que cuando se levantaba tocaba el techo con la cabeza. Le resultaba insoportable estar allí encerrado, pues no entraba ni la luz ni el aire fresco, y casi no podía moverse. El hedor le provocaba náuseas y había ratas. William veía sus ojos amarillos en la oscuridad, a la espera de que se debilitara lo bastante para atacarlo.

Se sintió desesperado. Su sueño se había desvanecido. Había sido un temerario desafiando al hombretón y matando, en un ataque de furia, a esos ingleses. El incidente con el hijo de Selby no le había servido de lección.

Jamás lograría dominar su ira, porque sentía demasiado profundamente la humillación a la que estaba sometido su pueblo. Por eso había jurado dedicar toda su vida a la causa de Escocia, y por eso estaba encerrado en esa horrible celda. No veía la manera de poder escapar de allí. Una vez al día le echaban la comida a través de las rejas, y siempre era lo mismo: un arenque salado de barril y un poco de agua, la justa para mantenerlo vivo. Si no hubiese sido por la comida, William habría creído que se habían olvidado de él.

Su único pensamiento era huir de esa cárcel. Golpeó las paredes de piedra de la celda hasta que le sangraron los puños; intentó separar las rejas de hierro de la puerta, pero el esfuerzo fue en vano. Poco a poco, y debido a la exigua dieta a la que era sometido, William fue perdiendo las fuerzas y quedó sumido en una profunda desesperación.

«Es el final –pensó–. Aquí se acaba todo.»

Un día, mientras estaba echado descansando, se

abrió la puerta y le enfocaron el rostro con una antorcha. Oyó dos voces que decían:

–Ya no puede durar mucho más –dijo alguien.

–Un día más y... –comentó la otra voz.

La luz desapareció. William no se movió. Intentó interpretar lo que acababa de oír, pero estaba demasiado cansado. Más tarde entendió que lo que habían querido decir esos dos hombres era que se estaba muriendo. Pensó que, si moría, al menos se libraría de ese infierno, y lo único que deseaba era abandonar aquel lugar.

Estaba mareado y era incapaz de saber dónde se hallaba. No obstante, había una idea que no cesaba de martillear su mente: si moría, le sacarían de allí; por tanto, tenía que morir... o al menos fingir que estaba muerto. Era absolutamente necesario que saliera de allí.

De nuevo apareció la luz de la antorcha. Se quedó quieto, con los ojos medio cerrados.

La voz dijo:

–Ahora sí que está muerto.

Alguien le empujó con el pie. William no se movió. Medio inconsciente, pensó: «Saldré de aquí muerto... Tengo que estar muerto...»

–Yo le cogeré por las piernas, y tú por los hombros...

Entonces lo sacaron de la celda. William abandonaba por fin el infierno. Había burlado a las ratas, y juró que jamás volvería a comer arenques de barril.

–Allí en la pared del estercolero... –dijo una voz.

William bendijo al aire puro; respirarlo le causó una gran alegría. Luego se desvaneció.

Despertó. Era de noche y estaba echado en una carriola en una habitación muy pequeña. Lo primero que le sorprendió fue poder respirar aire fresco.

«He muerto y he subido al cielo», pensó.

Luego cerró los ojos.

Oyó voces.

–Se recuperará.

–Es fuerte como un roble.

–No creí que lo consiguiera... tal y como lo encontramos.

Se referían a él. Abrió los ojos y vio la luz del día. Una joven estaba de pie al lado de una ventana y la luz del sol le iluminaba el rostro. William acabó de convencerse de que estaba en el cielo porque la muchacha parecía un ángel. Llevaba dos trenzas, una le caía por el hombro derecho cubierto de un manto azul. Llevaba una falda amarilla, del mismo tono que el color de su pelo, y tenía los ojos azules y las mejillas rosadas.

–Nos está mirando –dijo la joven–. Está despierto.

Oyó que le preguntaban:

–¿Quién eres?

La joven se acercó a la cama.

–Madre –llamó–, ven aquí.

Ahora eran dos: una mujer y su hija.

–¿Dónde estoy?

–Estás a salvo –dijo la joven.

Se acercó a la cama y le sonrió.

–Eres muy hermosa –dijo William.

La madre de la chica le acercó una taza de caldo caliente a los labios, y William bebió con avidez.

–Ves, hija –dijo la mujer–, ahora sí que lo quiere.

William las contempló a las dos.

–Parecéis felices –murmuró.

–Habíamos creído que morirías –respondió la joven.

Las dos mujeres no le permitieron hablar mucho. Fueron ellas las que hablaron por él. William supo, poco a poco, lo que le había ocurrido.

De nuevo le debía la vida al ama de llaves de su tío,

esa mujer que en su día le obligó a sentarse a la rueca cuando los hombres de Selby fueron a detenerlo. Había enviado a su sobrino a averiguar el paradero de William, y cuando le describió al joven que había matado al gigante en las callles de Ayr, enseguida supo que se trataba de él. Por entonces William estaba en prisión, y el ama de llaves pidió a su hermana, que vivía en Ayr, que averiguara cuanto pudiera sobre él. Ellen, su hija, era una muchacha muy hermosa que tenía amistad con muchos hombres del pueblo, tanto escoceses como ingleses. La historia del joven que habían encerrado en la prisión la intrigaba, y cuando le contaron en secreto que se trataba de William Wallace, que ya se había convertido en una leyenda, decidió hacer cuanto estuviera en sus manos por ayudarlo.

Cuando iba al pueblo, se paseaba por delante de la prisión y hablaba con los guardias, que estaban encantados de charlar con ella. Ellen era una joven muy deseable, y aunque no estaba dispuesta a entregarse al primer desconocido, podía ser muy generosa con los que le caían bien. Tenía muchos pretendientes y ella y su madre vivían cómodamente en una casita de campo gracias a los regalos de sus numerosos admiradores. Por eso los guardias de la cárcel se mostraban tan dispuestos a hablar con ella. Ellos le dieron noticias del asesino del gigante y le dijeron, bromeando, que estaba encerrado en una celda donde no podría matar a ningún otro inglés. Supo que estaba a punto de morir, y que, una vez muerto, lo arrojarían al estercolero. Ellen juró que, en atención a su tía, recogería el cadáver, y si le era posible, le daría sepultura.

Madre e hija esperaron. Sabían que los cadáveres eran arrojados al anochecer. Cuando vieron que tiraban el de William al estercolero, las dos corrieron a recogerlo y se lo llevaron a su casa, donde, sorprendidas, descubrieron que todavía vivía. Ellen disfrutaba con la intriga. Además, era evidente que William Wallace era un hombre muy atractivo.

Ella y su madre se turnaron para cuidarlo. Lo primero fue quitarle la mugre de la prisión, lo que resultó ser una ardua tarea.

–Veo que los comentarios que circulaban sobre él eran ciertos –comentó Ellen. Su madre asintió.

Con sus cuidados y una excelente dieta, las dos mujeres lograron que William recuperara la salud. Se sintieron orgullosas de haber desempeñado un pequeño papel en la protección de la vida del hombre que, según se decía, sería el salvador del país.

Cuando se mencionaba el nombre de sir William Wallace, los escoceses se regocijaban, pues sabían que algún día él les lideraría en su lucha contra los ingleses.

Cuando William supo todo lo sucedido, quedó muy conmovido.

–Es bueno tener amigos –dijo–. Ellen, podrías ir a la cárcel por lo que has hecho por mí.

–Nuestra Ellen siempre logra lo que se propone –dijo la madre con orgullo–. Nuestra Ellen tiene muchos amigos.

Ellen se echó a reír y William se preguntó por qué esa joven hacía todo eso por él. Se sentaba al lado de su cama y le contaba que le había dado de comer y que en varias ocasiones se había tumbado junto a él para calmarlo mientras deliraba.

–Eso parecía reconfortarte –dijo Ellen.

–No me imagino un alivio mejor –replicó William.

–Eras como un niño –comentó Ellen–. Costaba creer que eras el gran Wallace.

–En realidad era un niño que estaba a la merced de tu bondad –dijo William.

Ellen asintió y le besó.

–Ellen –dijo William–, mi vida todavía depende de ti.

Ellen era generosa y tenía un gran corazón. Ésta era la esencia de su atractivo. Amaba con facilidad, pero no profundamente. Aun así, cuando amaba, se entregaba por completo.

Fue inevitable que se convirtieran en amantes.

La madre de Ellen no tardó en advertirlo, pues ella, que conocía a Ellen muy bien, había previsto ese desenlace desde el primer día. Ellen había tenido amantes desde los quince años. Para ella era lo más normal del mundo. No era una prostituta; nunca tuvo más de un amante a la vez. Amar formaba parte de su gentil y generosa naturaleza. Jamás se preguntaba qué beneficios le reportaría una relación, si no que se conformaba con lo que recibía.

William disfrutó de su compañía. Se sentía feliz porque todavía estaba débil y no podía abandonar la casita de campo y seguir con su misión. Tenía la conciencia tranquila al respecto. Por primera vez en la vida había algo que deseaba tanto como luchar contra los ingleses, y eso le sorprendió.

Sabía que era una relación transitoria; los dos lo sabían, pero estaban dispuestos a aceptarlo, aunque deseaban que no se terminara jamás. También sabían que su separación no sería traumática; Ellen tenía el corazón curtido, y William había entregado el suyo a una buena causa. Aun así, deseaban estar juntos por mucho más tiempo.

Después de hacer el amor, William le contaba sus planes porque estaba convencido de que Ellen podía ayudarlo. Confiaba en ella. Además Ellen conocía a mucha gente, estaba al corriente de todo lo que ocurría en el pueblo e incluso podía conseguir que los ingleses le contaran sus planes más secretos.

–Debes participar en la liberación de Escocia.

Ellen le contestó que quería ayudarlo, pero la preocupaba más la satisfacción de su amante y la suya propia que la crisis de Escocia; ella sabría vivir cómodamente fuera cual fuera el gobierno de su país.

Amaba a William Wallace. Era distinto a todos los amantes que había tenido, y mientras estuvo con ella, Ellen se entregó a él con cuerpo y alma. Le llevaba noticias interesantes cuando regresaba del pueblo, pues de esta forma William se tranquilizaba, ya que en ocasiones tenía la sensación de estar perdiendo el tiempo.

William quería ponerse en contacto con algunos amigos suyos. Había dos jóvenes irlandeses, Stephen y Karlé, a quienes hacía tiempo que conocía y a los que había contado su propósito de salvar Escocia. Mientras estuvo en cama recuperándose, no dejó de pensar ni un minuto. En primer lugar, debía reunir a algunos hombres con sus mismos deseos de libertad. Había aprendido que de nada servía meterse en reyertas con los ingleses, pues ello sólo podía tener consecuencias fatales para él. Era necesario reunir un ejército de hombres y luchar contra los invasores. Un pequeño grupo de amigos podía convertirse en el núcleo de un ejército. De eso quería hablar con Stephen y Karlé. Pensó que tal vez Ellen podía averiguar su paradero y llevarlos a su casa. Éste sería un buen comienzo.

William sabía que no tardaría mucho en dar con ellos, pues al enterarse de que había sido encerrado en la prisión, posiblemente habían acudido a casa de su tío y el ama de llaves, amigos íntimos de Stephen y Karlé, y les habrían indicado su paradero.

William confió todas estas preocupaciones a Ellen. Los días pasaban y William iba recuperando sus fuerzas. Él y Ellen sabían que, en consecuencia, se acercaba el final de su idilio, lo que dio un sabor agridulce a su relación. Ellen era consciente de que no podían estar siempre juntos. Sus amigos en el pueblo se quejaban de que la veían muy poco y le preguntaban qué motivo la retenía en casa. No era posible mantener el secreto por mucho más tiempo. Ellen sabía vivir en el presente, pues así había vivido siempre.

Al final consiguió dar con Stephen y Karlé. William sintió un gran alivio al verlos. Los cuatro hablaron de las injusticias que cometían los ingleses y de cuán furioso estaba Selby desde la muerte de su hijo; había jurado recompensar a quien llevara ante él, vivo o muerto, a William Wallace.

–Entonces soy un proscrito –gritó William, y luego se echó a reír.

–No te rías –rogó Ellen.

–¿No te parece gracioso que yo sea un proscrito? –preguntó William.

–Recuerda que no fue una broma tu encierro en el calabozo –advirtió Stephen.

–No sabían que yo era Wallace.

–Debemos dar gracias a Dios por ello –replicó Ellen.

Ellen les ofreció cerveza y pan. Hablaron de cómo conseguirían reclutar hombres para formar un ejército.

–Eso es lo que necesitamos –exclamó William–. ¡Sí, armas y hombres!

En la pequeña habitación, a la que se accedía por una trampilla, reinó la excitación. Se acordó que Stephen y Karlé irían hasta el fuerte, procurando ser discretos, para averiguar cuándo les llevaban las provisiones.

–Nuestro primer paso será interceptar uno de los convoyes con provisiones –dijo William–. Si todo sale bien, conseguiremos muchas de las cosas que necesitamos para nuestra lucha. Esto sólo será el principio.

–Necesitamos más hombres –señaló Stephen–. No será difícil encontrarlos. Son muchos los escoceses que buscan a un líder.

–Buscad por ahí –ordenó Wallace–. Encontrad a hombres dispuestos a luchar, pero aseguraos de que podamos confiar en ellos. Es mejor contar con unos pocos pero leales, que no tener todo un ejército con un traidor infiltrado. Capturaremos uno de los convoyes ingleses, y si sale bien, repetiremos la acción cuantas veces sean necesarias. Obtendremos armas y todo lo necesario para la batalla. La primera vez será fácil porque les pillaremos desprevenidos.

Continuaron hablando sobre los detalles del asalto.

Se despidió de Ellen.

–Regresarás –dijo ella.

–Sí –respondió William–, regresaré. Creo que necesitaré muy a menudo tus maravillosos cuidados. Siempre que sea así, me encontrarás ante tu puerta.

William volvía a estar fuerte. Jamás olvidaría que debía la vida a Ellen y a su madre. Ellas le habían rescatado del estercolero. William hubiera dado lo que fuera por haber podido contemplar el estado en que se hallaba cuando las dos mujeres lo encontraron. Le habían alimentado y mimado, pero, sobre todo, le habían ofrecido su amistad, y había sido amante de Ellen. Fue sincero en el momento de decirles que jamás olvidaría lo que habían hecho por él.

Los irlandeses Stephen y Karlé reunieron sin mucho esfuerzo a cincuenta hombres dispuestos a servir a William Wallace y a echar a los ingleses de Escocia.

Además, habían descubierto que el capitán Fenwick conduciría un convoy desde Loudoun con caballos, comida y armas destinados a lord Percy, el gobernador de Ayr.

Si lograban hacerse con esas provisiones, se podría empezar a organizar, sin lugar a dudas, el ejército popular. Además, esa victoria aumentaría la popularidad de William y, en consecuencia, se les unirían un número mayor de hombres. Todo esto quedaba por ver.

William reunió a sus hombres en el bosque, donde solían acampar durante la noche. Exultante, les habló de lo que los ingleses les habían hecho a los galeses y de que, por tanto, ellos debían unirse para evitar sufrir la misma humillación. Todos despreciaban la arrogancia de los ingleses y sabían que su soberano, Juan Baliol, designado por Eduardo, era un simple peón a las órdenes del rey de Inglaterra. El padre y el hermano de William habían sido asesinados por la compañía del capitán Fenwick, por lo que el asalto que se planeaba parecía una señal enviada desde el cielo. Se les ofrecía la oportunidad de capturar a Fenwick y hacerse con las provisiones y la munición necesarias para empezar su lucha.

Todos estaban dispuestos a dar su vida por Escocia.

A primera hora de la mañana divisaron el convoy escoltado por unos doscientos hombres. ¡Doscientos contra cincuenta! Pero William y los suyos contaban con el elemento sorpresa a su favor. Deseó que ninguno de sus hombres se amedrentara ante los doscientos soldados a caballo, pues ellos iban a pie y no tenían suficientes armas.

Salieron del bosque.

William oyó que Fenwick gritaba:

–¡En guardia! Es el proscrito.

Se refería a William Wallace. Fenwick pensó que sería todo un honor capturarlo y llevarlo ante lord Percy.

Luego vio salir de entre los matorrales a los hombres que acompañaban a William, y aunque eran más de los que había imaginado al principio, se dijo que no lograrían derrotar a sus soldados.

Indiscutiblemente el hombre que los encabezaba era Wallace: alto, distinguido, guapo; en definitiva, un verdadero líder.

–¡A la carga! –gritó Fenwick, y los caballos galoparon hacia los hombres de William.

Éste quiso clavar su lanza en el cuerpo de uno de los jinetes, pero el arma se partió en dos. Rápidamente desenvainó la espada, se volvió hacia Fenwick y gritó:

–¡Asesino! ¡Pagarás por la muerte de mi padre!

Antes de que Fenwick pudiera alzar el brazo, la espada de William le había atravesado el corazón. El capitán cayó al suelo. William se sintió eufórico, pues había conseguido vengar a su padre, y estaba dispuesto a hacer lo mismo por Escocia. Se sentía inspirado. Unos días después se comentó que el cielo había enviado a algunos ángeles para proteger a los escoceses. De no haber sido así, tal vez no habrían vencido.

La batalla continuó. Parte de los caballos ingleses yacían muertos en el suelo. William, que no se cansó de infundir ánimos a los suyos mientras luchaba, salió milagrosamente indemne del combate. Cuando aún no había terminado la batalla, más de cien soldados ingleses habían caído muertos en el campo de Loudoun.

Los soldados que tenían asignada la vigilancia del convoy acudieron a ayudar a los suyos, lo que permitió a los escoceses hacerse con el botín.

Muchos ingleses perecieron en esa batalla, y los que sobrevivieron, al ver que los escoceses se habían apoderado del convoy y que muchos de sus compañeros estaban muertos o heridos, corrieron a ensillar sus caballos y huyeron despavoridos.

Fue un gran triunfo. William y sus hombres se llevaron los caballos ensillados al bosque y allí examinaron con gran entusiasmo los contenidos de las alforjas.

–¡Es una bendición del cielo! –gritó William–. Hoy hemos empezado a echar a los ingleses de Escocia.

No osaron quedarse en el bosque de Loudoun por temor a las represalias. Antes de nada, era preciso esconder el botín en un lugar seguro.

–Es absolutamente necesario que escondamos las provisiones –señaló William–. Seguramente a partir de hoy doblarán la vigilancia y vendrán a por nosotros, en concreto a por mí. Pero recordad esto: ha sido un memorable comienzo. Hemos comprobado que Dios está de nuestra parte. Debemos agradecerle esta victoria primero, después llevaremos el botín a un lugar seguro. Os prometo que después de lo de hoy muchos escoceses leales acudirán en tropel a unirse a nuestra bandera.

Se escondieron en los bosques durante el día, y viajaron por la noche. William pensó que el bosque era el mejor lugar para establecer su cuartel general. De vez en cuando, algunos de sus hombres iban a los pueblos para enterarse de lo que estaba sucediendo, y todos volvían con la misma noticia: en todas partes se hablaba del asalto al convoy, y las gentes aclamaban a William con entusiasmo.

–Cuando mencionan tu nombre, se les encienden los ojos –comentaron a William.

–Eso es bueno, aunque debemos ir con cuidado con los traidores. Tened por seguro que los ingleses pondrán espías por todas partes.

–Lord Percy está furioso. Ha castigado a los guardias de la prisión por haber creído que estabas muerto. Dice que son unos idiotas por no haberte reconocido y porque no se aseguraron de que estuvieras realmente muerto antes de arrojarte al estercolero.

William estaba exultante. Las ideas bullían en su mente.

–Esto es sólo el principio –exclamó–. Ahora debemos hacer el resto del camino.

Durante algunas semanas hicieron varias incursiones al pueblo; atacaron a grupos de ingleses y les quitaron cuanto llevaban encima. A esas alturas, ya habían reunido una importante cantidad de municiones. Habían «ganado», como les gustaba decir, muchos caballos y armas. Además el hambre ya no suponía un obstáculo para ellos.

William creía que era peligroso quedarse en un mismo sitio durante varios días; por eso se trasladaban constantemente de un lugar a otro. Confiaba en sus hombres, sobre todo en Stephen y Karlé, que se convirtieron en sus amigos más íntimos y en sus aliados más leales. Eso no era todo. Sus tíos y otros miembros de su numerosa familia que por la edad no podían unirse a él, le enviaron dinero y provisiones para ayudar a la causa. William ya no era un mero proscrito cuya presencia incomodaba a los ingleses, sino que se había convertido en una leyenda con la que era necesario acabar.

–Puede que no tardemos mucho en comenzar la verdadera batalla –advirtió a sus hombres.

Una vez que se hallaban cerca de Ayr, William se acordó de Ellen. La deseaba tanto que le resultaba difícil dominarse. Pensó que no correría peligro si se disfrazaba y entraba de incógnito en la casa de Ellen por la noche, y se marchaba antes del amanecer.

Pensaba constantemente en Ellen, por lo que llegó a la conclusión de que hasta que no consiguiera verla, no dejaría de soñar con ella, y sabía que era un error obsesionarse demasiado por ella. Por tanto, lo mejor era verla y liberarse, así, del deseo que le oprimía.

Se le ocurrió disfrazarse de cura. Nadie se metería con un sacerdote y, en cualquier caso, nadie relacionaría un hábito con William Wallace. La idea le divirtió tanto que decidió llevarla a la práctica.

Resultó ser una decisión poco afortunada, pues cuando se acercaba a la casa, fue visto por uno de los admiradores de Ellen. El hombre iba a visitar a la joven, pero, al ver al cura, se detuvo y esperó, pues no quería encontrarse cara a cara con un hombre de Dios que, según creyó, iba a reconvenir a Ellen por su estilo de vida.

El sacerdote llamó a la puerta. Entró. El hombre estaba seguro de que Ellen no le permitiría quedarse mucho rato; por eso decidió esperar hasta que saliera.

Mientras tanto, Wallace fue recibido con gran sorpresa por parte de Ellen. Se quitó el hábito y ella se lanzó a sus brazos. Los dos se rieron de la eficacia del disfraz.

–¡Has venido disfrazado de cura! –dijo Ellen sonriendo–. El disfraz es tan verosímil, que al principio creí que eras un cura de verdad.

William le contó lo mucho que la había deseado durante todo ese tiempo, hasta el punto de arriesgarse a salir de su escondite para estar con ella.

Ellen le aseguró que siempre sería bien recibido en su casa.

Subieron a la buhardilla en la que había estado escondido durante mucho tiempo y se acostaron en la cama donde tantas noches habían hecho el amor.

Después William le dijo que él y sus hombres se hallaban escondidos en un bosque cercano, donde tenían la intención de quedarse durante unos cuantos días más.

–Entonces es posible que vuelvas a visitarme, ¿no? –dijo Ellen.

–Es muy probable –respondió William.

–¿Tal vez mañana por la noche?

–¿Y por qué no?

–Iré a buscarte.

–¿Todavía eres mi verdadera amiga, Ellen? –preguntó William.

–Sí, lo seré toda la vida –contestó ella.

Hicieron el amor durante toda la noche. William se inquietó cuando vio los primeros rayos de sol surcando el cielo. No quería que lo descubrieran cerca del pueblo de Ayr, pues, por bueno que fuera el disfraz, habían puesto precio a su cabeza.

El pretendiente de Ellen seguía escondido esperando que saliera el cura. Se preguntó por qué tardaba tanto, pues era muy extraño que un sacerdote pasara toda la noche en casa de Ellen. No entendía nada.

Estuvo tentado de llamar a la puerta para descubrir qué estaba sucediendo, pero al final decidió esperar a que el cura saliera y después seguirlo.

Vio que se abría la puerta. El hombre vestido con hábitos salió. Ellen estaba con él, con el pelo suelto y medio desnuda. Ella y el sacerdote se abrazaron tan efusivamente que el hombre entendió de inmediato la clase de relación que mantenían. Finalmente, el cura, recogiéndose la sotana, echó a correr.

El pretendiente de Ellen lo siguió hasta el bosque. Vio cómo se quitaba las ropas. Había algo en ese hombre que le resultaba familiar.

Pensó que podía tratarse de William Wallace.

Vaciló unos instantes. Luego recordó que habían puesto precio a la cabeza de Wallace, y por tanto quien lo llevara ante la justicia sería pagado con dinero y fama.

Esa noche no le había salido según había planeado, pues se había perdido los encantos de Ellen, pero pensó que había valido la pena.

Ellen abrió la puerta. Dos guardias entraron en la casa.

–¿Qué queréis? –preguntó ella.

–A ti.

–¿Cómo? ¿Ahora? –preguntó furiosa, pensando que querían tomarla por la fuerza, algo que nunca permitiría a nadie. Le gustaban los hombres, disfrutar con ellos, pero jamás dejaría que la forzaran.

Pero se equivocaba. Los guardias habían ido a su casa con otro propósito. Le dijeron que debía acompañarlos, pues sus superiores querían hablar con ella.

Fue llevada ante el capitán Heron y su hombre de confianza, Butler. La miraron detenidamente, con una frialdad a la que no estaba acostumbrada.

–Tienes una buena relación con el traidor Wallace, ¿verdad? –preguntó el capitán.

–¿Wallace? –preguntó ella arqueando las cejas–. ¿Quién es?

–Vamos, mujer, de nada te servirá negarlo. Sabemos que es tu amante, que se disfrazó de cura y estuvo en tu cama ayer por la noche. Lo sabemos todo.

–Estáis equivocados.

Uno de los guardias la asió por el brazo y se lo retorció. Ellen lanzó un grito de dolor.

–¡Cómo te atreves...! –empezó.

A Ellen, que jamás la había tratado con tanta dureza hombre alguno, ese gesto le dolió en lo más profundo de su ser. Se percató entonces de que se había metido en un buen lío.

–Escúchame, mujer –dijo el capitán–, sabemos que eres amiga de William Wallace, y que lo recibes en tu casa. No lo niegues. Si no nos cuentas toda la verdad, peor para ti. ¿Sabes qué les ocurre a las mujeres de tu calaña? Yo te lo diré: las metemos dentro de una bala de paja y les prendemos fuego.

–No os atreveréis –balbuceó Ellen.

–¿Qué no? Ahora verás. Traed la paja.

Era verdad. La tenían preparada.

–Será una lástima quemar esta carne tan apetitosa –dijo el capitán con ironía–. Sé sensata y admite que Wallace estuvo en tu casa ayer por la noche disfrazado de cura. ¿Cuándo irá a visitarte de nuevo?

–Él... ya no vendrá.

–Pero te visitó ayer, ¿no?

Ellen no respondió, y el capitán hizo un gesto a sus hombres para que trajeran la paja.

–Sí... sí –se apresuró a responder–. Estuvo conmigo ayer por la noche.

–¿Y cuándo volverá a verte?

Ella guardó silencio. La agarraron y dos guardias esparcieron la paja a sus pies.

–¡Esta noche! –gritó–. ¡Vendrá esta noche!

La soltaron.

–Cuando vaya –dijo el capitán–, tendrás que retenerlo en tu casa. Quítale las ropas; seguro que no te será difícil. Luego, cuando esté acostado, antes de meterte en la cama, enciende una luz cerca de la ventana. Será la señal para que entremos a detenerlo.

–No puedo hacerlo... –balbuceó Ellen.

–Lo harás –le ordenó el capitán–. Y si no, ya sabes lo que te espera. Cumple con tu deber y nos acordaremos de ti. Serás rica. Hay un alto precio por su cabeza. Además, es hora de que una mujer tan bella como tú tenga un marido, y deje de acostarse con el primero que se le pone delante. Entréganos a Wallace, y lord Percy en persona te recompensará. Te buscará un hombre con quien puedas casarte, un caballero. Ya ves, jovencita, puedes ganar mucho... O bien te espera una muerte muy cruel. No lo olvides.

Ellen regresó a su casa pensando en lo que le habían ofrecido como recompensa: un caballero como marido, dinero... No tendría que volver a deambular por las calles del pueblo en busca de hombres apuestos. Un marido que le proporcionaría bonitos vestidos... Todo eso a cambio de traicionar a Wallace.

Sabía cuál era su deber. Los ingleses temían a William. Lo querían desnudo para capturarlo más fácilmente. Dalila había traicionado a Sansón de la misma manera.

Ellen estuvo esperando a William, y cuando llegó, tal y como le había prometido, se apresuró a abrirle la puerta. Allí estaba el mismo cura de la noche anterior.

–Es peligroso venir hasta aquí –dijo Ellen.

–Haría cualquier cosa para pasar una noche contigo. Vale la pena, mi querida Ellen.

Lo condujo hasta su dormitorio. El corazón le latía a toda velocidad. Pronto se terminaría todo. Recordó el día que lo rescataron del estercolero. Su madre le había dicho: «Es William Wallace, el hombre más grande de Escocia.» Las dos se sintieron orgullosas de él. Su madre estaba durmiendo. Sabía que su hija recibía a los hombres durante la noche, y no decía nada porque era una manera de sobrevivir. Ellen no le había dicho que William había pasado la noche con ella. Lo habría hecho, naturalmente, de no haber sido interrogada esa mañana; pero cuando regresó, no quiso contarle lo ocurrido para no alarmarla.

Fueron a la buhardilla. Ellen trató de confiar en que todo resultaría muy fácil, que sólo tendría que fingir no saber nada de lo ocurrido. Pero seguramente William le preguntaría: «¿Por qué pones una vela al lado de la ventana?», y ella le respondería: «Porque quiero verte bien. Quiero regalar mis ojos mientras pueda.»

Y después no tardarían en llegar los otros...

Ellen amaba a William a su manera. No deseaba que lo torturaran. Se preguntó por qué razón los hombres no eran capaces de vivir en paz, habiendo en la vida cosas maravillosas de las que disfrutar.

William estaba desnudo en la cama. Había llegado el momento: encender la vela... y esperar.

Los guardias ingleses no debían de estar muy lejos. Estarían fuera esperando a que se encendiera la luz.

–¡No puedo hacerlo! –gritó de repente.

Se sentó en la cama y se cubrió el rostro con las manos.

–¿Qué te ocurre, Ellen? –preguntó William.

–Vendrán a capturarte. Me han amenazado con quemarme viva si no colaboro con ellos. Tengo miedo..., pero no puedo hacerlo.

William saltó de la cama y exclamó:

–¡Vienen a por mí! ¿Cuándo?

–Ahora. Ya no hay tiempo. Están esperando a que les dé la señal.

William analizó la situación lo más rápido que pudo

y, tal y como Ellen se había imaginado, enseguida encontró la solución.

–Quítate las ropas, Ellen –ordenó.

Ella le obedeció y William se vistió con ellas. Como le quedaban pequeñas, se cubrió con un manto, como había hecho en casa de su tío. Luego se puso uno de los sombreros de Ellen.

–Me matarán –dijo ella.

–No lo harán, tranquilízate. Te ataré a la cama. Les dirás que intuí que pasaba algo raro y te obligué a que me dieras las ropas. Luego me las puse y te até a la cama; por eso no pudiste hacerles la señal. Y ahora tengo que irme. No temas, pronto volveremos a vernos.

William salió de la casa y corrió hacia los guardias gritando con una voz de falsete muy parecida a la de Ellen.

Dos guardias salieron de su escondrijo. William señaló con el dedo la casa y les dijo:

–Está ahí dentro, desnudo... Id a capturarlo.

Salió el resto de los guardias y todos corrieron a asaltar la casa.

Ellen les explicó que había seguido al pie de la letra las instrucciones, pero que Wallace, de repente, la había atado y amordazado. Contó la historia de tal manera, y su aspecto, medio desnuda y con cara de terror, resultó tan creíble, que los guardias se apresuraron a desatarla, al tiempo que le aseguraban que nada malo le ocurriría. Luego salieron a perseguir al fugitivo. Pero William había tenido tiempo suficiente para llegar hasta su caballo, desatarlo y salir al galope en dirección al bosque, donde le aguardaban sus leales hombres.

Ese incidente fue una advertencia. William fue consciente de que no podía ir por ahí tentando a la suerte. El episodio en casa de Ellen pudo haber sido el final de su sueño. Si la muchacha hubiese avisado a los ingleses, éstos hubiesen entrado inmediatamente en la casa para capturarlo.

Agradeció a Dios que Ellen le hubiese sido leal, aunque sólo Dios sabía lo cerca que había estado de traicionarlo. Maldijo a los ingleses por haberla amenazado con la hoguera, pues estaba seguro de que si Ellen no les hubiese seguido la corriente, no habrían dudado ni un minuto en quemarla viva.

Stephen y Karlé quedaron horrorizados cuando les contó lo ocurrido. Los tres convinieron en que, después de ese episodio, los ingleses lo perseguirían aún con más empeño, y que por lo tanto debía permanecer escondido unos días. Decidieron, finalmente, abandonar enseguida el lugar y trasladarse a otro bosque.

Así lo hicieron. Se refugiaron en el bosque de Lanarkshire.

Los ingleses, al cabo de un tiempo, y después de haber comprobado que habían cesado los asaltos a sus convoyes, pusieron en circulación el rumor de que William Wallace había muerto ahogado cuando intentaba cruzar el río cerca de Stirling. Basaban su historia en el hecho de que, si William hubiese intentado cruzar el puente, indudablemente habría sido descubierto.

William sentía la necesidad de pasearse por las calles de los pueblos y ciudades. No soportaba tener que vivir aislado del resto de sus paisanos. Finalmente decidió ir al pueblo de Lanark, disfrazado unas veces de peregrino y otras de campesino. Le gustaba sentarse en las tabernas y escuchar las conversaciones de los demás.

Fue así como se enteró de la impopularidad de Heselrig. Le contaron que era la persona más cruel de todo el país. El rey Eduardo debía ir con más cuidado a la hora de escoger a sus representantes en Escocia, pues hombres como Heselrig podían alimentar fácilmente una rebelión allí donde se hallaran.

–Contadme algo más de ese hombre –dijo William–. Decidme qué ha hecho a los ciudadanos de Lanark para que le odien tanto.

–¡Cállate! Debes tener cuidado con lo que dices –le respondieron–. Habla más bajo.

William les obedeció y entonces los otros continuaron:

–Aquí vive una doncella muy hermosa. Se trata de la heredera de Lamington, una mujer famosa por sus riquezas y su belleza.

–¿Y qué más?

–Heselrig la persigue, pero como ella es una joven muy astuta, no accede a sus proposiciones.

–¿Y qué le propone?

–Que se case con su hijo.

–¡Claro, un buen enlace para un inglés!

–Sí, por supuesto. Ella es rica.

–Es la heredera del viejo Hew Bradfute. Hew murió hace tres años y el joven Hew era su heredero... Habría heredado... de haber vivido.

–¿El joven Hew...?

–El hermano de la muchacha. Murió una noche... Encontraron su cuerpo en un barranco. Dijeron que había muerto en una reyerta, pero se comenta que... –el hombre se interrumpió.

–Por favor, decidme qué es lo que se comenta.

–¿Y tú quién eres? ¿Por qué haces tantas preguntas?

–Sólo soy un campesino al que le encanta charlar y por eso acude de vez en cuando al pueblo. Contadme algo más del joven Hew, y cómo creéis que murió.

–Eso no puedo decirlo. Es algo que tengo bien guardado en mi mente, eso es todo –respondió uno.

–Por favor, decidme algo más.

–Está bien. Se rumorea que Heselrig planeó la muerte del heredero de Bradfute porque quería que la hija fuera la única heredera. De esta manera, si la casaba con su hijo, el dinero de los Bradfute pasaría a pertenecer a su familia.

–¿Y qué ha ocurrido?

–Marion Bradfute es una muchacha muy valiente, señor. Ha jurado que jamás se casará con el hijo de Heselrig.

–Me gustaría verla.

–Pues tendrás que ir a la iglesia un domingo. Siempre está allí.

Durante los días que siguieron a esa conversación, William no pudo dejar de pensar en la historia de la valiente escocesa y del malévolo señor inglés. Estaba seguro de que se trataba de un hombre ruin, que tarde o temprano obligaría a la joven a casarse con su hijo.

Al domingo siguiente, William acudió a la iglesia. No le fue necesario preguntar quién era Marion Bradfute, pues la reconoció enseguida. Vestía ropas caras, como era costumbre entre las herederas, y ciertamente era muy bella. William jamás había visto una muchacha igual. Ellen, que en su día le había parecido tan deseable, era una insignificancia comparada con ella.

Marion se percató de que William la miraba, y se ruborizó. Por eso él dedujo que ella también había advertido su presencia.

Regresó a la iglesia al domingo siguiente. Vio cómo Marion le susurraba algo al oído a su doncella, y adivinó que estaban hablando de él. Cuando salieron, las siguió a una distancia prudencial. Abrieron una verja y entraron en una bonita mansión, la que seguramente había despertado la codicia de Heselrig. William golpeó la puerta de la verja.

Le abrió un anciano que le preguntó qué deseaba. Él le contestó que quería ver a la señorita Bradfute por un asunto urgente. El hombre le pidió que se identificara, pero William respondió que le diría su nombre a la señorita Bradfute a su debido tiempo, aunque estaba convencido de que ya le conocía.

El anciano se alejó moviendo la cabeza y dejando a William de pie ante la verja. Al cabo de unos minutos, salió la doncella que había acompañado a Marion a la iglesia. No pareció sorprenderse mucho de verlo. William dedujo que las dos se habían percatado de que las había seguido.

Le dio permiso para entrar, y William la siguió hasta el interior de la casa.

Marion lo estaba esperando en el vestíbulo de techo abovedado y con una larga mesa en el centro.

–¿Quién eres y por qué has venido hasta aquí? –preguntó Marion.

William dudó unos instantes y luego respondió:

–Soy William Wallace.

Marion abrió desmesuradamente los ojos, y, en consecuencia, William pudo ver cuán azules y bellos eran.

Entonces Marion le sonrió.

–Lo sabía. Bienvenido. Me gustaría hablar contigo.

Miró alrededor y añadió:

–Vayamos a la solana.

Llamó a su doncella y le pidió que les trajera algo de beber.

Subieron por una escalera hasta llegar a la terraza, un lugar muy soleado gracias a dos grandes ventanas por las que entraba un magnífico sol. Raras veces se encuentran en Escocia lugares como ése.

Marion se dirigió a una de las ventanas y se sentó. Con un gesto invitó a William a tomar asiento a su lado, y éste obedeció gustosamente.

–¿Me conoces? –preguntó a William.

–Sé que eres la señorita Bradfute, y que todos hablan de tu belleza.

–Y de mi dinero –añadió–. He llegado a sentir miedo por eso.

–También sé que tienes problemas. Me enteré en la taberna, charlando con las gentes.

–¿Y tú, el héroe nacional, qué haces en las tabernas?

–Pues espero el día que pueda alzarme contra los ingleses y echarlos de nuestra tierra.

–Vienes disfrazado, ¿no es así?

–Es absolutamente necesario. Han puesto precio a mi cabeza. Así pues, te arriesgas mucho invitándome a tu casa.

–En cierto modo, también a mí me han puesto precio. Sir William Wallace, hace mucho que te admiro, lo mismo que millares de escoceses.

–Me gustaría obtener algo más que admiración de los escoceses. Quiero que se unan a mi causa. Cuando tenga un ejército, te prometo que se acabarán todas las humillaciones que ahora tenemos que sufrir.

–Sé que lograrás derrotar a los ingleses. Me siento orgullosa de poder hablar contigo.

–Jamás había visto una mujer tan bella como tú –contestó William.

Marion sonrió complacida.

–Lo que Heselrig quiere para su hijo es mi fortuna.

–He oído que te resistes.

–Sí, así es, pero le tengo mucho miedo. Creo que él mató a mi hermano.

–Eso dicen.

–Me pregunto qué estratagema utilizará para engañarme.

–¿Tus sirvientes son leales?

–Sí, hace mucho que sirven a mi familia. Además, odian a los opresores ingleses.

–¿Te ha amenazado?

–No. Le he dado siempre largas. Pero todavía no le he dicho que no me casaré con su hijo.

–Reuniré a algunos hombres y entraremos en el pueblo.

–¿Puedes hacerlo?

–Tengo a mi lado a algunos valientes, aunque no los

suficientes. Pero algún día lograré reunir a todo un ejército.

Marion le tendió la mano y William se la besó.

–Gracias por venir. Ahora me siento más segura.

Marion se levantó, dando a entender que había llegado la hora de despedirse. Quería evitar las suspicacias de los criados, por mucho que confiara en ellos.

William así lo comprendió, aunque hubiera deseado quedarse más tiempo con ella.

–Volveré –dijo–. Quizá mañana. Así podremos hablar más detenidamente. Si por casualidad me necesitaras, envía a uno de tus hombres al bosque de Lanark. Allí me encontrará.

A William le sorprendió haber confiado con tanta rapidez en Marion. Más tarde comprendió el porqué, pues no podía dejar de pensar en ella.

Al día siguiente, regresó a la casa y los dos hablaron durante largo rato. William le habló con gran entusiasmo de sus planes para el futuro, y también de sus pasadas aventuras.

Marion le escuchó extasiada. Las leyendas que había oído acerca de William Wallace resultaban ser todas ciertas.

Antes de que acabara la semana, se habían enamorado perdidamente el uno del otro.

Solían pasear por el jardín.

–Sabes que te amo –dijo William.

Marion asintió.

–¿Y tú...? –preguntó William.

–Yo también te amo –respondió ella.

–¡Tenernos el uno al otro... es una bendición! Ojalá pudiésemos estar siempre juntos, pero ya que no es así, debemos aprovechar al máximo las horas que pasamos juntos.

Marion no era como Ellen.

–Si estuviésemos casados, no podrías vivir como vives ahora –le recordó Marion.

William todavía no había pensado en el matrimonio. Un hombre como él, que dedicaba su vida a una causa, no podía pensar en establecerse y llevar una vida normal, con una mujer y unos hijos que atender.

William guardó silencio y Marion le dijo:

–Veo que no quieres casarte conmigo.

–Lo haría si pudiera. Pero me debo a una causa, y sé que la mujer que se case conmigo no será muy feliz.

–Entonces debemos despedirnos ahora mismo –dijo Marion–, pues aunque te amo muchísimo, veo que jamás podré ser tu esposa. Si no podemos casarnos, mejor que terminemos cuanto antes. Es absurdo continuar viéndonos si nuestro amor jamás será satisfecho.

William quedó sumido en una profunda melancolía.

–¡Oh, Dios mío –exclamó–, si no hubiera jurado echar a los ingleses de esta tierra, cuán feliz sería casándome contigo! Pero he jurado solemnemente no descansar hasta que haya salvado a mi país.

–Te comprendo muy bien –dijo Marion con tristeza–. El matrimonio no entra en tus planes, William Wallace, y como yo no concibo la vida sin un marido a mi lado, entonces debemos decirnos adiós. Despidámonos cuanto antes; ya no existe un motivo que nos retenga.

–Jamás permitiré que te cases con el hijo de Heselrig.

Marion se echó a reír.

–Resulta extraño que el hombre que odio está más que dispuesto a casarse conmigo, mientras que el hombre que amo me rechaza por una causa. Adiós, William.

–¡No, esto no es un adiós! –exclamó él–. Estaré cerca. Si me necesitas, sólo tienes que llamarme. Vengaré a tu hermano. Echaré a Heselrig de Lanark. Y te prometo que regresaré.

Marion movió la cabeza en señal de tristeza, y William salió al galope de la casa en dirección al bosque.

William se sentía muy desgraciado. Estaba triste. La vida ya no tenía interés para él.

Stephen y Karlé estaban tan preocupados por él que le imploraron que les contara cuál era el motivo de su tormento.

Dado que siempre había confiado en ellos, no tuvo inconveniente en contarles toda la historia: cómo se había enterado de la existencia de Marion, cómo había acudido a la iglesia, cómo había conseguido hablar con ella y en cuán poco tiempo se enamoró.

–Es peligroso ir con mujeres. Acuérdate de Ellen –dijo Stephen.

–Me acuerdo muy bien de ella. Era una mujer maravillosa. Jamás me arrepentiré de haber estado con ella.

–Y ahora Marion Bradfute. Estás tentando la suerte, William.

–Hago lo que creo que es más correcto. ¿Qué podía hacer sabiendo que una hermosa dama estaba en peligro? Su hermano fue asesinado por ese villano de Heselrig, y juro que no descansaré hasta que no lo mate.

–Tú mismo has dicho muchas veces que es una tontería ocuparse de menudencias. Dijiste que te esconderías hasta que reuniéramos un ejército de hombres. Estamos a punto de conseguirlo... William Douglas ha prometido unirse a nosotros, y tiene bastantes hombres a su servicio. Sir John Menteith también lo ha prometido. Debemos tener paciencia, William, y dentro de poco seremos bastantes para echar a los ingleses de Escocia.

–Esto no es ninguna menudencia. Amo a Marion Bradfute.

–Hace poco amabas a Ellen y por ello estuviste a punto de perder la vida.

–Marion no es como Ellen. Se niega a ser mi amante. O me caso con ella... o nada.

–Pero no puedes casarte.

–Se lo he dicho. Tendría que ausentarme muy a menudo.

–Tal vez podríamos hacérselo entender –dijo Stephen.

William y Karlé lo miraron atónitos.

–Sí –continuó–, imaginemos que William se casa con Marion. El problema de ambos desaparecería, y a su vez evitaríamos que el hijo de Heselrig la desposara. Éste no podría argüir nada en contra, pues ella ya tendría un esposo. Además, Marion sabe muy bien quién es William, y por eso comprenderá que tiene que cumplir su misión. Creo que el matrimonio sería bueno para ti, porque una vez casado podrás apoyarte en tu esposa y, en consecuencia, dejarás de confiar en la primera mujer que conozcas.

William se sintió loco de alegría. El plan de Stephen le pareció muy razonable, e intuyó que Marion comprendería que, siendo él quien era, no podía permitirse cambiar, por lo menos de momento, su estilo de vida por otro más sedentario. Prometería a Marion que cuando Escocia fuera libre, él estaría en disposición de hacer planes para el futuro, formar una familia y vivir tranquilamente a su lado.

Los tres hablaron sobre este tema, y cuantas más vueltas le daban, más plausible les parecía la idea del matrimonio.

Al día siguiente William fue a la mansión de los Bradfute y pidió la mano de Marion.

Se casaron a finales de esa misma semana. La ceremonia se celebró en casa de Marion, en la solana, donde habían pasado tanto tiempo juntos. Dos criados hicieron de testigos.

William permaneció en casa de Marion durante varios días. Se sintió feliz y orgulloso de haberse casado con la mujer más hermosa del país. Marion lo adoraba. Para ella, su marido era el gran Wallace, el héroe nacional. Un día dijo a William que quería irse con él a la batalla, y que quería ayudarlo en todo lo necesario. Aunque era consciente de que William tendría que abandonarla a menudo, Marion estaba dispuesta a soportarlo. Marion se sintió tan entusiasmada con la causa como William. Estaba orgullosa de él y convencida de que llegaría a ser el general cuyo nombre pasaría a la historia como el libertador de Escocia.

William no quería abandonarla, pero debía regresar al bosque. Mientras estuvo en casa de Marion, se tomaron las medidas necesarias para mantener en secreto su paradero. Temían las represalias de Heselrig cuando éste se enterara de que William Wallace se había casado con la heredera que él había designado para su hijo.

Finalmente, William regresó al bosque. Se alegró de encontrar allí a John Menteith con sus hombres. Escuchó complacido las últimas noticias y aseguró a todos que pronto dispondrían de un ejército propio.

Heselrig llamó a la puerta de la mansión de Marion, y el guardián se vio obligado a permitirle la entrada.

Ordenó a los criados que llamaran a su ama.

Marion salió a recibirlo. El corazón le palpitaba a toda velocidad por el miedo y la ira que despertaba en ella la presencia de ese hombre. Notó que Heselrig sonreía afablemente, por lo que dedujo que su odiado enemigo había cambiado de estrategia y, en lugar de amenazas, pretendía engatusarla.

Heselrig no se fiaba de las gentes de Lanark. Eran astutos y le rendían pleitesía sólo porque se veían obligados a ello, pero temía que en cualquier momento se rebelaran contra él. Si obligaba a Marion a casarse con su hijo, tal vez lograría calmar los ánimos de la gente del pueblo. Le era absolutamente necesario contar con más hombres y armas para hacer frente a Wallace. No quería forzar demasiado a Marion, pues creía estar a punto de conseguirla.

La saludó, y ella, algo distante, le dio la bienvenida.

–Estáis tan espléndida como siempre, señorita Bradfute –dijo Heselrig.

–Gracias, señor.

–¡Tan bella y tener que vivir sola!

–Vivo según mis deseos –contestó Marion.

–Necesitáis un marido, señora. No soy el único que lo piensa.

–Gracias, señor, pero sólo yo sé lo que necesito.

–Señora, no intentéis saliros por la tangente. Sabéis perfectamente que mi hijo está loco por usted.

Marion guardó silencio.

–Quiero que os caséis con él.

Ella no dijo nada.

Heselrig la habría abofeteado y la habría arrastrado ante el cura, pues Marion le estaba causando demasiados problemas. Todo cuanto debía hacer era decir que sí.

–Mañana enviaré a mi hijo a visitaros –dijo.

–Mañana no podré recibirlo. Tengo otros planes.

–Pues pasado mañana.

–Tampoco me será posible. En realidad estaré ocupada siempre que su hijo quiera venir a visitarme.

–Me sorprende vuestra falta de educación, señora.

–Intento ser sincera –contestó Marion.

–Cambiaréis de opinión. Hasta hoy he sido demasiado permisivo con vos.

–Yo decidiré con quién quiero casarme.

Marion pronunció esa última frase con cierto triunfalismo. Heselrig no dijo nada. Había oído rumores de que un hombre visitaba a Marion muy a menudo, pero no había concedido mucha importancia a esos rumores, porque estaba convencido de que era una mujer virtuosa y pensó que el hombre que habían visto entrar en la casa debía de tratarse del amante de alguna de las criadas.

Aun así, advirtió algo en la mirada de Marion que le inquietó. Así pues, decidió que la boda se celebraría al día siguiente.

Hizo una reverencia y se fue. Marion estaba asustada porque había adivinado los pensamientos de Heselrig: estaba harto de esperar y parecía dispuesto a hacer cualquier cosa si ella no se decidía pronto.

Marion envió a uno de sus criados al lugar donde se escondía su esposo.

William entró en el pueblo al anochecer. Esa vez no iba disfrazado.

Marchó a la cabeza de sus hombres, y todos le reconocieron enseguida. Se había convertido en el héroe de Escocia.

La gente se arremolinó en las calles para verlo pasar.

–¡Wallace está aquí! –gritaban–. ¡Al fin ha venido!

Los centinelas advirtieron su presencia y dieron la alarma.

–¡Gentes de Lanark, he venido a liberaros de las cadenas! –gritó William–. Ya no habrá más esclavitud. ¡Uníos a mi causa, y juntos echaremos a los ingleses del pueblo!

Pero la gente estaba asustada. Nadie había olvidado lo que les había ocurrido a los anteriores rebeldes, muertos en horribles circunstancias. Así murió Davydd de Gales, y a partir de entonces aquel sacrificio se convirtió en el premio para todo el que osara desafiar el poder inglés. Todos tenían presente que luchar a favor de Escocia era considerado por los ingleses una traición.

Por eso se limitaron a observar los movimientos de

las tropas de William sin hacer ademán de unirse a ellos. Aunque su corazón estaba con ellos, no osaron moverse de su sitio.

Las calles pronto se llenaron de soldados ingleses, hombres, que a diferencia de los de William, habían sido entrenados para la guerra. Ni la fe en una causa justa pudo con los soldados y las armas ingleses.

Los ingleses no tardaron mucho en doblegar a los escoceses. Wallace se negó a retirarse y resistió con algunos de sus hombres. Estaban cerca de la casa de Marion. Los demás habían huido al bosque. Ella había abierto la verja y estaba de pie observando. Cuando vio la situación apurada en que su marido y sus hombres se hallaban, les gritó:

–¡Rápido! ¡Entrad y cerraré la verja!

William comprendió que ese gesto podía salvarles la vida. Ordenó a sus hombres que obedecieran a Marion, y cuando hubieron entrado todos, cerró la verja.

Aunque era bastante probable que los ingleses la derribaran, Marion sabía que tardarían en lograrlo, y ese tiempo sería suficiente para que los escoceses pudieran huir.

William la abrazó.

–¡Nos has salvado, amor mío! –dijo, al tiempo que Marion lo empujaba alejándolo de ella.

–No hay tiempo que perder. Debes irte. Venid, os enseñaré un sitio en el jardín por donde podéis huir.

Marion tenía razón. Los ingleses no tardarían mucho en derribar la verja.

La siguieron. Abrió una puerta del jardín y salieron todos.

En ese momento, los ingleses golpearon la verja. Marion entró en la casa y fue a la solana. Ya no le importaba que entraran en su casa, pues William y los suyos habían logrado escapar.

Cogió un bordado e intentó coser, pero las manos le

temblaban. Estaba esperando el momento en que los ingleses irrumpirían en su casa.

No tuvo que esperar mucho. Primero oyó un clamor de voces y luego las pisadas en el patio. Al poco ya habían entrado en la casa. Las voces se acercaban. Ya faltaba menos.

Alguien subía por las escaleras. Imaginó quién sería, y no se equivocó: Heselrig en persona.

–¿Dónde está? –preguntó con tono imperativo–. ¿Dónde está Wallace, el traidor?

Marion se levantó de la silla y se quedó de pie frente a él.

–Lejos de vuestro alcance –gritó.

–Está aquí.

–Inspeccionad la casa si queréis. Jamás lo encontraréis.

–Por el amor de Dios, le habéis dejado entrar en vuestra casa y habéis impedido que lo atrapáramos. Eso es traición.

–Pues yo no lo entiendo así, señor.

–Pues yo sí. Acabaría con vos ahora mismo si no fuera porque muy pronto seréis la esposa de mi hijo.

–Jamás.

–No seáis tonta. No me hagáis enfadar. Podría haceros mucho daño. Sed sensata. Si os casáis con mi hijo, no os tendré en cuenta lo que habéis hecho hoy.

–No lo olvidaré mientras viva. Estoy orgullosa de ello.

–Estáis loca.

–No. Soy feliz porque esta noche he salvado la vida de mi esposo.

–¡De tu esposo! ¿Quieres decir que…?

A Marion ya nada le importaba. Se sentía orgullosa de Wallace y de sí misma. Quería que el mundo entero lo supiera.

–Estáis hablando con la señora Wallace. Os ruego que seáis más respetuoso.

Heselrig quedó mudo por la sorpresa.

–¿Creéis que me casaría con vuestro hijo habiendo conocido a Wallace? Me casé con él hace dos semanas. Habéis perdido vuestra fortuna, Heselrig.

Esta implacable declaración le hirió en lo más profundo del corazón. Heselrig sabía que no le estaba mintiendo. Recordó en ese momento los rumores acerca de las visitas misteriosas que recibía Marion, y comprendió que se trataba de Wallace. Se maldijo por no haber sido capaz de capturarlo, y maldijo a Marion por ayudarlo a escapar.

«No permitiré que ocurra otra vez», pensó.

Se dirigió hacia Marion empuñando la espada.

Ella lo observó atónita mientras se la clavaba en el pecho. Luego cayó al suelo. Su último pensamiento fue: «He muerto por William Wallace.»

Karlé despertó a William para decirle que una mujer deseaba verlo. Por la cara de su amigo, adivinó que había ocurrido una desgracia.

La mujer tenía el rostro desgarrado por el dolor. William reconoció enseguida que se trataba de la doncella de Marion.

Cuando la mujer lo vio, se cubrió la cara con las manos y se echó a llorar en silencio.

–¿Qué ocurre? –gritó William–. Por favor, habla. Tu ama…

La mujer se descubrió el rostro y con la mirada perdida respondió:

–Está muerta, milord.

–¡Muerta!

William necesitó unos minutos para reaccionar. No podía creer lo que acababa de oír. Era demasiado terrible para soportarlo.

–Entraron los soldados… después de que os fuerais.

Heselrig iba al frente. Se dirigió a su habitación y ella le dijo que se había casado con usted... Luego él le clavó su espada.

William no podía ni hablar ni moverse. Se reprochó el haberla inmiscuido en su causa y el no haberse quedado con ella para protegerla.

Pero su sentido común le advirtió que de haberlo hecho, le habrían capturado, y entonces no habría podido hacer nada por ella desde la cárcel.

No podía imaginar su vida sin volver a tenerla entre sus brazos.

Karlé, que estaba de pie junto a él, le dijo:

–Lo siento mucho.

–No puede ser verdad. Debe de haber algún error.

Todos guardaron silencio. Sólo se oía el rumor de las aguas de un río cercano y el gorjeo de los pájaros.

–Es verdad –dijo Karlé–. Debemos aceptarlo. Ven conmigo y hablaremos de ello. Algo se nos ocurrirá.

William observó a la mujer mientras se marchaba, con un profundo aire de tristeza en sus movimientos.

–Marion está muerta –dijo William–. Jamás volveré a verla.

–Te sobrepondrás, William –le animó Karlé–. Acuérdate de nuestra causa.

William se volvió hacia él con la cara descompuesta por la ira:

–¿Crees que podré olvidarla? Mi esposa... Marion... Era tan hermosa... Era todo cuanto deseaba en este mundo.

–Recuerda que lo que deseas por encima de todo es la libertad de Escocia.

–Sólo la quiero a ella... Sana y salva en mis brazos.

–Eso es hoy –replicó Karlé–, pero tienes que pensar en el futuro. Algo tenía que ocurrirte, William, pues escogiste vivir la vida peligrosamente, y debes ser consecuente contigo mismo.

William quedó callado unos segundos y luego se volvió hacia Karlé:

–Aún me queda una cosa: la venganza. Sí, a partir de ahora viviré para vengar su muerte. Mi espada no vivirá tranquila hasta que no lo haya matado. ¡Venganza! ¡Venganza! –exclamó.

Al cabo de un tiempo, William consiguió reunir a más hombres, y cuando todo estuvo listo, se prepararon para ir al pueblo.

–Dejadme a Heselrig para mí. Quiero ser yo quien lo mate. Quiero su sangre.

William planeó minuciosamente el asalto. Quería que todo saliera a la perfección. Stephen y Karlé le advirtieron del riesgo que corría.

Decidieron actuar de noche. Irrumpirían en casa de Heselrig para sorprenderlo durmiendo. Se dividirían en dos, pero acordaron quc William se encargaría de Heselrig.

Era de noche cuando entraron en el pueblo. Todo estaba en silencio. Les sorprendieron unos guardias, pero los hombres de William acabaron con ellos fácilmente.

Marcharon por las calles vacías y silenciosas. De momento, todo estaba saliendo según lo planeado.

Llegaron ante la puerta de Heselrig. William la golpeó con contundencia.

–¡Abrid! ¡Abrid en nombre del rey!

William sonrió al pensar que esa noche el rey Eduardo perdería a uno de sus súbditos.

Alguien corrió los cerrojos. Un guardia miró a William con expresión de terror mientras éste le clavaba la espada.

William subió por las escaleras gritando:

–¡Heselrig, salid. Se trata de un asunto muy urgente!

Heselrig apareció en lo alto de las escaleras cubierto con una manta.

–¿Quién me llama? –preguntó algo molesto.

–La mismísima muerte –respondió William, que estaba de pie frente a él. Con un rápido movimiento le clavó la espada en el corazón.

Por unos segundos Heselrig quedó paralizado por la sorpresa. Luego gritó:

–¡Ayudadme! ¡Asesinos! –Tras decir esto, se desplomó en el suelo con la boca llena de sangre.

–Por Marion –gritó William mientras hundía de nuevo su espada–. Por mi amor perdido.

Oyó una voz arriba.

–Padre, ¿qué ocurre? ¿Dónde estás?

William se incorporó y sonrió. «¡He aquí al hijo, el que aspiraba a casarse con Marion! Echémosle una ojeada.»

El joven, desde el rellano, vio el cadáver de su padre y lanzó un grito.

William le agarró por el brazo y vio que el joven estaba aterrorizado.

–¿Qué...? –balbuceó–. ¿Quién...?

–Wallace –respondió William–, el marido de Marion Bradfute. Tu padre la asesinó y ha pagado por ello. Ahora te toca a ti.

Alzó el puñal.

Los cadáveres de Heselrig y su hijo yacieron en las escaleras uno al lado del otro.

Los habitantes de Lanark no tardaron en enterarse de la noticia.

–¡Heselrig ha muerto! ¡Han asesinado al tirano! ¡Ha sido Wallace! –exclamaban todos.

La gente salió de sus casas y llenó las calles. Algunos se atrevieron a sacar las armas que habían tenido escondidas durante mucho tiempo, pues ya no temían las represalias de Heselrig.

Esa noche hubo una carnicería en Lanark. La revuelta popular cogió desprevenidos a los ingleses, que no supieron defenderse. Por la mañana William Wallace ya había liberado a su primer pueblo escocés. Sólo sobrevivieron los ingleses que lograron huir.

William mandó guarnecer el pueblo por temor a que los ingleses regresaran. Contó con el apoyo unánime de los habitantes de Lanark, pues ya ninguno de ellos temía a Heselrig. William Wallace era el libertador.

Lanark fue el comienzo. El país entero se alzó en armas, animado por la posibilidad de echar a los ingleses de Escocia. Ni William había imaginado que su causa llegaría a tener tanta aceptación entre los escoceses.

Era lo que necesitaba para dejar de pensar en la injusta muerte de Marion. Escocia entera hablaba de Wallace. Se había convertido en una leyenda y se comentaba que los ingleses palidecían cuando se pronunciaba su nombre.

Le proclamaron jefe del ejército escocés. William dijo actuar en nombre del rey Juan Baliol, a quien consideraba prisionero de los ingleses. Cada día eran más los que se unían a su bandera.

Junto a William Douglas tomó Scone y Lennox. Los voluntarios que se alistaron se contaron por millares.

Escocia entera fue liberada en el espacio de unos pocos meses. Incluso se hicieron algunas incursiones al otro lado de la frontera, en Westmorland y Cumberland.

Así estaban las cosas cuando Eduardo regresó de Francia y se casó con la hermana del rey francés.

Eduardo decidió que había llegado el momento de acabar con los rebeldes de Escocia.

TRAICIÓN

La reina Margarita inició su viaje hacia el norte. Se detuvo en Canterbury para hacer unas ofrendas ante la tumba de santo Tomás Becket. Estaba embarazada y muy orgullosa de su nuevo estado, pues había concebido muy pronto. Rezó a santo Tomás para que le diera un hijo sano y no le ocurriera nada malo a ella.

Eduardo estaba avanzando hacia el norte. Había dicho a Margarita que le gustaría mucho tenerla a su lado, como había hecho siempre la anterior reina. Y ella, que quería parecerse al máximo a la primera esposa de su marido, se mostró encantada de complacerle.

Deseaba tener un hijo varón, pues Leonor sólo le había dado un hijo sano, aparte de las hijas, aunque supo que había tenido otros varones que no lograron sobrevivir.

Se apiadó de Eduardo porque sabía lo mucho que había sufrido. Su hijo Eduardo estaba demostrando no tener madera de rey. Había habido quejas acerca del estilo de vida que llevaba y de las amistades de las que se rodeaba. Eduardo le había confiado que temía morir sin dejar más descendientes que su hijo. También admitió que le hubiera gustado pasar más tiempo junto a él, pero que siempre había tenido asuntos urgentes que atender. Había tenido problemas con Francia y nada más regresar a casa se había encontrado con la insurrección de Wallace.

Ese asunto era de gran trascendencia, por lo que Eduardo se sentía muy deprimido. Margarita creyó que lo único que le animaría sería saber que era padre de otro niño.

Quedó muy impresionada por la grandeza de Canterbury y se interesó mucho por lo que le contó el abad acerca de santo Tomás: había muerto en manos de los caballeros del rey y el lugar donde ocurrieron los hechos se convirtió en sagrado. Posteriormente, encima de las piedras donde el santo había derramado su sangre, se produjeron varios milagros. Margarita se arrodilló y rogó al santo que le enviara un niño.

Reemprendió el viaje hacia el norte, cruzando la región de Humber hasta llegar a Yorkshire. Su destino era el castillo de Cawood, posesión del arzobispo de York, pero como había habido algunos contratiempos en el viaje, decidió no ir más lejos y detenerse en una pequeña aldea a orillas del Wherfe llamada Brotherton.

Al cabo de unos días, Margarita comprobó que había sido un gran acierto detenerse en ese lugar, pues allí tuvo los primeros dolores del parto.

Se sintió muy feliz cuando vio a su primer hijo: el tan largamente deseado varón.

–Le pondré Tomás –dijo la reina–, pues sé positivamente que ha sido santo Tomás quien me lo ha enviado.

Mandaron un mensaje al rey con la noticia.

Eduardo la recibió con gran entusiasmo. Estaba en York a punto de entrar en Escocia. Siete mil soldados de caballería y ochenta mil de infantería bajo su mando iban a derrotar, irremisiblemente, a Wallace.

Le pareció que el nacimiento de su hijo era un buen

augurio. Así respondía el cielo a sus dudas sobre si volver o no a casarse. Leonor le bendecía desde el cielo, e implícitamente le felicitaba por su nuevo matrimonio.

Quería que Margarita, en cuanto se hubiese repuesto del parto, partiera hacia el castillo de Cawood a fin de conocer a su hijo antes de partir hacia Escocia.

Margarita se recuperó rápidamente y al cabo de unas semanas se dirigió a Cawood. Un castillo situado en la orilla sur del Ouse, residencia oficial de los arzobispos de York desde el siglo X. Al igual que la inmensa mayoría de castillos, el de Cawood no era muy confortable, pero a Margarita no le importó demasiado, pues llegó allí en pleno verano.

La visita de Eduardo fue rápida, pues no podía perder tiempo. A Margarita le apenaba que, después de todo lo que había hecho su esposo, Wallace hubiera conseguido su propósito y hubiera desafiado la soberanía inglesa.

Eduardo se sintió orgulloso al ver al recién nacido y dijo a Margarita que nada le hacía más feliz que verla a ella con el niño en brazos.

–Milord –dijo Margarita tímidamente–, yo quiero que se llame Tomás, pero si no...

–Si así lo has decidido, se llamará Tomás. En cuanto a mí, creo que a estas alturas de mi vida debo honrar al santo de Canterbury. Tal vez necesite su bendición.

Margarita se inquietó.

–Pero les venceréis, ¿no es así?

–Vencerles, sí, pero lo que no puedo garantizar es cuánto nos costará hacerlo. Wallace ha conseguido cautivar a sus conciudadanos, y se ha convertido en un héroe nacional. Siempre resulta más fácil dominar a un pequeño líder que a uno que disfruta de predicamento nacional. Conquisté a Baliol con facilidad, porque es un hombre débil. Wallace es distinto. Pero no temas, para cuando nazca nuestro segundo hijo, habré conseguido dominar a los escoceses y les habré enseñado lo que significa desafiarme.

Le dio un beso y le contó sus planes, tal como solía hacer con Leonor. Margarita le escuchó atentamente, con tanta devoción y entusiasmo, que bien habría podido ser su primera esposa quien estuviera sentada escuchándole.

Empezó la campaña militar. Eduardo no encontró mucha resistencia, pero los escoceses habían arrasado los campos, y no encontraron provisiones. No obstante, Eduardo, que era un buen general, había previsto esta eventualidad y había enviado a la zona varios barcos cargados con alimentos y municiones. Pero como tardaron unos días en llegar, Eduardo se inquietó, pues sabía que un ejército mal alimentado y desprovisto de armas era un ejército vencido de antemano.

Tomó Edimburgo y allí esperó la llegada de los barcos, que se retrasaron hasta finales de julio.

Fue en esos días cuando Eduardo recibió la visita de varios de los hombres que había mandado como espías a Escocia, disfrazados de vagabundos o buhoneros. Le dijeron que Wallace y sus secuaces se hallaban en Falkirk.

–Atacaremos inmediatamente –decidió Eduardo.

Condujo el ejército hasta Linlithgow Heath, y allí descansaron unos días antes de entrar en combate.

Una tarde recorrió el campamento para infundir ánimos a sus soldados y comprobar que todo estaba en orden. Sabía que su presencia, el gran rey montado en su caballo, enardecía los ánimos de sus hombres, pues tenían el convencimiento de que Eduardo era invencible, y era importante que siguieran creyéndolo así, sobre todo cuando se trataba de vencer a un enemigo como Wallace, quien seguramente sería igualmente carismático para sus hombres.

Los soldados de Eduardo le seguirían hasta el final; sólo había que convencerles de que la victoria inglesa era un hecho incuestionable.

Eduardo no temía demasiado a Wallace, pues aunque sabía que se había ganado a pulso su fama, aún tenía que demostrar que era superior a él, un rey que había luchado en multitud de ocasiones como un gran guerrero y tenía uno de los mejores ejércitos de Europa. Estaba convencido de que los escoceses no estaban tan bien entrenados como sus hombres. Aunque habían logrado vencer las guarniciones que él mismo había destacado en Escocia, estaba por ver si serían tan eficaces contra el ejército. Wallace era un hombre valiente, por eso Eduardo le respetaba y comprendía, pero no tendría compasión de él si lo capturaba. Como buen estadista, no podía tener piedad del hombre que había intentado echarlo de Escocia.

Le habría gustado que su hijo estuviera allí con él. Le había decepcionado. Día a día demostraba no ser merecedor de la Corona, y esta idea le obsesionaba sobre todo desde el día que sostuvo en brazos a su pequeño Tomás. El problema era que éste aún era un bebé. Su hijo Eduardo no parecía tener la intención de aprender a ser rey; prefería dedicarse a las frivolidades con amigos de su misma calaña. Había sido un error educarlo junto al hijo de Gaveston, pues éste ejercía una fuerte influencia sobre el joven Eduardo, que le obedecía como un esclavo; era como si se hubiesen intercambiado los papeles. Los informes de la guardia personal del príncipe eran siempre muy negativos, y esto angustiaba al gran rey de Inglaterra.

Eduardo cumpliría pronto diecisiete años, por lo que su padre creía que ya iba siendo hora de que se comportara como un hombre. El rey no osó comentar a Margarita sus temores respecto al príncipe, pues creyó que si lo hacía, cometería cierta infidelidad a su difunta

Leonor. No obstante, era consciente de que la joven reina podía haber oído comentarios acerca del comportamiento de su hijastro y no habérselos contado a él por discreción.

Decidió no pensar más en los asuntos familiares y prepararse para la batalla.

Las trompetas sonaron al amanecer. Los soldados se levantaron con la excitación previa a toda batalla. Esa mañana el caballo del rey estaba fogoso y muy aturdido debido al ajetreo que se respiraba alrededor de él.

El mozo del rey ya le estaba aguardando cuando éste salió de su tienda.

Parecía satisfecho. Había llegado el día de poner punto y final a la leyenda de William Wallace.

Eduardo iba a subir a su caballo cuando éste hizo un movimiento brusco que hizo caer al rey al suelo, entonces el animal, al tratar de alejarse, le dio una coz en las costillas.

Eduardo oyó el crujido de los huesos. Se temió lo peor. «¡Dios mío, y tenía que pasar precisamente hoy!», pensó.

El incidente sería considerado como un mal augurio. Sus soldados saldrían a luchar pensando que Dios les había dado la espalda. Además, era cierto que Wallace era invencible, y sus hombres lo sabían. Saldrían a luchar... sin el rey... y Wallace acabaría venciendo.

Eduardo se juró que no permitiría que eso sucediera. Se levantó del suelo, pero el dolor era tan intenso que estuvo a punto de desmayarse. Adivinó que se había roto las costillas.

–Milord, estáis herido –dijo el mozo.

–No –dijo refunfuñando el rey–. No vuelvas a repetirlo. Ve a buscar el caballo. Le han asustado las trompetas.

El mozo le llevó el caballo y Eduardo le dio unas cuantas palmaditas en la cabeza:

–No temas, amigo, tranquilo –murmuró, mientras se preguntaba por qué Dios le había jugado esa mala pasada. Había favorecido a Wallace y él se veía con las costillas rotas. Pero estaba dispuesto a vencer, a pesar de ello.

–Ayúdame a montar –ordenó al mozo.

Éste le obedeció.

Por unos minutos Eduardo quedó sentado sin moverse, luego chasqueó al caballo para que iniciara la marcha.

–¡Preparados! –gritó–. ¿A qué estáis esperando?

La caballería escocesa dio media vuelta y huyó. Le siguieron los arqueros, aunque no la infantería, que se mantuvo firme en su posición. Eduardo era invencible: montado en su caballo con la cabeza erguida, nadie imaginó que sufría un terrible dolor. Dio órdenes sin descanso a sus hombres y estuvo en todo momento al frente de la vanguardia de su ejército.

Nadie podía doblegarle. Los escoceses eran unos firmes patriotas que creían que su país alcanzaría la independencia con Wallace. Pero se encontraron con un poderoso Eduardo que los atemorizó tanto como Wallace los había llenado de orgullo en otro tiempo.

El gran rey, ante quien Baliol y el joven Bruce se habían arrodillado, estaba allí en persona. Sólo Wallace podía enfrentarse a él, aunque tampoco él lograría vencer a Eduardo Plantagenet.

Los escoceses fueron derrotados. Murieron más de veinte mil, mientras las bajas inglesas fueron escasas.

Los escoceses habían procurado dejar la tierra baldía, pero aun así los ingleses acamparon unos días allí, ante todo para que el rey se recuperara de su herida.

Lo primero que hicieron fue reconstruir las defensas del castillo. Eduardo ordenó a unos cuantos hombres que controlaran los movimientos de los enemigos, y si era posible, que les atacaran y les robaran cuanto pudieran.

Estuvo unos días en cama, vigilado por su médico, deseando que la herida no tardara mucho en curarse.

Pasaron quince días antes de que Eduardo pudiera volver a montar en su caballo. El accidente le envejeció considerablemente, aunque pronto volvió a ser el hombre vital que siempre había sido, más psíquica que físicamente. Daba la impresión de que quería ahuyentar la mala suerte mientras tuviera asuntos pendientes por resolver.

Por entonces ya dominaba el territorio alrededor del castillo, pero estaba convencido de que Wallace estaba reorganizando su ejército en el norte. Eduardo era consciente de que si avanzaba en esa dirección su ejército pronto se quedaría sin provisiones, por lo que decidió no cometer ese error.

Avanzó hasta Ayr con la intención de llegar a Galloway, pero de nuevo tuvo que enfrentarse con el fantasma del aprovisionamiento. No podía garantizar la victoria en esas circunstancias. Además, algunos de los barones, entre los cuales destacaban el conde de Hereford y el de Norfolk empezaban a mostrarse inquietos. Los hombres y los caballos mostraban signos evidentes de cansancio; los soldados le comunicaron que necesitaban un descanso después de una campaña como aquélla. Eduardo sospechó que lo que realmente les ocurría era que estaban decepcionados porque no habían recibido ni tierras ni castillos escoceses como premio a su fidelidad, así pues, pensó que debía resolver cuanto antes ese problema. Temía tener descontentos a los barones, pues en ese momento su falta de motivación podía ser un contratiempo más grave que el de no tener provisiones. Se convenció de que, habiéndoles derrotado en la primera batalla, los escoceses tardarían aún algún tiempo en reorganizar su ejército, pues habían tenido numerosas pérdidas.

Guarneció las aldeas alrededor del castillo y envió una orden a todos los barones escoceses para que se personaran inmediatamente allí. Wallace no fue invitado. Parlamentaron y Eduardo les prometió una tregua temporal. Los barones aceptaron el trato gustosamente, pues también ellos necesitaban tiempo para reorganizarse.

Eduardo regresó a Londres.

La reina estaba de nuevo embarazada. Como Leonor, Margarita demostraba ser muy fértil.

Juana, la condesa de Gloucester, y su marido, Ralph de Monthermer, estaban en la corte. La joven reina y su hijastra tenían algo en común: las dos estaban encinta.

No había dos mujeres más distintas que la gentil Margarita y la extravagante Juana.

No obstante, Eduardo creyó que les iría bien estar juntas en tales circunstancias. Juana no pudo desoír la orden del rey y se instaló en la corte. A Ralph no le importó mucho trasladarse de residencia, pues, desde que Eduardo les había perdonado su boda secreta, gozaba de los más altos favores del monarca, y, entre otras cosas, podía cazar en los bosques reales, deporte que entusiasmaba a Eduardo tanto como a sus antepasados.

Ralph disfrutaba de la vida, pues como marido de la princesa tenía muchos privilegios. Además, Juana continuaba estando tan obsesionada por él como el día que se casaron.

Naturalmente, era uno de los hombres más guapos de la corte, y Juana no se arrepentía de su matrimonio.

Sin embargo, a Juana le desagradaba quedarse embarazada y en esos días estaba un tanto irritada, pues no hacía mucho que había nacido su hija María.

Lo que más la molestaba era no poder llevar una vida normal y tener que sentarse con la reina y hablar con ella de bebés. Aunque no lo había dicho a nadie, Juana pensaba que Margarita era muy aburrida.

En cuanto a Margarita, no hablaba de otra cosa que del bebé que esperaba y del que ya tenía. Deseaba que fuera otro varón para satisfacer por segunda vez al rey, aunque afirmaba que recibiría con igual alegría a una niña.

–Pues claro que no se enfadará si es una niña –dijo Juana–. Mi padre adora a las niñas... Más incluso que a sus hijos. Quería mucho a mi hermana Leonor y conmigo siempre ha sido muy benévolo. En cambio siempre está molesto con Eduardo.

–Ya sé que le preocupa mucho Eduardo. Juana, ¿qué opinas de Piers Gaveston?

Juana sonrió socarronamente y respondió:

–Es muy listo.

Isabel también vivía en la corte. Perdió a su marido al poco de casarse, y por eso había regresado a casa. Se rumoreó que el conde de Holanda había sido envenenado. Tenía muchos enemigos y el hecho de haber muerto de disentería –enfermedad que, por otro lado, padecía muchísima gente– confirió cierta validez al rumor.

Isabel estuvo encantada de regresar a su casa. Le confesó a Juana que si volvía a casarse, lo haría con un inglés.

–Haré lo mismo que tú.

–Pero no te será tan fácil. Tendrás que recurrir a alguna clase de argucia –replicó Juana.

–Ya te pediré consejo.

Juana se echó a reír y dijo a Isabel que podía disponer cuando quisiera de su ingenio.

Hablaron de su hermana Margarita, que no había tenido tanta suerte como ellas. Por lo que sabían, la pobre Margarita lo estaba pasando muy mal al lado del duque de Brabante.

–Llena los palacios de hijos bastardos –dijo Juana–. Yo no lo soportaría.

–Es fácil decir que no lo soportarías cuando en realidad no tienes que hacerlo.

–Margarita siempre ha sido demasiado débil. Si yo estuviera en su lugar, le pediría a nuestro padre que obligara a Juan a cambiar de actitud.

–¿Crees que lo haría?

–Por lo menos tendría que flirtear en secreto, lo que sería muy vejatorio para un gobernante. No puedo creer que Margarita acoja a los bastardos en su casa y los trate como si fueran sus propios hijos.

–Siempre ha tenido un carácter muy dulce. Además ahora ha tenido un hijo, y debe de sentirse muy feliz por ello.

–Para mí no sería suficiente. Pero nuestra hermana es como la reina: necesita muy poco para estar satisfecha. Tiene a su pequeño Tomás, que cree que es el niño más perfecto del mundo, y ahora espera con gran ilusión el que nacerá. No me extrañaría que a Tomás le ocurriera lo que a nuestros hermanos Juan y Enrique. Parece un niño muy delicado.

Juana hablaba a menudo de este tema con Isabel. La irritaba enormemente tener que hablar de niños con la reina. Juana no disponía de mucho tiempo para ocuparse de los suyos, y solía excusarse por ello diciendo que para algo tenían que servir las niñeras.

El rey visitó a su familia, para tomarse un respiro antes de regresar a Escocia, algo que debía hacer en poco tiempo. Suponía que la paz no duraría siempre. En cualquier caso, estaba dispuesto a avasallar Escocia como había hecho con Gales.

Isabel lo encontró envejecido y más cansado. Se había enterado de que, aun con las costillas rotas, había participado en la guerra, algo muy propio de su padre. Isabel pensó que esa demostración de fortaleza había perjudicado su salud. Su padre a menudo olvidaba, por el hecho de ser tan vital, que ya no era una persona joven.

Juana, que nada más se ocupaba de ella misma, no se percató de cuánto había envejecido su padre.

Lo primero que le preguntó al verlo fue cómo había visto al pequeño Tomás, y si se había fijado en lo pálido que estaba.

El rey estaba asustado. Efectivamente, había advertido el aspecto enfermizo de su pequeño, pero trató de convencerse de que lo que le ocurría a Tomás era normal a su temprana edad y, por lo tanto, saldría adelante. Eso fue lo que le dijo a Juana.

–También decían lo mismo de mis hermanos Juan y Enrique –insistió Juana–. Yo sé lo que le ocurre a Tomás: es esa niñera francesa. Lo mima demasiado y lo sobrealimenta. Esa mujer está introduciendo las costumbres francesas en la corte.

–¿De verdad crees que ella es la culpable? –murmuró Eduardo.

–Yo también soy madre.

Pero Eduardo sabía que Juana no era muy buena madre, pues sus niños estaban siempre con la niñera para que ella pudiera dedicar el mayor tiempo posible a su flamante esposo.

Luego recordó que también su Leonor había abandonado a sus hijos para poder estar junto a él en la batalla, y a pesar de ello jamás la consideró una mala madre. Margarita también habría hecho lo mismo de haber estallado la guerra en Escocia.

Después de su conversación con Juana, Eduardo estuvo unos días observando atentamente a la niñera francesa.

Habló de ello con Margarita.

–Querida, creo que la niñera francesa no le conviene a Tomás.

–Pero si lo quiere muchísimo –contestó ella.

–Quizá por eso lo mima en exceso.

–¿Quieres que hable con ella?

–No, amor mío. Yo mismo me encargaré de encontrar una niñera inglesa. Creo que Juana conoce a una excelente.

–Pero...

–La niñera francesa debe regresar a su país. La recompensaré generosamente para que guarde un agradable recuerdo de su estancia en Inglaterra –aseguró Eduardo a fin de tranquilizarla.

Margarita estuvo a punto de echarse a llorar, pero reprimió sus lágrimas porque sabía que a Eduardo no le gustaba verla llorar. Quería protestar porque estaba segura de que había sido Juana quien había inducido al rey a tomar esa decisión, pero sabía que no podía entrometerse entre el rey y sus hijas.

No le quedaba más remedio que aceptar la decisión de Eduardo. Sentía un temor reverencial hacia su esposo, y por eso no osó llevarle la contraria ni ofender a Juana.

Curiosamente, la llegada de la nueva niñera coincidió con una mejora de la salud de Tomás. Juana se sintió triunfante y alababa constantemente las mejillas sonrosadas del niño.

–Le ha desaparecido la tos –comentó.

Recordó a su padre que el nuevo estado de salud de Tomás se lo debían a ella.

La pobre Margarita se sentía muy triste y sola sin la niñera, con quien solía hablar de su Francia natal.

La corte se trasladó a Woodstock porque en verano se respiraba mejor allí. El 5 de agosto Margarita parió otro varón, al que llamaron Edmundo.

Dos meses después, el 4 de octubre, Juana dio a luz a un varón. Le pusieron Tomás. Juana se sintió feliz porque con ello se libraba al fin de la obligación de residir en la corte. Así pues, en cuanto pudo, regresó a Gloucester.

La princesa Isabel estaba dispuesta a seguir el consejo de su hermana Juana. Estaba contenta de estar de nuevo en Inglaterra y confiaba en que encontraría un apuesto caballero con quien casarse antes de que su padre le buscara un príncipe extranjero.

–Tú siempre has dicho que si la primera vez nos casamos por razones de estado, la segunda podemos hacerlo con quien deseemos.

–Así es y lo mantendré mientras viva –afirmó Juana.

–No te has arrepentido jamás, ¿verdad?

–Jamás –declaró Juana.

Isabel pensó que Ralph de Monthermer debía de poseer algún don especial por haber cautivado tan profundamente a su exigente hermana.

Juana era joven y hermosa, aunque Isabel algunas veces creía que tenía las mejillas demasiado coloradas y los ojos demasiado brillantes. Daba la impresión de que el fuego que corría por sus venas la estaba quemando viva.

Aunque Isabel, demasiado ocupada con sus asuntos personales, no pensaba demasiado en su hermana. Había encontrado al hombre de sus sueños: Humphrey de Bohun, conde de Hereford y Essex. Era un hombre muy rico, astuto y con un carácter muy animado. Isabel se enamoró de él apenas verlo.

Al principio, el rey no se mostró muy dispuesto a dar la bendición a ese matrimonio, pues sus hijas le eran muy útiles en sus negociaciones con países extranjeros; pero cuando Isabel le recordó que a Juana se lo había permitido, no tuvo excusa. Eduardo no quiso recordarle que Juana se había casado sin su consentimiento, pues pensó que tal vez Isabel podría hacer lo mismo. El rey se sentía abrumado por el peso de los acontecimientos. Le dolían mucho las costillas, pues aún no estaba totalmente recuperado del accidente. Los médicos le dijeron que la razón por la que aún se resentía del accidente era porque el día de la batalla no quiso obedecer sus consejos.

Estaba harto de los problemas que le causaba Escocia. Deploraba la idea de no haber podido terminar la conquista. Además, no se fiaba de Wallace, que en cualquier momento podía reemprender su causa y echar a los ingleses de las ciudades guarnecidas. De ser así, la victoria inglesa, aunque discreta, no habría servido de nada.

Era demasiado viejo y se sentía demasiado cansado para enfadarse con sus hijas. Le gustaba verlas contentas, y se alegraba de que Juana hubiese encontrado al marido perfecto. Tal vez lo mejor era que las princesas se quedaran en Inglaterra, sobre todo porque, tal y como le recordaron, ya se habían casado una vez por razones de estado.

Eduardo estaba muy orgulloso de su esposa Margarita, y no deploraba haber perdido a la hermosa Blanca, pues a esas alturas sabía que no era la clase de mujer que él necesitaba. Su reina era dócil y tierna, e, indudablemente, Blanca hubiera sido mucho más exigente. No podía negar a sus hijas la felicidad, cuando él había sido tan feliz con sus dos reinas.

Isabel se casó con Humphrey de Bohun en noviembre. La ceremonia se celebró en Westminster.

La novia apareció radiante luciendo una corona de rubíes y esmeraldas. La ciudad celebró la boda real por todo lo alto. A la gente le agradaba pensar que sus princesas no se casaban en el extranjero.

Tanto Juana como Isabel habían conseguido la felicidad. Margarita tenía problemas, pero estaba lejos de casa y Eduardo quiso creer que sabía cuidarse de sí misma. Por su parte, María parecía feliz de vivir en el convento, pues solía decir que aunque no había podido disfrutar de la vida familiar, al menos se había ganado un sitio en el cielo. El pequeño Tomás, con los cuidados de la niñera inglesa, había crecido mucho al igual que Edmundo. Tenía una familia espléndida... con una sola excepción.

Quien en realidad tenía que darle más satisfacciones era precisamente quien más le preocupaba: su hijo Eduardo.

A menudo se decía: «Que Dios no me reclame pronto. Que Dios ayude a Inglaterra cuando mi hijo sea el rey.»

Tres objetivos eran los que le mantenían vivo: conquistar Escocia, hacer de Inglaterra un gran país y mantener apartado del trono a su hijo Eduardo hasta que hubiese madurado y fuera capaz de gobernar.

Eduardo ya no era un niño; estaba a punto de cumplir los veinte años, por lo que podía considerarse todo un hombre. Pero era un frívolo. Jamás se había desperdiciado tanto talento con nadie como con Eduardo, pues el joven no era en absoluto tonto. Era alto, guapo y muy habilidoso, pero, por desgracia, era un vago y un frívolo que se divertía gastando bromas de mal gusto a los que le rodeaban. Muchos se habían quejado de ello al rey, quien se mostraba irritado porque sabía que no se trataba de quejas infundadas.

A menudo pensaba en el día que lo había presentado ante los barones galeses, cuando él y Leonor se sentían orgullosos de su hermoso bebé. Pero algo había pasado en el transcurso de esos años. Tal vez Leonor no debió abandonar a sus hijos para estar más tiempo con él, o quizá era él el único responsable de la conducta de su hijo.

Se arrepintió de haber permitido que Piers Gaveston fuera su compañero de juegos. Lo había hecho sencillamente para honrar al hijo de Gaveston, un caballero gascón muy leal que a su muerte dejó un hijo huérfano. Por eso Eduardo se lo llevó a Inglaterra y lo educó junto a su hijo.

Eduardo y el joven Gaveston se hicieron buenos amigos enseguida. Eran inseparables, y Eduardo parecía preocuparse más por él que por cualquier otra persona.

Al rey no le gustaba esa relación. Decidió hacer algo al respecto: el joven Eduardo le acompañaría a Escocia.

Había llegado el momento de declarar la guerra a Escocia. El rey se sentía viejo, aunque no quería admitirlo. Tenía más de sesenta años y se cansaba con facilidad.

Le obsesionaba la idea de unificar Inglaterra, Escocia y Gales, sobre todo porque era consciente de que se le estaba agotando el tiempo para ver realizado su sueño.

Encontró poca resistencia en el sur y pudo penetrar en territorio escocés hasta llegar a Aberdeen. Los señores de Morey pronto se le rindieron y sólo se le resistió el enclave de Stirling. Como en la anterior, la única pesadilla de esa campaña fue el temor de agotar las provisiones.

Decidió firmar un tratado con Escocia, para lo cual convocó a todos los barones en Saint Andrews, a excepción, naturalmente, de William Wallace. Eduardo no quería trato alguno con ese traidor.

Había pensado mucho en él. Sabía que estaba escondido. Incluso creía comprenderlo, pues estaba convencido de que tenían algo en común. Wallace era tenaz y un gran patriota que jamás se daría por vencido, por eso sería un peligro para Inglaterra mientras viviera.

Ordenó capturarlo. Quería verlo encadenado. Eduardo se dijo que no descansaría hasta conseguir su cabeza y mostrarla empalada en lo alto del puente de Londres, tal y como había hecho con Llewellyn y Davydd. Era la única manera de avasallar a los rebeldes: matar a sus líderes y humillarlos después. Y lo peor que le podía suceder a un héroe era que le cortaran la cabeza y la expusieran para ser objeto de escarnio público.

Eduardo dejó muy claro que no habría tregua alguna con Wallace. Su rendición debía ser incondicional.

Wallace se convirtió en un fantasma que perseguía a Eduardo en sueños. Estaba escondido en algún lugar, seguramente en el sitio más seguro de Escocia: las montañas. No era fácil encontrar a un hombre allí. Wallace podía aparecer en cualquier momento y volver a conquistar los corazones de sus compatriotas. Eduardo sabía perfectamente lo que significaba seguir a un líder. Él mismo era un ejemplo de ello. Seguramente los ingleses no hubieran ganado la batalla si él no se hubiese puesto a la cabeza de su ejército y hubiese liderado a sus hombres con coraje y entusiasmo. Los soldados eran muy supersticiosos. Después de escuchar durante tantos años las leyendas que se contaban de su antepasado el Conquistador, Eduardo supo que jamás se había dejado influir por las supersticiones y que había creído firmemente en que los soldados debían pensar única y exclusivamente en la victoria si se quería conquistar un territorio.

Quería dominar Escocia pronto, pero sabía que no lo lograría mientras Wallace viviera.

No todos los escoceses veían con buenos ojos la causa de Wallace. Algunos trabajaron a su lado únicamente para sacar algún provecho. Eduardo supuso que los escoceses conocerían las montañas mejor que él; e incluso estaba seguro de que algunos sabían dónde se escondía Wallace. Pensó en quién podía ayudarle a encontrar a Wallace, y después de mucho meditar, se acordó de sir John Menteith.

Menteith, un hombre ambicioso, había estado preso en Inglaterra durante un breve período de tiempo. Eduardo lo había soltado a condición de que luchara con él contra los franceses. Cuando Menteith regresó a Escocia, se unió a Wallace, desafiando así el poder inglés. Era de los que luchaban siempre al lado de los vencedores. Eduardo deploraba esa clase de personas, aunque admitía que a veces le eran de gran utilidad.

El rey se enteró de que Wallace se escondía por la zona de Dumbarton y que era casi seguro que tenía una amante allí. Las mujeres jugaban un papel importante en la vida de Wallace. Un día estuvo a punto de ser capturado en casa de una prostituta; y el asalto de Lanark tuvo que ver con otra mujer, concretamente porque Heselrig había matado a su esposa.

Eduardo consideró la opción de atraparlo ayudándose de una mujer.

En Saint Andrews, el rey mandó llamar a Menteith, y en el transcurso de una conversación privada, trató de convencerlo para que traicionara a Wallace.

–Menteith –empezó–, he pensado mucho en William Wallace, y me he propuesto llevarlo ante la justicia. Sabes que no haré tratos con él. Lo quiero... vivo o muerto.

–Señor –replicó Menteith–, Wallace es escurridizo como una anguila. No será fácil capturarlo.

–Lo sé; por eso todavía no hemos dado con él. Pero es un fugitivo, y está escondido en las montañas esperando el momento propicio para asestarme un golpe por la espalda. Sé que está en Dumbarton, y también sé que no le gusta estar alejado de los pueblos, pues siente una especial debilidad por las mujeres. ¿Estoy en lo cierto, Menteith?

–Creo, señor, que Wallace ha vivido aventuras realmente muy románticas.

–Entonces supongo que no querrá alejarse mucho del sexo femenino. Me han llegado a decir que en una ocasión estuvo a punto de ser capturado mientras visitaba a una de sus amantes.

–Así es, milord.

–Estoy dispuesto a conceder el señorío de Dumbarton al hombre que crea que se lo merece... Dumbarton es un bonito pueblo y tiene un magnífico castillo.

A Menteith le brillaron los ojos. «Ya lo tengo», pensó Eduardo.

–Naturalmente, una de las misiones de ese hombre es traerme a los rebeldes de su zona.

Menteith asintió con la cabeza.

–Se trata de una ardua tarea, milord.

–Las misiones difíciles sólo las llevan a cabo los hombres que ostentan altos cargos, pues si demuestran merecerse su puesto, reciben muchos favores de mi parte.

–Señor, vuestras palabras me incitan a entrar a formar parte de vuestro servicio.

–No olvides, Menteith, que ésa es tu obligación.

–No lo olvidaré, señor.

–Ni tampoco olvides las recompensas que obtendrás. Si me traes a Wallace, te estaré profundamente agradecido. Pero lo quiero... y pronto. Mientras viva escondido, no sabremos ni cuándo ni dónde se va a alzar contra nosotros.

Menteith hizo una reverencia y se retiró. Tenía la mente llena de planes.

Menteith tuvo una idea brillante mientras meditaba sobre lo que le había dicho el rey. La mejor manera de capturar a Wallace era valerse de una mujer. Estaba seguro de que había alguna mujer en la vida de Wallace a la que visitaba por las noches.

Luego se acordó de Jack Short, uno de sus criados.

Menteith le contrataba de vez en cuando para realizar algún trabajo desagradable. Era un hombre sin escrúpulos que, junto a su hermano –ya muerto–, había hecho cuanto le había pedido a cambio de una buena recompensa. Jack Short siempre estaba bien informado, pues ésa era la clave de su negocio. Por eso Menteith creyó que le sería útil para sus planes.

Había habido sólo una persona por quien Jack Short habría dado su vida: su hermano, y éste había muerto en una refriega con William Wallace. Por eso Jack Short lo odiaba.

Menteith le mandó llamar y le contó sus propósitos.

–Jack, si encuentro a Wallace, el rey me recompensará y lo mismo haré yo con quien me ayude. Creo que podrías colaborar en este asunto, y llevarte así una buena tajada, además de la satisfacción de vengar a tu hermano.

–Él lo mató –dijo Jack con un gesto implacable–. Yo estaba allí. Wallace le cortó la cabeza con su espada. No tuve tiempo de cogerlo, pero si...

–Ahora tienes la oportunidad de hacerlo –le interrumpió Menteith–. Esta venganza te será recompensada. Una tentadora oferta, ¿verdad, Jack?

William Wallace vivía, efectivamente, en una choza abandonada en las montañas que rodeaban Glasgow. Con él se hallaban algunos de sus amigos, entre ellos estaban Stephen y Karlé. Wallace siempre había dicho que prefería tener veinte hombres en quien confiar plenamente, a mil desleales.

Se sentía decepcionado por cómo había terminado la guerra. Eduardo lo había cambiado todo. Debió de haber previsto que el rey de Inglaterra era un rival inexpugnable. Habría vencido a los demás, de hecho, iba por buen camino hasta que llegó Eduardo con su ejército y sus estrategias militares. Eduardo era una leyenda al igual que Wallace. Se enfrentaron cara a cara dos hombres fuertes, pero Eduardo contó con la ventaja de ser el rey de un gran país y, en consecuencia, había tenido armas, hombres y todo cuanto le había faltado a Wallace.

No quiso caer en la desesperación, y se prometió vencer a Eduardo.

Mientras tanto, sólo podía esperar y hacer planes con sus amigos. Solían hablar de la posibilidad de volver a reunir un ejército de hombres para desafiar al rey de Inglaterra. Habían aprendido la lección de la derrota y estaban dispuestos a probar el sabor de la victoria.

A veces William perdía la paciencia, y entonces Karlé tenía que tranquilizarlo.

Odiaba tener que ir a Glasgow por la noche. Hubiera preferido disfrazarse e ir de día, pero era demasiado peligroso. Por las noches visitaba a una mujer bastante guapa y muy generosa, a la que, sin embargo, no le había dicho nunca que era Wallace, aunque sospechaba que lo sabía.

Una noche, charlando con sus hombres alrededor de la lumbre, alguien comentó que había oído en Glasgow que el rey Eduardo se encontraba en Saint Andrews y que los nobles escoceses le habían jurado fidelidad. William se enfureció ante la evidencia de que su revuelta no había servido de nada.

Al cabo de un rato apareció uno de los vigilantes acompañado por un hombre que iba envuelto en una capa raída.

–Le he encontrado merodeando por aquí cerca –dijo el soldado–. Me ha dicho que te conoce y que viene a ofrecer sus servicios.

–Acércate a la lumbre para que pueda verte. ¿Cómo te llamas?

–Jack Short –respondió el hombre–. Nos conocimos hace tiempo, sir William.

–Pues yo no recuerdo haber conocido a un hombre

tan pequeño como tú... a no ser que tuvieras un hermano.

–Cierto, señor. Vos lo matasteis.

–¿Que lo maté? Entonces debía de ser un enemigo de Escocia.

–No exactamente, sir William. Estaba un poco loco. De hecho, él quería luchar a favor de Escocia. Participó en una de las incursiones, pero al final de la escaramuza se perdió. Vos creísteis que se había pasado al bando enemigo, aunque él os juró que no.

–¿Por qué has venido hasta aquí?

–Os he buscado por todas partes, porque quería deciros que mi hermano no era un traidor. Quería que lo comprendierais, señor.

–Maté a tu hermano. Si no era un traidor, entonces debes odiarme por ello.

–No, señor. Mi hermano había enloquecido. No lo habríais matado... de haberlo conocido. Deseaba servir a Escocia y así lo hizo..., pero tenía el cerebro débil y no supo discernir cuál era el bando enemigo. Por eso he venido a deciros que él no fue un traidor y que yo quiero unirme a vos.

–¿Crees que servirás como guerrero?

–No. Soy bajo como mi hermano, aunque mi mente está sana. No puedo luchar, pero creo que puedo ser útil en otras cosas: sé pescar, cocinar y puedo ser ayudante de cámara de un caballero.

–Aquí cada uno se cuida de sí mismo.

–Pero si yo me encargara de esas tareas, vos sólo tendríais que pensar en la guerra. Esta tarde he estado pescando y traigo algunos peces. Dejadme cocinarlos y luego decidid.

A William le divertía ese hombrecillo.

–¿Por qué no? –dijo–. Nos conviene comer algo suculento, ¿verdad, Karlé?

Karlé guardó silencio. William pensó que su amigo

era demasiado suspicaz y veía el peligro donde realmente no lo había.

–¡Ven aquí, Jack Short, trae el pescado! Puedes quedarte conmigo y ser mi criado. ¿Qué te parece?

Jack Short se arrodilló y le besó la mano.

La vida de William desde la llegada de Jack Short se hizo más confortable. Short cocinaba muy bien el pescado y se acercaba al pueblo para comprar todo cuanto necesitaban.

–Nos ahorra correr riesgos innecesarios –admitió Karlé.

Un día Jack Short dijo a William:

–Milord, no deberíais ir a Glasgow. Es mejor que vuestra amante venga aquí.

Conocía bien el motivo de las salidas nocturnas de su amo. Jack Short lo sabía todo.

–¡Cómo! –exclamó William–, ¿quieres ponernos en peligro a todos?

–Por el amor de Dios, señor, claro que no. Sólo quería facilitaros la vida.

–Me la facilitas enormemente, Jack –dijo William–. Siento lo que le hice a tu hermano.

–Él tuvo la culpa. Bueno, no exactamente él..., sino su locura. Debéis olvidarlo, señor, pues ahora estoy muy contento de serviros.

Jack solía sentarse a los pies de su amo y le contaba todo lo que había oído en Glasgow. También le hablaba de las mujeres que había visto.

–Hay una –empezó Short– que tiene el pelo rubio, las mejillas rosadas, los ojos azules y es un tanto descarada. Opino que es una mujer muy apetecible.

Miró atentamente a su amo. Por como William sonrió, Jack adivinó que se trataba de su amante. Todo cuanto debía hacer era seguirle una noche hasta la casa de la mujer, aunque tendría que ir con mucho cuidado, pues Karlé no se fiaba de nada ni de nadie.

Debía averiguar qué días iba William a visitarla, pues no siempre se lo comentaba. Jack Short le interrogó muy sutilmente, pero no consiguió averiguar nada. No podía permitirse cometer ningún error. Si algo salía mal y se descubría que era un espía, Menteith lo mataría –si no lo hacían antes los hombres de Wallace–, y ya no podría disfrutar de la recompensa que le había sido prometida.

Se fue a pescar y regresó al anochecer. El fuego de la lumbre estaba casi apagado.

–Deprisa, hombre –dijo Wallace–, esta noche tengo que ir al pueblo.

Jack sintió que el corazón golpeaba su pecho con fuerza. Estaba ante la oportunidad de su vida: primero les serviría la comida, luego cogería el caballo y saldría al galope hacia el pueblo, donde los hombres de Menteith sabían muy bien lo que había que hacer.

Menteith se alegró de verlo.

–Esta noche –dijo Jack–. Vendrá esta noche.

–¿A la casa de esa mujer? Lo cazaremos cuando entre.

Karlé poseía un sexto sentido cuando se trataba de velar por la vida de su amo.

–No me gusta que vayas al pueblo –comentó.

–Pues a mí sí –replicó William.

–¿No puedes vivir sin las mujeres?

–No, Karlé. Me reaniman. Ellas son la única nota alegre de este horrible exilio.

–Pero recuerda que han sido tu perdición en varias ocasiones.

–Eso no es verdad. Admito que estuvieron a punto de atraparme aquella noche en casa de Ellen, pero... recuerda que fue gracias a Marion que tomamos Lanark.

–Ve con cuidado.
–No habrá ningún peligro. Tranquilo.
–No vayas esta noche –pidió Karlé.
–Debo ir. Ya se lo he dicho. Me estará esperando.
–Tal vez encuentre otro amigo.
–Hoy es mi noche. Se porta muy bien conmigo.
Karlé lanzó una carcajada y añadió:
–Entonces iré contigo.
Muy a menudo, cuando William iba al pueblo para visitar a una de sus amantes, Karlé lo acompañaba y lo esperaba sentado charlando con la criada y bebiendo cerveza o comiendo un poco de pan y queso.

Los dos fueron al pueblo. Ataron los caballos en el bosque y anduvieron sigilosamente por las calles de Glasgow hasta llegar a la casa.

La puerta estaba abierta, pero no le dieron importancia. Creyeron que la mujer había descorrido el cerrojo para facilitarles la entrada.

Abrieron la puerta de par en par. Unos cuantos hombres les rodearon. Karlé trató de desenvainar el puñal, pero fue demasiado tarde; cayó al suelo en medio de un charco de sangre. William fue arrestado. No querían matarlo.

Eduardo lo quería vivo.

William sintió una profunda humillación mientras lo conducían, escoltado por los hombres de Menteith y con las manos atadas, ante Eduardo.

Jack Short les había traicionado. Se había dejado engañar por una simple estratagema. Pero el principal traidor era Menteith; Jack Short poco contaba en esa historia. Menteith era el criminal: había traicionado a Escocia. Eso era lo único que importaba. Y Karlé –su gran amigo Karlé– había muerto porque había insistido en acompañarlo.

Finalmente era el prisionero del poderoso Eduardo, de quien no conseguiría escapar.

«Me teme más que a otro. Sabe que jamás estará seguro en Escocia mientras yo viva», pensó William.

Le condujeron a Londres y le alojaron en una casa de la calle Fenchurch.

Pronto lo llevaron a Westminster, donde tuvo que responder a los cargos que se le imputaban.

Fue un juicio rápido. Se le juzgó por traición al rey Eduardo.

–Jamás le he traicionado –replicó William–, pues jamás le he reconocido como mi señor.

Su intervención fue brillante. Seguramente todos los presentes quedaron impresionados por su fortaleza, vitalidad y su aureola de grandeza. Pero Eduardo no estaba dispuesto a liberarlo, pues no quería brindarle la oportunidad de volver a desafiarle.

Llegó el día de la sentencia. Se enumeraron los crímenes de los que se le acusaba: sedición, homicidio, estragos, fuegos y otros delitos. Había atacado a los oficiales del rey y asesinado a sir William Heselrig, señor de Lanark, y había invadido los territorios de Cumberland y Westmorland, propiedad del rey.

Te condenamos a ser conducido a la Torre de Westminster y de allí a Aldgate. Después recorrerás escoltado toda la ciudad hasta llegar a los Olmos de Smithfield. Por los homicidios y delitos cometidos en Inglaterra y Escocia serás colgado y decapitado. Tu corazón, hígado y pulmones serán quemados y tu cabeza colgará de lo alto del puente de Londres para que todos puedan contemplarla. Tus extremidades serán repartidas entre Newcastle, Berwick, Stirling y Perth, para horror de cuantos pasen ante ellas.

William escuchó la sentencia sin inmutarse. Sabía muy bien que ésa era la muerte que recibían todos los que traicionaban al rey Eduardo.

Eduardo creía que la sentencia era justa y, desde su punto de vista, indudablemente lo era.

La sentencia fue llevada a cabo el 23 de agosto de la manera más cruel jamás imaginada. Mucha gente se acercó a los Olmos de Smithfield para ver la ejecución con sus propios ojos.

William Wallace no gritó. Sabía que no era una derrota definitiva, pues su fama le sobreviviría y constituiría un punto de referencia ineludible para todos los que en un futuro lucharan por la libertad de Escocia.

LA MUERTE DEL REY

Wallace había muerto. Eduardo se había quitado un gran peso de encima. Tenía miedo del espíritu del valiente escocés, pues sabía que sus compatriotas jamás le olvidarían. Continuaría siendo su héroe. Pero estaba muerto y nadie teme a los muertos –por ilustres que sean– tanto como a los vivos.

Decidió organizar un torneo y volver a convocar a los caballeros de la Mesa Redonda. Eduardo quería dar un motivo de alegría a los que habían contemplado la horrible ejecución en Smithfield.

La cabeza del héroe podía ser contemplada diariamente por los habitantes de Londres para que no olvidaran que había sido un traidor, pero en Escocia las cosas debían de ser distintas. Se preguntó qué pensarían las gentes de Newcastle, Berwick, Stirling y Perth al contemplar las extremidades del gran Wallace.

Decidió no pensar más en ello. Además, tenía motivos para estar contento: la reina volvía a estar encinta. Dio gracias a Dios por haberle enviado a Margarita, una mujer gentil, comprensiva y amable. Hacía un año que su bella hermana Blanca, de quien él había estado tan enamorado, había muerto, y él mismo había encargado unas misas por su alma en Canterbury, ante todo porque se trataba de la hermana de su amadísima reina consorte. Estaba muy contento porque el destino le había otorgado finalmente a Margarita en lugar de Blanca. De haberse casado con esta última, ya estaría llorando su muerte.

Todos disfrutaron en el torneo, y el mes de mayo Margarita dio a luz a un bebé.

En esa ocasión nació una niña, y Eduardo se mostró muy feliz de que así fuera. Ya tenían dos varones, así pues, el rey prefería una niña.

–Quiero pedirte un favor –dijo Eduardo mientras se sentaba al lado de la cama–. ¿Me lo concederás, mi pequeña reina?

–Te lo concedo antes de saber de qué se trata –respondió Margarita.

–Tal vez te desagrade.

–Si a ti te hace feliz, estoy segura de que a mí también.

–Me gustaría que la niña se llamara Leonor.

Margarita vaciló un momento, y Eduardo temió haberse excedido.

–¿Seguro que no te entristecerás cada vez que...?

Eduardo le cogió la mano y la besó.

–¿Por qué había de hacerlo cuando tengo junto a mí a la mujer más maravillosa del mundo?

Eduardo se dijo, como hablando con Leonor, que eso lo había dicho sólo para alegrar a Margarita. Pero por si acaso no había quedado claro, decidió que mandaría flores a cada una de las cruces de su difunta reina.

–Quise mucho a mis tres Leonores... Mi madre, mi hija y mi reina. Dios se las llevó a las tres, pero me envió a mi Margarita que me ha hecho feliz desde el primer día que la vi.

A Margarita le bastó con esa última declaración.

La pequeña Leonor fue bautizada en la capilla real de Winchester, adonde se había trasladado la corte. Después del bautizo, la niña fue presentada a la nobleza. Estaba dormida en su cuna, tapada con una colcha de oro.

Eduardo estaba orgulloso de ella. Adoraba a sus hijas. Sus hijos eran también adorables, pero era a las niñas a quien quería con desmesura.

Eso le llevó a pensar en su primogénito. No entendía por qué él y Leonor habían engendrado un hijo así.

Se convenció de que tarde o temprano tendría que hacer algo con él.

Juana estaba sentada en la solana de su casa en Gloucester junto con otras damas, escuchando a uno de sus juglares. Parecía estar muy atenta pues las canciones que cantaba el juglar eran de su repertorio favorito: versaban sobre el amor y la pasión.

De vez en cuando echaba una ojeada al cómico, y una de esas veces se preguntó si el muchacho lo había pasado bien en la corte de su hermano Eduardo, donde ella misma lo había enviado para que tocara alguna de sus últimas canciones. Al príncipe le habían gustado mucho, lo mismo que a su mejor amigo, Piers Gaveston. De hecho, cuando a Gaveston le gustaba algo, inevitablemente también le gustaba a Eduardo. Estaba como encaprichado de él, y Gaveston lo sabía, por eso continuamente pedía favores y le eran concedidos.

Al rey le disgustaba esa relación –al menos eso le había comentado a Juana–, pero al príncipe no le importaba. Algún día sería el rey de Inglaterra, algo que Gaveston no se cansaba de recordarle.

Juana se encogió de hombros. Eduardo sería muy distinto a su padre. Estaba segura de que, por ejemplo, no estaría dispuesto a ir a la guerra, pues para él la lucha era un asunto muy aburrido. No entendía por qué la gente no pensaba en divertirse, en lugar de perder el tiempo pensando en conquistas.

Ralph estaba ausente porque había ido con su suegro a la guerra. A Juana no le gustaba que su apuesto marido estuviera luchando en el norte, en Escocia. Pero su padre le había dicho que ése era el precio que debía pagar por haber sido investido caballero. Juana decidió que iría a reunirse con Ralph, pues ya no soportaba estar tanto tiempo separada de él. Había caído en una especie de letargo del que ella misma se sorprendía. Aunque deseaba con todas sus fuerzas estar junto a Ralph, la idea del largo viaje la horrorizaba. No acertaba a comprender por qué, pues unos años antes le gustaba mucho viajar; incluso hubiera acompañado a su marido a Tierra Santa –como era costumbre entre las esposas–, si hubiese surgido la oportunidad. Sin embargo, últimamente, se sentía muy cansada.

Lo atribuyó al hecho de estar empezando a envejecer. Tenía treinta y cinco años, lo que significaba que ya no era una jovencita. Cayó en la cuenta de ello el día que su primogénita, Leonor, se casó con Hugh *le Despenser*. Aunque Leonor sólo tenía trece años, el hecho de tener una hija en edad de casarse la hizo sentirse vieja.

El juglar estaba cantando una canción muy melodiosa que le hizo recordar su pasado. La había oído por primera vez cuando aún estaba casada con Gilberto. Sonrió al pensar lo enamorado que había estado de ella su primer marido, capaz de cualquier cosa por ella. Reconoció que se había alegrado de su muerte, pues gracias a ella pudo casarse con Ralph...

–Nos casaremos –murmuró–. Me da igual lo que diga mi padre...

Estaba reviviendo el pasado... La excitación de aquellos días... Su resolución de desafiar al rey... Los primeros momentos de pasión con el hombre que había deseado tan ardorosamente... Estupendos, vigorizantes, estimulantes, deliciosos..., igual que en sueños.

–Ralph –susurró–, deberías estar aquí ahora... Deberías haberle desafiado. No deberías haberme abandonado...

Una de las damas se acercó a Juana y le preguntó si le ocurría algo.

Juana no la oyó. Tampoco la vio. Había caído de la silla. Estaba penetrando en una profunda oscuridad.

–La señora está enferma –dijo la dama a los juglares con voz de espanto.

Dejaron los instrumentos y corrieron hacia Juana. Le alzaron la cabeza y comprobaron que su mirada apuntaba hacia una región remota.

–Está muerta –concluyó uno de los juglares con tono de respeto y temor.

El rey no podía creer que su querida hija hubiese muerto. Estaba profundamente consternado. Precisamente Juana, la más vital de todas sus hijas.

Él era ya viejo, en cambio ella todavía era joven. Juana y su hermana Leonor, las dos muertas en plena juventud. Juana, que jamás había estado enferma, a diferencia de sus hermanos...

Eduardo estaba cansado y abatido, pero, por encima de todo, profundamente triste.

Tenía que escribir al obispo de Londres para comunicarle el fallecimiento de su hija Juana. Quería que se celebraran misas y se hicieran plegarias por el alma de la difunta. Tuvo la sensación de que Juana necesitaría algún tipo de intercesión en el cielo, pues seguramente no estaba limpia de pecado. Además, no había tenido tiempo de confesarse y arrepentirse antes de morir.

Envió una carta a todos los prelados del reino.

–Rezad, rezad –ordenó–. Rezad por el alma de mi hija Juana.

Se sentía enfermo. Se repetía que no era lógico que Juana estuviera muerta, y él aún viviera.

Sabía que no le faltaba mucho para morir.

Pensó en el futuro. Todavía no había terminado la conquista de Escocia. Jamás imaginó que le llevaría tanto tiempo. Wallace estaba muerto. Se preguntó si terminaría la conquista antes de morir y si su hijo Eduardo lograría mantener la unión después de su muerte. «Oh, Dios, ¿por qué me has dado este hijo? Me enviaste unas hijas maravillosas, pero mi hijo, mi primogénito... El único hijo varón vivo fruto de mi amor con Leonor... no está capacitado para llevar la corona.»

Decidió que tenía que hablar con él para hacerle comprender que sobre sus espaldas pesaría una enorme responsabilidad. Los reyes indignos constituían un peligro para sí mismos y para la nación que representaban. Los ejemplos más claros eran su abuelo Juan y su propio padre. Ninguno de los dos mereció la corona, y ambos llevaron al país a la ruina.

En cambio él había sido un rey hábil. Era innegable que poseía las cualidades necesarias para reinar. Había conquistado Gales, y en Francia no le habían ido tan mal las cosas. Por ello se había ganado un merecido lugar entre sus antepasados, especialmente entre el gran Guillermo, y Enrique I y II.

La muerte le acechaba. Podía sorprenderle en cualquier momento, como había hecho con su querida hija Juana.

Mandó llamar a Eduardo.

El joven –mejor el hombre– se quedó de pie ante él. Habían pasado veintidós años desde el día que nació en Caernarvon. Había puesto grandes esperanzas en él. Era muy guapo. Se parecía a él cuando era joven: las mismas piernas largas, los mismos cabellos rubios; pero le faltaba algo: precisamente la virilidad que había caracterizado a Eduardo toda su vida. Había algo femenino en su hijo. Su padre no acertaba a comprenderlo. El rey no sabía que por ese defecto Eduardo no sería debidamente respetado por sus súbditos, ni considerado un buen guerrero.

Le resultaba difícil enumerarle cuáles eran las responsabilidades y obligaciones de un rey. Ya le había hablado en alguna ocasión de la necesidad de contentar a los súbditos, sin que por ello debiera dejarse doblegar. Él mismo había sido implacable más de una vez, sobre todo con los que le habían ofendido. Un rey tenía que hacerse respetar valiéndose del temor.

El joven Eduardo iba muy elegante. El rey se preguntó si la ropa se la diseñaba Piers Gaveston. Llevaba un abrigo azul bastante holgado recogido en la parte del cuello con una fíbula de zafiros. Los zapatos tenían la puntera más pronunciada de lo normal y llevaba el pelo recogido con una horquilla dorada decorada también con zafiros.

«¡Es tan bello como una mujer!», pensó el rey con repugnancia.

–Eduardo –empezó–, quiero hablar contigo. La muerte de Juana me ha afectado muchísimo.

–Como a todos –respondió Eduardo visiblemente afectado. Juana había sido su hermana preferida. Solía divertirse mucho con sus hazañas, y ella con las de él.

–La muerte coge por sorpresa a algunos, y a otros les concede una tregua. Pero todos tenemos que morir. Quiero que estés preparado, Eduardo.

Le habló de la necesidad de tener a los galeses bajo control. Era imprescindible mantener las defensas intactas en ese territorio, pues los ingleses jamás estarían seguros en Gales.

Pasó luego a hablar de Escocia, una preocupación constante.

–Pero Wallace está muerto –dijo el príncipe–. Ya no representa un peligro.

–Wallace continúa vivo en la memoria de los escoceses. Son numerosas las canciones que hablan de él. Se ha convertido en una leyenda. Hay que ir con mucho cuidado con las leyendas. Pronto partiré hacia el norte. Debo salvaguardar lo que he ganado, pues no me fío de los escoceses. Es muy posible que los que nos han jurado fidelidad cambien de opinión repentinamente.

El príncipe reprimió un bostezo. Conocía bien esa historia. «Cuando el viejo haya muerto, desaparecerán con él todas estas preocupaciones por Escocia.» A menudo hablaba de ello con Piers Gaveston. «Cuando el viejo haya muerto...»

El rey siguió hablando de los diferentes problemas que le preocupaban. Eduardo no le escuchaba. Aprovechó una breve pausa para decirle:

–Quiero pedirte algo, padre.

El rey abrió desmesuradamente los ojos.

–¿De qué se trata?

–Piers Gaveston y yo nos hemos convertido en muy buenos amigos.

–Lo sé muy bien. Tal vez esa amistad haya llegado demasiado lejos.

–Tú siempre has dicho que es mejor tener pocos y buenos amigos. Piers es leal. Vive para mí, padre. No piensa más que en mi felicidad. Quiero recompensarle.

–Ya tiene su recompensa: el patronazgo real. Ha vivido siempre aquí con nosotros. ¿Qué más se puede pedir?

–Me gustaría premiar su amistad una vez más. Hay algo que le hace mucha ilusión. Le he prometido que intentaría conseguirlo.

–¿Y qué es?

–Ponthieu.

–¡Ponthieu! ¿Qué quieres decir? ¡Que Piers Gaveston quiere Ponthieu!

–Le he prometido que sería suyo. Padre, no me decepciones.

–¿Decepcionarte? Te diré una cosa: tú sí que me has decepcionado durante todos estos años. ¡Ponthieu! ¡Que la herencia de tu madre vaya a parar a ese... aventurero!

–Por favor, no hables así de Piers.

–Te recuerdo, por si lo habías olvidado, que hablo de mis súbditos como me place. ¡No, no y no! Gaveston no tendrá Ponthieu mientras yo viva. Además, ese amigo tuyo no me gusta nada. Me han dicho que ejerce una fuerte influencia sobre ti, y la gente rumorea sobre ello a tus espaldas. Dile que no le concedo Ponthieu y que además le considero un insolente por haber osado pedírmelo. En cuanto a ti, me acompañarás a Escocia. Te apartaré de esos indeseables. Voy a hacer de ti un hombre.

El príncipe estaba rojo de ira y presa del temor, pues sabía que, cuando su padre se enfadaba, podía ser muy despiadado. Decidió retirarse antes de que su furia fuera aún mayor.

«¿Qué haré con él? –se preguntó Eduardo–. ¿Por qué habrá salido así? Mi hijo... y el de Leonor. Se lo he dado todo: los mejores tutores... Ha sido entrenado para la guerra... Lo comprendería si se tratara de un hombre sin talento y sin inteligencia, pero no es así. Eduardo es inteligente y podría ser un buen rey.»

La única solución era echar a Gaveston de palacio cuanto antes. Debía acabar con esa amistad. Les haría prometer que no se verían a escondidas.

Eduardo inició su viaje a Escocia acompañado por un malhumorado príncipe. Gaveston había sido desterrado y el príncipe estaba decidido a no perdonar a su padre por haberle separado de la persona a quien más amaba en el mundo. Sólo había una cosa que le tranquilizaba: su padre parecía cada día más enfermo. No duraría mucho. No entendía cómo, dada su precaria salud, no había dejado el asunto de Escocia en manos de sus generales.

El rey, demasiado preocupado por la guerra, no se percató de cuán deprimido estaba su hijo.

Había surgido un nuevo peligro en Escocia.

Robert Bruce, nieto de uno de los aspirantes al trono y conde de Carrick, que durante algún tiempo mantuvo una estrecha relación con Eduardo, había abandonado la corte inglesa y había regresado a Escocia. Algunos años atrás había luchado junto a Eduardo, por eso, el rey sabía que Robert Bruce era un hombre con mucho talento y astucia.

Eduardo pronto adivinó el motivo por el que Bruce se había trasladado a Escocia: el obispo de Saint Andrews le había coronado rey en Scone. Eduardo estaba seguro de que, cuando él muriera y su hijo ocupara el trono, muchos de los escoceses que fingían ser leales a la Corona inglesa se volverían contra Inglaterra.

Eduardo sabía perfectamente que Bruce estaba esperando su muerte, convencido de que sería más fácil vencer al Eduardo hijo que al Eduardo padre; conclusión nada descabellada en opinión del mismo rey. Decidió no esperar más.

Bruce había podido contemplar en Londres la cabeza podrida de Wallace.

–¡Por el amor de Dios –exclamó Eduardo–, aún no me he muerto, y antes de que lo haga, tendré que ver la cabeza de ese otro traidor al lado de la de Wallace!

Los héroes como Bruce o Wallace le disgustaban enormemente, porque se interponían en sus planes.

–Dios mío, dame fuerzas para terminar esta misión antes de irme –rezó.

Dios no pareció escucharle, pues cada día estaba más débil. Aunque no quería admitirlo, se fatigaba mucho cuando montaba a caballo; no podía aguantar más de cuatro millas seguidas. Entonces se detenía con alguna excusa y, finalmente, aceptaba la litera que sus ayudantes le aconsejaban que usase.

Se detuvieron a descansar en Burgh-on-Sands. Todos sabían –incluso el mismo Eduardo– que ya no podía ir más lejos.

Se alojó en una habitación con vistas a la bahía de Solway, sabiendo que no volvería a levantarse de esa cama. Moriría en Inglaterra contemplando las aguas que separaban su país de Escocia.

Los escoceses se enterarían de que estaba a punto de morir, y se alegrarían muchísimo por ello. También su hijo Eduardo estaría contento. «Dios mío, cuida de Inglaterra cuando mi hijo sea el rey.»

Margarita y sus hijas llorarían su muerte. Le consoló pensar que aún había alguien que le quería.

Quiso pensar en el futuro. Todavía le quedaba algo de tiempo. Había visto salir el sol, pero tal vez ya no disfrutaría del ocaso.

Mandó llamar a su hijo. Empezaba a perder la visión. Quiso hablar con Eduardo antes de llamar al cura.

–Eduardo, hijo mío...

–Padre.

–Eduardo, cuida de tus hermanastros y de tu hermana.

–Lo haré, padre.

–Cuando esté muerto, quiero que envíes a algunos caballeros a Tierra Santa. He cometido muchos pecados en toda mi vida...

Le tembló la voz. Creyó estar contemplando la cabeza de Wallace en el puente de Londres... o tal vez era la de Llewellyn o la de Davydd. Había matado a muchos hombres. También había mandado colgar y descuartizar a los traidores a la patria. A otros les había enviado a galeras. Había hecho de la muerte de un valiente un espectáculo público. En cierta ocasión, mandó construir una jaula donde encerró a la condesa de Buchan, una traidora, y la condenó a permanecer allí dentro como una bestia hasta que él diera la orden de sacarla, lo que todavía no había hecho.

Si enviaba a algunos hombres a Tierra Santa, tal vez Dios le perdonara sus pecados.

–Quiero que esos caballeros lleven consigo mi corazón.

–Así se hará, padre.

–Termina la guerra contra Escocia, Eduardo. Retómala allí donde yo la he dejado. Dios me quiere en su seno antes de que concluya mi misión. La deja en tus manos. Coge mis huesos y llévalos contigo durante la batalla. Que estén siempre en la vanguardia del ejército. Los escoceses sabrán que mis huesos están con mi ejército y eso los atemorizará.

–Lo haré como tú ordenas –dijo Eduardo.

El príncipe estaba pensando en el regreso de su amado Piers Gaveston.

Eduardo pareció adivinar su pensamiento.

–No se te ocurra hacer regresar a Gaveston sin consultarlo antes con la nación.

El príncipe no respondió. No quería hacer promesas a un moribundo.

El rey no pudo advertir la reacción de Eduardo. Se estaba extinguiendo la luz.

El moribundo murmuró algo. Eduardo se aproximó a la cama.

–Encierra mis huesos en una urna... Llévalos contigo durante la batalla... Que los escoceses sepan que estoy allí... y la victoria estará garantizada.

El rey murió esa misma noche. El reinado de Eduardo I había concluido y empezaba el de Eduardo II.

Los JET de Plaza & Janés

BIBLIOTECA DE AUTOR DE

JEAN PLAIDY

249/01 **REINA Y EL LORD, LA**
249/02 **VIUDA DE WINDSOR, LA**
249/03 **REY BASTARDO, EL**
249/04 **LEON DE JUSTICIA, EL**
249/05 **LABERINTO DE PASIONES**
249/06 **NACIMIENTO DE UN IMPERIO, EL**
249/07 **REBELION CONTRA ENRIQUE II, LA**
249/08 **CORAZON DEL LEON, EL**
249/09 **LUIS, EL BIENAMADO**
249/10 **CAMINO DE COMPIEGNE, EL**
249/11 **REINA EXTRAVAGANTE, LA**
249/12 **REINA QUE VINO DE PROVENZA, LA**
249/13 **GUERRA DE LAS REINAS, LA**